ID0996455

Schaduwland

Van Alyson Noël zijn verschenen:

Alyson Noël

Schaduwland

DE ONSTERFELIJKEN – BOEK 3

Vertaald door Sandra C. Hessels

MOURIA

Uitgeverij Mouria en drukkerij Bariet vinden het belangrijk om op milieu-
vriendelijke en verantwoorde wijze met natuurlijke bronnen om te gaan.

Schaduwland is het derde boek in de reeks De onsterfelijken

Eerste druk maart 2011
Derde druk september 2011

© 2009 Alyson Noël, LLC
All rights reserved
© 2011 Nederlandse vertaling uitgeverij Mouria, Amsterdam
Alle rechten voorbehouden
Oorspronkelijke titel: *Shadowland*
Vertaling: Sandra C. Hessels
Omslagontwerp: DPS/Davy van der Elsken
Omslagfotografie: Daniel Murtagh/Trevillion Images

ISBN 978 90 458 0205 3
NUR 285

Dit boek is ook als e-book verkrijgbaar

de-onsterfelijken.hyves.nl
www.watleesjij.nu

Ter nagedachtenis aan Blake Snyder, 1957-2009:

Een inspirerende mentor wiens ruimhartigheid,
vrijgevigheid en oprechte passie voor het helpen van anderen
onovertroffen zijn.
Moge zijn kracht voortbestaan in zijn boeken en gedachtegoed.

Het lot is een optelling van de handelingen
uit een eerder bestaan; niet meer en niet minder

RALPH WALDO EMERSON

Een

'Alles bestaat uit energie.'

Damens donkere ogen kijken me ernstig aan, dwingen me te luisteren – echt te luisteren naar wat hij zegt. 'Alles om ons heen...' Zijn arm maakt een wijde boog die ook de zwakker wordende horizon in de verte bestrijkt. Het is bijna donker. 'Alles in ons universum wat massief lijkt, is dat in werkelijkheid niet; het is allemaal energie. Pure, vloeiende energie. Wij kunnen wel waarnemen dat dingen bestaan in massieve, vloeibare of gasvorm, maar op kwantumniveau zijn het slechts kleine deeltjes binnen andere deeltjes. Het is allemaal energie.'

Ik pers mijn lippen op elkaar en knik. In mijn hoofd overschreeuwt mijn eigen innerlijke stem de zijne, roepend: vertel het hem dan! Vertel het hem nu! Niet steeds maar uitstellen! Toe, dan heb je het gehad. Schiet op, anders gaat hij weer verder!

Maar ik zeg geen woord. Het lukt niet. Ik wacht tot hij verder praat, zodat ik het moment van de waarheid weer voor me uit kan schuiven.

'Til je hand eens op.' Hij houdt zijn hand met de handpalm omhoog voor hij hem naar de mijne beweegt. Langzaam til ik mijn arm op, voorzichtig om hem op geen enkele manier aan te raken. 'Vertel eens wat je nu ziet.'

Ik kijk hem vragend aan, benieuwd waar hij naartoe wil, en haal mijn schouders op. 'Een bleke huid, lange vingers, hier en daar een sproetje, nagels die wel een manicure kunnen gebruiken...'

'Precies.' Hij grijnst alsof ik geslaagd ben voor de makkelijkste overhoring aller tijden. 'Maar als je het zou kunnen zien zoals het werkelijk is, dan zou je dat niet zeggen. Dan zou je een zwerm moleculen zien met daarin protonen, neutronen, elektronen en quarks. En binnen in die minieme quarks, in het kleinste puntje, zou je niet veel meer ontdekken dan pure, pulserende energie die zo langzaam beweegt dat ze massief en compact lijkt en die tegelijkertijd zo snel beweegt dat niemand met het blote oog kan zien hoe ze eruitziet.'

Ik staar hem aan en weet niet of ik het geloof. En hij bestudeert deze materie dus al honderden jaren.

'Echt waar, Ever, niets is los van elkaar te zien.' Hij buigt naar me toe en komt lekker op dreef. 'Alles is één geheel. Dingen die eruitzien als een massa, zoals jij en ik en het zand waarop we zitten, zijn eigenlijk allemaal een bundeling van energie die zo langzaam beweegt dat ze massief lijkt. Geesten en spoken bewegen op hun beurt zo vlug dat mensen ze bijna niet kunnen waarnemen.'

'Ik kan Riley wel zien,' herinner ik hem aan de tijd die ik met mijn overleden zusje doorbracht. 'Althans, dat kon ik voor ze de brug overstak en naar het hiernamaals verdween.'

'Dat is precies de reden dat je haar nu niet meer kunt zien.' Hij knikt. 'Haar moleculen bewegen te snel. Al zijn er mensen die ze nog wel kunnen waarnemen.'

Ik staar naar de oceaan voor ons, de golven die elkaar in een rustig tempo opvolgen. De oceaan is eindeloos, oneindig en onsterfelijk. Net als wij.

'Til je hand nu nog eens op en hou hem zo dicht tegen mijn hand aan dat we elkaar net niet raken.'

Ik aarzel en speel met het zand. Ik heb er geen behoefte aan. Wat hij niet weet, en ik wel, is de prijs die we moeten betalen, de enorme gevolgen die zelfs de kleinste aanraking met zich meebrengt. Daarom durf ik hem niet meer aan te raken sinds afgelopen vrijdag. Ik kijk op en zie zijn hand, in afwachting van de mijne. Ik haal diep adem, til mijn hand op en hap naar lucht als hij zijn hand zo dichtbij brengt dat er nog geen haar tussen past.

'Voel je dat?' Hij glimlacht. 'De tinteling en de warmte? Dat komt doordat jouw energie contact maakt met mijn energie.' Hij beweegt zijn hand naar achteren en naar voren en manipuleert de aantrekkingskracht van het energieveld tussen ons in.

'Maar als we allemaal verbonden zijn, zoals jij beweert, waarom voelt het dan niet zo?' De magnetische kracht tussen ons valt niet te ontkennen. Ik geniet van de heerlijke warmte die door me heen trekt.

'We zijn ook allemaal onderling verbonden, we zijn gemaakt van hetzelfde pulserende materiaal. Sommige energie geeft je een koud of lauwwarm gevoel. Maar ontmoet je de ware, dan voelt het zo.'

Ik sluit mijn ogen en wend mijn hoofd af. De tranen stromen over mijn wangen en ik kan ze niet tegenhouden. Ik mag de aanraking van zijn huid niet meer voelen, evenmin als zijn lippen en de warmte van zijn lichaam tegen het mijne. Deze elektrische spanning tussen ons, daar moet ik het mee doen, dankzij de kolossale blunder die ik heb begaan.

'De wetenschap kan nu pas bewijzen wat metafysici en belangrijke spirituele leiders al eeuwenlang weten. Alles is energie. Alles is een.'

Ik hoor de glimlach in zijn stem als hij naar me toe buigt en zijn vingers in de mijne wil vlechten. Maar ik trek mijn hand weg en zie nog net de gekwetste blik in zijn ogen. Die zie ik wel vaker – sinds ik hem gedwongen heb het tegengif te drinken dat hem zijn leven redde. Hij vraagt zich af waarom ik zo stil ben, zo teruggetrokken en afstandelijk. Ik wil hem niet aanraken, terwijl ik een paar weken geleden niet van hem af kon blijven. Hij neemt – ten onrechte – aan dat het komt door zijn asociale gedrag in de tussentijd: het geflirt met Stacia, zijn gemene houding naar mij. Maar dat is het niet. Hij was onder hypnose gebracht door Roman, net als de rest van de school. Het was niet zijn schuld.

Wat hij niet weet, is dat het tegengif hem gered heeft van de dood, maar dat ik door het toevoegen van mijn bloed ervoor gezorgd heb dat we niet meer samen kunnen zijn.

Nooit meer.

Tot in de eeuwigheid.

Tenzij we een tegengif kunnen vinden voor het tegengif.

'Ever?' fluistert hij op serieuze en lage toon. Ik durf hem niet aan te kijken. Ik kan me er niet toe zetten hardop te zeggen wat hij moet horen: ik heb het verpest – het spijt me zo ontzettend – Roman heeft een spelletje met me gespeeld en ik was zo wanhopig en dom om erin te trappen – nu is er geen hoop meer dat we ooit nog samen kunnen zijn – als je me nu kust, als je ook maar iets van mijn DNA binnenkrijgt, dan zul je sterven...

Ik kan het niet. Ik ben een vreselijke lafaard. Ik ben zwak en zielig. Ik heb de moed niet om het op te biechten.

'Ever, toe nou, wat is er?' Mijn tranen verontrusten hem. 'Je gedraagt je al dagen zo. Komt het door mij? Heb ik iets gedaan? Want je weet dat ik me weinig kan herinneren van wat er gebeurd is, en die paar dingen die nu in vlagen voorbijkomen – dat was ik niet, dat weet je toch? Ik zou je nooit met opzet kwetsen. Ik zou je nooit pijn doen.'

Ik sla mijn armen om mezelf heen en maak me klein, met mijn hoofd gebogen. Was ik maar zo klein dat hij me niet meer kon zien. Ik weet dat hij de waarheid spreekt; hij zou me nooit kwetsen of pijn doen. Alleen ik doe zoiets ontzettend doms, impulsiefs, zoiets belachelijk ondoordachts. Alleen ik ben zo'n volslagen idioot dat ik in Romans valstrik trap. Ik wilde zo graag bewijzen dat ik Damens ware liefde ben – en dus de enige die hem kon redden. En moet je nu zien wat het resultaat is.

Hij komt op me af, slaat een arm om mijn middel en trekt me naar zich toe. Maar ik durf het risico niet te nemen zo dicht bij hem te zijn. Mijn tranen zijn nu dodelijke wapens en moeten zo ver mogelijk van zijn huid vandaan blijven.

Ik krabbel overeind en ren naar het water van de oceaan. Ik krom mijn tenen en laat het koude water opspatten tot aan mijn schenen. Het liefst zou ik een flinke duik nemen en verdwijnen met het tij. Alles om maar niet hardop te hoeven zeggen wat er is – alles om mijn ware liefde, mijn eeuwige vlam, mijn zielsverwant van de afgelopen vierhonderd jaar maar niet te hoeven vertellen wat ik gedaan heb. Hij heeft mij het eeuwige leven gegeven om altijd samen te kunnen zijn. Ik heb voor een abrupt einde gezorgd.

Zo blijf ik een tijdje staan, stil en zonder te bewegen, tot de zon ondergaat. Dan draai ik me om. Ik zie zijn donkere silhouet, dat bijna niet te onderscheiden is tegen het donker van de avond. Ondanks de brok in mijn keel stamel ik: 'Damen... schat... ik... ik moet je iets vertellen.'

Twee

Ik kniel naast hem neer met mijn handen op mijn knieën en mijn tenen diep ingegraven in het zand. Ik wil dat hij me aankijkt, dat hij iets zegt. Al is het maar wat ik zelf allang weet: dat ik een gigantische blunder heb begaan die enorme gevolgen met zich meebrengt. Eentje die ik nooit meer kan terugdraaien. Dat kan ik best hebben; sterker nog, ik verdien niet anders dan dat hij dat zegt. Waar ik niet tegen kan is deze akelige stilte en die blik op oneindig.

Net als ik iets wil zeggen – wat dan ook; alles om deze ondraaglijke stilte te verbreken – kijkt hij me aan met een vermoeide blik die toont wat hij al zeshonderd jaar met zich meedraagt. 'Roman.' Hij zucht en schudt zijn hoofd. 'Ik herkende hem niet, ik had geen idee...' Zijn stem sterft weg en zijn blik staat weer op oneindig.

'Je had het niet kunnen weten,' antwoord ik vlug in een poging zijn opkomende schuldgevoel te verminderen. 'Vanaf de eerste dag stond je onder invloed van zijn hypnotische truc. Geloof me, hij heeft het tot in de puntjes zo gepland. Hij heeft ervoor gezorgd dat elke herinnering aan hem verdwenen was.'

Zijn ogen glijden over mijn gezicht en hij bekijkt me eventjes heel aandachtig. Dan staat hij op en hij draait zich van me weg. Hij staart uit over de oceaan met zijn handen als gebalde vuisten langs zijn zij als hij vraagt: 'Heeft hij je pijn gedaan? Heeft hij iets bij je geprobeerd?'

Ik schud mijn hoofd. 'Nee, dat was niet nodig. Hij heeft me al genoeg laten lijden door wat hij met jou heeft uitgehaald.'

Hij draait zich weer terug naar me en ik zie zijn ogen donkerder worden en zijn gezicht een harde uitdrukking aannemen. Hij haalt diep adem. 'Dit is allemaal mijn schuld.'

Mijn mond zakt open van verbazing. Hoe kan hij dat nou zeggen na alles wat ik hem net opgebiecht heb? Ik krabbel overeind en ga naast hem staan. 'Doe niet zo achterlijk!' roep ik uit. 'Natuurlijk is het niet jouw schuld! Heb je ook maar één woord gehoord van wat ik net zei?' Ik schud mijn hoofd. 'Roman heeft jouw elixir vergiftigd! Hij heeft je gehypnotiseerd! Daar kon jij niets aan doen, je deed wat hij je opdroeg! Daar kon je zelf helemaal niks aan doen!'

Ik kan mijn zin amper afmaken of hij wuift mijn woorden weg met een nonchalante handbeweging. 'Ever, begrijp je het dan niet? Dit heeft niets te maken met Roman of met jou. Dit is karma. Dit is de prijs die ik moet betalen voor zes eeuwen lang doen waar ik zin in had.' Hij schudt zijn hoofd en begint te lachen, maar niet op een manier die uitnodigt tot meelachen. Het is meer zó'n diep keelgeluid waar je koude rillingen van krijgt. 'Na al die jaren dat ik verliefd op je werd en je steeds weer verloor, keer op keer, vreesde ik dat dat mijn straf was voor de manier waarop ik al die tijd geleefd heb. Toen wist ik nog niet wat Drina's rol was in jouw plotselinge dood. Maar nu realiseer ik me opeens de waarheid. Ik was er tot nu toe zo zeker van dat ik karma te slim af was geweest door jou ook onsterfelijk te maken en je op die manier altijd aan mijn zijde te hebben. Nu blijkt dat karma opnieuw het laatst lacht. We kunnen voor altijd en eeuwig samen zijn, maar we mogen alleen maar naar elkaar kijken, niet aanraken. Nooit meer.'

Ik steek mijn arm naar hem uit en wil hem vasthouden, geruststellen, hem ervan overtuigen dat zijn theorie niet klopt. Maar net zo vlug laat ik mijn arm weer zakken. We zouden ons niet in deze situatie bevinden als we elkaar zomaar konden aanraken.

'Dat is niet waar,' zeg ik met mijn blik strak op de zijne gericht. 'Waarom zou jij gestraft worden voor een fout die ik gemaakt heb? Snap je het dan niet?' Gefrustreerd door zijn buitengewone redenering, zijn zwart-witte uitleg, schud ik mijn hoofd. 'Roman heeft dit allemaal zo opgezet. Hij hield van Drina – ik durf te wedden dat je dat niet eens wist, hè? Hij was een van de weeskinderen die jij gered hebt van de pest tijdens de renaissance in Florence. Al die eeuwen heeft hij van Drina gehouden. Hij zou alles voor haar gedaan hebben. Maar Drina keek niet naar hem om – zij had alleen maar oog voor jou. En jij voor mij. Nu ik haar vermoord heb, besloot Roman achter mij aan te komen, maar dan via jou. Hij wilde dat ik voelde hoeveel pijn het doet je nooit meer te kunnen aanraken, net zoals hij lijdt onder het verlies van Drina. Het is allemaal zo snel gebeurd, ik...' Ik houd op met praten, wetend dat het volslagen zinloos is, zonde van mijn energie. Vlak nadat ik begon, luisterde hij al niet meer. Zo zeker is hij dat het toch allemaal zijn schuld is.

Ik weiger met die gedachte mee te gaan en ik wil ook niet dat hij zich daaraan vastklampt.

'Damen, toe nou! Je kunt niet zomaar opgeven! Dit heeft niks met karma te maken – maar met mij! Ik was zo dom en impulsief. Dat betekent nog niet dat we het niet kunnen oplossen! Er moet een manier zijn.' Wanhopig houd ik me vast aan die valse hoop en ik probeer enthousiaster te klinken dan ik me voel.

Damen staat vlak voor me, een donker silhouet in de nacht. De warmte van zijn verdrietige, vermoeide blik is het enige dat nog werkt bij wijze van een omhelzing. 'Ik had dit nooit moeten doen,' begint hij. 'Ik had het elixir nooit moeten maken. Ik had het allemaal op z'n beloop moeten laten. Ik meen het, Ever. Kijk maar naar het resultaat: er is niets dan ellende van gekomen.' Hij schudt zijn hoofd en kijkt zo verdrietig en schuldbewust dat ik mijn hart bijna voel breken. 'Voor jou is er nog genoeg tijd. Je hebt je hele leven nog voor je, een eeuwigheid waarin je kunt worden wat je wilt, kunt doen waar je zin in hebt. Maar ik...' Hij haalt zijn schouders op. 'Ik ben veel te corrupt geraakt. Dit is het resultaat van al die zeshonderd jaar bij elkaar.'

'Niet waar!' Mijn stem slaat over en mijn lippen trillen zo erg dat de spieren in mijn wangen algauw meedoen. 'Je mag niet zomaar weglopen, je mag me niet nog een keer achterlaten! De afgelopen maand ben ik door een hel gegaan om je te redden en nu dat gelukt is, laat ik je echt niet zomaar gaan. Wij horen bij elkaar, dat heb je zelf gezegd! Dit is gewoon een tijdelijke tegenslag, dat is alles. Als we nou even rustig nadenken, kunnen we vast wel een manier bedenken om...'

Weer breek ik mijn zin af als ik zie dat hij er met zijn gedachten niet meer bij is. Hij heeft zich teruggetrokken in zijn deprimerende wereldje waarin alles zijn schuld is. Ik realiseer me dat dit het juiste moment is om hem de rest te vertellen, die stukken waarvoor ik me kapot schaam en waarvan ik echt spijt heb. Misschien verandert hij dan wel van gedachten, misschien dat hij dan...

'Er is nog meer,' ga ik halsoverkop verder, ook al heb ik geen idee hoe ik wil zeggen wat ik hem moet vertellen. 'Dus voor je ervan uitgaat dat karma nu eindelijk de rekening presenteert of weet ik wat het is, moet je eerst nog even luisteren naar de rest van het verhaal. Ik ben er echt niet trots op, maar ik...'

Ik haal diep adem en vertel hem over die keren dat ik naar Zomerland ben gegaan – de magische dimensie tussen dimensies waar ik leerde dat ik terug in de tijd kon reizen. Ik beken dat ik de keuze had tussen het redden van mijn familie en hem – en dat ik voor hen heb gekozen. Ik was ervan overtuigd dat ik de kans kreeg recht te zetten wat er misgegaan was, dat ik de toekomst kon herstellen die mijn familie opeens was afgenomen. Uiteindelijk kwam er niet veel meer uit dan een wijze les die ik diep vanbinnen al wist: sommige dingen kun je nu eenmaal niet veranderen.

Als iets voorbestemd is, kun je er weinig meer tegen doen.

Ik slik en staar intens naar het zand om Damens reactie niet te hoeven zien nu hij weet hoe gruwelijk ik hem verraden heb.

Alleen wordt hij niet kwaad en hij raakt niet overstuur, zoals ik verwachtte. In plaats daarvan omringt hij me met het mooiste, glimmende, witte licht, dat zo puur, vergevingsgezind en geruststellend aanvoelt dat het lijkt op de sluier naar Zomerland, maar dan veel beter. Ik sluit mijn ogen en omring hem ook met het witte licht. Als ik weer opkijk, hangt er een prachtige, warme, witte gloed om ons heen.

'Je kon niet anders,' zegt hij met vriendelijke stem en een kalmerende blik in zijn ogen. Hij doet er alles aan om mijn schaamte weg te nemen. 'Natuurlijk koos je voor je familie. Dat was de enige juiste optie. Ik zou hetzelfde gedaan hebben, als ik die kans ooit had gekregen.'

Ik knik en zorg ervoor dat het licht om hem heen nog feller wordt. Ik stuur hem een telepathische knuffel. Het is lang niet zo fijn als een echte omhelzing, maar voorlopig moet het maar even zo. 'Ik weet het. Van je familie, bedoel ik. Ik heb het allemaal gezien...' Dan kijkt hij me aan met zo'n intense en donkere blik dat het me moeite kost verder te gaan. 'Je bent altijd zo geheimzinnig over je verleden, over waar je vandaan komt en hoe je geleefd hebt... Op een dag in Zomerland heb ik gevraagd meer over je te weten te komen en... nou ja... zo kreeg ik je hele geschiedenis te zien.'

Ik pers mijn lippen op elkaar en tuur naar hem, zo stil en star. Een diepe zucht ontsnapt als hij me aankijkt en telepathisch zijn vingers over mijn wang laat glijden. Het beeld dat hij me laat zien is zo duidelijk en tastbaar dat het bijna echt voelt.

'Het spijt me,' zegt hij, terwijl zijn duim telepathisch over mijn kin streelt. 'Het spijt me dat ik zo koppig was, zo weinig wilde vertellen over mijn verleden dat je dat hebt moeten doen. Het mag dan allemaal lang geleden zijn gebeurd, ik wil er nog steeds liever niet over praten.'

Ik knik. Ik was ook niet van plan erover door te gaan. Ik voel er weinig voor hem te ondervragen over hoe hij als kleine jongen zijn ouders vermoord heeft zien worden, waarna hij jarenlang is mishandeld door dienaren van de kerk.

'Er is meer,' zeg ik, wensend dat ik hem misschien toch een sprankje hoop kan geven door te vertellen wat ik nog meer te weten ben gekomen. 'Toen ik toekeek hoe jouw levensloop zich voor mijn ogen ontvouwde, eindigde het met een scène waarin Roman jou had vermoord. Dat leek dus ook vast te staan. En toch is het me gelukt je te redden.' Ik staar naar hem en merk dat hij nog lang niet overtuigd is. Ik ga vlug verder, voor hij weer afhaakt. 'Ik bedoel, ja, oké, misschien staat onze lotsbestemming soms vast en is er niets aan te veranderen, maar er zijn dus ook momenten waarbij het afhangt van onze eigen handelingen. Toen het mij niet lukte mijn familie te redden door terug te reizen in de tijd, kwam dat omdat daar niets aan te doen viel. Of zoals Riley zei, vlak voor het tweede ongeluk dat geen van hen zou overleven: "Je kunt het verleden niet veranderen. Het is zoals het is." Een paar tellen later was ik terug in Laguna en heb ik jou weten te redden. Dat bewijst dan toch dat de toekomst niet altijd vaststaat? Niet alles wordt zuiver door het lot bepaald.'

'Dat kan wel wezen,' zucht hij terwijl hij me aankijkt. 'Maar dan nog kun je karma niet van je afschudden, Ever. Het is wat het is. Karma oordeelt niet. Het is niet goed en niet kwaad, ook al denken de meeste mensen dat. Het is het resultaat van alles wat je ooit gedaan hebt, zowel positieve als negatieve dingen. Gemiddeld genomen moet alles in evenwicht blijven. Het is een kwestie van oorzaak en gevolg. Je oogst wat je zaait. Alles wat je doet, komt ook weer bij je terug. Uiteindelijk krijg je de rekening gepresenteerd, zoals je al zei.' Hij haalt zijn schouders op. 'Het maakt niet uit hoe je het noemt, het komt allemaal op hetzelfde neer. Je kunt wel liever iets anders geloven, maar dat is wat er nu aan de hand is. Elke actie veroorzaakt een reactie. En dit is het gevolg van al mijn acties.' Hij schudt zijn hoofd. 'Tot nu toe heb ik mezelf voorgehouden dat ik je onsterfelijk gemaakt heb uit liefde. Maar ik besef nu dat het eigenlijk puur egoïsme was. Ik kon niet langer zonder je. Daarom gebeurt dit nu allemaal.'

'Dus dit was het weer?' Ik kan niet geloven dat hij het zo makkelijk opgeeft. 'Wil je het hierbij laten, soms? Ben je er zo zeker van dat karma de score wil vereffenen dat je niet eens moeite doet om je ertegen te verzetten? Je hebt het zo lang volgehouden, zodat we eindelijk samen kunnen zijn, maar nu bij de eerste tegenslag geef je het op en ga je bij de pakken neerzitten?'

'Ever.' Zijn ogen stralen een warmte uit die ik in elke cel kan voelen, maar de verslagenheid in zijn stem is er niet minder op. 'Het spijt me, maar er zijn bepaalde dingen die ik echt zeker weet.'

'Ja, nou...' Ik schud mijn hoofd, staar naar het zand en probeer mijn tenen zo diep mogelijk in te graven. 'Je mag dan een paar eeuwen ouder zijn dan ik, maar dat geeft je nog niet het recht op het laatste woord. Want als we echt bij elkaar horen, als onze levens en lotsbestemming echt zo verbonden zijn als je altijd beweert, dan moet je toegeven dat dit niet alleen jou overkomt, maar ook mij. En je mag het niet opgeven – je mag me niet zomaar in de steek laten! We moeten samenwerken, er moet toch een manier zijn...' Mijn lichaam beeft en mijn keel zit zo potdicht dat er geen geluid meer uit komt. Ik sta daar maar, vlak voor hem, in een stille poging hem over te halen te vechten voor iets wat we misschien niet kunnen winnen.

'Ik ben niet van plan je in de steek te laten,' zegt hij en de herkenbare blik van vierhonderd jaar verlangen keert terug in zijn ogen. 'Ik kan je helemaal niet in de steek laten, Ever. Geloof me, ik heb het geprobeerd. Maar uiteindelijk kom ik je toch altijd weer tegen. Ik wil alleen maar bij jou zijn. Je bent de enige van wie ik ooit heb gehouden. Maar, Ever...'

'Niks ervan, geen gemaar.' Het liefst zou ik hem vasthouden, mijn armen om hem heen slaan, me stevig tegen hem aan drukken. 'Er moet een manier zijn, er moet iets zijn wat we kunnen doen. We komen er wel uit, dat weet ik zeker. We zijn te ver gekomen om Roman roet in het eten te laten gooien. Maar ik kan het niet alleen, niet zonder jouw hulp. Dus beloof me dat je het zult proberen.'

Hij kijkt me aan met zijn zwoele blik. Als hij zijn ogen sluit, vult het strand zich met zoveel tulpen dat de hele baai gemaakt lijkt van wasachtige, rode bloemblaadjes boven op groene, gebogen stelen. De tulp is het ultieme symbool van onze eeuwige liefde voor elkaar en het vult elke vierkante centimeter van het zand.

Hij haakt zijn arm door de mijne en leidt me terug naar zijn auto. Tussen ons in zitten slechts de laagjes van zijn soepele, leren jack en mijn T-shirt van biologisch katoen. Het is net genoeg om ons te beschermen tegen de fatale gevolgen die een toevallige DNA-uitwisseling kan hebben, maar gelukkig houdt het niet de tinteling en warmte tegen die tussen ons heen en weer stromen.

Drie

'Hé, raad 's?'

Miles kijkt me vol verwachting aan als hij in de auto stapt. Zijn grote, bruine ogen staan nog groter dan normaal en zijn schattige babyface vertoont een enorme grijns. 'Nee, weet je wat? Raad maar niet. Ik vertel het je wel gewoon, want dit geloof je toch niet! Dit raad je nooit!'

Ik glimlach en hoor zijn gedachten een paar tellen voor hij ze uitspreekt. Ik moet op mijn lip bijten om niet te roepen: je gaat naar een acteerkamp in Italië! Vlak daarna roept hij uit: 'Ik ga naar een acteerkamp in Italië! Nee, wacht, maak daar maar Florence, Italië van. Thuisbasis van Leonardo da Vinci, Michelangelo, Rafaël...'

En natuurlijk onze goede vriend Damen Auguste, die al die kunstenaars persoonlijk gekend heeft, denk ik daar stilletjes achteraan.

'Ik loop er al een paar weken mee rond, maar sinds gisteravond is het officieel en ik kan het nog steeds niet geloven! Acht weken in Florence niets anders doen dan acteren, heerlijke dingen eten en vreselijk knappe Italianen stalken...'

Ik werp een blik in zijn richting terwijl ik achteruit de oprit afrijd. 'Vindt Holt dat niet erg dan?'

Miles kijkt me aan. 'Zeg, je weet hoe het werkt. *What happens in Italy, stays in Italy!*'

Nou ja, niet altijd, denk ik. Mijn gedachten dwalen af naar Drina en Roman en ik vraag me af hoeveel andere rebelse onsterfelijken er zijn die hun beurt afwachten voor een bezoekje aan Laguna Beach om mij het leven zuur te maken.

'In elk geval ga ik al bijna weg, zodra het schooljaar voorbij is. En ik moet nog zoveel voorbereiden! O, en dan vergeet ik nog bijna het allerbeste, of in elk geval een van de allerbeste dingen. Want het past ook nog eens precies in mijn schema, aangezien de laatste voorstelling van *Hairspray* net een week daarvoor is! Dus ik kan nog makkelijk voor de laatste keer in de rol van Tracy Turnblad kruipen en daarna pas weggaan! Is het niet perfect getimed?'

'Ja, wat toevallig.' Ik glimlach. 'Echt waar. Gefeliciteerd! Het is echt onwijs gaaf. En je verdient het. Ik zou dolgraag met je meegaan, weet je dat?'

Als ik mezelf hoor, merk ik dat ik het nog meen ook. Het zou geweldig zijn om te kunnen ontsnappen aan al mijn zorgen en problemen. Lekker in een vliegtuig stappen en wegwezen. Trouwens, ik mis het stappen met Miles. De laatste paar weken waarin hij en Haven (en de rest van de school) onder Romans hypnose stonden, waren de eenzaamste van mijn leven. Alsof het niet erg genoeg was Damen niet bij me te hebben. Maar dat ook mijn twee beste vrienden het lieten afweten, daar was ik echt kapot van. Niet dat Miles of Haven daar nog iets van weet; ze herinneren zich helemaal niets. Alleen Damen krijgt af en toe iets van die herinneringen terug en dat kleine beetje bezorgt hem al een enorm schuldgevoel.

'Ik zou je ook graag mee willen hebben,' zegt hij, terwijl hij aan de knoppen van mijn autoradio prutst, op zoek naar een liedje dat past bij zijn goede humeur. 'Misschien kunnen we een keertje met z'n allen naar Europa zodra we ons diploma op zak hebben? Met een Eurail-ticket overal naartoe, overnachten in een jeugdherberg, rondtrekken met niet veel meer dan een rugzak. Wauw, hoe gaaf is dat? Gewoon wij met z'n zessen: jij en Damen, Haven en Josh, ik en weet-ik-wie...'

'Weet-ik-wie?' Ik kijk hem strak aan. 'Wat bedoel je daarmee?'

'Ach, ik ben gewoon realistisch.' Hij haalt zijn schouders op.

'Vast wel.' Ik rol met mijn ogen. 'Sinds wanneer?'

'Sinds ik gisteravond hoorde dat ik naar Italië ga.' Hij grinnikt en laat een hand door zijn ultrakorte haar glijden. 'Luister, Holt is een geweldige gozer en zo, dat meen ik echt. Maar ik ga mezelf niet voor de gek houden; ik maak er niet meer van dan het is. Het lijkt wel alsof we een soort houdbaarheidsdatum hebben, weet je? Een toneelstuk in drie bedrijven met elk een vastomlijnd begin, midden en einde. Niet zoals jij en Damen. Bij jullie werkt dat anders. Jij zit voor de rest van je leven aan hem vast.'

'Aan hem vast?' Ik kijk hoofdschuddend opzij terwijl ik afrem voor het stoplicht. 'Dat klinkt meer als een gevangenisstraf dan een ze-leefden-nog-lang-en-gelukkig.'

'Je weet best wat ik bedoel.' Hij inspecteert zijn gemanicuurde handen en draait zijn felroze Tracy Turnblad-nagels heen en weer. 'Jullie tweetjes zijn gewoon zo op elkaar afgestemd, zo verbonden met elkaar. En dat bedoel ik letterlijk; jullie kunnen nooit van elkaar afblijven.'

Dat is nu wel anders, denk ik. Ik slik en trap het gaspedaal flink in zodra het licht op groen springt. Met gierende banden rijd ik over het kruispunt, een dik spoor zwart rubber achterlatend op straat. Ik weiger langzamer te rijden tot ik aankom op het parkeerterrein. Daar zoek ik de omgeving af naar Damen, die zijn auto altijd neerzet naast de beste plek van school, die hij voor mij reserveert.

Zelfs nadat ik de handrem erop zet, is hij nog nergens te bekennen. Maar net als ik wil uitstappen en me zorgen begin te maken over waar hij is, verschijnt hij plotseling vlak naast me en legt zijn hand op de auto. Hij draagt een handschoen.

'Waar is je auto?' vraagt Miles terwijl hij zijn portier dichtslaat en zijn rugzak over zijn schouder slingert. 'En wat heb je met je hand gedaan?'

'Weggedaan,' antwoordt Damen, kijkend naar mij. Dan werpt hij een blik op Miles, registreert de verwarde uitdrukking en voegt toe: 'De auto, niet de hand.'

'Heb je hem ingeruild?' vraag ik, vooral omdat Miles nog meeluistert. Damen hoeft niets in te ruilen, terug te brengen of te kopen zoals gewone mensen. Hij kan alles wat hij wil uit het niets laten verschijnen. Manifesteren, heet dat.

Dan kijkt hij mij weer aan en loopt met me mee naar het hek. Glimlachend antwoordt hij: 'Nee, ik heb hem aan de kant van de weg gezet met de sleutel in het contact en de motor aan.'

'Wát?' roept Miles van schrik uit. 'Wil je zeggen dat je jouw glimmende, zwarte, BMW M6 Coupé echt gewoon langs de weg hebt laten staan?'

Damen knikt.

'Maar dat ding kost meer dan anderhalve ton!' Miles hapt naar lucht en zijn gezicht loopt rood aan.

'O ja, wel aardig wat meer ook,' stemt Damen lachend in. 'Vergeet niet dat alles erop en eraan zat qua extra opties en aanpassingen.'

Miles staart hem aan en zijn ogen ploppen bijna uit zijn hoofd. Hij snapt niet hoe iemand zoiets kan doen – laat staan waarom. 'Eh, oké... Nog even zodat ik het goed begrijp: je werd vanochtend wakker en dacht: hé, wat maakt het ook uit, ik laat mijn achterlijk dure, luxe auto fijn langs de weg staan met de sleutel erin... ZODAT DE EERSTE DE BESTE HEM ZOMAAR KAN MEENEMEN?'

Damen haalt zijn schouders op. 'Zoiets ja.'

'Mocht het je nog niet opgevallen zijn,' gaat Miles verder voor hij helemaal hyperventileert, 'er zijn mensen in je kennissenkring die niet elke dag met de auto komen. Sommige mensen hebben zulke gemene ouders dat ze voor een lift voorgoed afhankelijk zijn van vrienden!'

'Sorry.' Damen trekt een schouder omhoog en maakt een

handgebaar. 'Daar had ik niet aan gedacht. Maar het was allemaal voor een goed doel, als dat helpt.'

Hij kijkt naar mij op zijn speciale manier tot onze blikken elkaar kruisen. Ik voel de gebruikelijke warmte door me heen gaan, maar tegelijkertijd bekruipt me het gevoel dat het dumpen van de auto nog maar het begin is van zijn plannen.

'Hoe ben je hier gekomen?' vraag ik als we bij het hek aankomen waar Haven ons opwacht.

'Met de bus.' Het is Haven die antwoord geeft en ze kijkt van de een naar de ander terwijl haar pas blauwgeverfde pony voor haar ogen valt. 'Nee, dat is geen geintje. Ik zou het ook niet geloofd hebben, als ik niet met eigen ogen had gezien hoe hij uit die grote, gele bus stapte, samen met alle eerstejaars, nerds, gehandicapten en sukkels die allemaal geen andere manier hebben om naar school te gaan – in tegenstelling tot Damen.' Ze schudt haar hoofd. 'Ik was zo geschokt dat ik een paar keer heftig geknipperd heb om er zeker van te zijn dat hij het echt was. Dat hielp niet, dus heb ik snel een foto gemaakt met mijn mobieltje en naar Josh gestuurd, die het bevestigde.' Ze trekt haar telefoon tevoorschijn en houdt de foto omhoog.

Zijlings kijk ik naar Damen en ik vraag me af wat hij in zijn schild voert. Dan merk ik dat hij niet zijn kasjmieren trui draagt, maar een onopvallend katoenen shirt. Zijn designerjeans is ingewisseld voor een merkloze broek. Zelfs de zwarte motorlaarzen waar hij praktisch om bekendstaat zijn verdwenen; hij draagt nu bruine, plastic slippers. Niet dat hij al die blingbling of dure kleding nodig heeft om er zo geweldig aantrekkelijk uit te zien als die eerste keer dat ik hem zag, hoor. Maar dit doorsnee-uiterlijk past gewoon niet bij hem.

Althans, niet bij de Damen die ik ken.

Ik bedoel, Damen is ongelooflijk intelligent, aardig, lief en vrijgevig, maar ook niet een beetje ijdel en flamboyant. Hij maakt zich altijd druk om zijn kleren, auto en zijn uiterlijk. Ha, en vraag hem vooral niet naar zijn exacte geboortedatum, want voor iemand die vrijwillig onsterfelijk is geworden, laat hij maar bar weinig los over zijn echte leeftijd.

Normaal gesproken maak ik me niet druk over welke kleren hij draagt of hoe hij naar school komt, maar als ik hem goed bekijk, voel ik een rare knoop in mijn maag, een gevoel dat met alle geweld om aandacht vraagt. Een waarschuwing dat dit inderdaad nog maar het begin is. Dat deze make-over om veel meer draait dan prijsbewust en milieuvriendelijk winkelen. Dit heeft iets te maken met gisteravond. Met zijn idee dat karma hem bijna heeft ingehaald. Het is net alsof hij ervan overtuigd is dat hij het evenwicht kan herstellen door afstand te doen van al zijn waardevolle spullen.

'Zullen we dan maar?' Hij glimlacht en pakt mijn hand vast als de bel gaat. We lopen weg en laten Haven en Miles achter, die de komende drie uur heen en weer zullen sms'en en zich afvragen wat er in hemelsnaam met Damen aan de hand is.

Ik kijk hem aan en voel de handschoen in mijn hand terwijl we de gang in lopen. 'Wat is er aan de hand? Wat heb je nou echt met je auto gedaan?' fluister ik.

'Dat heb ik je net verteld.' Hij haalt zijn schouders op. 'Ik heb hem niet nodig. Het is een overbodige luxe en daar doe ik niet meer aan.' Hij lacht, maar als ik niet meedoe, schudt hij zijn hoofd. 'Kijk niet zo ernstig. Zo belangrijk is het niet. Ik realiseerde me dat ik die auto niet echt nodig had, dus ben ik naar een achterstandswijk gereden en daar heb ik hem langs de weg geparkeerd waar iemand anders hem kan meenemen.'

Ik pers mijn lippen op elkaar en staar voor me uit. Het liefst zou ik een kijkje in zijn hoofd nemen en uitzoeken wat de reden hiervoor is. Want ondanks de manier waarop hij naar me kijkt en ondanks het afwijzende ophalen van zijn schouders, kan ik geen logica ontdekken in wat hij zegt.

'Ja, nou, mooi en zo. Ik bedoel, als je je daardoor beter voelt, ga je gang.' Nu haal ik mijn schouders op, al voelt het niet goed. Maar ik weet dat ik dat niet hardop moet zeggen. 'Hoe wil je nu van A naar B komen zonder auto? Ik bedoel, mocht je het nog niet doorhebben, dit is Californië. Je komt nergens zonder auto.'

Hij kijkt me aan. Blijkbaar vindt hij mijn vinnige opmerking vermakelijk, al is dat niet de reactie waarop ik hoopte. 'Wat is er mis met het openbaar vervoer? Het is hier nog gratis ook.'

Ik gaap hem aan. Dit is niet te geloven. Sinds wanneer maak jij je zorgen om een paar dollar, meneer ik-verdien-miljoenen-met-paardenraces en ik-kan-manifesteren-wat-ik-maar-wil? Net als ik dat denk, realiseer ik me dat ik vergeten ben mezelf af te schermen.

'Is dat hoe je over mij denkt?' Vlak buiten het lokaal blijft hij staan, zichtbaar gekwetst door mijn achteloze gedachte. 'Zie je mij soms als een oppervlakkige, materialistische, ijdele, geld-over-de-balk-smijtende loser?'

'Nee!' roep ik uit, heftig hoofdschuddend en in zijn hand knijpend. Dat moet hij niet denken – ook al zit er een greintje waarheid in. Maar niet zoals hij dat opvat. Ik bedoel het meer als een 'mijn vriend geniet van de goede dingen van het leven' en niet 'mijn vriend is de mannelijke versie van Stacia'.

'Nee, ik eh...' Ik tuur naar hem. Kon ik maar net zo goed uit mijn woorden komen als hij! Maar goed, ik houd vol. 'Ik... ik snap er gewoon geen hout van.' Ik haal mijn schouders op. 'En wat is dat met die handschoen?' Ik til onze handen op zodat hij hem goed kan zien.

'Is dat niet duidelijk?' Hij schudt zijn hoofd en trekt me mee naar de deur.

Maar ik blijf staan. Niets is duidelijk. Ik kan het allemaal niet meer volgen.

Hij wacht even met zijn hand op de deurknop. Een beetje gekwetst brengt hij uit: 'Het leek mij een goede, tijdelijke oplossing. Maar misschien heb je liever dat ik je helemaal niet aanraak?'

Nee! Zo bedoel ik het niet! protesteer ik op telepathische wijze nu er klasgenootjes in de buurt zijn. In gedachten help ik hem herinneren hoe moeilijk het de laatste drie dagen was niet tegen hem aan te kruipen en elke toevallige aanraking te vermijden. Hoe ik deed alsof ik grieperig was, ook al weten we allebei dat wij niet ziek kunnen worden. En al die andere stomme trucjes waar ik me nog steeds voor schaam. Het was een hel, zo eenvoudig is het. Heb je eindelijk een vriend die er zo onwijs aantrekkelijk uitziet, zo'n heerlijk lijf heeft en dan mag je er niet eens aan zitten. Het is een kwelling!

'Ik bedoel, ik weet ook wel dat we het risico niet kunnen nemen dat ik je aanraak met klamme handen of zoiets, maar vind je niet dat dit er een beetje... raar uitziet?' fluister ik zodra we weer alleen zijn.

'Dat interesseert me weinig.' Hij kijkt me recht aan met een open, eerlijke blik. 'Het maakt me niet uit wat andere mensen denken. Alleen jij bent belangrijk.'

Na een kneepje in mijn vingers opent hij de deur van het lokaal met zijn gedachten en we lopen hand in hand langs Stacia Miller naar onze plek achterin. Ik heb haar niet meer gezien sinds afgelopen vrijdag, sinds ze onder Romans hypnose vandaan is, maar ik weet zeker dat haar hekel aan mij niet is afgenomen. Ik bereid me voor op haar gebruikelijke stunt om haar tas voor mijn voeten neer te gooien in de hoop dat ik erover struikel, maar vandaag leidt Damens nieuwe look haar zo af dat ze haar vermoeiende spelletje helemaal vergeet. Rustig laat ze haar blik over hem glijden, van top tot teen en terug.

Ze lijkt mij te negeren, maar dat betekent niet dat het voorbij is of dat ik me kan ontspannen. Dat is het 'm met Stacia: het is nooit voorbij. Dat heeft ze me wel duidelijk gemaakt. Nee, de kans is groter dat ze beter voorbereid is en gemener dan ooit. Dan is dit hooguit de stilte voor de storm.

'Gewoon negeren,' fluistert Damen terwijl hij zijn tafeltje zo dichtbij schuift dat het tafelblad bijna op dat van mij rust.

Ik knik instemmend, maar om eerlijk te zijn is dat onmogelijk. Ik zou dolgraag doen alsof ze onzichtbaar is, maar dat gaat niet. Ze zit vlak voor me en het lijkt wel een obsessie. Ik probeer haar gedachten te lezen om te zien wat er tussen hen is gebeurd – als er al iets was. Ik weet dat al dat geflirt ook allemaal door Roman kwam, net als het gezoen en geknuffel, maar ik moest het mooi wel aanzien. Al had Damen geen enkele vrije wil in die tijd, het is wél gebeurd. Damens lippen hebben de hare geraakt en zijn handen gleden over haar huid. Ik weet bijna zeker dat het daarbij gebleven is, maar ik zou me stukken beter voelen als ik daar bewijs voor had, niet alleen een hoopvol vermoeden.

Het is gestoord, kwetsend en zelfs masochistisch, ik weet het, maar ik houd niet op tot haar geheugen blootgeeft wat ik wil weten – elk laatste, vreselijke, ondraaglijke detail.

Net als ik dieper wil graven, door naar de diepste kern van haar hersens, knijpt Damen in mijn hand. 'Ever, alsjeblieft, kwel jezelf niet zo. Ik heb je al gezegd dat er niets te zien valt.' Ik slik en blijf naar de achterkant van haar hoofd staren. Ik zie hoe ze roddelt met Honor en Craig en hoor het bijna niet als hij verder praat. 'Er is niets gebeurd, oké? Het is niet wat je denkt.'

'Ik dacht dat je je niets kon herinneren?' Ik draai me met een ruk naar hem toe, maar een gevoel van schaamte overspoelt me als ik de pijn in zijn ogen zie. Langzaam schudt hij zijn hoofd.

'Vertrouw me nou maar.' Hij zucht. 'Of probeer dat in elk geval. Alsjeblieft?'

Ik haal diep adem en kijk hem aan. Kon ik dat maar. Ik weet ook wel dat het moet.

'Toe, Ever. Eerst kon je je niet over de laatste zeshonderd jaar van mijn uitgaansleven heen zetten en nu zit alleen al de laatste week daarvan je zo ontzettend dwars?' Hij fronst zijn wenkbrauwen en buigt naar me toe. Met indringende stem probeert hij me over te halen. 'Ik weet dat je enorm gekwetst bent. Heus, ik begrijp het. Maar ik kan er niets meer aan doen. Ik kan de tijd niet terugdraaien, ik kan het niet veranderen. Roman heeft het expres gedaan en je mag hem die voldoening niet schenken door hem te laten winnen.'

Ik slik. Hij heeft gelijk. Ik gedraag me als een idioot, het is onlogisch en ik laat me helemaal afleiden van wat echt belangrijk is.

Damen schakelt over naar telepathie zodra meneer Robins, onze leraar, het lokaal binnenkomt. Hij gaat verder: bovendien weet jij ook dat het niets om het lijf heeft. Ik heb altijd alleen maar van jou gehouden. Is dat niet genoeg?

Zijn gehandschoende duim beweegt naar mijn slaap en hij kijkt me aan met een intense blik. Hij laat me vlug onze gezamenlijke geschiedenis zien – mijn diverse incarnaties als een jong dienstmeisje in Frankrijk, de dochter van een puritein in New England, een flirterige, Britse *socialite* en tot slot als muze van een kunstenaar met prachtige rode haren...

Mijn mond valt open – die laatste verschijning ken ik niet eens!

Hij grijnst alleen maar en zijn ogen stralen meer warmte uit wanneer hij me enkele details laat zien van dat leven. Het is een fragment van het moment dat we elkaar ontmoetten, tijdens een opening van een galerie in Amsterdam. Onze eerste kus vlak buiten dat pand meteen die avond al. Hij laat me de meest romantische highlights zien en bespaart me het ogenblik van mijn dood, dat altijd zonder uitzondering volgt voor we onze relatie kunnen voortzetten.

Na het zien van die prachtige momenten en zijn overduidelijke liefde voor mij, staar ik hem nog even aan. In gedachten beantwoord ik zijn vraag: natuurlijk is het genoeg. Ik wil alleen maar jou.

Dan sluit ik mijn ogen en voeg daar vol schaamte aan toe: maar heb jij genoeg aan mij?

En daar heb je het: de naakte waarheid. Ik ben als de dood dat het handje vasthouden, nu zelfs met handschoen, hem binnenkort de keel uithangt. En anders de telepathische knuffels wel. Ik ben bang dat hij liever gaat voor de echte ervaring met een meisje zonder dodelijk DNA.

Hij knikt, zijn gehandschoende vingers tillen mijn kin op en ik krijg een telepathische omhelzing die zo warm, stevig, veilig en geruststellend is dat al mijn angsten verdwijnen. Hij beantwoordt de onuitgesproken verontschuldiging in mijn blik als hij naar voren leunt en met zijn lippen tegen mijn oor fluistert: 'Mooi zo, dan zijn we het daarover eens. En wat Roman betreft...'

Vier

Op weg naar de geschiedenisles vraag ik me af wat erger is: Roman tegenkomen of meneer Munoz? Ik heb ze allebei niet meer gezien sinds vrijdag, vlak voor mijn hele wereld in zou storten, en ik weet zeker dat de laatste ontmoeting met hen nogal raar verlopen is. Bij Munoz werd ik plotseling sentimenteel en heb ik toegegeven dat ik helderziend ben – wat ik anders nooit doe – maar ik heb hem ook aangemoedigd mijn tante Sabine mee uit te vragen, waar ik al helemaal dik spijt van heb. Maar hoe vreemd dat gesprek ook was, het verbleekt bij het laatste moment met Roman, waarbij ik klaarstond hem met mijn vuist een stomp te geven in zijn navelchakra, met de bedoeling hem niet alleen te doden maar ook compleet van de aardbodem te laten verdwijnen. Dat zou gelukt zijn, als ik niet een ogenblik lang twijfelde en hij maakte dat hij wegkwam. Als ik nu terugkijk, is dat waarschijnlijk maar goed ook, maar ik ben zo ongelooflijk kwaad op hem dat ik niet kan garanderen het niet nog eens te proberen.

Alhoewel, dat is niet helemaal waar. Ik wéét dat ik het niet nog een keer zal proberen. Niet alleen omdat Damen me de hele tijd tijdens Engels telepathisch de les gelezen heeft over hoe

wraak nemen nooit de juiste oplossing is en hoe karma uiteindelijk met iedereen afrekent en nog meer van dat soort onzin.
Ik doe het niet omdat het niet juist is. Ja, Roman heeft me enorm
belazerd en ik heb geen enkele reden hem ooit nog te vertrouwen. Maar dat geeft me niet het recht hem uit de weg te ruimen.
Dat lost mijn probleem niet op; het verandert helemaal niets.
Hij is vreselijk, kwaadaardig en alles wat onder 'slecht' valt,
maar toch heb ik het recht niet om...

'Hé, daar is mijn ondeugende meid!'

Hij glijdt naar me toe met zijn blonde haren opzettelijk in de
war, stralende blauwe ogen en dat sprankelend witte gebit. Op
zijn gemak strekt hij zijn sterke, zongebruinde arm uit in de
deuropening en blokkeert de ingang.

Meer heb ik niet nodig. Die dikke, overdreven tongval van
zijn aangemeten Britse accent en de huiveringwekkende rilling
die zijn blik me bezorgt zijn genoeg om mijn moordlust weer
aan te wakkeren.

Maar ik houd me rustig.

Ik heb Damen beloofd dat ik mezelf veilig en wel van de ene
les naar de andere kan krijgen zonder me te misdragen.

'Vertel eens, Ever. Hoe was jouw weekend? Hmm? Hebben
Damen en jij een plezierige reünie gevierd? Heeft hij die bij toeval ook nog weten te overleven?'

Ik bal mijn vuisten langs mijn zij en stel me voor hoe het eruitziet als er niets meer van hem overblijft dan een stapeltje designerkleding rond een hoopje stof, ook al heb ik gezworen niet
gewelddadig te worden.

'Zo niet...' gaat hij verder, 'als je mijn advies niet hebt opge-
volgd en toch die oude dinosaurus hebt laten zien wat je in huis
hebt, dan geloof ik dat ik je moet condoleren vanuit het diepste
van mijn hart.' Hij knikt en blijft me aankijken. Lager en zachter voegt hij toe: 'Maak je maar geen zorgen, jij blijft niet lang
alleen. Zodra je officiële rouwtijd voorbij is, wil ik je best het plezier doen de leegte in te nemen die zijn vroegtijdige einde heeft
achtergelaten.'

Ik richt me op mijn ademhaling. Langzaam in, langzaam uit. Ik kijk naar de sterke, bruine, gespierde arm die me tegenhoudt en weet dat ik slechts een gerichte karatetrap nodig heb om hem in tweeën te breken.

'Wat zeg ik, zelfs als het je gelukt is je in te houden en hij nog leeft, hoef je maar met je vingers te knippen en ik neem alsnog zijn plaats in.' Hij grijnst en laat zijn blik op een intieme manier over me heen gaan. 'Je hoeft nu nog geen antwoord te geven, hoor. Neem er de tijd voor. Want, Ever, ik kan je verzekeren dat ik genoeg geduld heb. In tegenstelling tot Damen kan ik heel goed wachten. Bovendien is het een kwestie van tijd voor je me vanzelf opzoekt.'

'Er is maar één ding dat ik van je wil.' Ik knijp mijn ogen half dicht tot alles om ons heen een vage schim wordt. 'En dat is dat je me met rust laat.' Ik voel dat mijn wangen gaan gloeien terwijl zijn gezicht een boosaardige uitdrukking aanneemt.

'Daar vergis je je dan in, *darling*.' Hij lacht, bekijkt me nog eens van top tot teen en schudt zijn hoofd. 'Geloof me, je wilt veel meer van me dan dat. Maar maak je niet druk. Zoals ik al zei, ik kan wachten zo lang als nodig is. Ik maak me meer zorgen om Damen. Dat zou jij ook moeten doen. Van wat ik gezien heb de afgelopen zeshonderd jaar is hij nogal ongeduldig van aard. Beetje hedonistisch, zelfs. Genot is het belangrijkst voor hem. Hij heeft nooit erg lang gewacht op iets wat hij wilde. Niet voor zover ik kon zien...'

Ik slik en doe mijn best rustig te blijven. Ik peper mezelf in dat ik niet moet toehappen. Roman kent mijn zwakke punten en weet hoe hij daarvan gebruik kan maken. Mijn psychologische kryptoniet, zeg maar.

'Begrijp me niet verkeerd, hij heeft altijd nog de schijn weten op te houden. De zwarte rouwband om zijn bovenarm, de vloed van tranen tijdens de wake. Maar neem van mij aan, Ever, dat het vuil van de grond niet eens aan zijn schoenen kon plakken voor hij alweer op zoek was naar een volgende verovering. Hij zocht altijd een manier om zijn verdriet te verwerken. Hoe dan ook – of liever gezegd: met wíé dan ook. Je wilt het vast niet geloven, maar ik heb hem al die tijd in de gaten gehouden, dus ik kan het weten. Damen wacht op niemand. En hij heeft al die tijd zeker nooit op jou gewacht.'

Weer haal ik diep adem en ik vul mijn hoofd met woorden, gedachten en rekensommetjes die moeilijker zijn dan ik kan oplossen. Ik doe er alles voor om niet te hoeven luisteren naar de vlijmscherpe woorden die hij zo nauwkeurig op mijn hart richt.

'Yep, ik heb het met eigen ogen gezien, *love*.' Hij glimlacht wanneer hij terugvalt in het Cockneydialect. Even snel is zijn accent weer verdwenen. 'Net als Drina, en het brak haar hart. Maar ja, zij voelde een onvoorwaardelijke liefde voor hem. Dat gold niet voor mij en al helemaal niet voor jou. Nee, zij was bereid hem terug te nemen, wat hij ook gedaan had, waar en met wie. Hij hoefde niets uit te leggen. En laten we eerlijk zijn: dat zie ik jou niet doen.'

'Je liegt!' roep ik schor. Mijn keel is droog, alsof ik mijn stem de hele dag nog niet gebruikt heb. 'Ik heb Damen al sinds het moment dat we elkaar voor het eerst zagen! Ik... ik...' Ik breek de zin af die ik nooit had moeten beginnen. Het is zinloos tegen hem in te gaan.

'Sorry, *darling*, maar dat zie je verkeerd. Je hebt Damen nooit "gehad", zoals je dat noemt. De ene keer een voorzichtig kusje, de andere keer twee plakkerige handen die elkaar vasthouden...' Hij haalt zijn schouders op en kijkt me spottend aan. 'Kom nou, Ever. Geloof je werkelijk dat een paar zielige pogingen tot een sneu vrijpartijtje genoeg zijn om een gulzige, genot zoekende, narcistische man tevreden te houden? En dat vierhonderd jaar lang?'

Slikken gaat moeilijk en ik moet mezelf dwingen kalm te blijven. 'Dan nog is dat een stuk verder dan jij ooit met Drina gekomen bent.'

'Dat lag niet aan mij,' sist hij me toe met een kille blik. 'Maar, zoals ik al zei, ik kan wachten. Damen absoluut niet.' Hij schudt zijn hoofd. 'Jammer dat je zo je best doet om dwars te liggen. Jij en ik hebben veel meer gemeen dan je zou denken. Allebei smachtend naar iets wat we nooit zullen bereiken...'

'Ik zou je hier ter plekke kunnen doden,' fluister ik met trillende stem en bevende handen. Ook al heb ik Damen beloofd dit niet te doen en weet ik beter. 'Ik zou...' Ik snuif lucht in mijn longen en bedenk dat ik niet wil dat hij weet wat alleen Damen en ik weten, dat het zwakste chakra – een van de zeven energiecentra van het menselijke lichaam – de kwetsbare plek is van een onsterfelijke en ook de makkelijkste manier biedt om een van hen voorgoed uit de weg te ruimen.

'Je zou wat?' Hij grijnst en brengt zijn gezicht zo dicht naar me toe dat ik zijn koude adem op mijn wang voel tintelen. 'Mij een stomp kunnen geven in mijn sacrale chakra?'

Ik staar hem aan en vraag me af hoe hij dat weet.

Ondertussen lacht hij alleen maar. Hij schudt zijn hoofd. 'Vergeet niet, *love*, dat ik Damen volledig onder controle had. Wat betekent dat hij me alles heeft verteld – hij heeft alle vragen beantwoord die ik maar stelde. En natuurlijk een hele hoop over jou.'

Als verstijfd sta ik voor hem en ik weiger een krimp te geven. Ik wil kalm en onverstoorbaar overkomen, maar daar is het al te laat voor. Het is hem gelukt. Hij weet me weer te raken waar het echt zeer doet. En denk maar niet dat het toeval is.

'Maak je geen zorgen, *darling*, ik ben absoluut niet van plan achter jou aan te komen. Al vertelt jouw opvallende gebrek aan inzicht en tragische inschattingsvermogen me dat een vlugge stoot tegen het keelchakra genoeg is om voorgoed van je af te zijn...' Hij grijnst vals en likt zijn lippen. 'Ik vind het veel te leuk om te zien hoe jij je in allerlei bochten wringt, dus zoiets zal ik niet doen. Bovendien duurt het niet lang meer voor je in mijn armen ligt te kronkelen. Onderop of bovenop, wat jij wilt.' Weer lacht hij met zijn blauwe ogen strak op mij gericht. Het is zo diep, zo intiem en met een insinuerende ondertoon die me misselijk maakt. 'Die details mag je zelf beslissen. Maar goed, hoe graag je het misschien ook wilt, je zult mij ook niet doden. Vooral omdat ik wel degelijk heb wat jij wilt. Het tegengif voor het tegengif. Je hebt mijn woord. Het enige wat jij moet doen is een manier vinden om het te verdienen. Je zult de juiste prijs ervoor moeten betalen.'

Mijn mond voelt droog en hangt open terwijl ik hem aangaap. Ik denk terug aan vorige vrijdag toen hij hetzelfde beweerde. Ik was zo afgeleid door Damens herstel dat ik er niet meer aan gedacht heb.

Ik pers mijn lippen op elkaar. Voor het eerst in dagen voel ik weer een sprankje hoop. Het is slechts een kwestie van tijd voor ik het tegengif in mijn bezit heb. Nu alleen nog uitvinden wat ik moet doen om het te bemachtigen.

'O, kijk nou toch eens.' De gemene grijns wordt breder. 'Je was alweer vergeten hoe onlosmakelijk we met elkaar verbonden zijn.'

Hij tilt zijn arm op en net als ik wil doorlopen laat hij hem weer zakken. Lachend houdt hij me gevangen op mijn plek.

'Rustig ademhalen,' zegt hij op zwoele toon. Ik voel zijn lippen zacht langs mijn oor strelen, zijn vingers over mijn schouder glijden en de koude rilling die zijn aanraking veroorzaakt. 'Er is geen reden tot paniek. Je hoeft je niet weer helemaal als een debiel te gedragen,' zegt hij met extra nadruk op die term. 'Ik weet zeker dat we samen wel wat leuks kunnen bedenken. Je kunt vast wel iets voor me doen wat me bevalt.'

Ik huiver bij het plaatje dat zijn woorden oproepen. Ik kies de mijne zorgvuldig en zeg: 'Er is niets, maar dan ook niets wat jij ooit zou kunnen zeggen of doen waardoor ik vrijwillig met je naar bed ga!' En net op dat moment opent meneer Munoz de deur, zodat de hele klas kan meegenieten.

'Rustig, rustig,' glimlacht Roman, zijn handen in de lucht in een gebaar van overgave als hij achteruit het lokaal in loopt. 'Wie begint er nou over doktertje spelen, de koffer in duiken?' Hij gooit zijn hoofd achterover en lacht hard. Tijdens die beweging zie ik net zijn griezelige ouroborostatoeage in en uit beeld flitsen. 'Ik bedoel... Niet dat ik je wil teleurstellen, *love*, maar als ik zin heb in een wilde nacht, dan is een maagd wel de laatste die ik zou bellen!'

Ik storm naar mijn plek met vuurrode wangen en mijn blik op de vloer. De veertig minuten die volgen krimp ik steeds verder ineen als mijn klasgenootjes het uitproesten zodra Roman een dikke, natte zoen mijn kant op stuurt. Munoz probeert hen te kalmeren, maar het heeft weinig zin. Zodra de bel gaat, haast ik me naar de deur. Wanhopig Damen eerder te bereiken dan Roman, bang dat Roman hem meteen op de kast weet te jagen en hij iets doms doet... We kunnen het ons niet veroorloven nu ik zeker weet dat Roman de oplossing heeft voor ons probleem.

Net als ik de deurkruk beetheb, hoor ik een stem. 'Ever? Heb je eventjes?'

Ik blijf staan en mijn klasgenoten botsen tegen me op. Ze hebben allemaal evenveel haast om naar buiten te gaan, waar ze Romans voorbeeld kunnen volgen om me verder voor schut te zetten. Zijn spottende lach blijft hangen terwijl ik me omdraai naar Munoz, benieuwd wat hij van me wil.

'Ik heb het gedaan.' Hij glimlacht nerveus en praat zenuwachtig. Ook staat hij er nogal ongemakkelijk bij.

Even ongemakkelijk verplaats ik mijn tas van de ene schouder naar de andere terwijl ik op mijn andere been leun. Had ik nou maar de tijd genomen om te leren hoe ik iemand op een afstand in de gaten kan houden. Dan had ik de lunchtafel nu kunnen zien om te controleren of Damen zich aan de afspraak houdt.

'Ik ben op haar afgestapt. Precies zoals je me hebt aangeraden.' Hij knikt.

Ik knijp mijn ogen half dicht en concentreer me nu op Munoz. Ik krijg er een vreemd gevoel bij nu doordringt waar dit naartoe gaat.

'De vrouw in Starbucks? Sabine? Ik heb haar vanochtend weer gezien. Ik heb haar zelfs eventjes gesproken en...' Hij haalt zijn schouders op en zijn blik dwaalt af. Hij is er nog steeds onderstboven van.

Ik sta daar maar, buiten adem. Ik moet iets doen om het tegen te houden, maakt niet uit wat, voor het uit de hand loopt.

'Je had gelijk,' gaat hij verder. 'Ze is echt heel aardig. Misschien moet ik je dit niet allemaal vertellen, hoor, maar ik heb zelfs een afspraakje met haar voor vrijdagavond. We gaan uit eten.'

Ik knik, overdonderd en gevoelloos, terwijl ik zijn woorden wel hoor, maar de betekenis niet aankomt. Ik richt me op zijn energieveld en zie de hele ontmoeting: Sabine staat in de rij en kijkt niet op of om totdat Munoz aan komt lopen. Ze draait zich om en schenkt hem een glimlach. Het lijkt ongelooflijk veel op flirten!

Toch merk ik geen schaamte op – niet bij Sabine en niet bij Munoz. Nee, daar heb ik alleen last van. Die twee zijn zo blij als het maar kan.

Ja, wacht even, dit mag niet gebeuren! Ik heb meer redenen dan ik zo kan opnoemen, maar dat etentje mag niet doorgaan. Ten eerste is Sabine niet alleen mijn tante, maar ook mijn voogd, degene die voor me zorgt, het enige familielid dat ik nog heb! Ten tweede – en misschien wel belangrijker – dankzij mijn achterlijke, overdreven sentimentele en verkeerd ingeschatte moment van zwakte afgelopen vrijdag weet Munoz dat ik helderziend ben. En Sabine niet!

Het heeft al genoeg moeite gekost dat voor haar geheim te houden en ik kan niet toestaan dat mijn smoorverliefde leraar het haar per ongeluk vertelt!

Ik wil hem net zeggen dat hij absoluut niet met mijn tante mag daten, dat hij al helemaal geen informatie mag doorspelen over iets wat ik misschien per ongeluk tijdens een moment van zwakte gezegd heb – toen ik zo zeker wist hem nooit van mijn leven terug te zien – maar dan schraapt hij zijn keel. 'Je moet maar gaan lunchen voor de pauze voorbij is. Ik wilde je niet zo lang hier houden, maar ik dacht dat je het misschien wilde weten...'

'O, geen probleem, dat zit wel goed,' zeg ik. 'Ik wilde net...'

Maar hij laat me niet uitpraten. Hij duwt me bijna het lokaal uit en stuurt me weg. 'Ga maar gauw, naar je vrienden toe. Ik wilde je alleen even vlug bedanken, dat is alles.'

Vijf

Als ik aankom bij de eettafel en naast Damen ga zitten, voel ik me stukken beter. Alles is normaal, er is niets aan de hand. Damens gehandschoende hand geeft een kneepje in mijn knie terwijl ik mijn blik rond het plein laat gaan, op zoek naar Roman. Dan hoor ik Damen in gedachten zeggen dat hij weg is.

Weg? Ik kijk hem verschrikt aan, hopend dat hij 'weg' bedoelt in de zin van 'niet hier' en niet 'voorgoed van de aardbodem verdwenen'.

Damen begint te lachen en het zachte, melodieuze geluid verplaatst zich van zijn gedachten naar de mijne. Nee, niet vernietigd, denkt hij. Dat verzeker ik je. Hij is er gewoon niet – niet hier. Ik zag hem een paar minuten geleden wegrijden met een onbekende gozer.

Heeft hij nog iets gezegd? Heeft hij geprobeerd je uit te lokken? vraag ik. Damen schudt zijn hoofd en kijkt me strak aan. Mooi zo, voeg ik eraan toe. Want we kunnen geen wraak nemen, we kunnen ons niet veroorloven achter hem aan te gaan. Hij heeft het tegengif! Dat heeft hij net zelf toegegeven. Dus nu hoeven we alleen nog maar...

Damen onderbreekt mijn gedachten en fronst zijn wenkbrauwen. Ever, je moet niet alles geloven wat hij zegt! Dat is een van zijn trucs. Hij manipuleert alles en iedereen. Je moet uit zijn buurt blijven. Hij speelt een spelletje met je, hij is niet te vertrouwen...

Maar ik schud mijn hoofd. Dit keer is het anders, dat weet ik zeker, ik voel het. En ik wil dolgraag dat Damen dat ook eens beseft. Ik kijk op en stuur hem mijn antwoord: hij liegt niet, echt niet! Hij zei...

Die gedachte wordt onderbroken door Haven die naar ons toe leunt en ons beurtelings aankijkt. 'Oké, nou ben ik het zat! Kan iemand me vertellen wat er aan de hand is? Echt hoor, ik vind het niet leuk meer!'

Ik draai me om en zie dat haar vriendelijk gele aura fel straalt, in scherp contrast met haar zwarte kleding. Daardoor weet ik dat ze het niet kwaad bedoelt, maar ze ergert zich wel degelijk aan ons.

'Serieus, het is net alsof... Het lijkt wel alsof jullie een heel eigen manier van communiceren hebben uitgevonden of zo. Een soort geheimzinnig tweelingentaaltje, maar dan geluidloos. En griezelig.'

Ik haal mijn schouders op en pak mijn lunch uit mijn tas. Zoals gewoonlijk pak ik de sandwich uit die ik niet van plan ben op te eten, maar dit keer probeer ik vooral te verbergen hoe geschokt ik ben door haar vraag. Met mijn knie stoot ik Damen aan, gevolgd door een telepathisch berichtje met het verzoek of hij het even kan overnemen, want ik weet niet wat ik moet zeggen.

'Doe nou niet alsof ik het verzin.' Ze kijkt ons achterdochtig aan. 'Ik hou jullie nou al een tijdje in de gaten en ik krijg er gewoon kippenvel van.'

'Waar krijg je kippenvel van?' Miles kijkt op van zijn telefoon, maar het duurt niet lang voor hij vrolijk verdergaat met zijn sms-bericht.

'Van die twee.' Er zit nog een kloddertje roze glazuur van haar cakeje op de korte, zwarte nagel van de vinger waarmee ze naar ons wijst. 'Ik zweer je, ze gedragen zich met de dag vreemder.'

Miles knikt, legt zijn telefoon op tafel en kijkt van de een naar de ander. 'Ja, dat had ik ook nog willen zeggen. Jullie zijn raar.' Hij lacht. 'O, en dat hele Michael Jackson-gedoe met die ene handschoen?' Hoofdschuddend tuit hij zijn lippen. 'Staat je voor geen meter. Die look is zo achterhaald dat zelfs jij er niet meer mee wegkomt.'

Haven fronst haar wenkbrauwen uit frustratie. Zij meent het serieus en Miles maakt er een grapje van. 'Lach jij maar,' zegt ze met een strakke, strenge blik. 'Maar er is iets aan de hand met die twee. Ik weet niet wat, maar ik kom er wel achter. Ik krijg de waarheid wel boven tafel, wacht maar.'

Net als ik iets wil zeggen, schudt Damen zijn hoofd en hij laat zijn rode drank in het flesje heen en weer klotsen. Hij leunt naar Haven toe. 'Zoek er niet te veel achter. Het is lang niet zo sinister als je denkt.' Hij glimlacht, maar zijn blik laat haar niet los. 'We oefenen met telepathie, dat is alles. Een poging om elkaars gedachten te leren lezen, zodat we niet alles hardop hoeven doen. Dat scheelt een hoop gelazer tijdens de les.' Hij lacht weer, maar ondertussen knijp ik zo hard in mijn sandwich dat de mayonaise er aan weerskanten uit druipt. Met open mond kijk ik naar mijn vriend, die zojuist heel nonchalant de belangrijkste regel heeft genegeerd. We mogen niemand vertellen wat we zijn en welke gaven we bezitten!

Mijn hart begint pas minder hard te bonken als ik Haven met haar ogen zie rollen. 'Toe zeg, ik ben niet achterlijk.'

'Dat zeg ik ook niet,' grijnst Damen. 'Het bestaat echt, hoor. Wil je het proberen?'

Als versteend blijf ik zitten. Het is net als langs een ongeluk rijden op de snelweg: je schrikt ervan en toch blijf je ernaar kijken. Alleen ligt het dit keer een stuk persoonlijker.

'Doe je ogen dicht en denk aan een getal tussen een en tien.' Hij knikt haar bemoedigend toe. 'Concentreer je goed op dat getal. Zie het voor je in gedachten, zo helder als je kunt. En blijf de klank herhalen voor jezelf. Oké?'

Ze haalt haar schouders op en fronst haar wenkbrauwen alsof ze haar best doet. Al zie ik in één oogopslag aan haar aura – die verandert in een valse, donkergroene kleur – en in haar gedachten dat ze alleen maar doet alsof. Ze denkt nu expres aan de kleur blauw, niet aan een getal, zoals Damen haar opdroeg.

Ik kijk van haar naar hem, wetend dat ze hem probeert te stangen. Naar haar idee is de kans te groot dat Damen het getal tussen een en tien raadt, zonder dat het iets bewijst. Ze houdt vol terwijl hij over zijn kin wrijft en zijn hoofd schudt. 'Ik geloof niet dat ik een helder beeld doorkrijg. Weet je zeker dat je denkt aan een getal tussen een en tien?'

Ze knikt en concentreert zich nog wat harder op een prachtige, pulserend blauwe kleur.

'Dan zijn we de draad kwijt, denk ik.' Hij haalt zijn schouders op. 'Ik krijg geen enkel getal door.'

'Nou ik!' Miles laat zijn telefoon met rust en leunt over de tafel.

Zijn ogen zijn nog niet dicht en hij heeft nog geen getal bedacht als Damen naar lucht hapt en vol verbazing uitroept: 'Ga je naar Florence?'

Miles schudt vastberaden zijn hoofd. 'Het was drie. Oké? Ik dacht aan het getal drie.' Dan rolt hij met zijn ogen en grijnst. 'En iedereen hier weet dat ik naar Florence ga, dus dat telt niet.'

'Iedereen behalve ik,' houdt Damen vol met zijn kaken stijf op elkaar. Alle kleur verdwijnt uit zijn gezicht.

'Ever zal het je vast wel verteld hebben. Je weet wel – op telepathische wijze,' grinnikt Miles voordat zijn aandacht weer naar het scherm van zijn mobieltje gaat.

Ik tuur naar Damen en vraag me af waarom hij zo geschrokken lijkt door het nieuws. Ja, hij heeft er zelf ooit gewoond, maar dat was letterlijk eeuwen geleden. Zachtjes knijp ik in zijn hand in de hoop dat hij me aankijkt, maar hij blijft Miles aanstaren met diezelfde geschokte uitdrukking.

'Leuk geprobeerd met die telepathietheorie van je,' onderbreekt Haven hen. Ze prikt met haar vingertop in de bovenlaag van het cakeje tot ze een dikke klodder aardbeienglazuur te pakken heeft. 'Maar ik ben bang dat je beter je best moet doen. Tot nu toe heb je alleen maar bewezen dat jullie nog ergere freaks zijn dan ik dacht. Maar zoals ik al zei, geen zorgen, ik kom er nog wel achter. Dat grote geheim blijft niet lang meer geheim.'

Ik bijt op mijn lip om niet nerveus te giechelen. Ik hoop dat het een losse opmerking is, maar als ik in haar gedachten gluur, zie ik dat ze het echt meent.

'Wanneer vertrek je?' Damen probeert het gesprek gaande te houden, want hij heeft het antwoord al opgepikt uit Miles' gedachten.

'Binnenkort, maar nog niet snel genoeg,' zegt Miles met een glinstering in zijn ogen. 'Maar het grote aftellen is begonnen!'

Damen knikt en kijkt al vriendelijker. 'Je zult het er geweldig vinden. Iedereen die er komt, wordt verliefd op de stad. Firenze is een prachtige, betoverende plek.'

'Ben je er geweest dan?' vragen Miles en Haven tegelijk.

Met zijn blik op oneindig knikt Damen. 'Ik heb er ooit gewoond, een hele tijd geleden.'

Haven kijkt opnieuw van hem naar mij, met haar ogen half dichtgeknepen. 'Drina en Roman ook.'

Hij haalt zijn schouders op en zijn gezicht toont geen reactie, alsof hem dat totaal niets zegt.

'Vind je dat niet een tikkie vreemd? Dat jullie alle drie in Italië hebben gewoond, in dezelfde stad en dan toevallig ook alle drie hier terechtkomen? Zo kort na elkaar?' Ze schuift haar gebakje opzij en leunt nu nog verder naar voren, op zoek naar antwoorden.

Toch vertrekt Damen geen spier; hij verraadt niets. Hij neemt een slokje van zijn rode drank en haalt zijn schouders weer op, alsof hij er verder niets over te zeggen heeft.

'Heb je nog tips? Dingen die ik moet zien als ik daar ben?' Miles wil vooral de gespannen sfeer verbreken, nieuwsgierig is hij niet echt. 'Iets wat ik niet mag missen?'

Damen doet alsof hij peinst, ook al weet hij het antwoord

meteen al. 'Heel Florence is de moeite waard. Maar sla in geen geval de Ponte Vecchio over – de eerste brug over de rivier de Arno en de enige die na de oorlog overeind is gebleven. O, en je moet echt de Galleria dell'Accademia bezoeken, de kunstacademie waar je Michelangelo's *David* vindt, naast nog diverse andere belangrijke werken en vergeet niet...'

'O, *David* vergeet ik niet, hoor,' valt Miles hem in de rede. 'En de brug, de beroemde kathedraal Il Duomo en al die andere dingen die in elke reisgids in de top tien staan. Maar wat ik wil weten zijn de kleinere dingen, de niet-toeristische plekken waar alle gewone Florentijnen naartoe gaan. Roman vertelde me vol enthousiasme over... nou ja, ik ben de naam even kwijt, maar er moeten diverse minder bekende kunstobjecten uit de renaissance te vinden zijn, schilderijen en meer waar niet iedereen van weet. Heb je niet nog een paar van dat soort tips? Of anders nachtclubs, cafés, winkels?'

Als ik zie hoe indringend Damen naar hem kijkt, voel zelfs ik een koude rilling. 'Nee, niet uit mijn hoofd,' zegt hij. Hij probeert vriendelijker te kijken, maar zijn stem verraadt zijn irritatie. 'Maar een plek waar zogenaamd belangrijke kunstvoorwerpen te zien zijn zonder dat die in de reisgids staat, is hoogstwaarschijnlijk nep. Daar zou ik niet te veel tijd aan besteden; er is genoeg te zien in Florence.'

Miles trekt een schouder op en is alweer druk aan het sms'en. Het gesprek interesseert hem allang niet meer. 'Het zal wel,' mompelt hij nog terwijl zijn duimen vlug over de toetsen schieten. 'Maak je niet druk, Roman geeft me wel een lijstje mee.'

Zes

'Je hebt aardig wat vooruitgang geboekt,' glimlacht Damen vol bewondering. 'Heb je dit jezelf allemaal aangeleerd?'

Ik knik en kijk de grote, lege kamer rond. Voor het eerst sinds weken ben ik tevreden met mezelf.

Damen hoefde me geen twee keer te zeggen dat hij alle protserige meubels wilde wegdoen die hij tijdens Romans zogenaamde heerschappij had verzameld. Het was een mooie kans voor mij om de rij zwartleren tv-stoelen te laten verdwijnen, net als de flatscreens, de biljarttafel met het rode vilt en de verchroomde bar. Het waren toch allemaal symbolen, allemaal tastbare herinneringen aan de meest uitzichtloze periode in onze relatie tot nu toe. Ik concentreerde me er zo enthousiast op al die spullen te laten verdwijnen dat ik eerlijk gezegd geen flauw idee heb waar ze zijn gebleven. Maar goed, ze staan in elk geval niet meer hier.

'Zo te zien heb je geen lessen meer nodig,' merkt hij hoofdschuddend op.

'Daar zou ik niet te zeker van zijn.' Ik draai me om en glimlach, terwijl ik een pluk van zijn donkere, golvende haren uit zijn gezicht veeg met mijn eigen hand in een handschoen. Ik hoop dat het niet lang duurt voor we het tegengif van Roman krijgen of in elk geval een betere en minder opvallende oplossing kunnen bedenken. 'Vraag me niet waar al die dingen nu zijn, trouwens. Of hoe ik deze enorme ruimte moet vullen als ik niet eens weet waar je al je oude spullen gelaten hebt.' Ik grijp net te laat naar zijn hand en frons mijn wenkbrauwen als ik hem naar het raam zie lopen.

'De meubels,' begint hij met een diepe, lage stem, terwijl hij uitkijkt over zijn prachtig verzorgde gazonnetje, 'zijn terug op de plek waar ze vandaan kwamen. Maar dan in de originele staat van pure, trillende energie en de mogelijkheid elke gewenste vorm aan te nemen. Wat die andere dingen betreft...' Hij haalt zijn schouders op, al bewegen ze nauwelijks op en neer. 'Ach, dat doet er eigenlijk ook niet toe, toch? Ik heb ze niet meer nodig.'

Starend naar zijn rug, bekijk ik zijn slanke postuur en de nonchalante houding. Ik vraag me af waarom hij zo weinig interesse toont in het terughalen van de geliefde voorwerpen uit zijn verleden. De Picasso waarop hij dat strakke, blauwe pak aanheeft of het schilderij van Velázquez met Damen op de rug van een steigerend wit paard... En dan denk ik nog niet eens aan al die andere souvenirs van onschatbare waarde, die soms eeuwen oud zijn.

'Maar die dingen zijn hartstikke waardevol! Die moet je bewaren. Ze zijn onvervangbaar!'

'Ever, rustig aan. Het zijn maar spullen.' Hij klinkt vastberaden en draait zich naar me toe. 'Geen enkel object heeft echt zoveel waarde. Het enige wat belangrijk is, ben jij.'

Het is ontzettend lief van hem om dat te zeggen, begrijp me goed. Maar ik smelt er niet bepaald bij weg. Het lijkt wel alsof hij de laatste tijd alleen nog maar denkt aan zijn karma en mij. Niet dat het erg is dat die dingen op de eerste en tweede plaats van zijn to-do-lijst staan, hoor. Het probleem is dat die lijst verder leeg lijkt.

'Daar ben ik het niet mee eens. Het zijn niet zomaar spullen,' ga ik ertegenin. Ik loop naar hem toe en doe mijn best tot hem door te dringen en hem over te halen. 'Boeken met de originele handtekening van Shakespeare en de zusjes Brontë, kroonluchters van Marie Antoinette en Lodewijk XVI... dat zijn niet zomaar dingen die rondslingeren. Het zijn verdomme belangrijke historische objecten! Doe niet zo koppig alsof het een doos vol oude rommel is die je zonder nadenken dumpt bij het Leger des Heils!'

Hij kijkt me aan en zijn blik wordt zachter. Het topje van zijn handschoen glijdt langs mijn gezicht, van mijn slaap tot aan mijn kin. 'Je had toch zo'n hekel aan die stoffige, oude kamer, zoals je hem altijd noemde?'

'Mensen kunnen veranderen.' Ik haal mijn schouders op. Niet voor het eerst wens ik dat hij zou veranderen – terug in de Damen die ik ken. 'Nu we het er toch over hebben, waarom raakte je zo overstuur van Miles' reisje naar Florence?' Ik merk dat zijn lichaam al verstijft als hij de naam van de stad hoort. 'Heeft het iets te maken met Drina en Roman? Ben je bang dat ze erachter komen dat jullie elkaar al langer kennen?'

Hij kijkt me kort aan en doet zijn mond open om iets te zeggen. Maar dan draait hij zich om en mompelt: 'Ik zou het niet "overstuur" willen noemen.'

'Weet je wat? Je hebt helemaal gelijk. Voor een normaal iemand was dat inderdaad niet overstuur. Maar voor jou, altijd zo cool en relaxed... Bij jou hoef ik maar te zien dat je je ogen half dichtknijpt of dat je kaak verstrakt en ik weet genoeg.'

Hij draait zich terug naar mij en zijn ogen zoeken mijn blik. 'Je hebt zelf gezien wat er in Florence is gebeurd. Ondanks alle goede eigenschappen blijft het een plek van ondraaglijke herinneringen die ik liever niet naar boven haal.'

Ik slik en denk terug aan de beelden die ik in Zomerland voorbij heb zien komen: Damen die zich verstopt in een kleine, donkere voorraadkast en vanaf daar hulpeloos moet toekijken hoe zijn ouders vermoord worden door criminelen die uit zijn op het elixir. Gevolgd door de tijd waarin hij werd opgevoed door de kerk tot de pest uitbrak in Florence en hij zowel Drina als de andere weeskinderen van die onsterfelijkheidsdrank heeft laten drinken. Hij hoopte hen slechts te kunnen genezen en had geen idee dat het elixir hen onsterfelijk zou maken. Ik voel me opeens de slechtste vriendin ter wereld dat ik hierover begonnen ben.

'Ik richt me liever op het heden.' Hij knikt en gebaart naar de lege kamer om ons heen. 'En op dit moment kan ik je hulp wel gebruiken bij de inrichting hiervan. Volgens de makelaar houden potentiële kopers van een mooie, opgeruimde, eigentijdse uitstraling tijdens een bezichtiging. Ik heb erover nagedacht het leeg te laten, zodat ze goed kunnen zien hoe groot de kamers zijn, maar misschien moeten we...'

'De mákelaar?' Ik hap naar lucht en verslik me bijna in het woord. Mijn stem slaat over en eindigt een paar octaven hoger. 'Waar heb je in godsnaam een makelaar voor nodig?'

'Om het huis te verkopen.' Weer haalt hij zijn schouders op. 'Dat begreep je toch?'

Ik kijk om me heen, op zoek naar dat eeuwenoude zitbankje met de fluwelen bekleding en de goed gevulde kussens. Dat zou perfect zijn om mijn val te breken als ik door mijn knieën zak en mijn hoofd ontploft.

Maar ik houd me overeind en doe mijn best rustig te blijven. Al kijk ik mijn ongelooflijk aantrekkelijke vriend van de afgelopen vierhonderd jaar aan alsof ik hem voor het eerst zie.

'Kijk niet zo. Dit verandert niets. Het is maar een huis. Een veel te groot huis, zelfs. Trouwens, ik heb al die ruimte nooit nodig gehad. De meeste kamers heb ik nooit gebruikt.'

'Waar wil je dan gaan wonen? In een tent?'

'Ik zoek gewoon iets kleiners, dat is alles.' Hij kijkt me smekend aan en wil dat ik begrijp waarom hij dit doet. 'Er zit niets duisters achter, Ever. Ik wil je hier niet mee kwetsen.'

'Gaat die makelaar van je je daarbij helpen? Met iets kleiners zoeken?' vraag ik met nadruk. Ik vraag me af waar hij mee bezig is en wanneer hij er weer mee ophoudt. 'Ik bedoel, Damen, als je echt kleiner wilt wonen, dan kun je toch een kleiner huis laten verschijnen? Waarom dan die... gewone manier?'

Mijn blik glijdt van zijn hoofd en zijn lange, glanzende, donkere haren tot aan de slippers met rubberen zolen die hij tegenwoordig draagt. Ik weet nog goed dat ik niet eens al te lang geleden nog wenste dat ik weer normaal was. Maar nu ik gewend ben aan mijn gaven, zie ik het nut er niet van in om te zijn zoals iedereen.

'Er zit iets achter, maar wat?' Ik staar hem aan en voel me een beetje in de steek gelaten. 'Ik bedoel, zonder jou was ik hier niet geweest. Jij hebt me veranderd in wat ik nu ben. Nou ben ik er eindelijk aan gewend en dan besluit jij er weer mee op te houden? Echt, hoor. Waar slaat dat op?'

Hij geeft geen antwoord. In plaats daarvan sluit hij zijn ogen en projecteert hij een beeld van ons samen – lachend, blij, vrolijk, plezier makend op een prachtig, wit zandstrand.

Koppig schud ik mijn hoofd en ik sla mijn armen stevig over elkaar. Ik speel zijn spelletje niet mee voor hij mijn vraag beantwoordt.

Hij zucht en staart uit het raam. Pas als hij iets begint te zeggen, draait hij zich naar me om. 'Dat heb ik je al uitgelegd. Mijn enige optie, de enige kans die ik heb om te ontsnappen aan mijn zelfgemaakte hel, is door boete te doen. Ik moet het evenwicht herstellen voor mijn karma. Dat lukt alleen maar door het overdreven luxe leventje los te laten en geen dingen meer te manifesteren, geen geld over de balk te smijten en andere uitspattingen waar ik me al zeshonderd jaar schuldig aan maak. Ik moet een normaal leven leiden, zoals iedereen. Eerlijk, hardwerkend en bescheiden – met dezelfde dagelijkse sleur en problemen als alle anderen.'

Terwijl ik hem aanstaar, herhaal ik zijn woorden in mijn hoofd. Ook de tweede keer kan ik niet geloven wat hij zegt. 'En hoe wil je dat doen?' Mijn ogen zijn twee spleetjes. 'Nee, ik meen dit serieus. Heb je in al die zeshonderd jaar ooit een baan gehad?'

Het is bedoeld als een serieuze opmerking en volgens mij kijk ik ook ernstig genoeg, maar Damen gooit zijn hoofd achterover en begint hard te lachen. Het duurt zelfs een tijdje voor hij genoeg bedaart om te kunnen praten. 'Geloof je nou echt dat niemand mij wil aannemen?' Hij schudt zijn hoofd en begint weer te grinniken. 'Ever, kom nou. Denk je niet dat ik al lang genoeg leef om een paar vaardigheden opgepikt te hebben?'

Ik wil zeggen dat het inderdaad een genot is te zien hoe hij met één hand een mooiere Picasso schildert dan Picasso zelf, terwijl zijn andere hand tegelijkertijd een betere Van Gogh fabriceert dan de Nederlander ooit gedaan heeft, maar dat ik niet inzie hoe dat hem helpt een baan te krijgen als *barista* bij Starbucks.

Maar voor ik iets kan uitbrengen, staat hij al naast me met een vlugge, soepele beweging. 'Voor iemand die zijn gaven niet meer wil gebruiken, loop je wel bliksemsnel door een kamer,' mompel ik. Dan voel ik de heerlijk warme tinteling langs mijn huid prikken zodra hij zijn armen om mijn middel slaat en me stevig tegen zich aan drukt. Hij doet zijn best mijn huid niet aan te raken. 'Hoe zit het met telepathie?' fluister ik. 'Stoppen we daar ook mee?' Zijn nabijheid berooft me bijna van mijn stem.

'Alles wat me dichter bij jou brengt, zal ik blijven doen,' antwoordt hij, terwijl hij me indringend aankijkt. 'Maar de rest...' Hij haalt zijn schouders op en kijkt eerst de grote, lege kamer rond en dan weer naar mij. 'Wat vind jij belangrijker, Ever? De grootte van mijn huis of de grootte van mijn hart?'

Ik bijt op mijn lip en durf hem niet aan te kijken. De waarheid achter die woorden steekt en ik voel me klein en schuldig.

'Maakt het echt zoveel uit of ik de bus pak in plaats van mijn BMW en een merkloze broek aantrek in plaats van iets met een Gucci-label? Want die auto, de kleding en de postcode – dat zijn alleen maar zelfstandige naamwoorden. Het is leuk om ze te hebben, maar strikt genomen hebben ze niets met mij te maken. Niet met wie ik ben, diep vanbinnen.'

Ik slik en draai mijn hoofd weg – alles om zijn blik niet te ontmoeten. Het is heus niet zo dat die auto of zijn huis me zoveel kunnen schelen, ook al lijkt het laatste op een Frans kasteel. Als ik ze zo graag wil hebben, manifesteer ik ze zelf wel. Maar ik moet toch toegeven dat ze in het begin een deel van zijn aantrekkingskracht vormden. Naast de aantrekkelijke, knappe, strakke, mysterieuze persoonlijkheid die me meteen al aansprak.

Als ik na een moment weer naar hem kijk en hem zie staan zonder al het leer en uiterlijk vertoon, gewoon als de man die hij is, besef ik dat er niets is veranderd. Hij is nog steeds dezelfde, warme, lieve jongen die ik leerde kennen. Hij heeft gelijk. Al die andere dingen zijn onbelangrijk.

Ze hebben niets te maken met zijn ziel.

Ik glimlach. Plotseling schiet me een idee te binnen: de enige andere plek waar we samen kunnen zijn, veilig en wel, beschermd tegen het kwaad. Ik grijp zijn gehandschoende hand vast en trek hem mee. 'Kom, ik wil je wat laten zien.'

Zeven

Eventjes was ik bang dat hij niet mee zou gaan naar een plek waarvoor je ten eerste al magie nodig hebt om er te komen en die ten tweede volledig is opgebouwd uit magie. Maar zodra we in dat geurende veld zijn geland, veegt hij zijn broek af en hij steekt zijn hand naar me uit. 'Wauw, ik geloof niet dat het mij ooit gelukt is de toegangspoort hierheen zo snel op te roepen,' zegt hij terwijl hij rondkijkt.

'Vast wel. Jij hebt het mij geleerd, hoor.' Ik grijns en kijk naar het veld vol wuivende bloemen en wiegende bomen. Het is goed te zien dat alles hier bestaat uit de zuiverste vorm van schoonheid en energie.

Met mijn hoofd achterover geniet ik van de warme gloed en de deinende mist om me heen. Ik herinner me de laatste keer dat ik hier was: ik danste met een gemanifesteerde Damen in dit veld, in de hoop het moment van afscheid te kunnen uitstellen.

'Dus je vindt het niet erg om hier te zijn?' Ik weet tenslotte niet hoe ver hij wil gaan in het afzweren van zijn gaven. 'Je bent niet boos?'

Hij schudt zijn hoofd en pakt mijn hand vast. 'Van Zomerland kan ik nooit genoeg krijgen. Het is een uitdrukking van alle schoonheid en alle mogelijkheden in hun puurste vorm.'

Samen wandelen we door het veld, de grashalmen vangen ons vol veerkracht op. Ik laat mijn vingers over de bloesems van goudkleurige wilde bloemen glijden die heen en weer deinen terwijl we verdergaan. Ik weet dat alles mogelijk is in deze dimensie. Alles. Misschien zelfs wel... hij en ik?

'Ik heb dit gemist.' Hij glimlacht en kijkt om zich heen. 'Niet dat ik me de laatste weken zonder Zomerland kan herinneren, maar het lijkt alweer zo lang geleden dat we hier waren.'

'Het voelde wel raar om hier te komen zonder jou,' geef ik toe terwijl ik hem meetrek naar een schattig strandhuisje in Balinese stijl dat vlak naast de regenboogkleurige rivier staat. 'In die tijd heb ik zelfs een heel andere kant ontdekt die ik je dolgraag eens wil laten zien. Maar dat komt wel een keertje.'

Ik duw het witte, doorzichtige gordijn in de opening opzij en laat me vallen op de zachte, witte kussens. Ik lach als Damen naast me komt liggen en we omhoogkijken naar de prachtige kokoshouten balken. Zijn hoofd tegen mij aan, onze voetzolen niet ver van elkaar verwijderd – dankzij de extra centimeters die de onsterfelijkheidsdrank me gegeven heeft.

'Wat is dit precies?' Hij gaat op zijn zij liggen terwijl ik het gordijn sluit met mijn gedachten. Ik kan niet wachten tot we afgezonderd zijn en van elkaar kunnen genieten.

'Ik heb er een foto van gezien op de cover van een reismagazine. Ik vond het zo mooi, ik dacht ik manifesteer er zelf eentje. Zodat we een gezellig plekje hebben om... nou ja, om rond te hangen... en zo.' Mijn hart bonst, mijn wangen gloeien en ik wend mijn blik af. Ik ben vast de slechtste verleidster die hij in al die jaren heeft meegemaakt.

Hij grinnikt en trekt me dichter naar zich toe. Tussen ons in pulseert slechts een heel dun laagje energie dat als een beschermend schild ervoor zorgt dat er niets kan gebeuren. Dicht bij elkaar, maar dan zonder gevaar.

Ik sluit mijn ogen en geef me over aan de warme gloed die

door mijn lichaam tintelt nu hij zo naast me ligt. Twee harten die samen kloppen in een perfect ritme, die opzwellen en krimpen, bloed rondpompen in hetzelfde tempo, alsof ze op elkaar zijn afgestemd. Het voelt allemaal zo goed, zo natuurlijk, zo prettig dat ik dichter tegen hem aan kruip. Ik leg mijn gezicht in het zachte plekje tussen zijn schouder en nek. Het liefst zou ik zijn huid kussen en de warme, mannelijke geur diep opsnuiven. Diep vanuit zijn keel ontsnapt een zacht gekreun wanneer ik mijn heupen steviger tegen hem aan druk. Ik beweeg dichter naar hem toe, maar opeens springt hij overeind en ik beland met mijn gezicht in het kussen.

Langzaam krabbel ik overeind en ik zie hem nog net in een waas voorbijschieten. Pas als hij veilig aan de andere kant van het gordijn staat, kijkt hij me aan. Zijn ogen schieten vuur, zijn lichaam beeft en ik kan hem alleen maar smeken uit te leggen wat er mis is.

Ik wil naar hem toe, ik wil hem helpen. Maar als ik in de buurt kom, duikt hij weg met opgeheven hand om me op afstand te houden.

'Blijf alsjeblieft waar je bent. Kom vooral niet dichterbij.'

'Waarom niet?' Ik klink schor, onzeker en mijn handen trillen. 'Heb ik iets verkeerd gedaan? Ik dacht... ik dacht, nu we hier zijn... omdat er nooit iets kan gebeuren in Zomerland... ik dacht dat het hier misschien veilig was om te proberen...'

'Ever, dat is het niet.' Hij schudt zijn hoofd en zijn ogen zijn donkerder dan ooit. De irissen zijn niet te onderscheiden van de kleur rondom, zijn ogen zijn twee zwarte knikkers. 'En wie zegt er dat er hier niets kan gebeuren?' Hij klinkt geïrriteerd, kijkt gespannen en hij is allesbehalve zichzelf. Van zijn onverstoorbare kalmte is niets te merken.

Mijn blik glijdt naar de grond en ik slik. Ik voel me zo stom. Wil ik dan zo graag intiem zijn met mijn vriend dat ik zijn leven daarvoor op het spel zet?

'Ik dacht... ik nam aan dat...' Mijn stem sterft weg als ik voor me zie wat er had kunnen gebeuren omdat ik zomaar iets aannam. Het zou letterlijk Damens einde kunnen betekenen. 'Sorry.' Ik schud mijn hoofd, wetend dat dit ene woordje lang niet goed genoeg is als verontschuldiging voor deze situatie. 'Ik heb er niet goed over nagedacht. Ik weet niet wat ik moet zeggen.'

Dan sla ik mijn armen om mijn middel en mijn schouders zakken omlaag. Kon ik me maar zo klein maken dat niemand me meer zag. En toch, hè? Toch vraag ik me stiekem af wat er kan gebeuren op een plek zo vol magie, waar wondjes in een ogenblik genezen. Als we hier niet veilig zijn, waar dan wel?

Damen beantwoordt de vraag telepathisch. 'Zomerland zit vol mogelijkheden. Alle mogelijkheden,' zegt hij met nadruk. 'Tot nu toe hebben we alleen de goede dingen gezien. Maar hoe weten we dat er geen schaduwkant bestaat? Misschien zit deze plek niet zo in elkaar als wij willen geloven.'

Ik blijf naar hem kijken en denk terug aan het moment dat ik Romy en Rayne voor het eerst ontmoette. Zij zeiden toen ook al zoiets. Ondertussen laat Damen een prachtig bankje van handgemaakt houtsnijwerk verschijnen. Hij gebaart me bij hem te komen zitten.

'Kom.' Hij knikt met zijn hoofd naar de bank. Ik ga zo ver mogelijk bij hem vandaan zitten. Ik durf niet dichterbij te komen, anders krijgt hij het straks weer op zijn heupen. 'Ik moet je iets laten zien – iets wat je moet begrijpen. Sluit je ogen en maak je hoofd leeg. Alle loze gedachten en rommel moeten er even uit. Stel jezelf open voor alle visioenen die ik je zo zal sturen. Lukt dat?'

Ik knik en knijp mijn ogen dicht. Ik doe mijn best alle gedachten uit mijn hoofd te bannen, al zijn dat er genoeg: wat is er aan de hand? Is hij kwaad op me? Tuurlijk is hij kwaad op me! Hoe kan ik ook zo stom zijn! Maar hoe kwaad is kwaad? Is het mogelijk hem van gedachten te laten veranderen en opnieuw te beginnen? En zo gaat het lijstje paranoïde vragen nog wel even door. Sterker nog, het is een playlist die op eeuwige herhaling staat.

Het lukt uiteindelijk om alles stil te krijgen, maar zelfs na een poosje zie ik nog steeds niet veel meer dan een groot, zwart gat. Het voelt zwaar en oneindig.

'Ik snap het niet,' protesteer ik terwijl ik één oog open en naar hem gluur.

Hij schudt zijn hoofd en houdt zijn ogen stijf dicht. Met zijn wenkbrauwen gefronst in concentratie blijft hij zijn aandacht richten op het visioen. 'Luister,' zegt hij. 'Blijf je concentreren. Sluit je ogen en zie wat ik je laat zien.'

Ik haal diep adem en probeer het nog een keer. Nog steeds zie ik niets anders dan een grote, zwarte, lege ruimte, waar een onheilspellende stilte heerst.

'Eh... sorry, maar...' Dit keer fluister ik om hem niet te kwetsen, maar ik weet zeker dat het experiment mislukt. 'Ik zie niet veel meer dan duisternis en ik hoor al helemaal niks.'

'Precies,' fluistert hij terug, nog even geconcentreerd. 'Pak mijn hand en graaf dieper. Duik verder omlaag dan het oppervlak, gebruik al je zintuigen en vertel me wat er gebeurt.'

Braaf doe ik wat hij zegt met mijn ogen weer dicht. Ik houd zijn hand vast en duw voorbij die stevige muur van duisternis. Daarachter zit nog meer van hetzelfde.

Totdat...

Tot...

Opeens word ik het zwarte gat in gezogen. Ik sla en schop wild om me heen, maar ik kan me nergens vasthouden of er iets tegen doen. Een vrije val de duisternis in, met mijn eigen gil als enige geluid. Net als ik denk dat er geen einde aan komt, is het afgelopen. Geen gegil meer. Geen beweging. Ik val niet meer, maar verder gebeurt er ook helemaal niets. Ik hang in het niets zonder ergens aan vastgebonden te zijn. Ik ben helemaal alleen op deze afgelegen, eenzame plek zonder begin of einde. Ik ben verloren in een donkere, sombere, peilloze diepte waar geen enkel lichtpuntje te ontdekken is. Achtergelaten in een oneindig niets. Alleen en eenzaam in een wereld die bestaat uit een eindeloze nacht. Dan begint het te dagen: hier hoor ik nu thuis...

In een hel zonder einde.

Ik wil ontsnappen, wegrennen, schreeuwen om hulp, maar het heeft allemaal geen zin. Ik ben gevoelloos, verstijfd, niet in staat geluid te maken. Voor de rest van de eeuwigheid alleen. Expres afgezonderd van iedereen die ik ken. Geïsoleerd van alles wat bestaat en leeft. Diep vanbinnen weet ik dat ik geen keuze heb. Ik moet me overgeven. Langzaam wordt mijn lichaam slap en mijn gedachten houden op te bestaan.

Het heeft geen zin om te vechten als er niemand is die me kan redden.

Zo blijf ik hangen – alleen, voor altijd en eeuwig en met een duister besef dat langzaam doordringt in mijn hersenen. Het komt van heel ver en...

Totdat...

Tot...

Met een ruk word ik uit de duistere hel getrokken en ik beland in Damens armen, opgelucht zijn knappe maar bezorgde gezicht weer te zien.

'Het spijt me... ik dacht even dat ik je kwijt was! Ik dacht dat je niet meer terug zou komen!' Hij drukt me stevig tegen zich aan en zijn stem klinkt als een snik in mijn oor.

Ik houd hem stevig vast. Mijn lichaam beeft, mijn hart gaat tekeer en mijn kleren zijn drijfnat van angstzweet. Zo eenzaam en verlaten heb ik me nog nooit gevoeld, zo afgezonderd van alles en iedereen. Echt helemaal weg van alles dat leeft. Ik wil hem niet loslaten en grijp hem nog steviger vast. In gedachten probeer ik contact te maken en te vragen waarom ik dat moest zien.

Hij duwt me van zich af en houdt mijn gezicht in zijn handen. 'Het spijt me. Het was niet om je te straffen of te kwetsen. Ik wilde je alleen iets laten zien, iets wat je zelf moest ervaren om te kunnen begrijpen.'

Ik knik maar, want ik ben bang dat mijn stem niet veel doet. Ik voel me nog steeds vreselijk na die ervaring – het was alsof ik mijn ziel voelde sterven.

'Mijn god!' Zijn ogen worden opeens groot. 'Dat is het! Dat is precies wat het is! De ziel die ophoudt te bestaan!'

'Ik snap het niet,' zeg ik met trillende stem. 'Wat was dat voor afgrijselijke plek?'

Hij draait zich weg, maar geeft me een kneepje in mijn hand. 'De toekomst. Schaduwland. De eeuwige leegte waarvan ik geloofde dat die alleen maar voor mij bestemd was... Ik hoopte in elk geval dat die alleen voor mij bedoeld was...' Hij sluit zijn ogen en schudt langzaam zijn hoofd. 'Nu weet ik beter. Nu weet ik zeker dat als jij niet oppast, jij daar ook eindigt. Je moet echt, serieus, heel voorzichtig zijn.'

Ik kijk hem aan en wil iets zeggen, maar hij onderbreekt me al voor ik de woorden kan vormen. 'De afgelopen paar dagen zie ik steeds beelden – een soort flitsen uit mijn verleden. Het zijn diverse momenten, zowel van een tijdje terug als heel lang geleden.' Hij kijkt me aan en bestudeert mijn gezicht aandachtig. 'Maar sinds we hier zijn...' Hij wijst om zich heen. 'Nu komt alles stukje bij beetje weer terug. Eerst langzaam, maar daarna als een vloedgolf – zelfs van de tijd dat ik onder Romans hypnose was. Ik heb ook mijn eigen dood opnieuw gevoeld. Dat korte ogenblik dat jij de magische cirkel verbrak, vlak voor je me liet drinken van het tegengif – toen was ik stervende. Dat weet je. Ik zag mijn hele leven in een flits voor me, al die zeshonderd jaar vol tomeloze ijdelheid, narcisme, egoïsme en hebzucht. Het leek wel een oneindige film van alles wat ik ooit gedaan heb, elke misstap die ik ooit heb begaan. Plus alle gevolgen die mijn gedrag heeft gehad voor anderen, zowel lichamelijk als geestelijk. Er zaten hier en daar wel een paar goede daden tussen, maar voor het grootste gedeelte heb ik me eeuwenlang alleen maar gericht op mezelf, op wat ik wilde en waar ik me goed bij voelde. Ik heb weinig nagedacht over de impact op anderen. Het ging allemaal om materiële zaken en genot en ik heb mijn ziel daarbij verwaarloosd. Als ik nog twijfelde, dan weet ik het nu echt zeker: al die tegenslagen van dit moment zijn een direct resultaat van mijn karma.'

Hij schudt zijn hoofd en kijkt me aan met zo'n vastberaden, eerlijke blik dat ik hem het liefst wil omhelzen, tegen me aan drukken en geruststellen. Alles komt wel weer goed. Maar ergens heb ik het gevoel dat hij nog niet klaar is.

'Toen ik stierf,' gaat hij verder, 'ging ik niet naar Zomerland. In plaats daarvan...' Zijn stem slaat over, maar hij schraapt zijn keel en dwingt zichzelf door te gaan. 'Ik ging naar een plek die het tegenovergestelde is. Zo koud en donker dat het meer een Schaduwland is. Je hebt net gezien wat ik meemaakte. Eenzaam, hangend in het duister, moederziel alleen... en dat voor de rest van de eeuwigheid.' Hij kijkt me aan met een smekende blik, opdat ik begrijp wat hij bedoelt. 'Het was precies wat jij ook voelde. Alsof ik helemaal geïsoleerd was, zielloos... zonder ook maar enig teken van leven in de buurt.'

Ik staar diep in zijn ogen en voel kippenvel op mijn huid. Ik heb hem nog nooit zo moe en uitgeput gezien. Zo vol spijt.

'Nu besef ik wat ik al die jaren niet heb willen horen.'

Ik trek mijn knieën naar mijn borst, sla mijn armen eromheen en probeer me te beschermen tegen wat er nu komt.

'Alleen onze lichamen zijn onsterfelijk. Onze zielen zijn dat absoluut niet.'

Ik wend mijn blik af. Ik kan hem niet aankijken. Ik krijg niet eens genoeg lucht.

'Dat is de toekomst die ook jou te wachten staat. De toekomst die ik je heb gegeven, mocht jou ooit iets overkomen, om wat voor reden dan ook.'

Mijn hand schiet intuïtief naar mijn hals als ik me herinner wat Roman zei over mijn zwakste chakra en mijn gebrek aan inzicht en verkeerde beslissingen. Zou ik die plek kunnen beschermen? 'Maar... hoe kun je hier zeker van zijn?' Ik kijk naar hem alsof ik in een droomtoestand verkeer, opgesloten in een nachtmerrie zonder uitweg. 'Ik bedoel, het is toch nog steeds mogelijk dat je het mis hebt? Het gebeurde allemaal zo snel. Misschien was het een tijdelijke toestand. Misschien heb ik je zo vlug weer tot leven gewekt dat je gewoon niet genoeg tijd had om in Zomerland terecht te komen.'

Hij schudt zijn hoofd. 'Weet je nog wat jij zag toen je stierf?

Die momenten vlak nadat je ziel uit je lichaam was getreden, maar nog voor ik je weer tot leven wekte. Wat heb je toen gedaan, waar was je?'

Ik slik en staar in de verte naar de bomen, de bloemen en de kleurige rivier die vlak langs ons stroomt. Ik herinner me nog goed dat ik hier kwam. De sterke geur, de schemerende mist en het overweldigende gevoel van pure liefde waren de reden dat ik het liefst altijd hier wilde blijven. Ik wilde hier niet meer weg.

'Jij hebt die duistere plek niet gezien omdat je nog sterfelijk was. Je stierf de dood van een gewoon mens. Maar zodra ik je liet drinken van het elixir en je onsterfelijk maakte, is dat allemaal veranderd. Je kunt niet meer de rest van je bestaan slijten in Zomerland of die brug oversteken naar het gewone hiernamaals. Voor jou wacht Schaduwland.'

Weer schudt hij triest zijn hoofd en hij kijkt weg. Hij zwelgt in zijn privéhel vol spijt en ik ben bang dat ik nooit meer tot hem kan doordringen. Even vlug draait hij zijn hoofd terug naar mij. 'We kunnen een eeuwigheid hier op de aarde verblijven, jij en ik samen. Maar als er ooit iets gebeurt, als een van ons ooit sterft...' Hij sluit zijn ogen en haalt diep adem. 'Dan staat ons alleen nog die leegte te wachten, waar we elkaar nooit meer zien.'

Ik wil protesteren, hem vertellen dat hij ernaast zit, maar ik kan het niet. Het heeft geen zin. Diep in zijn ogen zie ik de waarheid.

'Ik geloof echt in de krachtige, genezende magie van deze plek. Kijk maar eens hoe ik mijn herinneringen terug heb...' Hij haalt zijn schouders op. 'Toch mag ik niet toegeven aan wat ik het liefst zou doen, ook al lijkt het zo veilig om naar je te verlangen. Het is te gevaarlijk. We hebben geen enkel bewijs dat het hier anders zal zijn dan op aarde. Ik wil het risico niet nemen. Niet als ik alles al in het werk moet stellen om te zorgen dat jij veilig bent.'

'Dat ík veilig ben?' Mijn mond valt open. 'Zie eerst jezelf maar eens te redden! Dit is allemaal mijn schuld. Als ik niet...'

'Ever, hou op,' zegt hij streng en dwingend. 'Dit gaat niet om jou. Als ik terugdenk aan hoe ik heb geleefd, de dingen die ik heb gedaan...' Hij zucht. 'Ik verdien niet beter. Als ik nog twijfelde aan de rol van mijn karma in dit alles, dan zijn die twijfels nu wel weggenomen. Het grootste deel van zes eeuwen heb ik niets anders gedaan dan genieten, zonder aan mijn ziel te denken. Dit is het gevolg, dit is de waarschuwing. Helaas sleur ik jou in deze situatie mee. Maar vergis je niet: ik maak me alleen maar zorgen om jou. Jij bent het belangrijkste op dit moment. Ik moet het in elk geval lang genoeg volhouden om jou te beschermen tegen Roman. En wie weet wie hij nog meer op zijn lijstje heeft staan. Maar dat betekent dus dat we nooit samen kunnen zijn. Echt nooit. Het gevaar is te groot en ik ben niet van plan dat risico te nemen.'

Diverse gedachten kolken door mijn hoofd als ik me naar de rivier toe draai. Ondanks alles wat hij me vertelt, ondanks het feit dat ik zelf heb gezien hoe afschuwelijk die lege duisternis is, zou ik nog steeds niet willen veranderen wat ik ben.

'Hoe zit het met de andere weeskinderen?' fluister ik na een tijdje. Ik heb er zes geteld, Roman. 'Wat is er met hen gebeurd? Weet je of zij net als Roman en Drina kwaadaardige rebellen zijn geworden?'

Damen trekt zijn schouders op, komt overeind van het bankje en ijsbeert doelloos rond. 'Ik heb altijd aangenomen dat ze nu te oud en zwak zijn om een bedreiging te vormen. Dat gebeurt namelijk na de eerste honderdvijftig jaar: je wordt alsnog ouder. De enige manier om dat te voorkomen is opnieuw van het elixir te drinken. Waarschijnlijk heeft Drina daar een voorraad van achtergehouden tijdens ons huwelijk en die aan Roman gegeven. Hij weet inmiddels hoe hij de drank zelf kan maken en heeft hem weer doorgegeven aan de rest.'

'Maar dat is dus waar Drina naartoe is gegaan,' fluister ik vol spijt als het besef tot me doordringt. Hoe kwaadaardig en slecht ze ook was, dit verdient ze niet. Niemand verdient zoiets. 'Ik heb ervoor gezorgd dat zij naar Schaduwland is gegaan en nu is ze...' Ik kan de zin niet afmaken.

'Dat heb jij niet gedaan, Ever, dat was ik.' Damen komt zo dicht bij me zitten dat er alleen een dunne sluier van energie tussen ons in hangt. 'Op het moment dat ik haar onsterfelijk maakte, heb ik dat lot voor haar bezegeld. Net als bij jou.'

Ik slik en voel me een beetje beter in zijn warmte en met het idee dat ik niet helemaal verantwoordelijk ben voor hoe mijn eeuwige vijand in die afschuwelijke hel terecht is gekomen.

'Het spijt me zo ontzettend,' zegt hij dan met een blik vol pijn. 'Het spijt me dat ik je hierbij betrokken heb. Ik had je met rust moeten laten... Ik had lang geleden al moeten opgeven. Het zou zoveel beter voor je zijn als je mij nooit had ontmoet!'

Fel schud ik mijn hoofd. Dit wil ik niet horen. Het is veel te laat voor 'als ik maar' en 'had ik maar'. 'Als het voorbestemd is dat wij samen zijn, misschien is dit dan wel ons lot.' Al kan ik aan zijn gezicht zien dat hij er geen woord van gelooft.

'Of ik heb je tot iets gedwongen wat nooit de bedoeling was,' brengt hij daar fronsend tegen in. 'Heb je het al eens van die kant bekeken?'

Ik draai me om en probeer te genieten van de prachtige omgeving, wetende dat ik niet veel kan veranderen aan de situatie met loze woorden. Het enige wat helpt is actie. Gelukkig weet ik precies wat ik moet doen.

Als ik overeind spring, trek ik hem mee. 'Kom. We hebben Roman niet nodig. We hebben niemand nodig, ik weet wat we moeten doen!'

Acht

We gaan op zoek naar de Paleizen van Kennis en Wijsheid. Vlak bij de steile, marmeren trap blijf ik staan en vraag me af of hij kan zien wat ik zie. Ik hoop het wel! De gevel van het gebouw verandert namelijk constant van gedaante en dat moet je kunnen zien om naar binnen te mogen.

'Dus het is je inderdaad gelukt,' zegt hij vol bewondering, starend naar de wisselende indrukken van de mooiste en heiligste ·plekken ter wereld. De Taj Mahal die verandert in het Parthenon, dat zich vervormt tot de Lotustempel in New Delhi, die op zijn beurt vervaagt tot we de drie piramides uit Gizeh zien, enzovoorts. Omdat we allebei de pracht en magie van dit schouwspel waarderen, mogen we de grote, marmeren hal in met de prachtig gebeeldhouwde zuilen die rechtstreeks uit het oude Griekenland afkomstig lijken.

Damen staart vol ontzag om zich heen. 'Ik ben hier niet meer geweest sinds ik...'

Met ingehouden adem kijk ik op, hopend op meer details.

'Sinds ik jou wilde vinden.'

Ik kijk hem aan zonder hem te begrijpen.

'Soms,' hij kijkt me liefdevol aan, 'had ik het geluk je gewoon weer tegen te komen, omdat ik op het juiste moment op de juiste plek was. Maar het gebeurde vaker dat ik een paar jaar moest wachten tot ik je officieel kon benaderen.'

'Heb je me jarenlang gestalkt of zo?' Verbaasd hoop ik dat het lang niet zo eng was als het klinkt. 'Toen ik nog jong was?'

Hij huivert. 'Nee, niet gestalkt, Ever. Waar zie je me voor aan?' Hij grinnikt en schudt ontkennend zijn hoofd. 'Ik hield je gewoon in de gaten. Geduldig afwachtend tot de tijd rijp was. De laatste paar keer lukte het me niet om je te vinden, wat ik ook probeerde. En geloof me, ik heb van alles geprobeerd. Ik leefde als een nomade, rondtrekkend van de ene plek naar de andere, er zeker van dat ik je nooit meer zou zien. Toen besloot ik hierheen te gaan. Hier heb ik een stel vrienden ontmoet die me de weg wezen.'

'Romy en Rayne.' Ik knik, niet omdat ik het antwoord uit zijn gedachten oppik, maar omdat ik voel dat het klopt. Meteen voel ik me vreselijk schuldig dat ik niet veel eerder aan hen gedacht heb. In al die tijd heb ik me niet afgevraagd hoe het met ze gaat of waar ze zijn.

'Ken je ze?' Hij kijkt me verbaasd aan.

Ik pers mijn lippen op elkaar omdat ik weet dat ik hem de rest van het verhaal nog moet vertellen. Alle stukken die ik het liefst had weggelaten.

'Zij hebben me hierheen gebracht om...' Ik wacht even, kijk een andere kant op en haal diep adem. Ik kijk om me heen en dan naar zijn vragende blik. 'Ze waren bij Ava thuis, althans, Rayne was daar. Romy was ondertussen bezig...' Ik schud mijn hoofd en begin opnieuw. 'Ze deed haar best om jou te helpen toen je...'

Ik sluit mijn ogen en zucht. Weet je wat? Ik laat het hem wel gewoon zien. Alles. Dus ook die onderdelen die ik tot nu toe niet hardop heb durven vertellen. Ik projecteer de gebeurtenissen van die dag, zodat hij de beelden kan zien en er geen geheimen meer bestaan tussen ons. Ik laat hem zien hoe hard zij hun best hebben gedaan om hem te redden, terwijl ik te eigenwijs was om naar ze te luisteren.

Ik was bang dat hij overstuur zou zijn of kwaad zou worden. Dat gebeurt niet. Hij legt alleen zijn handen op mijn schouders en staart me aan met een blik vol vergiffenis. In gedachten zegt hij: wat gebeurd is, is gebeurd. We moeten vooruitkijken, niet achterom.

Ik slik. Hij heeft gelijk, dat weet ik. En het wordt tijd dat we iets ondernemen, maar waar te beginnen?

'Het is beter dat we elk onze eigen weg gaan.' Hij knikt terwijl ik geschrokken opkijk. Net als ik iets wil zeggen, gaat hij verder: 'Ever, luister. Jij wilt iets vinden wat de effecten van het tegengif ongedaan kan maken. Ik wil iets hebben wat jou kan redden van een bestaan in Schaduwland. Dat zijn twee heel verschillende dingen.'

Ik zucht teleurgesteld, maar hij heeft gelijk. 'Dan zie ik je straks thuis wel weer. Mijn huis dit keer, als je het niet erg vindt, oké?' Ik leg mijn hand op de zijne en geef hem een kneepje. Op dit moment voel ik er niets voor die deprimerend lege kamer weer te zien. Ik weet ook niet hoe hij denkt over het evenwicht van zijn karma nu hij zijn herinneringen weer terug heeft.

Hij knikt nog even, sluit zijn ogen en binnen een fractie van een seconde is hij verdwenen.

Mijn beurt om diep adem te halen en mijn ogen dicht te doen en me te concentreren: ik heb hulp nodig. Ik heb een vreselijke, gigantische fout begaan en ik weet niet wat ik moet doen. Wat ik nodig heb is een tegengif voor het tegengif – alles wat het effect van Romans drankje ongedaan kan maken. Of anders moet ik een manier vinden om tot hem door te dringen, hem te overtuigen samen te werken. Maar dan wel zonder dat ik daarvoor eh... nou... iets moet doen waar ik absoluut geen zin in heb, zeg maar. Als je begrijpt wat ik bedoel...

Ik concentreer me nog harder op mijn doel en herhaal de woorden keer op keer in gedachten. Hiermee probeer ik toegang te krijgen tot de Akashakronieken, waarin alles staat opgetekend wat ooit gezegd, gedacht of gedaan is – en wat ooit gezegd, gedacht of gedaan zal worden. Ik hoop maar dat me de toegang niet weer geweigerd wordt, zoals de vorige keer.

Dan klinkt plotseling het bekende gezoem, maar er verschijnt geen lange gang die leidt naar een mysterieuze kamer. Nee, dit keer sta ik opeens midden in de lege lobby van een bioscoop met een verlaten balie en geen flauw idee wat ik moet doen. Dan gaat vlak voor me een stel grote deuren open.

Ik loop een bioscoopzaal binnen waarvan de vloer plakt, de stoelen er versleten uitzien en waar de geur van popcorn met boter in de lucht hangt. Zijlings loop ik een rij stoelen in het midden in voor de beste plek: halverwege de rijen met stoelen en dan helemaal in het midden. Ik ga zitten en leun met mijn voeten op de zitting voor me. Een grote, ronde bak met popcorn verschijnt uit het niets op mijn schoot. De rode gordijnen schuiven open en tonen een groot, kristallen scherm dat begint te flikkeren en flitsen. Een enorme hoeveelheid beelden komt in sneltreinvaart voorbij.

De oplossing die ik gehoopt had te vinden, zit er niet bij. De vertoning is een serie clips uit filmpjes die ik al ken. Het lijkt wel een zelfgemaakte montage van de leukste momenten van de familie Bloom, rechtstreeks geïmporteerd uit Oregon. Op de achtergrond klinkt een soundtrack die alleen Riley samengesteld kan hebben.

Nu verschijnt een filmpje waarin Riley en ik ons uiterste best doen tijdens een optreden thuis in de studeerkamer, dansend en playbackend voor het publiek dat bestaat uit onze ouders en de hond. Dan volgt een beeld van Buttercup, onze lieve, blonde labrador. Haar tong steekt ver uit haar bek en ze probeert uit alle macht haar neus af te likken. Daar heeft Riley namelijk net een klodder pindakaas op gesmeerd.

Deze film is niet wat ik hoopte te zien, maar ik weet dat hij daarom niet minder belangrijk is. Riley heeft me beloofd een manier te vinden waarop ze met mij kan communiceren. Ik kan haar niet meer zien, maar dat wil niet zeggen dat ze er niet is.

Dus laat ik mijn zoektocht even voor wat hij is en kruip dieper weg in de stoel. Ik weet dat ze naast me zit, stilletjes en on-

zichtbaar. Dit is een moment dat ze graag wil delen, twee zusjes die gezellig samen kijken naar de hoogtepunten van hun
vroegere leventje samen.

Negen

Als ik eindelijk terugga naar mijn kamer, zit Damen al op me te wachten op de rand van mijn bed. In de palm van de handschoen die hij nog steeds draagt, ligt een klein, satijnen buideltje.

'Hoe lang was ik weg?' Ik laat me vlak naast hem neervallen op bed en werp een blik op mijn wekker terwijl ik het probeer uit te rekenen.

'Zomerland is tijdloos,' herinnert hij me. 'Maar hier op aarde was je inderdaad wel een poos weg. Ben je iets te weten gekomen?'

Ik denk aan de leukste homevideo's van de familie Bloom die Riley me heeft laten zien en schud mijn hoofd. 'Nee, niets bijzonders. Jij?'

Hij glimlacht, overhandigt me het zijden buideltje en zegt: 'Doe maar open en kijk zelf.'

Nadat ik het touwtje heb losgepeuterd en mijn vinger in het zakje heb gestoken, haal ik er een zwart zijden koord uit tevoorschijn met daaraan een verzameling prachtige stenen die met een dun, gouden draadje aan elkaar vastzitten. Het licht valt op de geslepen vlakken en weerkaatst in mijn kamer terwijl ik de ketting omhooghoud. Het is een mooi sieraad, maar is dat wat hij zocht?

'Het is een amulet,' legt Damen uit. Ik bekijk elke steen aandachtig, de eigen vorm, grootte en kleur die elk kristal van het andere onderscheidt. 'Ze worden al eeuwen gedragen en zouden magische eigenschappen hebben die zowel kunnen genezen als beschermen, maar ook succes en evenwicht kunnen brengen. Deze amulet is speciaal voor jou gemaakt, dus in dit geval ligt de nadruk meer op bescherming.'

Ik kijk op en vraag me af hoe dit in hemelsnaam moet helpen. Maar dan denk ik aan de kristallen die ik gebruikt heb om het tegengif te maken dat zijn leven redde. Althans, dat had het moeten doen als Roman me niet zover had gekregen mijn bloed aan het mengsel toe te voegen.

'Het is een uiterst uniek sieraad. Deze stenen zijn speciaal voor jouw persoonlijke levensweg bij elkaar gezocht. Er is geen andere ketting als deze, nergens op de wereld. Ik weet dat het ons probleem niet oplost, maar het helpt in elk geval een beetje.'

Ik tuur sprakeloos naar de kristallen. Dan maar om mijn nek hangen en kijken wat er gebeurt. Damen maakt een gebaar. 'Hier, ik help je wel even.' Hij pakt mijn lange haren in een staart en hangt die naar voren over mijn schouder. Hij maakt de ketting dicht met het gouden sluitinkje en verstopt de stenen vervolgens onder mijn T-shirt, zodat niemand ze kan zien.

'Is het een geheim?' Ik verwacht dat de stenen koud en hard aanvoelen tegen mijn huid, en het verbaast me dan ook hoe warm ze zijn en hoe prettig ze voelen.

Hij duwt mijn staart weer terug naar achteren, waar de punten net boven mijn middel hangen. 'Nee, het is geen geheim. Maar het hoeft ook niet op te vallen. Ik weet niet hoeveel kennis Roman bezit, dus het lijkt me beter er geen aandacht op te vestigen.'

'Hij weet in elk geval van de chakra's,' zeg ik. Damen kijkt verbaasd. Ik zeg maar niet dat hij daar zelf voor gezorgd heeft. Zonder het te weten heeft hij Roman tijdens zijn hypnose toegang gegeven tot allerlei geheimen. Maar hij voelt zich al schuldig genoeg; dat hoef ik niet nog erger te maken.

Met een vinger tik ik tegen de amulet onder mijn shirt. Vanbuiten voelen de stenen behoorlijk hard aan, in tegenstelling tot wat ik op mijn huid voel rusten. 'Hoe zit het met jou? Heb jij geen bescherming nodig?' Als antwoord tovert hij een amulet onder zijn eigen shirt met lange mouwen vandaan en hij laat het voor mijn neus in de lucht bungelen. Ik bekijk de stenen eens goed. 'Waarom ziet de jouwe er zo anders uit?'

'Zoals ik zei: geen twee amuletten zijn hetzelfde. Net zoals er geen twee mensen bestaan die precies hetzelfde zijn. Ik heb zo mijn eigen zwakke punten.'

'Jij? Zwakke punten?' Ik lach nu wel, maar ik ben benieuwd wat hij daarmee bedoelt. Hij is goed in alles wat hij doet. En dan bedoel ik echt, letterlijk alles.

Hij schudt zijn hoofd en lacht. Het is een mooi geluid dat ik de laatste tijd veel te weinig hoor. 'Geloof me, ik heb er genoeg,' merkt hij grinnikend op.

'En je weet echt zeker dat deze dingen ons beschermen?' Ik druk de ketting tegen mijn borst en merk dat ze nu al voelt als een onderdeel van mijn lichaam.

'Dat is wel de bedoeling.' Hij haalt zijn schouder op, komt overeind en loopt naar de deur. 'Maar Ever... doe ons allebei een groot plezier en probeer niet te testen waar de grens ligt, ja?'

'Wat doen we met Roman?' Ik laat mijn blik over Damens lange, strakke lijf glijden nu hij tegen de deurpost leunt. 'Moeten we niet een plan de campagne verzinnen? Ervoor zorgen dat hij ons geeft wat we nodig hebben, zodat we dit hoofdstuk kunnen afsluiten?'

Damen kijkt me aan en knijpt zijn ogen steeds meer toe. 'Er is geen plan de campagne, Ever. Als je luistert naar Roman, doe je precies wat hij wil. Het is beter dat we zelf naar een oplossing zoeken zonder op hem te rekenen.'

'Hoe dan? Alles wat we tot nu toe hebben geprobeerd, heeft

niets opgeleverd.' Ik schud mijn hoofd. 'Waarom moeten we zoeken naar antwoorden als Roman toegeeft dat hij het tegengif heeft? Hij zei dat ik alleen maar de juiste prijs ervoor hoefde te betalen en dan krijg ik het. Hoe moeilijk kan het zijn?'

'Ben je bereid de prijs te betalen die hij ervoor verzint, dan?' Damens donkere ogen glijden over me heen en zijn stem klinkt vastberaden.

Mijn wangen worden gloeiend heet en ik draai me weg. 'Nee, natuurlijk niet!' protesteer ik. 'Niet de prijs die jij denkt!' Ik trek mijn knieën op en sla mijn armen eromheen. 'Maar ik... ik wil gewoon...' probeer ik, gefrustreerd dat ik het nog moet uitleggen.

'Ever, dit is precies Romans bedoeling!' Zijn gezichtsuitdrukking en kaaklijn worden opeens strak voor hij naar mij kijkt en de spieren weer verslappen. 'Hij wil ons uit elkaar drijven, ons tegen elkaar uitspelen. Hij wil dat we aan elkaar gaan twijfelen. Hij probeert ons uit te lokken, zodat we achter hem aan komen en er een strijdtoneel ontstaat. Hij is absoluut niet te vertrouwen. Hij liegt, manipuleert en speelt een heel vies spelletje, vergeet dat niet. Ik beloof je dat ik doe wat ik kan om je te beschermen, maar je zult me wel moeten helpen. Beloof me dat je uit zijn buurt blijft, zijn spottende opmerkingen negeert en niet luistert naar wat hij zegt. Ik vind wel een oplossing. Echt, ik bedenk wel iets. Maar alsjeblieft, Ever, ik smeek het je. Richt je tot mij voor antwoorden, niet tot Roman.'

Ik pers mijn lippen op elkaar en wend mijn blik af. Waarom zou ik dat beloven als het probleem zo op te lossen is? Bovendien is het allemaal mijn eigen, stomme schuld. Ik heb ons dit aangedaan, dus moet ik hier een einde aan maken.

Als ik weer naar hem kijk, voel ik diep vanbinnen een idee ontstaan – een idee dat wel eens zou kunnen werken.

'Zijn we het erover eens dat we Roman negeren?' Hij houdt zijn hoofd schuin en trekt een wenkbrauw vragend omhoog. Hij weigert te vertrekken voordat ik instem.

Ik knik een heel klein beetje, maar het is genoeg om hem te

overtuigen. Niet lang daarna is hij de trap al af, zo snel dat ik niet meer zie dan een schim. Op de ketting onder mijn shirt en de enkele, rode tulp op mijn bed na, is er geen enkele aanwijzing dat hij net nog hier was.

Tien

'Ever?'

Vlug sluit ik het geopende venster op het computerscherm en ik klik het essay voor Engels tevoorschijn waar ik zogenaamd druk mee bezig ben. Sabine wordt gek als ze ziet dat ik niet mijn huiswerk maak, maar op Google zoek naar oeroude, alchemistische formules.

Het is fijn en warm en gezellig, hoor, om naast Damen te liggen en te luisteren naar onze hartslagen die in hetzelfde ritme kloppen. Maar uiteindelijk is dat niet genoeg. Het zal nooit genoeg zijn. Ik wil een normale relatie met mijn onsterfelijke vriendje, eentje zonder obstakels. Eentje waarin ik de aanraking van zijn huid kan voelen en me die niet alleen maar hoef voor te stellen. Eerlijk gezegd ben ik bereid vrij ver te gaan om dat voor elkaar te krijgen.

'Heb je al gegeten?' Sabine legt haar hand op mijn schouder terwijl ze kijkt naar wat er op het scherm staat.

Ik heb me niet voorbereid, niet afgeschermd voor haar energie. En deze korte aanraking is genoeg om haar kant te zien van de beruchte ontmoeting bij Starbucks. Helaas is deze versie niet heel anders dan die van Munoz: allebei zijn ze achterlijk blij en vrolijk en ze glimlachen hoopvol naar elkaar. Goed, ze ziet er echt blij uit en ze verdient het uiteraard ook om gelukkig te zijn; vooral na alles wat ze dankzij mij heeft moeten doorstaan. Toch klamp ik me vast aan het visioen van een paar maanden geleden: ze zou daten met een knappe man uit haar eigen gebouw. Even vraag ik me af of ik iets zal doen of zeggen om haar enthousiasme af te remmen, want dit geflirt is zinloos en leidt nergens toe. Maar ja, ik heb al een enorm risico genomen toen ik Munoz liet merken wat mijn gaven zijn, dus ik kan beter mijn mond houden. Ik heb liever niet dat Sabine achter mijn geheim komt!

Door rond te draaien op mijn stoel, zorg ik ervoor dat ze me loslaat. Ik wil niet nog meer zien dan ik al weet en ik kan niet wachten tot haar energie weer vervaagt.

'Damen heeft gekookt,' antwoord ik vastberaden, al is dat alleen waar als je de onsterfelijkheidsdrank meetelt.

Ze kijkt me aan met een vertwijfelde blik en gefronste wenkbrauwen. 'Damen?' Ze doet een stap naar achteren. 'Die naam heb ik al een tijdje niet meer gehoord.'

Ik krimp ineen en bijt op mijn lip. Had ik het maar niet zo achteloos hardop gezegd! Ik had het zorgvuldig moeten doen, zodat ze eraan kan wennen dat hij weer in beeld is.

'Betekent dit dat jullie weer samen zijn?'

Ik haal mijn schouders op en laat mijn haren in mijn gezicht vallen, zodat ik me er een beetje achter kan verschuilen. Ik pak een pluk en draai die rond mijn wijsvinger terwijl ik doe alsof ik gespleten puntjes zoek – al heb ik daar tegenwoordig geen last meer van. 'Ja, nou, eh... we zijn nog steeds... goed bevriend.' Ik haal mijn schouders nog een keer op. 'Wat ik bedoel, eh... is dat we wel meer zijn dan alleen vrienden. Het is meer...'

In gedachten maak ik de zin af met: we zijn verliefd en verloren. Voorbestemd eeuwig in een donkere leegte door te brengen. Dolverliefd, maar niet in staat elkaar aan te raken...

Onhandig ga ik verder: 'Ja, eh, nou... Je zou kunnen zeggen dat het weer aan is, ja.' Ik forceer mijn gezicht in zo'n brede grijns dat het voelt alsof mijn lippen barsten, maar ik houd hem op zijn plek in de hoop dat hij aanstekelijk werkt en zij ook glimlacht.

'En dat vind je allemaal prima?' Ze laat een hand door haar goudblonde haar glijden, een kleur die we allebei hadden tot ik regelmatig van het elixir dronk. Mijn haren zijn nu veel lichter. Sabine gaat voorzichtig op het randje van mijn bed zitten, slaat één been over het andere en zet haar koffertje op de grond. Allemaal aanwijzingen dat er een van haar lange, ongemakkelijke preken aan zit te komen.

Ze bestudeert me kritisch, van mijn verschoten lichte spijkerbroek naar mijn witte topje en blauwe shirt. Ze is op zoek naar symptomen, hints, aanwijzingen, sporen dat ik lijd aan een tienerprobleem. Niet zo lang geleden heeft ze zowel anorexia als boulimie van haar lijstje gestreept, toen ik dankzij het elixir een flinke groeispurt doormaakte. Ik ben pakweg tien centimeter gegroeid en mijn lichaam heeft een extra laagje spierweefsel weten te kweken, zonder dat ik daarvoor heb hoeven trainen.

Dit keer twijfelt ze echter niet door mijn uiterlijk, maar door de knipperlichtrelatie met Damen. Ze heeft natuurlijk net zo'n opvoedkundig boek gelezen waarin staat dat een stormachtige relatie een reden is om je zorgen te maken. Dat kan wel waar zijn, maar de relatie tussen mij en Damen kun je niet even samenvatten in een hoofdstuk van wat voor boek dan ook.

'Begrijp me niet verkeerd, Ever. Ik vind Damen een aardige jongen, echt waar. Hij is vriendelijk en charmant en komt erg beheerst over. Maar er is iets aan die zelfverzekerdheid van hem wat ik een beetje vreemd vind voor iemand van zijn leeftijd. Het lijkt soms alsof hij te oud is voor je of...' Ze haalt haar schouders op en kan niet precies uitleggen wat ze bedoelt.

Ik gooi mijn haren over mijn schouder naar achteren, zodat ik haar goed in me kan opnemen. Ze is vandaag de tweede die iets vreemds aan Damen – aan ons – ziet. Eerst Haven met haar hele telepathiegezeur. Nu Sabine over de rustige en volwassen indruk die hij maakt. Ik kan voor allebei wel een goede verklaring verzinnen, maar het stoort me dat ze beiden iets hebben opgemerkt.

'Ik weet wel dat hij maar een paar maanden ouder is dan jij, maar hij komt over als iemand... met meer ervaring. Te veel ervaring, misschien.' Ze haalt haar schouders op. 'Ik zou niet willen dat jij je onder druk gezet voelt iets te doen waar je nog niet klaar voor bent.'

Om niet te lachen, bijt ik op mijn lip. Ze moest eens weten! Volgens haar ben ik het onschuldige meisje dat achternagezeten wordt door een of andere rokkenjager. In werkelijkheid ben ik langzamerhand meer het roofdier in dit verhaal. Ik was zelfs al zo ongeduldig dat ik er bijna Damens leven voor op het spel heb gezet.

'Wat hij ook tegen je zegt, Ever, jij maakt de dienst uit. Jij bepaalt met wie en wanneer je wat wilt doen. Je kunt van alles voor hem voelen, of voor wie dan ook, maar geen enkele jongen heeft het recht je te dwingen...'

Tijd om haar te onderbreken. 'Zo zit het niet,' zeg ik vlug, voor ik me nog meer opgelaten voel door haar preek. 'Damen is niet zo. Hij is een echte heer, het ideale vriendje. Echt waar, Sabine, je zit er helemaal naast. Vertrouw me alsjeblieft. Goed?'

Ze kijkt me een ogenblik aan en ik zie haar helderoranje aura golven. Ze wil me geloven, maar weet niet of dat verstandig is. Dan pakt ze haar koffertje en ze loopt naar de deur. Bij de drempel wacht ze nog even. 'Ik zat te denken...'

Ik kijk op en vraag me af of ik vast in haar gedachten zal wroeten, ook al heb ik gezworen haar privacy nooit op die manier te schenden – tenzij het absoluut noodzakelijk is. En dat is het natuurlijk niet.

'Je schooljaar is bijna voorbij en ik heb je nog niet gehoord over plannen voor de zomervakantie. Het lijkt mij geen slecht idee dat je een baantje zoekt – gewoon een paar uurtjes per dag ergens aan de slag. Lijkt je dat wat?'

Lijkt me dat wat? Ik staar haar met open mond aan, op zoek

naar de juiste woorden. Had ik nu maar in haar gedachten gegraven, want blijkbaar is dat wel noodzaak!

'Het hoeft heus niet fulltime. Je zult nog genoeg tijd overhebben voor je vrienden en het strand. Maar het lijkt mij wel goed voor je om...'

'Gaat dit om zakgeld?' Mijn hoofd tolt en ik zie geen uitweg. Als het erom gaat dat ik meebetaal aan de boodschappen of de hypotheek, dan wil ik best mijn deel ophoesten. Wat mij betreft mag ze alles hebben wat er van de levensverzekering van mijn ouders is overgebleven, geen probleem. Maar niet mijn zomer! Ze mag mijn zomermaanden niet inpikken! Echt niet. Niet eens een dag ervan.

'Ever, natuurlijk gaat het niet om geld.' Haar wangen lopen lichtrood aan en ze draait haar hoofd weg. Voor iemand die bedrijfsjurist is van beroep, is het voor haar vreemd genoeg lastig om over de financiën te praten. 'Het lijkt mij gewoon goed voor jou om eens andere mensen te ontmoeten en iets nieuws te leren. Al is het maar een paar uurtjes per dag, weg van de sleur.'

En weg van Damen, zeker? Ik hoef haar gedachten niet te lezen om te raden wat hierachter zit. Nu ze heeft gehoord dat we weer samen zijn, wil ze ons helemaal uit elkaar houden. Ik snap dat ze zich zorgen maakte toen ik depressief was en humeurig toen het zogenaamd uit was tussen ons. Maar dat is het 'm nou juist: het is allemaal niet zoals zij denkt. Maar hoe ik haar dat moet uitleggen zonder mijn geheimen te verraden, geen idee.

'Toevallig is er bij mij op het werk een stageplek vrijgekomen. Ik weet zeker dat ik alleen maar even met de partners hoef te overleggen en je kunt zo aan de slag.' Ze glimlacht. Haar gezicht en ogen stralen en blijkbaar verwacht ze evenveel enthousiasme van mij.

'Zijn die plekken niet meestal gereserveerd voor rechtenstudenten?' Ik durf te wedden dat ik niet de juiste opleiding heb om daar te werken.

Sabine schudt haar hoofd. 'In dit geval niet. Het gaat meer om het beantwoorden van de telefoon en het archiveren van documenten. Veel geld verdien je er niet eens mee, maar je kunt er wel studiepunten mee krijgen en een kleine bonus aan het einde van het seizoen. Het lijkt mij wel verstandig. Bovendien staat het ook heel goed op je inschrijfformulier als je straks naar de universiteit gaat.'

De universiteit. Daar maakte ik me vroeger ook altijd druk om, maar nu niet meer. Ik bedoel, waarom zou ik al die lessen volgen en naar docenten luisteren als ik alleen nog maar mijn hand op een boek hoef te leggen om te weten waar het over gaat? Ik kan de gedachten van de leraren zo lezen als ik antwoorden nodig heb.

'Je bent geknipt voor de baan, Ever. Ik zou het vervelend vinden als iemand anders je net voor is.'

Ik staar haar aan met mijn mond vol tanden.

'Het is een goede ervaring voor iemand van jouw leeftijd,' gaat ze verder, maar dit keer op een wat verontwaardigde toon nu ik zo stil blijf. 'Alle boeken raden het aan. Ze zeggen dat het goed is voor je karakter en werkhouding en de discipline van op tijd verschijnen en je werk afmaken.'

Fantastisch. Ik zal Dr. Phil een bedankbriefje sturen voor het verpesten van mijn vakantie. Voor ik me echt kan ergeren, bedenk ik hoe Sabine was toen ik voor het eerst hier kwam: kalm, relaxed en eigenlijk vrij nonchalant. Ik kreeg alle ruimte en vrijheid die ik maar wilde. Het is mijn eigen schuld dat ze veranderd is. Mijn schorsing van school, niets willen eten, alleen het rode elixir drinken, gevolgd door het drama met Damen. Geen wonder dat ze zo overdreven reageert. En moet je nu zien: nu wil ze met alle geweld een stageplek bij haar op kantoor regelen.

Het kan niet. Ik kan niet de hele zomer lang met een berg papierwerk opgescheept zitten en een telefoon die constant overgaat. Ik heb al die tijd hard nodig om een tegengif te vinden voor Damen. Bij Sabine op kantoor werken, waar zij en haar collega's over mijn schouder meekijken, is geen optie.

Maar als ik dat zeg, gaan helemaal alle alarmbellen in haar

hoofd af. Ik moet dit rustig brengen, haar laten weten dat ik niets heb tegen discipline en werkervaring, maar dat ik dat liever zelf regel.

'Een baantje lijkt me op zich best leuk,' begin ik. Ik doe mijn best mijn lippen niet op elkaar te persen, niet te wriemelen met mijn vingers en het oogcontact vast te houden, anders merkt ze meteen dat ik lieg. 'Maar je doet al zoveel voor me. Ik zoek zelf wel iets. Ik bedoel, ik weet niet of een kantoorbaan geschikt is voor mij... Ik kijk wel even rond, misschien vind ik iets. Ik wil je ook graag helpen met een bijdrage voor de hypotheek of de boodschappen, hoor. Dat is wel het minste wat ik kan doen.'

'Boodschappen?' Ze schudt lachend haar hoofd. 'Je eet nauwelijks! En nee, ik hoef geen geld van je, Ever. Maar als je wilt, kan ik wel ergens een krediet voor je regelen.'

'Ja, oké,' zeg ik met een geforceerd enthousiasme, want wat heb ik aan dat soort alledaagse dingen? 'Dat lijkt me prima!' Zeg ik als schepje erbovenop. Hoe langer ik haar kan afleiden van die stage, hoe beter.

'Goed dan.' Ze tikt met haar vingers tegen de deurpost terwijl ze haar gedachten op een rijtje zet. 'Ik geef je een week om zelf iets te vinden.'

Ik slik en probeer haar niet met grote ogen en open mond aan te staren. Een hele week? Wat heb ik daaraan? Ik weet niet eens waar ik moet beginnen! Ik heb nooit eerder een baantje gehad. Kan ik er eentje manifesteren, misschien?

'Ik weet dat het kort dag is,' zegt ze als ze mijn gezicht ziet. 'Maar anders hebben ze op m'n werk al iemand anders voor die plek en ik weet gewoon zeker dat je er geknipt voor bent.'

Ze loopt de gang op en trekt de deur achter zich dicht. Volkomen sprakeloos blijf ik achter, starend naar de kronkelende restjes van haar oranje aura en haar magnetische energieveld dat koppig blijft hangen op de plek waar ze net stond. Dat is nou nog eens ironisch, denk ik. Net lachte ik Damen uit toen hij zei dat hij wel even een baan zou vinden, zonder enige ervaring. Nu zit ik met precies hetzelfde probleem.

Elf

De hele nacht lig ik te woelen. Mijn bed is een kreukelmassa van bezwete kussens en dekens en ik ben uitgeput door vermoeiende dromen. Heel eventjes word ik wakker en ik hap naar lucht, maar bijna meteen zuigt het me terug naar binnen, naar dezelfde plek waarvandaan ik juist wilde ontsnappen.

De enige reden waarom ik wil dat het ophoudt, is Riley. Ze lacht vrolijk terwijl ze mijn hand vastpakt en me een vreemd landschap laat zien. Ik huppel met haar mee en doe net alsof ik het allemaal leuk en interessant vind, maar zodra ze even niet kijkt, probeer ik weg te komen en naar het oppervlak te gaan. Ik wil maar wat graag weg uit deze rare wereld.

Het zit namelijk zo: dit is niet de echte Riley. Riley is er niet meer. Ze is de brug overgestoken naar het hiernamaals en ik heb haar overgehaald dat te doen. Ze is op een onbekende plek. Toch probeert ze me steeds terug te halen en ze schreeuwt dat ik moet opletten. Ik moet haar vertrouwen en me niet de hele tijd maar verzetten, maar ik weiger te gehoorzamen. Ik weet zeker dat het een straf is voor wat ik Damen heb aangedaan en voor het feit dat ik Drina naar Schaduwland gestuurd heb en alles en iedereen om me heen in gevaar heb gebracht. Daarom produceert mijn onderbewustzijn deze beelden – uit schuldgevoel. Maar dan met zo'n dikke laag zoetsappigheid dat ik niet geloof dat ze echt zijn.

Weer wil ik wegrennen, maar dit keer verschijnt Riley vlak voor me. Ze blokkeert mijn uitweg en gilt dat ik moet blijven. We staan voor een groot podium en langzaam schuift ze de gordijnen opzij. Ik zie een smalle, hoge, rechthoekige glazen box die nog wel het meest lijkt op een gevangenis. In die box zit een wanhopig worstelende Damen.

Terwijl Riley staat te kijken, haast ik me naar hem toe. Ik smeek hem vol te houden en ik doe mijn best hem te bevrijden. Maar hij hoort me niet eens. Hij kan me niet zien. Wel blijft hij zich verzetten tot hij bekaf is, maar zodra hij beseft hoe zinloos die poging is, sluit hij zijn ogen en hij verdwijnt in de leegte.

Schaduwland.

De plek waar verloren zielen ronddolen.

Met een ruk spring ik uit bed. Mijn lichaam trilt en ik heb het koud. Ik ben bedekt met een laagje zweet en sta in het midden van mijn kamer met een kussen dicht tegen me aan gedrukt. Een gevoel van hulpeloosheid hangt rond me, maar wat me vooral de adem beneemt is de angstaanjagende boodschap die mijn denkbeeldige zusje me stuurt: hoezeer ik ook mijn best doe en wat ik ook probeer, ik kan mijn zielsverwant niet beschermen tegen mij.

Ik haast me naar mijn kast en trek schone kleren aan. Dan schuif ik mijn voeten in een paar sportschoenen en loop naar de garage. Het is veel te vroeg om naar school te gaan, veel te vroeg om waar dan ook naartoe te gaan. Maar zo snel geef ik niet op. Ik weiger te geloven in nachtmerries. Ik moet toch ergens beginnen? Dan maar zien hoe ver ik kom.

Net als ik in mijn auto wil stappen, bedenk ik dat de garagedeur en de startende motor Sabine wakker kunnen maken. Nou kan ik ook naar buiten gaan en een andere auto manifesteren, of zelfs een fiets, Vespa of wat ik maar wil, maar ik besluit te gaan hardlopen.

Niet dat ik nou zo'n sportief type ben. Ik moest me met veel tegenzin door alle gymoefeningen heen slepen zonder ooit echt mijn best te doen. Maar ja, nu ben ik onsterfelijk en ik kan zo hard rennen als ik wil. Nog nooit heb ik getest hoe snel dat is, want de laatste keer dat ik het op een lopen zette, merkte ik voor het eerst dat ik zo hard kon rennen. Dit is een mooi moment om te testen hoe vlug en hoe ver ik kom zonder te stoppen, vallen of in elkaar te zakken van de pijnscheuten in mijn zij. Ik kan niet wachten.

Via de zijdeur ga ik naar buiten, de straat op. Terwijl ik me afvraag of ik een warming-up moet doen, begin ik op een rustig tempo te joggen, maar al snel schieten mijn voeten met recordsnelheid over het asfalt. Ik ben nog niet eens op tempo of ik voel al een gigantische adrenalinestoot door mijn aderen schieten alsof het raketbrandstof is. Voor ik het goed en wel besef, ren ik op vol vermogen. De huizen van de buren schieten voorbij in vage strepen van steen en pleisterwerk. Ik spring over omgevallen afvalbakken en manoeuvreer om fout geparkeerde auto's heen. Zo hol ik van straat naar straat met de snelheid en soepele bewegingen van een wilde tijger. Mijn voeten en benen bewegen volautomatisch en ik vertrouw erop dat ze doen wat ze moeten doen. Dat ik binnen een ongelooflijk korte tijd aankom op mijn bestemming.

Na een paar luttele seconden sta ik op de plek waar ik nooit meer naartoe zou gaan. Ik ben er klaar voor om te doen wat ik Damen beloofd heb niet te doen: aankloppen bij Roman en kijken of we niet iets kunnen regelen.

Ik heb mijn hand nog niet eens opgetild als Roman in de deuropening verschijnt. Hij is gekleed in een donkerpaars gewaad dat over zijn blauwe zijden pyjama hangt. Uiteraard heeft hij zijn voeten in bijpassende fluwelen pantoffels gestoken, met daarop geborduurde gouden vossen die langs de rand omhoogkijken. Hij kijkt me gladjes aan zonder enige verbazing.

'Ever.' Hij houdt zijn hoofd schuin, waardoor ik zijn ouroborostatoeage goed kan zien terwijl die in en uit beeld flitst. 'Wat kan ik voor je doen?'

Mijn vingers bewegen naar de amulet onder mijn shirt en vlak daaronder gaat mijn hart als een razende tekeer. Ik hoop maar dat Damen de waarheid spreekt en de ketting me beschermt, mocht dat nodig zijn.

'We moeten praten.' Ik probeer niet zichtbaar te rillen als zijn ogen over me heen glijden en uitgebreid de tijd nemen om alles goed te bekijken.

Dan tuurt hij de donkere nacht in voor hij me aankijkt. 'Is dat zo?' Hij tilt een wenkbrauw op voor een cynische blik. 'Goh, ben ik dat vergeten?'

Ik wil ongeduldig met mijn ogen rollen, maar denk dan aan mijn missie. Ik bijt op mijn lip en wacht af.

'Herken je de voordeur?' Hij klopt met zijn knokkels op het hout, wat een doffe dreun oplevert, al snap ik zijn bedoeling niet. 'O, wacht, natuurlijk niet,' gaat hij plagerig verder met zijn mondhoeken omhooggetrokken. 'Dit is een nieuwe. Ik moest mijn vorige deur opeens vervangen nadat jij was geweest. Weet je dat nog? Je forceerde je een weg naar binnen om mijn voorraad onsterfelijkheidsdrank door de gootsteen te spoelen.' Hij grinnikt hoofdschuddend. 'Dat was heel stout van je, Ever. En een hoop rotzooi, moet ik zeggen. Je gedraagt je vandaag toch wel beter, hè?' Hij leunt tegen de deur en gebaart dat ik verder kan lopen. Ondertussen kijkt hij me aan met een priemende blik, zo intiem, dat ik me moet inhouden om niet te huiveren.

Vanuit de hal loop ik naar de studeerkamer. Niet alleen de voordeur is veranderd is sinds ik hier voor het laatst was. De ingelijste Botticelli-prints en prullaria zijn verdwenen. Nu is alles van steen en marmer, er hangen zware, donkere gordijnen en de muren zijn ruw gepleisterd met hier en daar ijzeren objecten in de vorm van een sierkrul.

'Toscaans?' Ik draai me om en schrik ervan hoe dichtbij hij is. Ik kan zelfs de paarse vlekjes in zijn irissen tellen.

Hij haalt zijn schouders op, maar blijft staan waar hij staat – veel te dichtbij. 'Ach ja, soms verlang ik weer even terug naar mijn vaderland.' Hij grijnst. Zijn wangen bewegen langzaam opzij en tonen zijn stralend witte tanden. 'Het is toch nergens zoals thuis, zoals jij als geen ander weet, Ever.'

Ik slik en wend me af, op zoek naar de snelste vluchtroute, aangezien ik heel goed op mijn tellen moet passen.

'Zeg het eens. Waaraan heb ik deze geweldige eer te danken?' Hij kijkt over zijn schouder als hij richting de bar loopt. Uit de wijnkoelkast haalt hij een fles elixir en hij schenkt een glas van geslepen kristal vol voor hij het me aanbiedt. Ik schud mijn hoofd en houd mijn hand omhoog. Dus pakt hij het glas zelf en loopt ermee naar de bank, waar hij zich laat neerploffen en wijdbeens gaat zitten. Het glas steunt hij op zijn knie. 'Ik neem zo aan dat je niet in het holst van de nacht langskomt om mijn nieuwe inrichting te bewonderen. Dus vertel: wat kom je doen?'

Ik schraap mijn keel en dwing me hem recht aan te kijken zonder aarzeling, zonder ineen te krimpen, terug te deinzen, zenuwachtig te worden of een ander teken van zwakte te laten zien. Ik realiseer me maar al te goed hoe deze situatie uit de hand kan lopen. Nu is hij nog nieuwsgierig en benieuwd, maar dat kan zo omslaan in iets anders.

'Ik kwam hier om te praten,' begin ik. Ik bestudeer zijn gezicht voor het geval hij reageert, maar hij blijft me slechts indringend aanstaren. 'Ik wil een wapenstilstand. Je weet wel. Een soort verklaring van vrede, van goed gedrag, van...'

'Alsjeblieft,' zegt hij wuivend met een hand. 'Bespaar me de definitie, *love*. Ik kan het in twintig talen en veertig dialecten zeggen. Jij?'

Ik ben allang blij dat het me in deze taal in één keer gelukt is. Hij draait de vloeistof rond in zijn kristallen glas en de regenboogkleurige gloed glimt en glinstert tegen de zijkant voor het naar beneden klotst.

'Wat probeer je hiermee te bereiken? Jij weet toch als geen ander hoe dit werkt? Ik zal je niets overhandigen zonder dat ik daar iets voor terugkrijg waar jij waarde aan hecht.' Met een klopje op de zitting naast hem geeft hij aan dat ik moet komen zitten. Hij glimlacht alsof het ook echt gaat gebeuren.

'Waarom doe je dit?' zeg ik gefrustreerd. 'Ik bedoel, je ziet er op zich best knap uit. Je bent onsterfelijk, je hebt alles wat je je kunt wensen, je kunt iedereen krijgen die je maar wilt. Waarom val je mij dan lastig?'

Met zijn hoofd achterover laat Roman een flinke schaterlach horen. Het bulderende geluid vult de kamer. Hij heeft even nodig om tot bedaren te komen en me weer aan te kijken. 'Best knap?' Weer lacht hij hartelijk. Hij zet het glas op de salontafel en pakt een gouden nagelknippertje uit een doosje dat ingezet is met juwelen. 'Best knap,' mompelt hij nogmaals voor hij zijn hoofd schudt en zijn nagels nog een keer zorgvuldig inspecteert. Dan pas kijkt hij weer naar mij. 'Je begrijpt het niet, *darling*. Dat is juist het punt. Ik kan álles krijgen wat ik wil. Alles en iedereen. Het is soms te gemakkelijk. Te eenvoudig.' Hij zucht en gaat verder met zijn manicure, waar hij zo in opgaat dat ik me afvraag of hij me al vergeten is. 'Weet je, het wordt allemaal een beetje saai en voorspelbaar na de eerste... zeg, honderd jaar. Jij bent nog veel te jong om dat te begrijpen, maar over een tijd zul je inzien dat ik je eigenlijk een plezier heb gedaan.'

Ik tuur vragend in zijn richting. Wat bedoelt hij daar nu weer mee? Een plezier? Meent hij dat?

'Wil je echt niet even zitten?' Met zijn nagelknipper wijst hij naar de goed gestoffeerde stoel naast me. 'Zo lijk ik wel een heel slechte gastheer, alsof je van mij moet blijven staan. Trouwens, heb je enig idee hoe aantrekkelijk je eruitziet? Ja, een tikje... ongekamd, misschien. Maar wel op een sexy manier.'

Hij knijpt zijn ogen tot spleetjes, als een kat. Zijn mond opent ver genoeg om het puntje van zijn tong erdoor te laten als hij zijn lippen likt. Maar ik doe alsof ik het niet zie en blijf staan. Alles is een spelletje voor Roman en als ik nu ga zitten, heeft hij weer een ronde gewonnen. Hoewel... zo blijven staan en toekijken hoe hij wellustig zijn lippen likt terwijl zijn ogen staren naar intieme plekken, voelt ook niet als een overwinning.

'Je bent gestoorder dan ik dacht als je gelooft dat je mij een plezier hebt gedaan,' zeg ik schor en allesbehalve beheerst. 'Je bent volkomen knetter!' Ik heb er al spijt van voor de echo wegsterft.

Roman haalt zijn schouders op en reageert niet op mijn uitbarsting. Zijn nagels zijn veel boeiender. 'Geloof me, het is meer dan een gunst, *love*. Ik heb je een doel gegeven. Een bestaansreden, een missie.' Hij kijkt op met opgetrokken voorhoofd. 'Geef het op zijn minst toe, Ever. Ben je dan niet volledig geobsedeerd door het vinden van een oplossing om eindelijk de relatie met Damen te kunnen... bezegelen? Zo wanhopig dat je jezelf hebt wijsgemaakt dat het een goed idee was helemaal hierheen te komen... of niet soms?'

Ik slik en staar hem aan. Ik had beter moeten weten, ik had naar Damen moeten luisteren.

'Je bent veel te ongeduldig.' Hij knikt bevestigend en vijlt de randjes van zijn afgeknipte nagels glad. 'Vanwaar die haast als je de hele eeuwigheid voor je hebt? Denk er eens over na, Ever. Waar zouden jullie je een eeuwigheid lang mee zoet houden als je mij niet had? Hmm? Elkaar de hele dag enorme boeketten van die verdomde tulpen sturen? Zo vaak met elkaar het bed in duiken dat het toch echt een keer godvergeten saai wordt?'

'Dat is belachelijk.' Ik kijk hem vol minachting aan. 'En het feit dat jij het zo uitlegt – alsof je mij een of andere ridderlijke dienst bewijst...' Ik schud mijn hoofd en weet dat ik de zin niet hoef af te maken. Hij is de weg kwijt, helemaal gestoord. Alles wat hij doet, komt voort uit egoïsme.

'Zeshonderd jaar heb ik naar haar verlangd,' zegt hij zonder mijn blik los te laten. Hij smijt de nagelknipper naast zich op de bank. 'En waarom, vraag je? Waarom zou ik zo lang achter één vrouw aan zitten als ik iedereen kan krijgen?' Hij kijkt me aan alsof hij een antwoord verwacht, maar we weten allebei dat dat niet komt. 'Het is niet wat jij denkt. Het ging niet om haar uiterlijk. Al heeft dat in het begin natuurlijk wel geholpen, dat geef ik toe.' Hij glimlacht met een blik op oneindig. 'Nee, het was nou juist het simpele feit dat ik haar niet kon krijgen. Wat ik ook deed, hoe vreselijk ik ook naar haar verlangde, ik had nooit ook maar enig... succes, om het zo te zeggen,' legt hij uit met een intense blik in zijn ogen.

Ik kan er niets aan doen en rol met mijn ogen. Wat kan mij het nou schelen dat hij eeuwenlang diepe gevoelens gekoesterd heeft voor dat monster?

Roman negeert de ongeduldige uitdrukking op mijn gezicht en gaat verder. 'Vergis je niet, Ever. Ik zal iets heel belangrijks vertellen. Knoop het maar goed in je oren.' Hij leunt naar voren met zijn armen op zijn knieën. Op lagere, dwingende, maar vastberaden toon zegt hij: 'We willen altijd wat we niet kunnen krijgen.' Dan leunt hij naar achteren en knikt tevreden alsof hij net het best bewaarde geheim in de geschiedenis van de mensheid heeft onthuld. 'Zo zitten we nu eenmaal in elkaar, wij mensen. Dat is de aard van het beestje. Ik weet dat jij het niet wilt horen of geloven, maar dat is de enige reden dat Damen de afgelopen vierhonderd jaar naar jou is blijven verlangen.'

Ik blijf hem onbeweeglijk aankijken. Hij wil me kwetsen, probeert de voor de hand liggende zwakke plek en weet donders goed dat dit een van mijn grootste angsten is sinds ik mijn en Damens gezamenlijke verleden ken.

'Ga maar na, Ever. Zelfs Drina's wonderbaarlijke schoonheid kon zijn interesse niet lang genoeg vasthouden. Ik neem aan dat je weet hoe snel hij genoeg van haar had?'

Ik slik en mijn maag voelt aan als een baksteen. Sinds wanneer is tweehonderd jaar 'snel'? Maar ja, als je het eeuwige leven hebt, zal dat wel relatief zijn.

'Het is geen schoonheidswedstrijd,' zeg ik defensief. Meteen krimp ik ineen als ik de woorden hardop hoor. Was dat het beste wat ik kon verzinnen? Echt?

'Nee, natuurlijk niet, *love*.' Roman schudt zijn hoofd vol medelijden. 'Anders had Drina nu al gewonnen.' Hij laat zich achteroverzakken in de kussens met zijn armen gespreid. Het lijkt alsof hij me uitdaagt. 'Laat me raden... Jij gelooft dat het allemaal draait om twee zielen die samensmelten, die voorbestemd zijn voor elkaar, en nog meer van dat soort... kalverliefde?' Hij lacht en knikt. 'Dat denk je echt, hè?'

'Je wilt niet weten wat ik denk,' bijt ik hem toe. Mijn geduld is op; hiervoor kwam ik niet. 'Ik ben hier niet om me te laten vervelen door langdradige verhalen, ik ben hier omdat ik...'

'Omdat jij iets wilt van mij.' Hij knikt en zet het glas neer dat met een harde tik landt op het hout van de tafel. 'En in dat geval heb ik het voor het zeggen en ben jij in geen enkele positie om eisen te stellen.'

'Waarom doe je zo?' Dit spelletje verveelt me. 'Waarom blijf je zo aandringen als je weet dat ik geen interesse heb? Je snapt toch zelf wel dat je Drina niet terug kunt krijgen, wat je ook met mij en Damen van plan bent? Wat gedaan is, is gedaan. Daar valt niets aan te veranderen. Als je het zo bekijkt, dan houdt alles wat je nu doet – die stomme spelletjes, al die onzin eromheen – jou tegen om verder te gaan en iets te maken van de toekomst.' Ik kijk hem aan, vastberaden en vol overtuigingskracht. Ik toon hem een scène waarin hij me het tegengif overhandigt en meewerkt. 'Daarom vraag ik je dus, zo vriendelijk mogelijk, mij te helpen. Maak ongedaan wat je Damen hebt aangedaan en dan kunnen we allemaal weer verder.'

Roman schudt zijn hoofd, met zijn ogen stijf dicht. 'Sorry, *love*. Ik weet al wat ik ervoor wil hebben. De vraag is of jij die prijs wilt betalen of niet.'

Moe en verslagen leun ik tegen de muur, maar ik laat het zo min mogelijk blijken. Wat hij van me wil zal ik hem nooit geven. Dit is hetzelfde oude liedje waarvoor Damen me al waarschuwde. 'Je kunt mij niet krijgen, Roman. Never nooit, vergeet het maar. Niet zolang ik...'

Ik kom niet eens toe aan de rest, de beledigende en vernederende opmerkingen, want hij komt zo vlug overeind van de bank dat ik zijn adem op mijn wang voel voor ik ook maar kan knipperen.

'Relax,' fluistert hij zwoel. Ik kan elke perfecte porie zien, zo dichtbij staat hij. 'Het zou misschien grappig zijn, een leuke afleiding zolang het duurt, maar dat is niet wat ik wil. Nee, ik heb iets diepzinnigers in gedachten dan jouw eerste keer. Dat wil zeggen, als je het een keertje achter de rug wilt hebben zonder verdere verplichtingen, dan kan ik je uiteraard wel helpen.' Hij glimlacht en zijn blauwe ogen boren in de mijne. Hij dwingt me het filmpje te bekijken dat hij voor me projecteert, met hem, mij en een groot bed.

Ik wend mijn hoofd af als mijn ademhaling versnelt en onregelmatig wordt. Ik heb elk beetje wilskracht nodig om niet mijn knie hard in zijn kruis te rammen als hij zijn neus langs mijn oor, wang en nek laat glijden en voorzichtig mijn geur opsnuift.

'Ik weet wat je voelt, Ever,' mompelt hij vlak bij mijn oor. 'Verlangen naar iemand die zo dichtbij is en toch... toch kun je het net niet waarmaken. Het is een pijn die de meeste mensen niet kennen. Wij wel. Weer iets wat we gemeen hebben.'

Het kost moeite mijn gebalde vuisten los te laten en mijn evenwicht te vinden. Ik weet dat ik niets impulsiefs moet doen; ik kan het me niet veroorloven.

'Maak je geen zorgen.' Hij grijnst en doet een stap opzij, waardoor hij buiten mijn bereik is. 'Je bent een slimme meid. Ik weet zeker dat je er wel achter komt. En zo niet...' Hij haalt zijn schouders op. 'Tja, dan verandert er niets. Alles blijft zoals het is. Jij en ik, voor altijd met elkaar verbonden, tot in de eeuwigheid.'

Hij glipt de hal in en beweegt zo snel dat ik hem even niet meer zie. Dan houdt hij zijn hoofd schuin ten teken dat ik naar de deur moet lopen. Hij duwt me bijna het stoepje op. 'Het spijt me dat ik ons onderonsje zo abrupt moet beëindigen. Al doe ik dat vooral met het oog op jouw reputatie. Als Damen erachter komt dat je hier was... Ach ja, dat zou wel eens heel verkeerd voor je kunnen aflopen, hè?'

Hij glimlacht. Die stralend witte tanden, zijn goudblonde haar, zongebruinde huid en blauwe ogen maken hem tot een typisch Californische jongen. Hij kan zo auditie doen voor de vvv-poster die laat zien hoe goed het leven in Laguna Beach kan zijn.

Ik kan me wel voor mijn kop slaan, zo kwaad ben ik. Hoe kon ik zo stom zijn? Ik had naar Damen moeten luisteren en ons niet verder in gevaar moeten brengen! Nu heeft Roman weer iets wat hij tegen me kan gebruiken.

'Het spijt me dat je met lege handen moet vertrekken, *darling*,' zegt hij poeslief. Een oude, zwarte Jaguar die op dat moment de oprit op komt, trekt zijn aandacht. Twee inzittenden met prachtig donkere haren stappen uit en lopen rechtstreeks het huis in. Vlak voor Roman de deur dichtgooit, zegt hij: 'Wat je ook van plan bent, blijf uit de buurt van Marco's auto als je vertrekt. Hij gaat door het lint als er ook maar een vlekje op komt.'

Twaalf

Ik loop in een rustig tempo naar huis. Althans, dat is de richting die ik in eerste instantie op ga. Maar ergens onderweg loop ik een zijstraat in. En nog een. En nog een. Mijn voeten bewegen zo langzaam dat ze bijna over de grond slepen. Ik hoef nu niet te rennen, ik hoef me niet te bewijzen. Ondanks al mijn kracht en snelheid, kan ik Roman helemaal niet aan. Hij is het brein achter dit spel en ik ben slechts een pion.

Ik wandel verder, het centrum van Laguna – the Village – in. Ik ben te wakker om naar huis te gaan, ik schaam me te diep om Damen op te zoeken en dus stap ik wat doelloos rond de donkere, lege straatjes. Dan blijf ik staan vlak voor een klein, verzorgd huisje, met bloeiende planten in bakken aan weerszijden van de voordeur. Op de grond ligt een welkomstmat die precies juist is neergelegd, wat het geheel een warm, vriendelijk en goedaardig sfeertje geeft.

Maar dat is valse schijn. Er is niets van waar. Nee, dit is meer een plaats delict. Ik neem niet eens de moeite om te kloppen, zoals de laatste keer dat ik hier was. Het heeft toch geen zin. Ava is er allang niet meer. Nadat ze de onsterfelijkheidsdrank van Damen stal en hem hulpeloos achterliet, geloof ik niet dat ze ooit nog terugkomt.

Met mijn gedachten zorg ik dat de deur opengaat. Ik stap naar binnen en kijk even om me heen voor ik doorloop langs de zijkamer naar de keuken. Het verbaast me dat de normaal zo opgeruimde keuken er nu zo rommelig uitziet. Op het aanrecht staat een berg vieze vaat van gebruikte glazen en borden te wachten en overal op de grond ligt afval. Ik weet zeker dat Ava het niet zo heeft achtergelaten, dus moet er iemand anders zijn hier.

Ik sluip de gang in en neem een kijkje in diverse lege kamers tot ik bij de indigokleurige deur aan het eind sta. Deze deur leidt naar Ava's zogenaamde heilige plek, waar ze vroeger mediteerde en andere dimensies probeerde te bereiken. Ik open de deur op een kiertje en tuur de donkere kamer in. Er liggen twee slapende figuren op de grond. Mijn hand glijdt langs de muur, op zoek naar de lichtschakelaar. Dan herinner ik me dat ik de gave heb een kamer zonder hulp te verlichten. Als ik dat doe, zie ik de laatste twee personen die ik hier had verwacht.

'Rayne?' Ik kniel naast haar neer met ingehouden adem terwijl ze zich omdraait en langzaam een oog opent.

'O, hoi, Ever.' Ze wrijft in haar ogen en probeert overeind te krabbelen. 'Alleen ben ik niet Rayne, maar Romy. Rayne ligt daar.'

Ik werp een blik naar de andere kant van de kamer, waar haar tweelingzusje zit. Haar gezicht vormt een chagrijnige uitdrukking zodra ze zich realiseert dat ik het ben.

'Wat doen jullie hier?' Ik richt me tot Romy, meestal de aardigste van de twee.

'We wonen hier.' Ze haalt haar schouders op en propt haar gekreukte, witte bloesje in haar blauwe rok met de Schotse ruit terwijl ze gaat staan.

Ik kijk van de een naar de ander, hun bleke huid, de grote, donkere ogen en het steile, zwarte haar dat achter tot op hun schouders valt en aan de voorkant eindigt in een kaarsrechte pony. Ze dragen nog steeds hetzelfde kostschooluniform als de eerste keer dat ik ze ontmoette. Maar waar ze er in Zomerland altijd keurig netjes en verzorgd bij liepen, zijn ze nu het tegenovergestelde: gekreukt en verwaarloosd.

'Maar jullie kunnen hier niet wonen. Dit is Ava's huis.' Ik schud mijn hoofd. Het idee dat zij hier als krakers hebben geleefd, bezorgt me een slecht gevoel. 'Is het niet eens tijd om naar huis te gaan? Je weet wel, terug naar Zomerland?'

'Dat werkt niet.' Rayne trekt haar kniekousen omhoog tot ze allebei op dezelfde hoogte zitten. Zonder het te weten helpt ze mij daarmee om hen uit elkaar te houden. 'Dankzij jou zitten we hier voorgoed vast,' mompelt ze, maar niet zonder een extra kwade blik naar me te sturen.

Ik kijk opzij naar Romy, hopend op een verklaring. Zij schudt haar hoofd naar haar zusje voor ze mij aankijkt. 'Ava is ervandoor.' Ze haalt haar schouders op. 'Maar laat je niet afschrikken door Rayne. We zijn erg blij je te zien. We hebben zelfs een weddenschap lopen over hoe lang het zou duren.'

Mijn blik gaat van de een naar de ander en ik giechel nerveus. 'O, ja? Wie heeft er gewonnen?'

Rayne rolt met haar ogen en wijst naar haar zusje. 'Zij. Ik wist zeker dat je ons voorgoed in de steek had gelaten.'

Er is iets met de manier waarop ze dat zegt. Het kwartje valt. 'Wacht eens. Wil je soms zeggen dat jullie al die tijd al hier zijn?'

'We kunnen niet terug.' Romy trekt een schouder op. 'We zijn onze magische krachten kwijt.'

'Dan kan ik jullie vast wel helpen. Ik bedoel, jullie willen toch wel terug, hè?' Ik kijk vragend op en zie Rayne grijnzen terwijl Romy knikt. Gelukkig weet ik dat het zo voor elkaar is. Ik hoef alleen de toegangspoort op te roepen, hen af te leveren, afscheid te nemen en in mijn eentje terug te keren naar Laguna.

'Ja, dat zouden we dolgraag willen,' bevestigt Romy.

'En als het kan, dan graag meteen,' zegt Rayne met toegeknepen ogen. 'Dat is tenslotte wel het minste wat je voor ons kunt doen.'

Ik slik. Die opmerking heb ik verdiend, maar tegelijkertijd vraag ik me af wie er wanhopiger is hen hier weg te hebben: zij of ik?

Ik gebaar naar Rayne en loop naar de futon. Waarom lagen ze niet daarop in plaats van op de harde grond? 'Kom,' zeg ik met een blik achterom. 'Kom jij maar hier rechts van mij zitten en Romy, jij aan deze kant.' Ik geef een klopje op het kussen. 'Pak allebei mijn handen vast en sluit jullie ogen, daarna moet je je concentreren en zorgen dat je het licht voor je ziet. Stel je voor dat de gouden sluier van licht vlak voor je hangt. Zodra dat beeld scherp en helder is, moet je je voorstellen dat je door het licht heen stapt. Ik ben de hele tijd vlak bij jullie en zorg ervoor dat jullie veilig zijn. Oké?'

Snel kijk ik naar allebei en zie ze knikken. Dan bereiden we ons voor, met alle noodzakelijke stappen. Zodra ik door de sluier van licht stap en in het heerlijk geurende veld sta, doe ik mijn ogen weer open. Dan pas merk ik dat ik alleen ben.

'Ik zei het je toch,' merkt Rayne droogjes op wanneer ik terugkom. Ze staat vlak voor me met een verwijtende blik. Haar kleine, bleke handen rusten op haar heupen. 'Ik zei toch dat onze magische gaven zijn verdwenen. We zitten hier vast en we kunnen niet terug. En dat allemaal omdat we jou probeerden te helpen!'

'Rayne!' valt Romy hoofdschuddend uit. Met een verontschuldigende uitdrukking kijkt ze me aan.

'Nou, het is toch zeker zo!' Rayne pruilt. 'Ik zei nog dat we het risico niet moesten nemen. Ik voorspelde ook dat ze niet zou luisteren. Dat had ik gezien in een visioen. Dat de kans enorm groot was dat ze de verkeerde beslissing zou nemen. En, mocht ik dat nog moeten herhalen, dat was ook zo!' Ze fronst haar wenkbrauwen en schudt haar hoofd. 'Het ging precies zoals ik voorzag. En nu zitten wij met een enorm probleem.'

O, niet alleen jullie, denk ik stilletjes. Ik hoop maar dat ze ook geen gedachten meer kunnen lezen, want ik schaam me bijna meteen voor die reactie. Ze mag dan irritant zijn, ze heeft wel groot gelijk.

'Luister,' zeg ik, van de een naar de ander kijkend. Ik moet de situatie onder controle zien te krijgen. 'Ik begrijp hoe graag jullie terug willen naar huis. Geloof me, ik weet het. Ik zal alles doen wat ik kan om te helpen.' Ik knik en de twee wisselen onderling een blik uit. Twee identieke gezichtjes met dezelfde uitdrukking van ongeloof. 'Ik bedoel, ik weet nu nog niet precies wat ik moet doen, maar ik ga het uitzoeken. Ik zal alles proberen, echt waar. Ondertussen zorg ik ervoor dat jullie veilig zijn en in een prettige omgeving. Erewoord. Oké?'

Rayne kijkt naar me, rolt met haar ogen en zucht diep. 'Zorg er nou maar voor dat we terug kunnen naar Zomerland,' zegt ze met haar armen over elkaar geslagen. 'Meer willen we niet van je. En iets anders is niet goed genoeg.'

Ik laat haar woorden van me afglijden en knik. 'Begrepen. Maar voor ik jullie kan helpen, moeten jullie wel een paar vragen beantwoorden.'

Ze kijken elkaar aan en ik zie Raynes blik stilletjes 'echt niet' zeggen, terwijl Romy zich naar me omdraait en instemmend knikt. 'Oké.'

Er is iets wat ik me al die tijd al heb afgevraagd, al weet ik nog niet goed hoe ik het netjes kan vragen. Dan maar rechtstreeks. 'Sorry als dit kwetsend of beledigend is, maar ik moet het weten: zijn jullie dood of niet?' Ik houd mijn adem in en verwacht een driftbui of op zijn minst een gekwetste uitdrukking. Alles behalve het gelach dat ik te horen krijg. Ik moet toekijken hoe ze over de grond rollen en het uitgillen van plezier. Rayne ligt dubbel en slaat op haar knie, Romy rolt van de futon; ze hebben het niet meer. 'Nou, zeg. Sorry dat ik het vraag.' Ik frons mijn wenkbrauwen. Nu ben ik degene die zich beledigd voelt. 'Ik bedoel, we hebben elkaar voor het eerst gezien in Zomerland, waar genoeg overledenen rondhangen. Daarbij zijn jullie ook nog eens ongelooflijk bleek.'

Rayne houdt zich overeind tegen de muur. Haar lachbui is voorbij en nu grijnst ze. 'Dus we zijn wat bleekjes. En wat dan nog?' Ze kijkt naar haar zusje en dan weer naar mij. 'Alsof jij zo'n lekker bruin kleurtje hebt. Wij nemen toch ook niet aan dat je dood bent.'

Ik krimp ineen. Dat is waar. 'Ja, maar... jullie hebben een oneerlijke voorsprong. Dankzij Riley wisten jullie alles al van me voor je me had gezien. Jullie weten wie ik ben en wat ik ben, en als ik jullie moet helpen, dan moet ik ook een paar dingen weten. Je kunt het vervelend vinden en me tegenwerken, maar dit gaat alleen lukken als ik jullie verhaal ken.'

'Dat nooit,' zegt Rayne kortaf met een indringende blik naar haar zusje dat ze vooral niet moet tegensputteren.

Romy negeert haar. 'We zijn niet dood. In de verste verte niet. We zijn meer een soort... vluchtelingen. Vluchtelingen uit het verleden, zeg maar.'

Het gaat niet van harte. Ik bedenk me dat ik mijn afscherming kan aanpassen, mijn kwantumafstandsbediening kan gebruiken en ze kan aanraken om in een glimp hun hele geschiedenis te zien. Maar laat ik in elk geval eerst proberen het op de normale manier uit ze te krijgen.

'Heel lang geleden,' begint Romy terwijl ze een blik wisselt met haar zusje, die dit alles afkeurt. Ze haalt diep adem en vertelt verder. 'Lang geleden hadden wij te maken met...' Ze trekt haar neus op en zoekt naar het juiste woord voor ze knikt en verdergaat. 'Laten we zeggen dat we op het punt stonden slachtoffer te worden van een duistere gebeurtenis. Een van de afschuwelijkste momenten uit de geschiedenis. Het is ons gelukt te ontsnappen door naar Zomerland te vluchten. Sindsdien zijn we de tijd uit het oog verloren. We zijn daar altijd gebleven. Dat wil zeggen, tot vorige week, toen we besloten jou te helpen.'

Rayne kreunt en laat zich op de grond zakken. Ze verbergt haar gezicht in haar handen, maar haar zusje negeert het gebaar. 'En nu is gebeurd waar we altijd al bang voor waren. Onze magische krachten zijn verdwenen. We kunnen nergens heen en we hebben geen idee hoe we in deze wereld moeten overleven.'

'Aan wat voor soort gebeurtenis zijn jullie precies ontsnapt?' Ik bestudeer het meisje, op zoek naar een hint. 'En hoe lang geleden is heel lang geleden? Waar hebben we het over?' Ik vraag me af of ze even lang rondzwerven als Damen, of dat ze wat jonger zijn dan hij.

Ze kijken elkaar aan en communiceren een tijdje zonder een woord te wisselen. Het gaat volledig langs me heen. Dan leun ik naar Romy toe en ik pak haar hand zo vlug vast dat ze niet eens tijd heeft om te reageren. Meteen word ik haar gedachten in getrokken, haar wereld in. Ik zie het verhaal voor me alsof ik er zelf bij ben, langs de zijlijn, een onopvallende toeschouwer die opgaat in alle chaos en angst van die tijd. Ik ben getuige van zulke verschrikkelijke gebeurtenissen dat ik het liefst wil wegrennen.

Ik zie hoe een woedende menigte op hun huis afstormt. Ze schreeuwen en heffen brandende fakkels in de lucht. Hun tante staat in de deuropening en probeert de massa mensen tegen te houden. Ze roept de toegangspoort op en spoort de meisjes aan te ontsnappen naar Zomerland.

Net als ze de tweeling wil volgen, verdwijnt de poort. De meisjes bevinden zich in Zomerland, compleet afgezonderd van alles wat hen bekend voorkomt en zonder enig idee wat er met hun tante gebeurt. Tot ze de Paleizen van Kennis en Wijsheid ontdekken en daar het schijnproces en de valse beschuldigingen zien waaronder zij gebukt ging. De vrouw weigerde te bekennen dat ze aan tovenarij deed. Ze had de Eed van de Wicca afgelegd – 'Doe wat je wilt, mits het niemand schaadt' – en wist dat ze niets verkeerd had gedaan. Daarom verzette ze zich met opgeheven hoofd – helemaal tot aan de galg waar ze uiteindelijk stierf door ophanging.

Ik deins achteruit en mijn vingers tasten de amulet af onder mijn shirt. Iets in de ogen van hun tante zag er zo bekend uit dat ik me nu heel zwak en onzeker voel. Ik moet me inprenten dat ik veilig ben, dat zij veilig zijn en dat dergelijke dingen nu niet meer voorkomen.

'Nu weet je alles.' Romy haalt haar schouders op, maar Rayne schudt heftig met haar hoofd. 'Ons verhaal, onze hele geschiedenis. Neem je het ons kwalijk dat we gevlucht zijn?'

Ik kijk van de een naar de ander en weet niet wat ik moet zeggen. 'Ik...' Ik schraap mijn keel en begin opnieuw. 'Het spijt me ontzettend. Ik had er geen idee van.' Ik kijk in Raynes richting, maar ze wil me niet aankijken. Romy laat haar hoofd hangen. 'Ik wist niet dat jullie zijn ontkomen aan de heksenvervolgingen in Salem.'

'Dat klopt niet helemaal,' merkt Rayne op. Romy valt haar meteen bij.

'We zijn zelf nooit berecht, maar onze tante is wel beschuldigd van hekserij. De ene dag is ze nog de meest gewilde vroedvrouw in het dorp en de volgende dag komt een kwade groep mensen haar halen.' Ze hapt naar adem en haar ogen worden vochtig alsof het gisteren is gebeurd.

'We zouden met haar mee zijn gegaan. We hadden niets te verbergen,' gaat Rayne verder. Ze tilt haar hoofd op en knijpt toe. 'En het was ook niet Clara's schuld dat die arme baby overleed. Het was de vader. Hij wilde niets te maken hebben met de baby noch de moeder. Dus heeft hij hen allebei uit de weg geruimd en Clara de schuld gegeven. Hij riep zo hard dat ze een heks was, dat het hele dorp het kon horen. Het lukte Clara nog om de toegangspoort naar Zomerland op te roepen en ons te verstoppen. Ze wilde net meegaan, toen... Nou ja, je hebt het zelf gezien.'

'Maar dat is meer dan driehonderd jaar geleden!' roep ik uit, nog steeds niet gewend aan het idee dat iemand al zo lang meegaat, ook al ben ik nu zelf onsterfelijk.

De twee meisjes halen hun schouders op.

'Dus jullie zijn niet meer hier geweest sinds...' Ik schud mijn hoofd. De details van de situatie en het probleem worden nu pijnlijk duidelijk. 'Ik bedoel, hebben jullie enig idee hoezeer alles is veranderd sinds die tijd? Serieus! Het is een heel andere wereld dan toen.'

'We zijn niet van gisteren,' merkt Rayne ongeduldig op. 'We zijn niet achterlijk. Zomerland gaat ook met de tijd mee, hoor. Er komen aan de lopende band nieuwe mensen die voorwerpen en dingen manifesteren waaraan zij gehecht zijn. Alles wat ze niet kunnen loslaten.'

Dat bedoel ik dus niet. Verre van. Het gaat me er niet om dat we nu auto's hebben in plaats van paard-en-wagens of trendy boetiekjes in plaats van naaisters die alles met de hand doen. Het gaat mij erom dat ze moeten passen in deze moderne tijd. Ze moeten opgaan in deze eeuw, niet zo opvallen als nu! Ik kijk nog eens naar hun kaarsrechte pony's die met een scheermesje gesneden moeten zijn. Hun grote, donkere ogen en extreem lichte huid. Een make-over voor de eenentwintigste eeuw is veel meer dan een nieuw uniform. Dat wordt nog een hele operatie.

'Riley heeft ons heus wel voorbereid,' zegt Romy, waarop Rayne reageert met een luid gekreun. Mijn aandacht is weer bij haar. 'Zij heeft een internaat laten verschijnen en ons overgehaald ons in te schrijven. Vandaar deze uniforms. Zij heeft ons dingen geleerd over de wereld van nu, en ook een moderner taalgebruik. Ze wilde juist dat we teruggingen naar de gewone wereld en deed haar best ons voor te bereiden. Deels omdat ze wilde dat wij op jou zouden letten, maar ook omdat ze het stom vond dat we onze tienerjaren hadden overgeslagen.'

Als versteend blijf ik zitten. Nu pas begrijp ik waarom Riley hen zo interessant vond. Dat had niets te maken met mij, maar veel meer met haarzelf. 'Hoe oud zijn jullie eigenlijk?' fluister ik, kijkend naar Romy. 'Ik bedoel, hoe oud waren jullie toen jullie in Zomerland terechtkwamen?' Want sinds die tijd zijn ze geen dag ouder geworden, natuurlijk.

'Dertien,' zegt Romy met gefronste wenkbrauwen. 'Hoezo?'

Ik sluit mijn ogen en schud mijn hoofd. Ik moet mijn lachen inhouden. Ik wist het wel!

Riley heeft er altijd van gedroomd dertien te zijn – een heuse, officiële tiener die net geen brugklasser meer is, maar een belangrijke leeftijd bereikt heeft. Toen ze op haar twaalfde stierf, koos ze ervoor op aarde te blijven hangen. Op die manier kon ze indirect, via mij, toch nog haar tienerjaren beleven. Dus het verbaast me niets dat ze Romy en Rayne probeerde over te halen terug te gaan de wereld in. Ze wilde niet dat iemand anders zou overslaan wat zij heeft moeten missen.

Als Clara die wilskracht kon vinden en Riley die hoop, beiden in situaties die zo afschrikwekkend en hopeloos waren, dan moet Roman toch geen al te groot probleem vormen voor mij.

Ik kijk naar de meisjes en realiseer me dat ze hier niet alleen kunnen blijven. Ik kan ze ook niet meenemen naar Sabines huis. Maar er is wel iemand die hen kan helpen, al is hij misschien niet meteen enthousiast...

'Pak je spullen, we gaan,' zeg ik terwijl ik naar de deur loop. 'Ik zal jullie je nieuwe thuis laten zien.'

Dertien

Zodra we buiten staan, bedenk ik dat het handig is om een auto te hebben. Het gaat me voornamelijk om snelheid, niet om comfort – vooral als ik zie hoe de tweeling elkaar stevig vasthoudt en behoedzaam, zo niet bijna angstig, om zich heen kijkt. Dus manifesteer ik een wagen die ons snel naar onze bestemming brengt. Romy moet maar op Raynes schoot gaan zitten en ik kruip achter het stuur. Met het gaspedaal ingedrukt stuur ik ons behendig door de kleine straatjes. De meisjes plakken bijna met hun gezicht tegen het raam en staren naar alles wat voorbijkomt.

'Hebben jullie al die tijd alleen maar binnen gezeten?' Ik werp een blik in hun richting, verbaasd om iemand op die manier te zien reageren op de omgeving van Laguna Beach.

Ze knikken, maar blijven naar buiten staren. Ze worden een beetje onrustig als ik naar het hek rijd, vooral wanneer de bewaker in zijn uniform hen eens goed bekijkt voor hij ons binnenlaat.

'Waar breng je ons naartoe?' Rayne kijkt me wantrouwend aan. 'Wat is dat met die bewaker en die hekken? Dit is toch geen gevangenis, hè?'

Ik rijd de heuvel op. 'Hebben jullie geen bewaakte woonwijken in Zomerland?' Ik heb ze daar zelf nooit gezien, maar ik woon er ook niet al driehonderd jaar.

Ze schudden hun hoofd. Aan hun grote ogen te zien, voelen ze zich niet op hun gemak.

'Maak je maar geen zorgen.' Ik draai Damens straat in en zijn oprit op. 'Het is geen gevangenis, daar zijn die hekken niet voor. Die zijn meer bedoeld om mensen buiten te houden, niet binnen.'

'Waarom zou je mensen buiten willen houden?' vragen de twee meisjes in koor met hetzelfde kinderlijke stemmetje.

Hoe moet ik dat uitleggen? Ik ben zo ook niet opgevoed, bij ons thuis waren alle huizen altijd toegankelijk voor iedereen. 'Volgens mij is het de bedoeling dat de bewoners...' Het liefst had ik gezegd 'zich veilig voelen', maar dat is het ook niet helemaal. 'In elk geval,' zeg ik hoofdschuddend. 'Als jullie hier willen wonen, moet je er maar aan wennen. In deze buurt is het nu eenmaal zo.'

'Maar we willen hier helemaal niet wonen,' protesteert Rayne. 'Je zei dat dit een tijdelijke oplossing was tot je een manier vindt om ons terug te sturen, weet je nog wel?'

Ik haal diep adem en mijn vingers omklemmen het stuur nog steviger. Ik blijf me maar voorhouden hoe bang ze moet zijn, ook al gedraagt ze zich als een verwend nest.

'Natuurlijk is het maar tijdelijk,' knik ik met een geforceerde glimlach. Althans, dat is wel mijn bedoeling, want anders zal er toch iemand erg ontevreden zijn... Ik stap uit de auto en gebaar dat ze mee moeten komen. 'Willen jullie je nieuwe, tijdelijke huis zien?'

Ik loop naar de voordeur met de twee meisjes vlak op mijn hielen. Zal ik kloppen en wachten tot Damen opendoet of mezelf binnenlaten, aangezien hij toch nog slaapt? Ik wil voor de laatste optie gaan, maar Damen is me te snel af en staat in de deuropening. Hij kijkt me aan en zegt: 'Is alles in orde?'

Ik glimlach en stuur hem meteen een telepathisch berichtje: voor je iets zegt – wat dan ook – blijf alsjeblieft rustig en laat het me uitleggen. Zijn nieuwsgierige, vragende blik zegt genoeg. 'Mogen we binnenkomen?'

Hij doet een stap opzij en zijn ogen worden groot wanneer Romy en Rayne achter me vandaan stappen en op hem af vliegen. Vier dunne armpjes worden om zijn middel geslagen en twee gezichtjes kijken hem vol bewondering aan. 'Damen! Jij bent het! Je bent het echt!' En het is niet dat ik deze hereniging niet gezellig vind, maar het valt me wel op dat hun reactie op hem – vol liefde en enthousiasme – zo'n beetje het tegenovergestelde is van die op mij.

'Hé!' Hij grijnst, aait hen over hun hoofd en bukt zich om bij allebei een dikke kus op hun hoofd te planten. 'Hoe lang is dat geleden?' Hij komt overeind en kijkt hen vragend aan.

'Een week,' zegt Rayne met een blik vol genegenheid op haar gezicht. 'Een paar tellen voor Ever haar bloed in het tegengif liet druppelen en daarmee alles verpestte.'

'Rayne!' Romy kijkt van haar zus naar mij en schudt haar hoofd, maar ik laat het gaan. Deze strijd zal ik nooit winnen.

'Ik bedoel de keer daarvoor.' Damen staart over hun hoofden heen in de verte en probeert zich te herinneren wanneer dat was.

Ze kijken ondeugend op. 'Zes jaar geleden toen Ever nog maar tien jaar oud was!'

Mijn mond zakt open en volgens mij puilen mijn ogen uit als ik Damen aankijk. 'O, juist ja. Dankzij jullie heb ik haar weer kunnen vinden. En omdat jullie weten hoeveel ze voor mij betekent, zou ik het fijn vinden als jullie even aardig tegen haar zijn als tegen mij. Dat is toch niet te veel gevraagd, hè?' Hij houdt een vinger onder Raynes kin en tilt haar hoofd omhoog, waardoor ze begint te glimlachen en haar wangen rood aanlopen.

'Vertel me eens, waaraan heb ik deze eer te danken?' Hij loopt voor ons uit naar de nog lege woonkamer. 'Deze hereniging met twee zeer goede vriendinnen die er trouwens geen dag ouder uitzien dan de laatste keer?'

De meiden kijken elkaar giechelend aan. Ze zijn helemaal in

de wolken en het maakt niet uit wat hij zegt. Voor ik een antwoord kan bedenken dat hem langzaam het verhaal vertelt en hem voorbereidt op het idee dat de twee voorlopig bij hem komen wonen, kijken zij elkaar aan en roepen blij: 'Ever zegt dat we bij jou mogen wonen!'

Damen kijkt om, nog steeds glimlachend. Maar in zijn ogen zie ik hoe geschokt hij is.

'Tijdelijk,' zeg ik met nadruk terwijl ik hem in gedachten een enorm boeket rode tulpen stuur. 'Tot ik een manier kan vinden om hen terug te sturen naar Zomerland of zij hun magische krachten terugkrijgen. Een van de twee.' En telepathisch erachteraan: weet je nog dat je zei hoe belangrijk het was je karma weer in evenwicht te krijgen om goed te maken wat je in het verleden gedaan hebt? Hoe kun je dat beter doen dan iemand helpen die je echt nodig heeft? Bovendien kun je nu het huis houden, want die extra ruimte heb je zo wel nodig. Het is de perfecte oplossing – iedereen heeft er baat bij! Ik knik en glimlach zo overdreven tijdens deze gedachtestroom dat ik lijk op zo'n knikkend dashboardpoppetje.

Damen kijkt van mij naar de meisjes, lachend en hoofdschuddend. 'Natuurlijk mogen jullie hier blijven. Zo lang als nodig. Zullen we meteen naar boven gaan zodat jullie je eigen kamer kunnen uitkiezen?'

Ik zucht – mijn perfecte vriendje is net nog een beetje perfecter geworden. Ik loop achter de drie aan en de tweeling stormt de trap al op. Ze zijn blij, giechelig en heel anders nu Damen er is.

'Mogen we deze kamer?' vragen ze tegelijk met een glinstering in hun ogen. Ze staan in de deuropening van de lege ruimte die vroeger Damens 'speciale' kamer was.

Automatisch en veel te vlug roep ik al: 'Nee!' Vervolgens krimp ik ineen als ik ze met half dichte ogen naar me zie kijken. Ik voel me schuldig dat alles zo moeizaam verloopt, maar ik ben nog steeds van plan deze kamer terug te brengen in zijn oorspronkelijke staat, vol met Damens herinneringen. Dat lukt niet als zij hier slapen. 'Deze kamer is bezet,' zeg ik, al doet het weinig om de strenge toon te verzachten. 'Maar er zijn er nog veel meer, het is een reusachtig huis. Wacht maar af. Er is zelfs een zwembad!'

Romy en Rayne wisselen een blik en lopen met grote passen verder de gang in. Hun hoofden dicht bij elkaar en druk fluisterend. Ze doen nauwelijks moeite om hun ongenoegen te verbergen.

Je had hun die kamer best kunnen geven, denkt Damen, die zo dichtbij staat dat ik een elektrische lading door mijn lichaam voel glijden.

Ik schud mijn hoofd zonder iets hardop te zeggen. In gedachten geef ik antwoord: ik wil jouw spullen weer in die kamer hebben. Ze mogen voor jou dan van weinig waarde zijn, voor mij betekenen ze een hele hoop. Je kunt het verleden niet zomaar bij het grofvuil zetten. Je kunt niet zomaar alles achterlaten wat jou gemaakt heeft tot wie je nu bent.

Hij blijft staan en draait zich naar me toe. 'Ever, onze spullen bepalen niet wie we zijn. Het gaat niet om de kleding die we dragen, de kunst die aan de muur hangt of waar we wonen. Het gaat erom hóé we leven.' Hij staart me betekenisvol aan en geeft me een telepathische omhelzing die zo echt voelt dat ik naar lucht hap. 'Als we er eenmaal niet meer zijn, dan zullen we herinnerd worden om onze daden,' voegt hij toe. Hij laat zijn hand over mijn haren glijden en kust me in gedachten.

Dat is wel zo, glimlach ik. Ik voeg nog wat dingen toe aan het beeld dat hij laat zien van ons in een innige omhelzing. Tulpen, een zonsondergang, regenbogen, cupido's en veel meer romantische clichés waarvan we allebei in de lach schieten.

Alleen zijn wij allebei onsterfelijk, denk ik daar achteraan in een poging hem over te halen. Wat betekent dat die theorie voor ons niet helemaal opgaat. Dus als je het zo bekijkt, misschien kunnen we dan wel...

Die gedachte kan ik niet afmaken, want de tweeling roept om het hardst: 'Deze kamer! Ik wil deze kamer!'

Aangezien de tweeling altijd zo onafscheidelijk is, had ik gedacht dat ze een kamer wilden delen, misschien wel met een stapelbed, of zoiets. Maar zodra ze de enorme kamer ernaast zien en de kamer daarnaast, hebben ze hun keuze gauw gemaakt. De paar uur die volgen geven ze mij en Damen aanwijzingen om de kamers in te richten volgens zeer specifieke wensen en eisen. Bedden, toilettafels en planken moeten verschijnen en even vlug weer plaatsmaken voor iets anders zodra ze zich bedenken. Dan moet de kamer leeg en begint alles weer van voren af aan.

Maar zolang Damen zijn magische gaven gebruikt, hoor je mij niet klagen. Tot mijn grote opluchting manifesteert hij allerlei voorwerpen, ook al houdt hij het uitsluitend bij dingen die niet voor hem zelf zijn. Tegen de tijd dat we klaar zijn, komt de zon op. Ik kan maar beter snel naar huis gaan voordat Sabine merkt dat ik weg was.

'Schrik niet als ik vandaag niet op school ben,' waarschuwt Damen terwijl hij met me meeloopt naar de voordeur.

Ik zucht. Ik vind het maar niks om zonder hem op school te zitten.

'Ik kan ze hier zo snel nog niet alleen achterlaten. Niet tot ze wat meer gewend zijn aan alles.' Hij haalt zijn schouders op en wijst met een duim over zijn schouder naar achteren, naar boven. De tweeling ligt eindelijk rustig in bed te slapen.

Ik knik en weet dat hij gelijk heeft. Meteen neem ik me voor hen zo snel mogelijk terug te sturen naar Zomerland, voor ze het hier te zeer naar hun zin krijgen.

'Ik weet niet of dat de juiste oplossing is,' merkt Damen op wanneer hij mijn gedachten leest.

Ik ben benieuwd wat hij daarmee bedoelt. Als ik op het gevoel in mijn maag afga, is het weinig goeds.

'Ik zat zo te denken...' Hij houdt zijn hoofd schuin en wrijft met zijn duim over de stoppeltjes op zijn kin. 'Ze hebben ontzettend veel meegemaakt – ze hebben hun thuis verloren, net als hun familie en al het andere wat ze ooit gekend hebben. In feite zijn hun levens te plotseling geëindigd, voor ze de kans hadden er wat van te maken...' Hij schudt zijn hoofd. 'Ze verdienen een normaal leven als kinderen, begrijp je wat ik bedoel? Een nieuw begin in deze wereld...'

Er komt geen geluid uit als ik iets wil zeggen. Ik sta met mijn mond open. Ik ben het helemaal met hem eens dat ze gelukkig en veilig moeten zijn en zo meer... Maar wat de rest betreft zitten we duidelijk niet op één lijn. Mijn bedoeling is dat ze zo kort mogelijk blijven, een paar dagen of als het echt tegenzit een paar weken. Geen moment heb ik erover nagedacht een soort pleegouders te worden, vooral niet voor twee meisjes die maar een paar jaar jonger zijn dan ik.

'Het was maar een idee.' Hij haalt zijn schouders op. 'Uiteindelijk is het toch hun eigen beslissing. Het is hun leven.'

Ik slik en wend mijn blik af. In mijn hoofd blijf ik herhalen dat we dit niet meteen hoeven te beslissen. Ik loop naar mijn gemanifesteerde auto. Dan zegt Damen: 'Ever? Moest dit nou zo nodig? Een Lamborghini?'

Mijn gezicht loopt rood aan en ik voel me betrapt. 'Ik had een snelle auto nodig,' zeg ik schouderophalend, al zie ik aan zijn gezicht dat hij er geen woord van gelooft. 'Ze waren doodsbang om buiten te zijn, dus ik wilde ze zo snel mogelijk hier afleveren.'

'En daarvoor moest de auto ook opvallend rood en glimmend zijn, zeker?' Hij lacht als hij heen en weer kijkt van mij naar de wagen.

Ik pers mijn lippen op elkaar en kijk de andere kant op. Ik zeg helemaal niets meer. Ik bedoel, ik was heus niet van plan de Lamborghini te houden, of zo. Zodra ik thuis ben, laat ik hem weer verdwijnen.

Met het portier nog open, herinner ik me opeens wat ik nog meer wilde weten. Ik bestudeer de elegante lijnen van zijn gezicht en vraag: 'Hé, Damen, hoe kwam het eigenlijk dat je zo snel de deur opendeed? Hoe wist je dat wij er waren?'

Hij kijkt me aan en zijn ogen boren zich in de mijne. Zijn glimlach verdwijnt langzaam.

'Ik bedoel, het was vier uur 's ochtends. Ik hoefde niet eens te kloppen en daar was je al. Sliep je dan niet?'

Zelfs met het stuk flitsend rood metaal van het portier tussen ons in, voelt het alsof hij dicht tegen me aan staat. Ik krijg kippenvel van zijn blik als hij antwoordt: 'Ever, ik weet altijd waar je bent.'

Veertien

Na een lange dag op school zonder Damen, kan ik niet wachten tot de bel gaat. Ik stap in de auto en rijd meteen naar zijn huis, maar bij het stoplicht waar ik naar links moet, keer ik de wagen om waar dat eigenlijk niet mag. Ik moet hem een beetje meer ruimte geven, zeg ik tegen mezelf, zodat hij de tijd heeft een goede band op te bouwen met de tweeling. Om eerlijk te zijn gaat het er meer om dat ik even weinig zin heb in het tweetal, met enerzijds hun heldenverering van Damen en anderzijds Raynes kattige houding tegenover mij.

Dus rijd ik richting het centrum van Laguna om een bezoekje te brengen aan Mystics & Moonbeams, het winkeltje met esoterische boeken en spullen waar Ava ooit werkte. Misschien dat Lina, de eigenaresse van de zaak, me kan helpen een oplossing te vinden voor mijn magische probleem zonder dat ik alles hoef uit te leggen. Als ik terugdenk aan hoe behoedzaam ze de vorige keer was, belooft dat op zich al een hele klus te worden.

De beste parkeerplek die ik voor mijn auto kan manifesteren, is alsnog twee straten verderop in het overvolle centrum van het stadje. Ik prop de parkeermeter vol met kwartjes en loop naar de winkel toe. Daar aangekomen zie ik het grote, rode bordje achter de ruit waarop staat: BEN ZO TERUG.

Ik staar er een tijdje naar en bijt op mijn lip voor ik voorzichtig om me heen kijk. Het is niet de bedoeling dat iemand me ziet terwijl ik met mijn gaven het bordje omdraai en tegelijkertijd de deur van het slot haal. Ook zorg ik ervoor dat het belletje van de deur niet rinkelt als ik naar binnen glip en naar de boekenkasten loop. Wat een heerlijk idee om op mijn dooie gemak te kunnen rondkijken, zonder Lina's oplettende blik op me gericht.

Met mijn vingertoppen strijk ik langs de ruggen van de boeken op de plank in de hoop een teken te krijgen. Een waarschuwing, een plotselinge tinteling, iets wat me vertelt dat ik het juiste boek gevonden heb. Er gebeurt niets, dus pak ik er eentje aan het eind vast en sluit mijn ogen. Met mijn handen tegen de voor- en achterkant van het boek gedrukt, probeer ik de inhoud in me op te nemen.

'Wat doe je hier?'

Ik maak een sprongetje van schrik en stoot daarbij tegen de plank vlak achter me. Een stapel cd's klettert luidruchtig op de vloer.

Ik krimp ineen als ik de rotzooi zie liggen, de doosjes overal verspreid en sommige nog gebarsten ook. 'Je laat me schrikken, ik... ik...'

Mijn hart bonst als ik met knalrode wangen door mijn knieën zak. De eerste vraag die in me opkomt is niet eens zozeer wie hij is, maar vooral hoe het hem gelukt is me te verrassen. Normaal gesproken lukt dat niemand meer. Het energieveld van een gewoon mens kondigt zichzelf altijd al aan ver voor je de persoon zelf opmerkt. Betekent dat dan dat hij... geen gewone sterveling is?

Als hij naast me neerknielt, werp ik vlug een blik op hem. Hij heeft een gebruinde huid, stevig gespierde armen en een dikke bos goudblond haar dat in lange dreadlocks hangt en deels over zijn schouders naar voren valt. Ik kijk aandachtig hoe hij de kapotte doosjes verzamelt en ik verwacht bijna iets te zien dat bevestigt dat hij ook een onsterfelijke is. Misschien zelfs een gevaarlijke rebel, net als Roman. Het kan een te perfecte gezichtsstructuur zijn of de flitsende ouroborostatoeage. Maar als hij me ziet kijken, schenkt hij me een glimlach die niet alleen de charmantste kuiltjes in zijn wangen tevoorschijn tovert, maar ook een rijtje tanden dat scheef genoeg staat om te bewijzen dat hij niet een van ons kan zijn.

'Gaat het een beetje?' Hij kijkt me aan met ogen zo mooi groen dat ik eventjes niet meer op mijn eigen naam kan komen.

Ik knik en kom een beetje wankelend overeind. Ik veeg mijn handpalmen af aan mijn spijkerbroek en vraag me af waarom ik zo buiten adem ben, zo nerveus. Ik moet echt mijn best doen om netjes antwoord te geven en dan nog komt er niet meer dan: 'Ja, eh... alles is oké.' Zonder dat ik er erg in heb, volgt er een zenuwachtig lachje dat zo hoog en zo achterlijk klinkt dat ik me wegdraai. 'Ik eh... ik was een beetje aan het rondkijken,' voeg ik er vlug aan toe. Dan bedenk ik dat ik misschien zelfs meer recht heb om hier te zijn dan hij.

Over mijn schouder zie ik dat hij me nog steeds aankijkt, maar ik weet niet wat hij met zijn blik bedoelt. Ik haal diep adem en recht mijn rug. 'De vraag is volgens mij veel meer: wat doe jij hier?' Mijn ogen dwalen naar zijn voeten vol zand en de natte korte broek die gevaarlijk laag op zijn heupen hangt. Meteen wend ik mijn blik af voor ik meer te zien krijg.

'Dit is mijn winkel.' Hij knikt, stapelt de gevallen cd's waarvan de doosjes nog heel zijn op elkaar en zet ze terug op de plank.

'O, is dat zo?' Nu draai ik me naar hem met toegeknepen ogen. 'Want ik ken de eigenaresse toevallig en je lijkt totaal niet op haar.'

Hij houdt zijn hoofd schuin en knijpt zijn ogen bijna dicht, alsof hij aandachtig nadenkt. Wrijvend over zijn kin zegt hij dan: 'Echt niet? De meeste mensen beweren wel enige gelijkenis te zien. Al moet ik toegeven dat ik het met je eens ben. Ik zie het zelf ook niet zo.'

'Dus je bent familie van Lina?' Mijn mond valt open en ik kan alleen maar hopen dat mijn stem niet zo paniekerig klinkt als ik denk.

Hij knikt. 'Ze is mijn oma. En ik ben trouwens Jude.'

Hij steekt zijn hand uit – de lange, gebruinde vingers wachten op mijn hand. En ik ben ook echt wel nieuwsgierig, maar ik kan het gebaar niet beantwoorden. Ik voel zeker een bepaalde interesse en ik wil ook graag weten waarom ik me zo... zo zenuwachtig en verward voel... maar ik durf het risico niet te nemen in deze nerveuze toestand ook nog eens de stortvloed van beelden te ontvangen die ik altijd zie als ik iemand ook maar heel even aanraak.

Ik reageer dus alleen maar door een beetje dom te zwaaien en mijn naam te mompelen. Ik schaam me rot en moet alles doen om niet ineen te krimpen als hij me geamuseerd aankijkt en dan maar zijn uitgestoken hand laat zakken.

'Nu we dat gehad hebben...' Hij slaat zijn vochtige handdoek over zijn schouder, waardoor er een lading zand door de winkel vliegt. 'Kom ik weer terug bij mijn eerste vraag. Wat doe je hier?'

Ik draai me weg en doe net alsof ik heel erg geïnteresseerd ben in een boek over de interpretatie van dromen. 'Ik blijf bij mijn antwoord: ik ben een beetje aan het rondkijken, of ben je dat alweer vergeten? Het is tenslotte een winkel, dus dat mag vast wel.' Ik til mijn hoofd op en kijk hem aan in die schitterende, zeegroene ogen die me doen denken aan een reclame voor een tropisch eiland. Er is iets met die ogen wat ik niet kan uitleggen... Ze zijn zo verrassend en tegelijkertijd voelen ze gek genoeg vertrouwd, al weet ik vrij zeker dat ik hem nooit eerder heb ontmoet.

Hij lacht en gooit een pluk van zijn goudblonde dreadlocks over zijn schouder naar achteren, waardoor ik een litteken zie dat zijn wenkbrauw in tweeën deelt. Zijn ogen richten zich op iets vlak naast me. 'En toch, hè?' zegt hij. 'Toch heb ik in al die zomers dat ik hier kom en klanten heb zien rondneuzen, nog nooit iemand gezien die rondkijkt op de manier als jij doet.'

Zijn mondhoeken krullen een klein beetje omhoog als hij me aandachtig bestudeert. Vlug draai ik me om. Mijn hart gaat tekeer als een gek en ik heb even nodig om weer op adem te komen. 'Heb je nog nooit iemand de achterkant van een boek zien lezen? Dat kan niet waar zijn.'

'Niet met zijn ogen dicht.' Weer houdt hij zijn hoofd schuin en hij lijkt opnieuw te staren naar de lege ruimte naast me.

Ik slik, nerveus en van mijn stuk gebracht. Als ik nu niet snel over iets anders begin, gaat het mis. 'Misschien moet je je eerder afvragen hoe ik hier binnengekomen ben, niet zozeer wat ik hier doe,' zeg ik, meteen tot mijn grote spijt.

Hij kijkt me strak aan met ogen tot spleetjes geknepen. 'Ik nam aan dat ik de deur weer eens open had gelaten. Wil je soms zeggen dat dat niet zo is?'

'Nee!' roep ik uit, hoofdschuddend. Ik hoop maar dat hij niet merkt dat al het bloed naar mijn wangen stroomt. 'Nee, nee, dat is precies wat ik wilde zeggen. Je hebt de deur opengelaten,' reageer ik vlug. Ik moet niet nerveus aan mijn shirt pulken, knipperen, mijn lippen op elkaar persen of mezelf op een andere manier verraden. 'Wagenwijd open, zelfs. Zonde van de airco en bovendien...' Ik stop als ik hem half zie grijnzen en ik iets vreemds voel kriebelen in mijn buik.

'Dus je bent bevriend met Lina?' Hij loopt richting de kassa en laat zijn handdoek met een doffe, vochtige plof op de toonbank vallen. 'Ik heb haar nooit over je horen praten.'

'Nou ja, bevriend is een groot woord.' Ik haal mijn schouders op en hoop dat het niet al te zenuwachtig overkomt. 'Ik bedoel, ik heb haar een keer ontmoet en toen heeft ze me geholpen met... Wacht eens, waarom zeg je dat op die manier? Is alles wel goed met haar?'

Hij knikt en gaat op een kruk zitten. Uit een la trekt hij een paarse, kartonnen doos tevoorschijn en hij zoekt door een stapel kassabonnen. 'Ze is op een van haar jaarlijkse retraites. Elk jaar ergens anders; dit keer is het Mexico. Ze probeert uit te vinden of de Maya's gelijk hadden en we het einde van de wereld moeten verwachten in 2012. Wat vind jij daarvan?'

Hij kijkt me nieuwsgierig aan met zijn indringende groene ogen. Ik krab over mijn arm en haal mijn schouders op. Die theorie ken ik niet, maar ik vraag me wel af of het ook geldt voor mij en Damen. Wordt dat het jaar waarin we naar Schaduwland verdwijnen? Of zijn we gedwongen rond te dwalen over een verlaten planeet als de allerlaatste overlevenden? Hangt het van ons af om de wereld opnieuw te bevolken? Hoe ironisch zou dat zijn, aangezien we elkaar niet eens kunnen aanraken zonder het risico dat Damen dood neervalt...

Ik wil er niet te lang over nadenken, anders blijft het in mijn gedachten rondspoken. Bovendien kwam ik hier met een goede reden en ik ben nog niet klaar.

'Hoe heb je haar dan wel leren kennen? Als je al niet echt bevriend bent?'

'Via Ava,' antwoord ik, hoe akelig het ook is om haar naam hardop te zeggen.

Hij rolt met zijn ogen, mompelt iets wat ik niet kan verstaan en schudt zijn hoofd.

'Dus je kent Ava?' Ik kijk hem aan en laat mijn blik dit keer wel over zijn gezicht, nek en schouders glijden, naar zijn gladde, gebruinde borst en langzaam verder omlaag naar zijn navel voor ik me dwing de andere kant op te kijken.

'Ja, die ken ik wel.' Hij duwt de paarse doos opzij en kijkt me aan. 'Van de ene op de andere dag is ze zomaar verdwenen. Opgegaan in rook, voor zover ik weet.'

Je weet nog niet de helft van hoe dat gegaan is, denk ik bij mezelf terwijl ik zijn gezichtsuitdrukking in me opneem.

'Ik heb haar thuis geprobeerd te bereiken, haar mobieltje gebeld. Niks. Uiteindelijk ben ik maar langsgereden om te kijken of alles in orde was. De lichten brandden, dus het is duidelijk dat ze me ontloopt.' Hij schudt zijn hoofd. 'Ze heeft me achtergelaten met een hoop kwade cliënten die nog een reading te goed hebben. Wie had ooit gedacht dat ze zo onbetrouwbaar zou blijken?'

Tja, wie had dat ooit gedacht? Vooral niet het meisje dat stom genoeg was om Ava haar diepste, donkerste geheimen toe te vertrouwen, die zij maar al te graag en gretig aanhoorde...

'Ik heb nog steeds niemand gevonden die goed genoeg is om haar te vervangen, trouwens. En laat ik je verzekeren dat het onmogelijk is om zowel readings te geven als de winkel te runnen. Daarom ben ik net ook even naar buiten gegaan.' Hij haalt zijn schouders op. 'De golven riepen me en ik kon wel een pauze gebruiken. Ik zal de deur wel open hebben laten staan...'

Hij kijkt me aan met sprankelende, grote ogen. Ik heb geen idee of hij echt gelooft dat hij de deur openliet of dat hij me van iets verdenkt. Maar als ik een kijkje wil nemen in zijn gedachten om daarachter te komen, bots ik tegen een schild waarmee hij die afschermt van mensen als ik. Het enige wat overblijft, is de prachtig paarse aura die me nog niet eerder was opgevallen. De kleur golft en glimt en de aura lijkt zich naar mij uit te strekken.

'Tot nu toe heb ik wel een stapeltje aanmeldingen, maar van een stelletje amateurs. Al ben ik zo wanhopig mijn weekenden weer voor mezelf te hebben dat ik zo langzamerhand wel een naam uit de hoge hoed wil trekken. Dan zie ik wel wat ervan komt.' Hij schudt zijn hoofd en de betoverende kuiltjes verschijnen weer in zijn wangen.

Een deel van mij kan niet geloven wat ik nu ga doen, maar het andere deel, dat praktischer ingesteld is, moedigt me juist aan. Het is de perfecte kans en ik moet hem grijpen zolang het kan.

'Misschien kan ik je helpen?' Ik houd mijn adem in, wachtend op een reactie. Maar ik zie alleen een stel half dichtgeknepen ogen en twee omkrullende mondhoeken. 'Nee, echt. En je hoeft me er niet eens voor te betalen!'

Hij knijpt zijn ogen nog verder toe, waardoor de mooie, groene kleur nauwelijks meer zichtbaar is.

'Wat ik bedoel is dat je me helemaal niet zo heel veel hoeft te betalen,' verbeter ik mezelf vlug. Ik wil ook weer niet overkomen als een wanhopige freak die haar talenten gratis aanbiedt. 'Ik ben bereid voor het minimumloon te werken... Maar alleen omdat ik zo goed ben dat ik van de fooi alleen al rond kan komen,' voeg ik er vlug aan toe.

'Dus je bent helderziend?' Hij slaat zijn armen over elkaar en kantelt zijn hoofd naar achteren. Nu kijkt hij me vol ongeloof aan.

Ik probeer niet te wriemelen en rechtop te staan, zodat ik professioneel en volwassen overkom. Als iemand op wie hij kan rekenen om de winkel te runnen. 'Yep.' Ik knik en doe mijn best niet te huiveren. Ik ben er tenslotte nog niet aan gewend zo openlijk over mijn gaven te praten, vooral niet tegen een vreemde. 'Ik weet bepaalde dingen... de informatie komt automatisch bij me binnen, zeg maar. Ik kan het niet goed uitleggen.'

Hij kijkt me aarzelend aan, kijkt nog eens naar de lege ruimte rechts van mij en vraagt dan: 'Wat ben je dan precies?'

Ik haal mijn schouders op en merk dat mijn vingers met de rits van mijn *hoody* spelen, hem op en neer, op en neer ritsen. Geen flauw idee wat hij daarmee bedoelt.

'Ben je helderhorend, helderziend, heldervoelend, helderproevend, helderruikend of werkt het via aanraking? Wat kun je precies?'

'Alles wel, eigenlijk.' Ik knik, ook al heb ik nog steeds geen idee wat de helft van die termen inhoudt. Maar als al die dingen ook maar iets te maken hebben met paranormale gaven, dan kan ik het vast wel.

'Maar je bent geen echt medium,' zegt hij stellig, alsof het een feit is.

'Ik kan geesten zien,' antwoord ik schouderophalend. 'Maar alleen als ze op aarde zijn blijven hangen, niet als ze naar het hiernamaals zijn gegaan over...' Ik breek de zin af als ik bedenk dat ik maar beter niets kan zeggen over die brug, Zomerland en al die dingen. 'Ik kan ze niet zien als ze naar het hiernamaals zijn overgegaan.' Ik hoop maar dat hij niet verder doorvraagt.

Hij tuurt nog even naar me en laat zijn blik van de kruin van mijn lichtblonde haren tot aan de Nikes aan mijn voeten glijden. Het bezorgt me kippenvel van top tot teen. Nadat hij een shirt met lange mouwen onder de toonbank vandaan heeft gehaald en dat over zijn hoofd getrokken heeft, kijkt hij me weer aan. 'Nou ja, Ever, als je hier wilt werken, zul je eerst auditie moeten doen.'

Vijftien

Jude doet de deur van de winkel op slot en loopt voor me uit een kort gangetje in en een kleine kamer aan de rechterkant binnen. Ik loop achter hem aan en strek ondertussen mijn vingers terwijl ik mijn handen langs mijn zij houd. Ik staar naar het vredesteken op zijn shirt en bedenk dat ik hem met gemak kan overmeesteren als hij iets probeert en ervoor kan zorgen dat hij daar dik spijt van krijgt.

Hij maakt een gebaar naar een klapstoel, waar een zitkussentje op ligt. De stoel staat achter een vierkant tafeltje met een glimmend blauw kleed eroverheen. Hij neemt plaats op de stoel tegenover mij en legt zijn blote voet op zijn knie. 'Vertel me eens, wat is je specialiteit?'

Ik kijk naar hem met gevouwen handen en concentreer me op een rustige ademhaling, terwijl ik probeer niet al te opgelaten over te komen.

'Tarotkaarten? Runen? I Tjing? Psychometrie? Wat kun je allemaal?'

Ik werp een blik op de deur. Binnen een fractie van een seconde kan ik maken dat ik hier wegkom. Dat zal ongetwijfeld opvallen, maar wat zou dat?

'Je geeft me nu wel een reading, hè?' Hij kijkt me strak aan. 'Je begrijpt toch wat ik bedoel met auditie doen? Ik wil een consult.' Hij lacht, waardoor de twee kuiltjes in zijn wangen weer zichtbaar zijn. Hij gooit een pluk dreadlocks over zijn schouder naar achteren en grinnikt nog een keer.

Ondertussen staar ik naar het tafelkleed en ik trek met mijn vingertoppen denkbeeldige lijnen over de ruwe zijden stof. Mijn wangen worden warm als ik terugdenk aan Damens laatste woorden: dat hij altijd weet waar ik ben. Ik hoop maar dat het een uitdrukking is en dat hij niet weet wat ik nu uitspook.

'Ik heb geen voorwerpen nodig,' mompel ik, nog steeds zijn blik ontwijkend. 'Ik hoef alleen je hand even kort aan te raken en dan weet ik genoeg.'

'Ah. Handlezen, dus.' Hij knikt. 'Het is niet wat ik verwachtte, maar oké.' Hij leunt naar voren en legt zijn handen plat op tafel met de handpalmen naar boven.

Ik slik als ik kijk naar de lijnen en diepe groeven van zijn handen. Die heb ik niet nodig om iets te ontcijferen. 'Het is niet zozeer handlezen.' Een lichte trilling in mijn stem verraadt me. Ik moet mijn moed bijeenschrapen voor ik hem durf aan te raken. 'Het gaat meer om de... energie... Die voel ik aan. Daar zit voor mij alle informatie in.'

Hij leunt naar achteren en kijkt me daarbij uiterst aandachtig aan, al durf ik die blik niet lang vast te houden. Ik weet dat ik hem moet aanraken om dit achter de rug te hebben. En wel zo snel mogelijk, dan is het maar gedaan.

'Werkt dat alleen bij handen of...?' Hij maakt een vuist en strekt zijn vingers weer. De eeltplekken op zijn handpalmen bewegen op en neer.

Ik schraap mijn keel. Waarom ben ik de hele tijd al zo zenuwachtig? Waarom voelt het alsof ik Damen bedrieg als ik alleen maar een baantje probeer te bemachtigen om mijn tante blij te maken? 'Nee, dat maakt niet uit. Je oor, je neus, je grote teen... De plek doet er niet toe, het effect blijft hetzelfde. Maar handen zijn wat toegankelijker, vind je niet?'

'Ja? Beter dan een grote teen?' Hij glimlacht en zijn groene ogen zoeken de mijne.

Ik haal diep adem en vraag me af waarom zijn handen er zo grof en ruw uitzien. Vooral vergeleken met Damens handen, die nog zachter zijn dan de mijne. Maar die kleine herinnering aan Damen zorgt er al voor dat deze situatie niet goed voelt. Nu ik Damen absoluut niet mag aanraken, voelt het verkeerd om zelfs maar in een kamer alleen te zijn met een andere jongen. Het is oneerlijk tegenover hem, helemaal niet oké.

Met mijn ogen stijf dicht, strek ik mijn handen naar Jude uit. In mijn hoofd blijf ik herhalen dat het maar een sollicitatiegesprek is – er is geen enkele reden dat ik deze baan niet vlug en zonder veel moeite kan binnenslepen. Ik druk mijn vinger in het midden van zijn handpalm en voel de zachte, meegevende beweging van zijn huid. De stroom energie spoelt meteen door me heen. Zo rustig en sereen. Alsof ik een perfect kalme zee in waad. Zo anders dan het getintel en de prikkelingen die ik gewend ben te voelen bij Damen – althans tot het moment waarop ik Judes levensverhaal voorbij zie komen.

Met een ruk trek ik mijn hand terug alsof ik gestoken ben en ik zoek meteen de amulet die onder mijn shirt verstopt hangt. Ik zie een blik van bezorgdheid op Judes gezicht verschijnen. 'Sorry,' zeg ik hoofdschuddend. Waarom reageer ik ook zo fel? 'Normaal gesproken doe ik zoiets nooit. Ik ben heel discreet. Maar ik was een beetje... verbaasd, dat is alles. Ik had niet verwacht iets te zien wat zo...' De zin sterft weg als ik besef dat mijn onnozele geklets de situatie alleen maar erger maakt. 'Normaal gesproken kan ik mijn reactie veel beter verbergen als ik een reading doe, hoor.' Ik knik en dwing mezelf hem aan te kijken. Ik kan zeggen wat ik wil, maar dat verandert niet dat ik me gedroeg als de eerste de beste amateur. 'Echt waar.' Ik glimlach en ik houd mijn mond op een manier die gewoon niet overtuigend kán overkomen. 'Ik heb een perfecte pokerface.' Ik zie aan zijn gezicht dat het niet lukt. 'Een pokerface vol medeleven en gevoel,' voeg ik toe. Hoe lang blijf ik nog doorbrabbelen? 'Ik bedoel, ik... ik heb gewoon... ik kan heel goed...' Nu krimp ik zelf ineen en ik schud mijn hoofd terwijl ik mijn spullen pak. Het is wel genoeg zo. Hij neemt me toch nooit aan.

Hij schuift naar het puntje van zijn stoel en leunt nu zo ver naar voren dat ik moeite heb met ademhalen. 'Vertel het me dan maar,' zegt hij met een blik die me op mijn plek vastnagelt. 'Wat heb je gezien?'

Heel even doe ik mijn ogen dicht en slik. Ik haal me voor de geest wat ik net voorbij zag flitsen. De beelden dansen zo scherp en helder voor me. 'Je bent anders,' antwoord ik terwijl ik hem in de gaten houd. Zijn blik houdt me vast en hij beweegt niet. Hij geeft me niets waaruit ik kan afleiden of ik op het juiste spoor zit of niet.

'Je bent altijd al anders geweest. Je kunt ze al zien sinds je heel jong was.' Ik slik en wend mijn blik af als ik denk aan het beeld van de kleine Jude in zijn bedje, glimlachend en zwaaiend naar de oma die jaren voor zijn geboorte is overleden. Het staat in mijn geheugen gegrift. 'Toen je...' Ik wacht even, omdat ik het liever niet hardop zeg. Maar als ik de baan wil, dan moet ik wel. 'Toen je vader zelfmoord pleegde... jij was tien jaar oud... toen dacht je dat het jouw schuld was. Dat jij hem ertoe had gedreven door vol te houden dat je je moeder kon zien, die overigens een jaar daarvoor was overleden. Het heeft jaren geduurd voor je de waarheid wilde accepteren – dat je vader eenzaam en depressief was en graag weer bij je moeder wilde zijn. En nog steeds heb je momenten waarop je twijfelt.'

Ik kijk op en merk dat hij nog geen spier vertrokken heeft in die tijd, al zie ik diep in die groene ogen dat het klopt.

'Hij heeft een paar keer geprobeerd je op te zoeken. Hij wilde zich verontschuldigen voor wat hij had gedaan, maar je blokkeerde hem zodra je hem opmerkte. Je was het zat gepest te worden door klasgenoten en gestraft te worden door de nonnen – en dan had je ook nog je pleegvader, die...' Ik schud mijn hoofd. Ik wil niet verder, maar ik zal wel moeten. 'Je wilde zo graag normaal zijn.' Ik haal mijn schouders op. 'Je wilde net zo behandeld worden als alle anderen.' Ik trek met een vingertopje lijntjes over het tafelkleed en voel een brok in mijn keel. Ik weet maar al te goed hoe het voelt om erbij te willen horen, ook al weet je dat het niet kan. 'Nadat je van huis bent weggelopen en Lina hebt ontmoet – die trouwens dus helemaal niet je echte oma is... Je echte grootouders zijn overleden.' Ik kijk hem aan en vraag me af of wat ik zeg hem verbaast of niet. Maar hij laat niets blijken. 'In ieder geval, zij nam je mee naar huis, gaf je te eten en schone kleren en...'

'Ze heeft mijn leven gered.' Hij zucht en leunt tegen de stoelleuning aan. Zijn lange, gebruinde vingers wrijven in zijn ogen. 'Op meer dan één manier, zelfs. Ik was verloren en zij...'

'Accepteerde wie je echt bent,' maak ik zijn zin knikkend af. Ik zie het hele verhaal voor me alsof ik erbij was.

'En wie is dat?' Zijn handen liggen op zijn knieën als hij opkijkt naar mij. 'Wie ben ik echt?'

Zonder aarzeling antwoord ik: 'Een jongen die zo intelligent is dat hij op zijn vijftiende al klaar was met school. Een jongen met zulke goede vaardigheden als medium dat hij al honderden mensen heeft kunnen helpen zonder er veel voor terug te vragen. En toch, ondanks dat alles, ben je ook een jongen die...' Ik kijk hem aan en begin te glimlachen. 'Nou ja, ik wilde eigenlijk zeggen: die zo lui is, maar omdat ik deze baan graag wil hebben, kies ik ervoor om het relaxed te noemen.' Ik grinnik en voel me al meteen beter als hij begint te grijnzen. 'Als je de keuze had, zou je geen dag van je leven meer werken en de rest van de eeuwigheid op zoek zijn naar die perfecte golf.'

'Is dat een metafoor?' vraagt hij met een scheve grijns.

'In jouw geval niet.' Ik haal mijn schouders op. 'In jouw geval is dat een feit.'

Hij knikt, gaat anders zitten en kijkt me enige tijd aan op een manier die me vlinders in mijn buik bezorgt. Dan leunt hij weer naar voren, plant zijn voeten plat op de vloer en zegt: 'Je hebt helemaal gelijk.' Hij kijkt me aan met een treurige blik. 'Als er nu toch niets meer geheim is en je al diep in mijn ziel hebt kunnen kijken, dan heb ik nog een vraag voor je. Heb je iets in mijn toekomst kunnen zien? Of beter gezegd, iemand – een zekere blondine misschien?'

Ik schuif heen en weer op mijn stoel en wil net iets zeggen als hij me onderbreekt.

'Ik bedoel dus de zeer nabije toekomst – zeg deze vrijdagavond. Kun je zien of Stacia ooit nog met me uit zal gaan?'

'Stacia?' Mijn stem slaat over en mijn ogen ploppen bijna uit hun kassen. Daar gaat mijn zogenaamde pokerface.

Hij sluit zijn ogen en schudt zijn hoofd. De dansende, goudblonde dreadlocks vormen een mooi contrast met zijn aantrekkelijke, zongebruinde tint. 'Anastasia Pappas, beter bekend als Stacia,' legt hij uit. Gelukkig merkt hij niets van mijn opluchting. Het is goddank een heel andere Stacia en niet die verschrikkelijke trut die ik ken.

Ik richt me op de energie rond haar naam en zie meteen dat het er niet in zit – niet op de manier die hij graag wil. 'Wil je het echt weten?' Ik kan hem een hoop ellende besparen door hem te vertellen wat ik weet, maar waarschijnlijk wil hij het niet zo graag weten als hij nu beweert. 'Ik bedoel, wil je niet liever afwachten en kijken wat er gebeurt?' Ik hoop dat hij instemt.

'Ga je dat ook aan je cliënten vragen?' Opeens is hij weer zakelijk.

Ik schud mijn hoofd. 'Hé, als zij dom genoeg zijn om ernaar te vragen, dan ben ik gek genoeg om antwoord te geven.' Ik glimlach. 'Dus zeg het maar: hoe gek ben je?'

Hij wacht even. Zo lang zelfs dat ik me afvraag of ik te ver gegaan ben. Dan glimlacht hij en terwijl hij opstaat, steekt hij zijn rechterhand uit. 'Gek genoeg om je aan te nemen. En nu begrijp ik ook waarom je me daarnet geen hand wilde geven.' Hij knikt en geeft me een kneepje, waarbij hij mijn hand iets langer vasthoudt dan je normaal zou doen. 'Dat is een van de geweldigste readings die ik ooit heb gehad.'

'Een van?' herhaal ik met een opgetrokken wenkbrauw alsof ik me beledigd voel. Ik pak mijn tas en loop met hem mee.

Hij lacht, gaat voor me uit naar de deur en kijkt dan om. 'Waarom kom je morgenochtend niet vast langs? Zeg rond een uurtje of tien?'

Het blijft even stil. Daar kan ik geen ja op zeggen.

'Wat? Hou je soms van uitslapen? Tja, wie niet?' Hij haalt zijn schouders op. 'Maar geloof me, als ik op tijd mijn nest uit kan, dan lukt het jou ook.'

'Dat is het niet.' Ik wacht even en vraag me af waarom ik het niet gewoon vertel. Nu ik de baan heb, maakt het toch niet uit wat hij denkt?

Hij kijkt me afwachtend aan. Een paar tellen gaan voorbij.

'Het zit zo... ik heb dan nog les.' Ik haal mijn schouders op en besluit dat 'les' veel beter klinkt dan zeggen dat ik naar school moet. Het klinkt erg collegeachtig, alsof ik al op de uni zit.

Met een turende blik vraagt hij: 'O, ja? Waar dan?'

'Eh... Bay View,' mompel ik. Ik wil me niet klein voelen als ik het hardop zeg.

'De middelbare school?' Hij bekijkt me opeens heel anders.

'Wauw, je bent echt een goede helderziende,' lach ik, ook al weet ik dat het nerveus en domweg stom klinkt. 'Het jaar is zo goed als voorbij. Ik ben bijna klaar.'

Hij kijkt me even aan – eigenlijk net iets te lang – draait zich dan om en opent de deur. 'Je ziet er ouder uit,' zegt hij op zo'n abstracte manier dat ik niet weet of hij tegen mij of tegen zichzelf praat. 'Kom maar langs zodra je kunt. Dan laat ik je zien hoe de kassa werkt en nog wat andere dingen.'

'Wil je dat ik je help met verkopen? Ik dacht dat je iemand nodig had als helderziende?' Het overvalt me dat mijn taken al zo snel worden uitgebreid.

'Als je niet bezig bent met een reading of consult, dan sta je in de winkel. Is dat een probleem?'

Ik schud mijn hoofd terwijl hij de deur voor me openhoudt. 'Maar... nog even een dingetje.' Ik bijt onzeker op mijn lip. 'Nou, ja, eigenlijk twee dingetjes. Nummer een: vind je het goed als ik een andere naam gebruik – voor de readings en zo? Ik woon namelijk bij mijn tante en ze is echt heel gaaf en aardig, maar ze weet eigenlijk niks van mijn gaven... Dus...'

'Je mag zijn wie je wilt.' Hij trekt een schouder op en houdt een hand omhoog. 'Geen probleem. Maar als ik alvast cliënten wil boeken, heb je dan al een naam voor me?'

Daar heb ik nog niet over nagedacht. Ik vraag me af of ik moet kiezen voor Rachel, als eerbetoon aan mijn beste vriendin uit Oregon. Of toch iets gewoners als Anne of Jenny of iets in die geest. Alhoewel... mensen verwachten altijd dat helderzienden allesbehalve doorsnee zijn. Ik kijk uit over het strand. 'Avalon.' Na een boom en een basketbalveldje is dat het derde wat ik tegenkom. Het bevalt me wel en het klinkt niet onaardig. 'Je weet wel, naar het stadje op Catalina Island?'

Hij knikt en loopt met me mee naar buiten. 'En wat is het tweede?'

Ik draai me om, haal diep adem en hoop dat hij goed luistert. 'Je kunt het veel beter treffen dan Stacia.'

Hij kijkt me aan en laat zijn ogen over mijn gezicht glijden. Hij legt zich blijkbaar neer bij de waarheid, al is hij er niet echt gelukkig mee die van mij te horen.

'Je hebt de gewoonte om voor de verkeerde meisjes te vallen.' Ik schud mijn hoofd. 'Maar dat weet je al, hè?'

Ik wacht op antwoord, in elk geval een reactie op wat ik zeg, maar hij haalt zijn schouders op en wuift me weg. Hij kijkt me na als ik naar mijn auto loop, zonder te weten dat ik zijn gedachten kan horen als hij denkt: ja, vertel mij wat.

Zestien

Op het moment dat ik de oprit op rijd, belt Sabine me op mijn mobieltje. Ik kan gerust pizza bestellen, want ze moet overwerken vanavond. Het liefst wil ik haar meteen vertellen over mijn nieuwe baan, maar ik doe het niet. Ik bedoel, ja, ze moet het natuurlijk weten, al is het maar om ervoor te zorgen dat ze de stageplek op haar werk niet voor me vasthoudt. Maar ik kan haar toch niet zomaar vertellen wat voor baan ik nu heb? Dat vindt ze vast vreemd. Zelfs als ik alle details weglaat over betaald worden om helderziend te zijn (en geloof me, ik ben mooi niet van plan om dat te vertellen), dan nog zal ze het toch raar vinden dat ik opeens een baan heb. En wel bij een esoterische boekwinkel. Misschien vindt ze het zelfs stom. Wie weet?

Sabine steekt vooral rationeel en zakelijk in elkaar, dus dit vindt ze vast niks. Ze houdt meer van een wereld die voorspelbaar en goed georganiseerd is, waarin voor alles een logische verklaring bestaat. Ook al lijkt de echte wereld daar totaal niet op. Ik vind het vreselijk om tegen haar te liegen, maar ik zie in dit geval weinig alternatieven. Ze mag de waarheid niet te weten komen, laat staan dat ik straks readings geef als helderziende onder het pseudoniem Avalon.

Ik vertel haar wel gewoon dat ik ergens in de buurt een baan heb gevonden, niets bijzonders. In een gewone boekwinkel of misschien zelfs bij Starbucks of zoiets. Dan moet ik natuurlijk nog wel een goede smoes bedenken voor het geval ze besluit een keer langs te komen.

Ik parkeer de auto in de garage en loop de trap op. In mijn kamer laat ik mijn tas op bed vallen zonder op of om te kijken en loop dan naar mijn kast, waar ik mijn shirt uittrek. Net als ik mijn spijkerbroek wil losmaken, zegt Damen: 'O, trek je van mij maar niets aan, hoor. Ik geniet wel van het uitzicht.' Automatisch sla ik mijn armen voor mijn borst en mijn hart klopt drie keer zo snel van schrik. Damen fluit op een lage, langgerekte toon en glimlacht dan naar me.

'Ik merkte niet eens dat je er was. Ik voelde je aanwezigheid niet eens,' zeg ik, met een hand op zoek naar mijn shirt.

'Je was vast te veel afgeleid.' Hij grijnst en geeft een klopje vlak naast hem op mijn bed. Zijn gezicht vertoont ingehouden plezier als ik mijn shirt snel aantrek voor ik bij hem ga zitten.

'Wat doe je hier?' Het antwoord interesseert me niet, ik ben allang blij weer bij hem te zijn.

'Ik dacht, aangezien Sabine vanavond toch moet overwerken tot laat...'

'Hoe wist jij...' Maar ik schud mijn hoofd en lach. Natuurlijk weet hij dat. Hij kan ieders gedachten lezen, ook de mijne – maar alleen als ik dat wil. Meestal scherm ik me niet af en heeft hij volledig toegang tot alles in mijn hoofd, maar op dit moment ben ik daar nog niet aan toe. Ik heb het gevoel dat ik het moet uitleggen, dat ik mijn kant van het verhaal moet vertellen voor hij mijn gedachten ziet en zelf conclusies trekt.

'Na school kwam je ook al niet langs...' Hij leunt dichter naar me toe en zoekt mijn blik.

'Ik wilde je de tijd geven met de tweeling.' Ik trek een kussen van mijn bed, houd het voor mijn buik en pulk aan het zoompje. 'Je weet wel, om een beetje jullie draai te vinden met z'n allen bij elkaar... en zo...' Ik haal mijn schouders op en kijk hem aan. Ik kan zien dat hij me geen moment gelooft.

'O, maar we zijn al aan elkaar gewend, hoor.' Hij lacht. 'Dat kan ik je verzekeren.' Dan schudt hij zijn hoofd. 'Het was me het dagje wel. Druk en erg... interessant, om het zo te zeggen. Maar we hebben je wel gemist.' Hij glimlacht en laat zijn blik over mijn haren, gezicht en lippen glijden, waar hij blijft hangen als een zachte, lange kus. 'Ik had je er veel liever bij gehad.'

Ik wend mijn blik af en vraag me af of het ook maar een klein beetje waar is. Zachtjes mompel ik voor me uit: 'Dat zal best.'

Hij raakt mijn kin aan en draait mijn gezicht terug naar hem. Bezorgd vraagt hij: 'Hé, wat is er allemaal?'

Ik pers mijn lippen op elkaar en kijk een andere kant op. Het kussen druk ik nu zo stevig tegen me aan dat hij aan alle kanten uitpuilt. Had ik mijn mond maar gehouden; nu moet ik het uitleggen. 'Ik geloof...' Ik haal diep adem en begin opnieuw. 'Ik geloof niet dat de tweeling het daarmee eens is.' Ik haal mijn schouders op. 'Ik krijg nu zo'n beetje overal de schuld van. En daar hebben ze niet eens ongelijk in. Ik bedoel...'

Voor ik mijn zin kan afmaken, dringt er opeens iets tot me door. Damen raakt me aan!

Ik bedoel echt aanraken in de zin van... aanraken.

Zonder trucjes.

Geen handschoen, geen telepathische omhelzing, maar een ouderwetse manier van huid op huid. Of in elk geval bijna.

'Hoe heb je...' Ik kijk hem aan en zie een glinstering van pret in zijn ogen als hij merkt dat ik naar zijn blote handen staar.

'Vind je 't wat?' Hij grijnst en grijpt mijn arm vast. Hij tilt hem op zodat we allebei zien hoe een dun laagje energie pulseert tussen hem en mij – het enige wat zijn huid beschermt tegen de mijne. 'Ik heb er de hele dag aan gewerkt. Niets zal me bij jou vandaan houden, Ever. Niets.' Hij knikt en kijkt me veelbetekenend aan.

Ik staar terug en besef wat dit betekent – alle mogelijkheden kolken door mijn hoofd. Ik geniet van het gevoel dat hij me bijna aanraakt, met slechts het dunste laagje van pure, vibrerende energie tussen ons in. Niemand behalve wij die het kan zien. Ja, goed, het vermindert het gebruikelijke gevoel van prikkelingen en tintelingen wel een beetje en het is natuurlijk niet hetzelfde als een echte aanraking, maar ik mis hem zo ontzettend – gewoon het samenzijn – dat ik het hier maar al te graag mee doe.

Ik kruip tegen hem aan en kijk hoe het energieveld zich uitbreidt tot het van top tot teen reikt. Zo kunnen we dicht tegen elkaar aan liggen, net als voor al deze ellende. Althans, bíjna net als voor die tijd.

'Veel beter.' Ik glimlach en laat mijn handen over zijn gezicht, armen en borstkas glijden. 'En het is ook een stuk minder sneu dan die zwartleren handschoen.'

'Sneu?' echoot hij met nadruk. Hij trekt zich los en kijkt me aan alsof hij kwaad is.

'Kom op,' grinnik ik. 'Zelfs jij moet toegeven dat de modepolitie je zo op de bon had kunnen slingeren. Miles kreeg bijna een hartaanval elke keer als hij dat ding zag,' mompel ik. Ik adem zijn heerlijk warme, muskusachtige geur in en leun met mijn hoofd tegen hem aan. 'Maar hoe is je dit gelukt?' Mijn lippen strelen over zijn huid. Het liefst zou ik verdergaan, hem willen proeven. 'Hoe is het je gelukt de magie van Zomerland heelhuids hierheen te transporteren?'

'Het heeft niets te maken met Zomerland,' fluistert hij terwijl hij zijn lippen langs de ronding van mijn oor laat glijden. 'Het is de magie van energie. Bovendien zou je zo onderhand moeten weten dat je hier bijna evenveel kunt doen als daar.'

Ik kijk hem liefdevol aan, ook al denk ik even aan Ava en haar uitgebreide collectie gouden sieraden en designerkleding die ze steevast manifesteerde als ze in Zomerland was – en hoe teleurgesteld ze reageerde als daar niets van overbleef zodra ze terugkeerde naar deze wereld.

Voor ik daar iets over kan zeggen, legt Damen uit: 'Het klopt dat dingen die je daar manifesteert niet meegaan hiernaartoe. Maar als je weet hoe de magie in elkaar steekt, als je echt begrijpt hoe alles bestaat uit energie, dan houdt niets je tegen om die dingen hier ook te manifesteren. Denk maar aan die Lamborghini van je, bijvoorbeeld.'

'Hé! Dat was echt niet míjn Lamborghini, hoor,' verweer ik me. Mijn hoofd wordt rood, ook al is het nog niet zo heel lang geleden dat juist hij iets had met luxe auto's. 'Zodra ik hem niet meer nodig had, heb ik hem weer laten verdwijnen. Ik heb 'm heus niet gehouden, hoor.'

Hij grijnst en laat zijn hand door mijn dikke bos haar glijden. Hij strijkt de puntjes van mijn plukken glad tussen zijn vingers. 'Tussen het manifesteren van spullen voor de meisjes door, is het me gelukt het te perfectioneren.'

'Wat voor spullen?' Ik draai me zo dat ik hem beter kan zien, al word ik al meteen afgeleid door zijn welgevormde lippen en ik herinner me hoe zacht en warm ze ooit aanvoelden tegen de mijne gedrukt. Ik vraag me af of we dat dankzij deze dunne sluier van energie nu weer kunnen proberen.

'Het begon allemaal met een flatscreen-tv.' Hij zucht. 'Nee, correctie: flatscreens – meervoud, want ze wilden er natuurlijk allebei eentje voor hun eigen kamer. En dan nog twee in de hobbykamer die ze samen delen. Niet lang nadat ik alles had aangesloten, hingen zij voor de tv. Binnen vijf minuten werden ze overspoeld met plaatjes van dingen die ze spontaan ook allemaal moesten hebben – ze konden echt niet zonder leven.'

Ik frons mijn voorhoofd uit verbazing. De tweeling leek mij nooit erg gehecht aan materiële zaken in Zomerland. Al kwam dat misschien doordat voorwerpen hun glans verliezen als je eenmaal alles kunt manifesteren wat je wilt hebben. Het verlies van hun magische krachten heeft ze dus toch beïnvloed – nu willen ze net als iedereen precies die dingen die ze net niet kunnen krijgen.

'Geloof me, ze zijn de ideale doelgroep voor elke adverteerder.' Hij grinnikt en schudt zijn hoofd. 'Ze vallen precies in die gewilde groep van jeugd tussen dertien en dertig.'

'Ware het niet dat je die spullen niet echt voor ze gekocht

hebt, of wel? Je deed toch gewoon je ogen dicht en liet ze verschijnen? Dat is niet hetzelfde als naar de winkel gaan en het op je creditcard zetten. Heb je eigenlijk een creditcard?' Ik heb hem nooit gezien met een portemonnee, laat staan met een stapel plastic kaarten.

'Geen behoefte aan.' Hij grijnst en laat zijn vinger over mijn neus glijden voor zijn lippen het puntje raken. 'Ik ben weliswaar niet naar de winkel gegaan om alles voor ze te kopen, zoals je maar al te graag opmerkt...' Hij glimlacht. 'Maar daarom zijn de reclames nog niet minder effectief. En dat was tenslotte mijn argument.'

Ik maak me los uit zijn omhelzing. Ik weet dat hij verwacht dat ik erom moet grinniken of in elk geval iets grappigs zeg, maar dat gaat niet. Ik wil hem niet teleurstellen, maar ik schud mijn hoofd. 'Wees voorzichtig,' zeg ik en ik ga zo zitten dat ik hem beter kan aankijken. 'Verwen ze niet te veel. Maak het ze niet zo gemakkelijk dat ze straks niet meer weg willen.' Hij kijkt me aan met een gefronst voorhoofd en begrijpt niet wat ik bedoel. Dus leg ik het uit. 'Je moet niet vergeten dat bij jou wonen alleen maar een tijdelijke oplossing is. We moeten op ze passen en voor ze zorgen tot het ons lukt hun magie te herstellen en ze terug te sturen naar Zomerland, waar ze thuishoren.'

Damen rolt op zijn rug en staart een tijdje naar mijn plafond. Even later kijkt hij opzij. 'Nu we het daar toch over hebben...'

Ik houd mijn adem in en voel mijn maag samentrekken.

'Ik zat te denken...' Hij knijpt zijn ogen tot spleetjes. 'Wie zegt dat ze thuishoren in Zomerland?'

Mijn protest ligt op het puntje van mijn tong, maar hij houdt zijn vinger omhoog en houdt de woorden tegen.

'Ever, wat teruggaan naar Zomerland betreft... Vind je niet dat ze dat veel beter zelf kunnen beslissen? Ik weet niet goed of wij dat voor hen moeten bepalen.'

'Maar wij maken die keuze helemaal niet,' zeg ik schel en onzeker. 'Dat ís juist wat ze willen. Althans, dat beweerden ze zelf toen ik ze die avond ontdekte. Ze waren woest op mij, gaven mij er de schuld van dat hun magie niet meer werkt, waardoor ze hier op aarde zijn gestrand... Rayne in elk geval wel. Romy... was gewoon Romy.' Ik haal mijn schouders op. 'Doet er niet toe. Wil je nu soms beweren dat ze van mening zijn veranderd?'

Hij doet zijn ogen dicht voor hij me weer rustig aankijkt. 'Ik weet niet of zij goed weten wat ze willen,' antwoordt hij. 'Het is allemaal een beetje te veel voor ze. Ze vinden het superspannend om hier te zijn en tegelijkertijd durven ze niet eens naar buiten. Ik denk dat we ze de tijd en de ruimte moeten geven en ons moeten voorbereiden voor het geval ze wat langer blijven dan we dachten. In elk geval tot ze beter zijn aangepast en zelf een besluit kunnen nemen. Bovendien sta ik zwaar bij ze in het krijt; dit is het minste wat ik kan doen. Vergeet niet dat ze me ook al hebben geholpen om jou te vinden.'

Ik slik en draai me weg in tweestrijd. Aan de ene kant wil ik ook alleen maar het beste voor de meisjes, maar aan de andere kant maak ik me zorgen over het effect op de relatie tussen mij en Damen. Ik bedoel, ze zijn er nog niet eens een hele dag en ik vind het al vervelend om zoveel minder aandacht te krijgen. En ik weet hoe onwijs egoïstisch dat is tegenover twee kleine meisjes die ons nodig hebben. Toch hoef ik niet helderziend te zijn om te weten dat dit soort momenten – Damen en ik helemaal alleen, samen – niet vaak meer zullen voorkomen met hen in de buurt. Ze hebben natuurlijk overal hulp bij nodig.

'Is dat de eerste keer dat je ze ontmoet hebt? In Zomerland?' Ik meen me iets te herinneren wat Rayne zei – dat Damen juist hen had geholpen, niet andersom.

Damen schudt zijn hoofd. 'Nee, dat was gewoon de eerste keer na een zeer lange tijd. We kennen elkaar een stuk langer. Al sinds Salem.'

Mijn mond valt open en ik gaap hem aan. Even vraag ik me af of hij bij die schijnprocessen aanwezig was, maar die gedachte wuift hij snel van tafel.

'Het was vlak voordat de hel daar losbarstte, en ik was alleen maar in de buurt. Ze hadden kattenkwaad uitgehaald en waren de weg kwijt. Ik heb ze een lift gegeven in mijn koets en hun tante is nooit iets te weten gekomen.' Hij lacht bij de herinnering.

Ik wil net een stomme opmerking maken, iets over hoe hij ze vanaf het begin al verwent en alles maar goedvindt, maar dan gaat hij verder: 'Ze hebben een extreem moeilijk leven gehad en veel meegemaakt. Ze zijn alles en iedereen kwijtgeraakt en dat al op zeer jonge leeftijd. Je kunt je vast wel voorstellen hoe dat voelt. Ik in elk geval wel.'

Ik voel me klein en egoïstisch en ik schaam me dat hij me daaraan moet helpen herinneren. Dan denk ik aan het praktische gedeelte. 'Wie moet ze dan opvoeden?' Ik hoop dat het klinkt alsof ik me meer zorgen maak om hen dan om mezelf. Ik bedoel, er is zoveel aan hen dat buitengewoon en bizar is, laat staan hun bijzondere geschiedenis. Waar moeten ze naartoe? Wie kan er voor ze zorgen?

'Wij natuurlijk.' Damen rolt zich op zijn zij en zorgt ervoor dat ik hem aankijk. 'Jij en ik. We doen het samen. We zijn de enigen die er geschikt voor zijn.'

Ik zucht en wil me wegdraaien, maar de warmte van zijn liefkozende blik houdt me op mijn plek. 'Ik weet niet of we geschikt zijn als ouders.' Ik beweeg mijn hand langs zijn schouder naar zijn haren en speel met de lange lokken. 'Of als voogd, als voorbeeldfiguur, noem maar op. Daar zijn we toch veel te jong voor?' Het lijkt mij een sterk argument. Daarom verbaast het me zo als hij begint te proesten.

'Te jong?' Hij schudt zijn hoofd. 'Spreek voor jezelf. Ik ga al een tijdje mee, hoor. Lang genoeg om een goede pleegouder te zijn voor de tweeling. En bovendien,' grinnikt hij, 'hoe moeilijk kan het zijn?'

Ik sluit mijn ogen, terugdenkend aan mijn mislukte pogingen om Riley iets bij te brengen – als meisje van twaalf en ook als geestverschijning. Ik had weinig succes. En om eerlijk te zijn, weet ik niet of ik dat aankan. 'Je hebt geen idee waar je aan begint,' merk ik op. 'Je kunt je niet voorstellen hoe lastig het is om twee eigenwijze meiden van dertien te vertellen wat ze moeten doen. Alsof je een groep katten wilt aansturen – het is gewoon onmogelijk.'

'Ever,' zegt hij met diepe, dwingende stem. Hij wil me geruststellen en al die donkere wolken in mijn hoofd verjagen. 'Ik weet wat je dwarszit, geloof me. Maar het duurt maar vijf jaar voor ze achttien zijn en hun eigen weg kunnen kiezen. Vanaf dat moment hebben we alle vrijheid die we ons kunnen wensen. Hoe erg is vijf jaar als de eeuwigheid zich voor je uitstrekt?'

Zo makkelijk laat ik me niet overhalen en ik schud mijn hoofd. 'Als ze er al voor kiezen om hun eigen leven te leiden,' werp ik tegen. 'Als. En geloof me, er zijn genoeg kids die nog jarenlang thuis blijven hangen, hoor.'

'Dat wel, maar in dit geval zullen jij en ik daar een stokje voor steken.' Hij glimlacht en zijn ogen smeken me niet zo dramatisch te doen en mee te lachen. 'We leren ze alle magie die ze nodig hebben om zelfstandig te zijn en zich te redden. Dan sturen we ze eropuit, wensen ze het allerbeste en we vertrekken zelf ook ergens anders naartoe.'

De manier waarop hij naar me lacht, in mijn ogen kijkt en mijn haar uit mijn gezicht veegt, zorgt ervoor dat ik niet lang boos op hem blijf. Ik wil niet nog meer tijd kwijt zijn aan deze discussie nu ik hier eindelijk zo dicht tegen hem aan lig.

'Vijf jaar stelt niets voor als je al zeshonderd jaar op de teller hebt staan,' fluistert hij vlak bij mijn wang, waarna zijn lippen langs mijn nek en oor glijden.

Ik kruip dichter tegen hem aan en weet dat hij gelijk heeft – ook al bekijk ik het van een andere kant. Ik heb het nooit langer dan twee decennia volgehouden per incarnatie, waardoor vijf jaar babysitten voor mij een eeuwigheid lijkt.

Hij trekt me naar zich toe en slaat zijn armen om me heen. Kon deze omhelzing maar eeuwig duren. 'Is alles weer goed?' fluistert hij. 'Zijn we klaar met dit onderwerp?'

Ik knik en druk mijn lichaam tegen hem aan. Ik heb geen woorden meer nodig. Het enige wat ik nu nog wil, het enige waardoor ik me echt beter voel, is een innige, geruststellende kus.

Daarom beweeg ik me naar hem toe, zodat mijn lichaam precies tegen het zijne past, in de holte bij zijn arm en borst, tegen zijn platte bovenlijf en de uitstekende botten bij zijn heupen. Onze harten kloppen perfect in één ritme. Vaag ben ik me bewust van het dunne laagje energie dat tussen ons in pulseert. Ik beweeg mijn mond naar hem toe terwijl ik dichter tegen hem aan kruip, duw en vlij. Wekenlang heb ik hiernaar verlangd en nu wil ik alleen nog maar met hem samensmelten.

Hij kreunt en het oergeluid komt ergens diep vanbinnen vandaan. Zijn handen grijpen mijn middel vast en trekken me naar zich toe tot er niet veel meer tussen ons in zit dan twee laagjes kleren die nodig uitgetrokken moeten worden.

Ik frummel aan zijn rits terwijl hij aan mijn shirt trekt. We ademen allebei vlug, oppervlakkig en proberen zo snel mogelijk al die kleren uit de weg te krijgen. Dat kan ons niet snel genoeg gaan.

Maar net als ik zijn spijkerbroek open heb en naar beneden wil trekken, merk ik dat we zo dicht tegen elkaar aan liggen dat de sluier van energie van zijn plek is geduwd.

'Damen!' Ik hap naar adem als ik zie hoe snel hij van het bed overeind springt. Zijn ademhaling is zo vlug en moeizaam dat hij zijn woorden niet kan afmaken.

'Ever... het...' Hij schudt zijn hoofd. 'Het... spijt me... ik dacht... dat het kon... dat het... ik wist niet...'

Ik pak mijn shirt en bedek mijn bovenlijf. Mijn wangen gloeien en mijn organen staan in de fik, maar ik weet dat hij gelijk heeft. We kunnen het risico niet nemen – we mogen ons niet meer zo laten meeslepen dat het gevaarlijk wordt.

'Ja, sorry, ik denk... misschien heb ik hem wel weggeschoven en...' Ik laat mijn hoofd hangen, waardoor mijn haar in mijn gezicht valt. Ik voel me weer klein en angstig. Het is vast mijn schuld.

Ik voel de matras inzakken als hij naast me komt liggen, het laagje pulserende energie weer intact en op zijn plek. Hij tilt mijn kin op, naar zich toe. 'Het is niet jouw schuld. Ik... Ik verloor mijn concentratie... Ik ging zo in jou op dat ik het niet volhield.'

'Het is al goed. Echt waar,' zeg ik.

'Niet waar. Ik ben ouder dan jij – ik zou het beter onder controle moeten hebben...' Hij schudt zijn hoofd en staart met opeengeklemde kaken naar de muur. Zijn blik op oneindig tot zijn ogen opeens spleetjes worden. 'Ever, hoe weten we eigenlijk of het allemaal echt waar is?'

Ik kijk hem niet-begrijpend aan.

'Welk bewijs hebben we? Hoe weten we dat dit niet weer een van Romans trucs is? Misschien lacht hij zich wel helemaal gek dat we hem geloven.'

Ik haal diep adem en moet toegeven dat ik helemaal geen bewijs heb. Ik kijk hem strak aan en herhaal de belangrijke momenten van die dag. Ik projecteer alles, zodat hij kan meekijken. Helemaal tot het eind, waar ik druppels van mijn bloed toevoeg aan het mengsel en Damen ervan laat drinken. Ik besef nu dat ik geen enkel bewijs heb – alleen Romans uiterst onbetrouwbare woord.

'Wie zegt er dan dat het allemaal echt is?' Zijn ogen worden groot bij de ingeving. 'Roman is een leugenaar. Wie weet zegt hij maar wat.'

'Ja, oké, maar we kunnen het niet eventjes testen. Ik bedoel, als het nou niet een stom spelletje is, maar bloedserieus? Dat risico kunnen we toch niet nemen? Toch?'

Damen glimlacht en komt overeind. Hij loopt naar mijn bureau en sluit zijn ogen. Even later verschijnt er een grote, witte kaars in een gouden kandelaar, gevolgd door een scherpe, zilveren dolk. Het lemmet is puntig en glad, de handgreep versierd met kristallen en edelstenen. Daarna manifesteert hij een spiegel met gouden omlijsting, die hij naast de rest neerlegt. Dan gebaart hij dat ik bij hem moet komen staan. 'Normaal gesproken gaan dames voor, maar in dit geval...'

Hij houdt zijn hand boven de platte spiegel, pakt de dolk op en legt die met de snijkant tegen zijn handpalm, waar hij zijn levenslijn volgt. Hij kijkt toe hoe druppels bloed op het spiegeloppervlak vallen, waar ze een plasje vormen en stollen. Dan sluit hij zijn ogen en steekt met zijn gedachten de kaars aan. De wond van zijn hand is al genezen wanneer hij de dolk door de vlam haalt om hem te reinigen. Dan krijg ik hem overhandigd en ik moet dezelfde stappen uitvoeren.

Ik leun tegen hem aan en haal diep adem. Met een vlugge beweging snijd ik de huid van mijn hand open. Even krimp ik ineen van de prikkende pijn, maar dan zie ik gefascineerd hoe het bloed uit mijn hand op de spiegel valt. Daar kruipt het langzaam naar zijn bloed toe.

Samen wachten we af. We staan als bevroren, met ingehouden adem en zien hoe twee bloedrode druppels tegen elkaar aan glijden, zich vermengen en samensmelten. Het is het perfecte voorbeeld van onze twee DNA-profielen die zich verenigen. Volgens Roman is dit dus levensgevaarlijk.

We wachten nog even wat langer of er iets gebeurt. Of er daadwerkelijk een vreselijke ontploffing volgt of iets anders catastrofaals als straf voor wat we hebben gedaan. Maar er gebeurt niets. Helemaal niets.

'Goh, al sla je me...' Damen kijkt op. 'Er is niks aan de hand! Helemaal perfect...'

Op dat moment ontstaat er een vonk en klinkt er gesis. Ons gemengde bloed begint te koken en wekt zoveel hitte op dat er een grote rookpluim opstijgt van de spiegel. Die blijft even knetterend en vlammend in de kamer hangen tot al het bloed is verdwenen. Op de verbrande spiegel ligt niet meer dan een dun laagje stof.

En dat gebeurt er dus met Damen als mijn DNA in contact komt met het zijne.

We staren sprakeloos naar de spiegel. Geen van ons kan iets uitbrengen. Maar woorden zijn overbodig, de betekenis is duidelijk genoeg.

Roman speelt dus geen spelletje. Zijn waarschuwing is geen truc.

Damen en ik kunnen nooit samen zijn.

Tenzij ik bereid ben te doen wat Roman van me verlangt.

'Ah.' Damen knikt en probeert kalm over te komen, al spreekt zijn bezorgde gezicht boekdelen. 'Ik geloof dat Roman dus lang niet de leugenaar is die ik dacht – althans, niet in dit geval.'

'Wat dan ook betekent dat hij een tegengif heeft. En ik hoef alleen maar...'

Damen onderbreekt me voor ik verder kan gaan. 'Ever, toe, dat moet je niet zeggen. Niet eens denken. Doe mij een plezier en blijf uit Romans buurt. Hij is gevaarlijk en uiterst onbetrouwbaar en ik wil niet dat je je met hem inlaat, oké?' Hij schudt zijn hoofd en laat nerveus een hand door zijn haar glijden. Hij heeft liever niet dat ik besef hoe overstuur hij is en loopt alvast naar de deur. 'Geef me even de tijd om alles op een rijtje te zetten. Ik bedenk wel iets.'

Hij kijkt me aan, zo geschrokken door de uitkomst van het experiment dat hij het liefst helemaal uit mijn buurt blijft. In plaats van een afscheidskus, verschijnt in mijn genezen handpalm nog een rode tulp. Dan loopt hij de trap af en door de voordeur naar buiten.

Zeventien

De volgende dag als ik thuiskom uit school, zie ik Haven op de trap bij de voordeur zitten. De mascara rond haar ogen is uitgelopen en gevlekt, haar koningsblauw geverfde pony hangt slap in haar gezicht en ze houdt iets stevig tegen zich aan geklemd, gewikkeld in een dekentje.

'Ik weet het, ik had eerst moeten bellen.' Ze krabbelt overeind en snift tussen haar woorden door terwijl ze vecht tegen de tranen. Haar ogen zijn rood en gezwollen. 'Ik wist gewoon niet meer wat ik moest doen, dus kwam ik hierheen.' Ze vouwt een punt van het dekentje naar achteren en laat me een gitzwarte kat zien met de schitterendste groene ogen. Het beestje ziet er verzwakt uit.

'Is-ie van jou?' Ik kijk van het diertje naar haar en merk dat ik bij allebei alleen een zwakke, gerafelde en vormeloze aura zie.

'Ze,' verbetert ze me knikkend. Ze bekommert zich om het dekentje en drukt het beestje dan weer stevig tegen haar borst.

'Ik wist niet dat je een kat had.' Ik wil haar dolgraag helpen, maar ik weet niet wat ik moet doen. Mijn vader was allergisch voor katten, dus hadden we alleen een hond. 'Was je daarom niet op school vandaag?'

Ze knikt en loopt achter me aan naar de keuken, waar ik een flesje water pak en in een schaaltje giet.

'Hoe lang heb je haar al?' Ik kijk toe hoe Haven de kat op schoot neemt en het schaaltje voorzichtig naar haar toe brengt. Maar het beestje heeft geen interesse en draait haar kop weg.

'Een paar maanden.' Ze haalt haar schouders op, laat het schaaltje water voor wat het is en strijkt met een hand over haar vacht. 'Niemand weet het. Nou ja, behalve Josh en Austin, en de huishoudster die beloofd heeft niets te zeggen, maar verder niemand. Mijn moeder zou compleet flippen. Het idee alleen al dat er een levend wezen voorkomt in haar zorgvuldig samengestelde interieur.' Ze schudt haar hoofd. 'Ze woont in mijn slaapkamer, voornamelijk onder mijn bed. Ik laat het raam altijd op een kiertje staan, zodat ze naar buiten kan wanneer ze wil. Ik bedoel, ik weet wel dat katten langer leven als je ze binnenhoudt, maar dat is toch niet leuk voor ze?' Ze kijkt me aan en haar normaal zo felle, zonnige aura is nu grijs van bezorgdheid.

'Hoe heet ze?' Ik kijk naar de kat en praat zacht om niet te laten merken hoe bezorgd ik ben. Van wat ik kan zíén, heeft het arme dier niet lang meer te leven.

'Charm.' Eventjes lijkt haar mond de vorm van een glimlach aan te nemen als ze van haar kat naar mij kijkt. 'Ik heb haar zo genoemd, naar een talisman, omdat ze geluk brengt. Of dat dacht ik in elk geval. Ik heb haar vlak buiten mijn raam gevonden, precies nadat ik Josh voor het eerst heb gekust. Het leek allemaal zo romantisch.' Ze trekt een schouder omhoog. 'Het leek zo'n goed teken. Maar nu...' Ze schudt haar hoofd en zucht diep.

'Misschien kan ik je helpen?' Ik krijg opeens een ingeving. Ik weet niet of het werkt, maar dat maakt niet uit. Zo te zien heb ik weinig te verliezen.

'Ze is allang geen jong katje meer. Ze is al een oude dame. De dierenarts zei dat ik het haar naar haar zin moest maken zolang dat lukt. Ik zou haar echt wel thuis hebben gelaten, want ze heeft het wel naar haar zin onder mijn bed. Maar mijn moeder heeft net besloten alle slaapkamers opnieuw in te richten, ook al dreigt mijn pa het huis te verkopen, en nu is de binnenhuisarchitect er, samen met een makelaar. Iedereen maakt ruzie en het huis is een puinhoop. Josh doet auditie bij een nieuwe band en Miles heeft het te druk met voorbereidingen voor de voorstelling vanavond, dus ben ik hier.' Ze kijkt op. 'Niet dat je mijn laatste keuze bent of zoiets, hoor.' Ze krimpt ineen als ze zichzelf hoort praten. 'Maar je hebt het altijd maar zo druk met Damen en ik wilde je eigenlijk niet lastigvallen. Als je geen tijd hebt, ben ik zo weer weg. Ik bedoel, als hij zo komt, dan kan ik wel...'

'Geloof me.' Ik leun tegen het aanrecht en schud mijn hoofd. 'Damen...' Ik staar naar de muur en zoek naar de juiste woorden. 'Damen heeft het de laatste tijd nogal druk. Ik denk niet dat die opeens voor de deur staat.'

Ik kijk van haar naar Charm en ik zie aan Havens aura dat ze zich nog erger zorgen maakt dan ze laat merken. Ik weet dat het niet slim is, niet ethisch verantwoord of meer van die dure woorden. Leven en dood horen er nu eenmaal bij, het is een vaste cyclus, blablabla. Maar ik kan niet toekijken terwijl mijn vriendin zo lijdt. Niet als ik nog een halve fles elixir in mijn tas heb zitten.

'Ik voel me gewoon... verdrietig.' Ze zucht en kriebelt de kat onder haar kin. 'Ik bedoel, ze heeft heus wel een lang en mooi leven gehad en zo, maar toch. Waarom moet het altijd zo treurig zijn op het eind?'

Ik haal mijn schouders op en hoor maar de helft. Ik ben veel te opgewonden door het idee dat zich in mijn hoofd vormt.

'Het is zo idioot. Het ene moment is alles nog oké – of misschien iets minder dan oké – maar toch, je bent er in elk geval nog. En het andere moment is alles... weg. Net als Evangeline. Verdwenen als sneeuw voor de zon.'

Ik tik met mijn vingers op het granieten aanrecht. Ik weet dat dat niet helemaal waar is, maar ik ga er liever niet tegen in.

'Ik geloof dat ik het gewoon allemaal niet meer snap. Weet

je? Ik bedoel, waarom zou je je nog aan iets of iemand hechten? Ten eerste komt er overal een eind aan en ten tweede doet dat nog hartstikke pijn ook.' Ze schudt haar hoofd. 'Als alles dan toch al een keer moet eindigen, als alles een begin, midden en eind heeft, waarom zou je het spelletje dan nog meespelen? Waarom al die moeite als alles toch alleen maar ophoudt te bestaan?'

Ze blaast haar pony voor haar ogen weg en kijkt me aan. 'Ik bedoel niet eens dat je toch wel doodgaat, zoals...' Ze knikt omlaag naar de kat. 'Al is dat het einde dat ons allemaal te wachten staat – hoe hard je er ook tegen vecht.'

Ik kijk van haar naar Charm en knik instemmend. Alsof ik net zo ben als iedereen om haar heen. Alsof ook ik in die lange rij sta, wachtend op Het Einde.

'Ik bedoel het einde in een figuurlijke zin, weet je wel? Op de manier van: niets houdt het eeuwig vol. Want dat is de waarheid, er is niets wat het eeuwige leven heeft. Niks. He-le-maal niks!'

'Maar, Haven...' De blik die ik van haar krijg, legt me meteen het zwijgen op.

'Luister even. Noem dan eerst eens één ding dat wel het eeuwige leven heeft, voor je begint met de vrolijke, opgewekte peptalk die je me ongetwijfeld dolgraag wilt geven.' Ze knijpt haar ogen toe, waardoor ik me erg ongemakkelijk voel. Even vraag ik me af of ze mijn geheim weet, of ze me uit de tent te probeert lokken met zo'n opmerking. Maar als ik diep ademhaal en weer opkijk, dan is het duidelijk dat ze worstelt met haar eigen problemen, niet met mij.

'Dat lukt je niet, hè?' Ze steekt haar kin in de lucht. 'Tenzij je met iets komt als God of het hele concept van eeuwige liefde of zoiets. Maar daar heb ik het niet over. Ik bedoel, Charm gaat dood, mijn ouders staan op het punt te gaan scheiden en laten we eerlijk zijn – met Josh en mij is het ook een kwestie van tijd. Als dat toch al een feit is, dan...' Ze veegt haar neus af aan haar mouw en schudt haar hoofd. 'Nou, dan kan ik daar net zo goed meteen iets aan doen en op z'n minst zelf bepalen wanneer dat gebeurt. Dan kwets ik hem voor hij mij kan kwetsen. Want twee dingen zijn absoluut zeker: het gaat een keer uit en iemand blijft huilend achter. Waarom zou ik dat moeten zijn?' Ze bijt op haar lip, haalt haar neus op en draait haar hoofd weg. 'Nee, geloof me: vanaf nu ben ik Teflon Girl. Alles glijdt zo van me af. Niets kan nog een krasje maken.'

Ik voel ook wel aan dat dit niet het hele verhaal is, maar ik kies ervoor te geloven wat ze zegt. 'Weet je wat? Je hebt gelijk. Je hebt helemaal gelijk.' Ze kijkt vol verbazing op. 'Alles heeft een einde.' Stilletjes denk ik: alles behalve Roman, Damen en ik! 'En je hebt ook gelijk dat de relatie tussen jou en Josh waarschijnlijk een keertje stukloopt. Niet omdat alles een levensduur heeft, maar gewoon omdat het vaak zo gaat. Er zijn maar weinig relaties die op school beginnen en na het afstuderen sterk genoeg zijn om te overleven.'

'Denk je ook zo over jou en Damen?' Ze plukt aan Charms deken terwijl ze me vragend aankijkt. 'Dat jullie niet veel verder komen dan het eindfeest?'

Ik pers mijn lippen op elkaar en wend mijn blik af. Zo goed kan ik niet liegen. 'Ik probeer er niet te veel over na te denken,' zeg ik met mijn hoofd de andere kant op. 'Wat ik bedoel is dat het niet altijd slecht hoeft te zijn als iets eindigt. Het is niet elke keer zo dat iemand gekwetst raakt en dat het daarom maar beter helemaal niet moet gebeuren. Want als elke stap ons dichter bij de volgende brengt, dan komen we toch helemaal nergens zonder die stap te zetten? Hoe kun je ooit groeien als je alles vermijdt dat pijnlijk kan zijn?'

Ze kijkt me aan en knikt heel onopvallend, alsof ze me begrijpt, maar nog niet wil toegeven dat het klopt.

'Dan hebben we dus geen keuze en moeten we gewoon verdergaan. Gewoon doorgaan en hopen dat het goed komt. Wie weet, misschien leren we er iets van.' Ik kan zien dat ik haar nog niet heb overtuigd. 'Wat ik wil zeggen is dat je vooral niet moet wegrennen alleen maar omdat het toch een keertje misgaat. Je moet volhouden en de dingen op hun beloop laten. Dat is de enige manier om ooit verder te komen.' Ik haal mijn schouders op en zou het graag allemaal wat mooier willen brengen, maar dit is het wel zo'n beetje. 'Stel je eens voor: als jij die kat niet gered had, als je geen ja had gezegd toen Josh je mee uitvroeg... dan had je toch een hele hoop mooie momenten gemist?'

Ze kijkt me aan en wil het liefst protesteren, maar ze zegt niets.

'Josh is een lieve jongen en hij is echt gek op je. Ik denk niet dat je hem zo snel al moet dumpen. En trouwens,' ga ik verder, wetend dat ze me wel hoort, al reageert ze niet, 'je moet dit soort beslissingen helemaal niet nemen terwijl je gestrest bent.'

'En verhuizen dan? Is die reden wel goed genoeg voor je?'

'Gaat Josh verhuizen?' Die zag ik niet aankomen.

Ze schudt haar hoofd en krabbelt Charm op het plekje tussen haar oren. 'Nee, Josh niet. Ik. Mijn pa heeft het er steeds over dat hij het huis wil verkopen, maar denk maar niet dat hij er met mij of Austin over praat.'

Het liefst wil ik haar gedachten lezen om zelf te zien hoe het eraan toegaat, maar ik houd me aan mijn belofte mijn vrienden hun privacy te gunnen.

'Ik weet alleen maar dat ik de term "taxatiewaarde" constant hoor rondvliegen.' Ze schudt haar hoofd en kijkt me aan. 'Maar weet je wat dat betekent, als dat doorgaat? Het betekent dus ook dat ik volgend jaar niet naar Bay View ga. Dat ik niet kan afstuderen samen met mijn vrienden. Zelfs niet in de buurt van een school in Orange County.'

'Dat laat ik niet gebeuren,' zeg ik met mijn ogen stevig op haar gericht. 'Je mag niet weggaan. Je moet met ons je laatste jaar in...'

'Ja, ja, allemaal goed en wel,' onderbreekt ze me. 'Maar ik denk niet dat je er veel aan kunt doen. Tenzij je kunt toveren, denk ik dat je hier niets over te zeggen hebt.'

Ik kijk van haar naar de kat en weet dat ik lang niet zo machteloos ben. Een tegengif vinden voor Damens probleem? Ja, goed, dat is lastig. Maar ervoor zorgen dat mijn vriendin in haar eigen postcodegebied blijft en haar kat redden? Dat lijkt me geen punt. Ik kan zoveel doen. Echt wel.

Ik kijk haar aan. 'We kunnen vast wel iets bedenken. Vertrouw me nou maar, oké? Misschien kun je wel hier komen wonen, bij mij en Sabine?' Ik knik alsof ik het meen, al weet ik dat Sabine dat nooit zou goedkeuren. Maar ik moet toch iets zeggen? Ik moet haar toch een beetje geruststellen, want ik kan niet bepaald uitleggen wat ik wel van plan ben.

'Zou je dat voor me doen?' vraagt ze. 'Echt waar?'

'Tuurlijk,' antwoord ik schouderophalend. 'Ik regel het.'

Ze slikt en kijkt om zich heen. Dan zegt ze hoofdschuddend: 'Je weet dat ik je nooit aan dat aanbod zal houden, maar het is goed te weten dat je ondanks je ruwe kantjes toch nog steeds mijn beste vriendin bent.'

Ik kijk haar aan; ik dacht eigenlijk altijd dat Miles haar voorkeur had.

'Nou ja, jij en Miles dan,' zegt ze lachend. 'Ik bedoel, ik heb twee beste vrienden – eentje voor alle gelegenheden.' Ze veegt haar neus weer af en gaat verder. 'Ik zie er vast vreselijk uit zo, hè? Zeg het maar gewoon, ik kan het hebben.'

'Je ziet er helemaal niet vreselijk uit,' zeg ik, benieuwd waarom ze zich opeens druk maakt om haar uiterlijk. 'Je ziet er verdrietig uit. Dat is wat anders. Maar wat maakt het uit?'

'Het maakt uit als iemand op basis hiervan moet bepalen of ik een baan krijg.' Ze haalt haar schouders op. 'Ik heb een sollicitatiegesprek, maar ik kan er zo niet naartoe. En ik kan Charm ook niet meenemen.'

Ik kijk naar de kat en zie hoe haar levensenergie langzaam maar zeker wegebt. Als ik nog iets wil doen, moet het snel zijn. 'Ik pas wel op haar. Ik heb toch verder geen plannen vanmiddag.'

Ze kijkt me vertwijfeld aan. Kan ze haar stervende kat bij mij achterlaten? Ik knik bemoedigend en loop naar haar kant van de keuken toe, waar ik Charm van haar overneem. 'Ik meen het.

Ga jij maar doen wat je moet doen en ik pas op de kleine.' Ik glimlach in de hoop haar over te halen.

Ze aarzelt nog steeds en kijkt van mij naar Charm. Dan rommelt ze in haar veel te grote handtas op zoek naar een klein spiegeltje. Ze maakt haar vingertopje vochtig en veegt de mascaravlekken van haar wangen.

'Het duurt vast niet lang.' Ze pakt een zwartkleurig oogpotlood en trekt een dikke, vlekkerige streep onder elk oog. 'Misschien een uurtje of zo? Hooguit twee?' Ze kijkt naar me als ze het potlood verwisselt voor blush. 'Je hoeft haar alleen maar vast te houden en water te geven als ze daar zin in heeft. Maar dat zal wel niet. Ze heeft nergens meer trek in.' Ze smeert nog een glimmend laagje gloss op haar lippen en fatsoeneert haar pony voor ze haar tas over haar schouder hangt en naar de voordeur loopt. Ze draait zich nog om als ze in haar auto stapt. 'Bedankt. Ik heb deze baan harder nodig dan je denkt. Ik moet echt gaan sparen als ik net als Damen zelfstandig wil worden voor de wet. Ik heb schoon genoeg van al dit gezeik.'

Ik weet niet wat ik moet zeggen. Damens situatie is vrij uniek en niet wat ze lijkt.

'En ja, ik weet het, ik zal mezelf vast niet zo goed van alle luxe en gemakken kunnen voorzien als Damen, maar dan nog woon ik liever in een waardeloze studio dan dat ik langer bij mijn ouders blijf met hun grillen en impulsieve beslissingen. Weet je zeker dat je dit goedvindt zo?'

Ik knik en druk Charm dichter tegen me aan, terwijl ik haar telepathisch aanmoedig om het vooral nog even een tijdje vol te houden – tot ik iets kan doen voor haar.

Haven steekt haar sleutel in het contactslot en laat de motor grommen. 'Ik heb Roman beloofd op tijd te zijn. Als ik me haast, lukt dat nog net.' Ze controleert haar make-up nog even in de achteruitkijkspiegel en zet de versnelling in z'n achteruit.

'Roman?' Ik blijf als versteend staan met een uitdrukking van pure paniek op mijn gezicht. Maar ik kan er niets aan veranderen.

Ze haalt haar schouders op en rijdt achteruit de oprit af. 'Hij heeft het gesprek voor me geregeld.' Ze zwaait nog voor haar auto uit het zicht verdwijnt. Ik blijf achter met een stervende kat in mijn armen zonder dat ik haar heb kunnen waarschuwen.

Achttien

'Nee, dat kun je niet maken.' Hij heeft de deur nauwelijks geopend en kijkt me al waarschuwend aan.

'Je weet niet eens wat ik kom doen.' Ik frons mijn voorhoofd en druk Charm voorzichtig steviger tegen me aan. Was ik hier maar niet heen gekomen.

'De kat is stervende en je wilt weten of je haar mag redden. En mijn antwoord is nee. Daar kun je niet aan beginnen.' Hij haalt zijn schouders op en weet de situatie al af te lezen zonder in mijn gedachten te kijken. Die heb ik namelijk afgeschermd, zodat hij niets te weten komt over mijn bezoekje aan Roman – dan hebben we de poppen pas echt aan het dansen.

'Maar is het onmogelijk? Werkt de onsterfelijkheidsdrank niet op katten? Of bedoel je meer dat het niet kan omdat het niet juist is? Dat ik niet voor God mag spelen?'

'Maakt het wat uit?' Hij trekt een wenkbrauw op en stapt opzij om me binnen te laten.

'Natuurlijk maakt dat uit,' fluister ik als ik de geluiden van boven hoor komen. De twee meisjes zijn blijkbaar alweer toe aan hun dagelijkse dosis reality-tv.

Damen loopt voor me uit naar de zitkamer, waar hij zich op

de bank laat vallen. Hij geeft een klopje op de plek naast hem. Ik erger me aan zijn houding en vooral aan het feit dat ik niet eens kan uitleggen wat er aan de hand is, maar toch ga ik naast hem zitten. Ik leg het dekentje anders neer in de hoop dat één blik op Charm hem helpt van gedachten te veranderen.

'Ik vind gewoon dat je niet zo snel al conclusies moet trekken.' Ik draai me naar hem toe met één been op de bank. 'Het is niet altijd zo eenvoudig of zwart-wit. In dit geval is het behoorlijk grijs.'

Hij buigt naar me toe met een vriendelijke blik en wrijft met zijn duim onder Charms besnorde kin. 'Het spijt me, Ever. Echt waar.' Hij kijkt me aan voor hij weer rechtop gaat zitten. 'Zelfs als het elixir werkt – en dat kan ik je niet garanderen, want ik heb het nog nooit getest op een dier – dan nog zou je...'

'Meen je dat?' onderbreek ik hem verbaasd. 'Ben je nooit zo gehecht geraakt aan een huisdier dat je het wilde proberen?' Ik bekijk hem aandachtig van top tot teen.

'Niet zo erg dat ik niet meer zonder kon, nee.' Hij schudt zijn hoofd.

Ik vraag me af wat ik daarvan moet vinden.

'Ever, in mijn jeugd gingen we niet zo met huisdieren om als mensen nu doen. En nadat ik de onsterfelijkheidsdrank had gedronken, wilde ik niets hebben dat me voor altijd aan één plek zou binden.'

Ik knik als ik zie hoe hij naar Charm kijkt en hoop eventjes dat er nog te onderhandelen valt. 'Oké. Geen huisdieren, dus. Ik snap het,' zeg ik kortaf. 'Maar je kunt toch wel begrijpen dat iemand zo erg gehecht raakt aan zo'n beestje dat ze geen afscheid kan nemen?'

'Vraag je me nou echt of ik weet hoe het voelt gehecht te raken aan iets of iemand?' Hij kijkt me aan met een zware, indringende blik. 'Of ik weet wat liefde is en hoe ondraaglijk het voelt als je iemand kwijtraakt?'

Ik laat mijn hoofd hangen en staar naar mijn schoot. Dat was stom en kinderachtig van me. Ik had het moeten zien aankomen.

'Er staat veel meer op het spel dan een kat genezen of het eeuwige leven geven, Ever. Als zoiets al bestaat in het geval van dieren. De vraag is: hoe wil je het Haven uitleggen? Wat zeg je tegen haar als ze terugkomt en ziet dat de kat die stervende was toen ze haar achterliet, opeens op wonderbaarlijke wijze weer beter is en misschien zelfs jonger wordt naarmate de tijd verstrijkt? Wie weet wat er gebeurt? Hoe wil je dat dan verklaren?'

Ik zucht. Daar had ik nog niet aan gedacht. Ik heb er niet bij stilgestaan dat als dit werkt, Charm niet alleen genezen is, maar ook een lichamelijke verandering zal ondergaan.

'Het gaat er niet om of het wel of niet werkt. Dat kan ik je niet vertellen, want ik weet het niet. Het gaat er ook niet om of je het recht hebt voor God te spelen – je weet net zo goed als ik dat ik de laatste ben die daar iets over mag zeggen. Wel belangrijk is het bewaren van ons geheim. Ik weet heus dat je het goed bedoelt, maar door je vriendin op deze manier te helpen zal ze alleen maar achterdochtig worden. Ze zal uiteindelijk vragen stellen die je niet eenvoudig kunt beantwoorden. Je kunt het niet logisch verklaren zonder te veel te onthullen. Bovendien is Haven al wantrouwig, ze vermoedt dat er iets met ons aan de hand is. Daarom is het zo ontzettend belangrijk dat je nu geen extra aandacht op je vestigt.'

Ik pers mijn lippen op elkaar en slik de brok in mijn keel weg. Wat irritant! Ik heb al deze magische gaven en ik mag er niks mee doen! Waarom mag ik mensen om wie ik geef niet helpen?

'Het spijt me,' zegt hij met zijn hand vlak boven mijn arm. Hij wacht nog even met de aanraking tot de dunne sluier van energie op zijn plek zit. 'Het is erg treurig, maar het is de natuurlijke levensloop. En geloof me, dieren leggen zich daar gemakkelijker bij neer dan mensen.'

Ik leun tegen zijn schouder aan en geniet van het gevoel dat hij bij me is. Hij weet me altijd weer op mijn gemak te stellen, ook als het even tegenzit. 'Ik vind het zo erg voor haar. Haar ouders maken constant ruzie en nu moet ze misschien ook nog verhuizen. Het is al zo erg dat ze zich afvraagt wat het nut is van alles. Zo voelde ik me ook een beetje toen mijn wereld instortte.'

'Ever,' begint hij met een liefdevolle blik en zijn lippen zo dichtbij dat ik de mijne er meteen tegenaan druk. Het moment wordt verstoord door de tweeling die gillend van pret de trap af komt rennen.

'Damen, ik mag van Romy niet...' Rayne houdt op met praten en haar ogen zijn nog donkerder van kleur dan gewoonlijk. 'O mijn god, is dat een kat?'

Ik kijk naar Damen en denk: sinds wanneer zegt Rayne 'O mijn god'?

Hij lacht en schudt zijn hoofd. 'Kom maar niet te dichtbij.' Hij kijkt naar de meisjes. 'En praat niet te hard. Deze kat is ernstig ziek. Ik ben bang dat ze niet lang meer heeft.'

'Waarom red je haar dan niet?' vraagt Rayne, zowaar met instemmend geknik van Romy. Nu kijken we alle drie met grote ogen smekend naar Damen.

'Omdat we dat soort dingen niet doen,' zegt hij streng, als een echte vader. 'Zo werkt het niet.'

'Maar je hebt Ever ook gered, en die is lang zo schattig niet,' brengt Rayne ertegen in. Ze knielt voor me neer tot ze op ooghoogte van Charm zit.

'Rayne...' waarschuwt Damen.

Ze lacht alleen maar en kijkt dan van mij naar hem. 'Grapje. Het is gewoon een grapje, dat weet je toch wel?'

Ik weet dat het niet waar is, maar ik laat het gaan. Net als ik wil opstaan om Charm terug te brengen voor Haven voor mijn deur staat, knielt Romy bij me neer. Met haar hand op Charms koppie zegt ze met gesloten ogen een serie onverstaanbare woorden op – het klinkt als een soort toverspreuk.

'Geen magie,' zegt Damen bestraffend. 'Niet in dit geval.'

Romy zucht diep en leunt op haar hurken. 'Ach, het werkt toch niet,' zegt ze met een blik op de kat. 'Maar ze lijkt wel erg op Jinx toen ze die leeftijd had, vind je niet?'

'Welke keer?' Rayne giechelt, stoot haar zusje aan en ze barsten in lachen uit.

'We hebben haar leven een paar keer verlengd,' biecht Romy op met rode wangen. Meer heb ik niet nodig om Damen een blik toe te werpen die zoveel zegt als: zie je nou wel?

Weer schudt hij zijn hoofd en zijn stille bericht luidt: nogmaals – denk aan Haven.

'Mogen we een kat?' oppert Romy dan opeens. 'Een lief zwart katje zoals deze?' Ze trekt aan Damens mouw en kijkt hem aan met onweerstaanbare, grote ogen. 'Ze zijn geweldig gezelschap en helemaal niet lastig in huis. Wat vind je ervan, mag het, mag het alsjeblieft?'

Rayne doet er nog een schepje bovenop. 'Dan krijgen we onze magie misschien wel eerder terug.'

Ik kijk naar Damens gezichtsuitdrukking en zie dat hij geen nee kan zeggen. Alles wat de meisjes willen, krijgen ze ook. Zo eenvoudig is dat.

'We hebben het er later nog wel over,' antwoordt hij met een gemaakt strenge blik. We weten allemaal dat het een loos gebaar is, alleen geeft hij dat niet toe.

Ik sta op en loop naar de voordeur. Ik moet Charm echt terugbrengen voor Haven er is.

'Ben je nou boos op me?' vraagt Damen als hij mijn hand vastpakt en meeloopt naar de auto.

Ik glimlach en ontken het. Ik kan niet kwaad op hem zijn, althans nooit lang. 'Ik zal niet tegen je liegen, ik hoopte dat je ja zou zeggen.' Ik trek een schouder op terwijl ik Charm in haar reismand help. Dan leun ik tegen het portier en trek Damen dichter tegen me aan. 'Maar ik begrijp jouw standpunt ook wel. Ik wil Haven gewoon graag helpen, dat is alles.'

'Zorg dan dat je voor haar klaarstaat,' adviseert hij me. 'Dat is toch het enige wat ze echt nodig heeft.'

Hij buigt naar me toe voor een kus, slaat zijn armen stevig om me heen en laat zijn handen over mijn lichaam glijden. Ik krijg het er heerlijk warm van. Dan maakt hij zich los en hij kijkt me aan met die diepe, mysterieuze ogen. Mijn rots in de branding, mijn eeuwige partner, altijd zo vol goede bedoelingen. Ik hoop maar dat hij nooit hoort hoe ik hem verraden heb. Ik heb gezworen uit Romans buurt te blijven, maar me daar niet lang aan gehouden.

Hij houdt mijn gezicht in zijn handen en kijkt me diep in mijn ogen. Hij voelt mijn stemmingswisselingen aan alsof ze van hemzelf zijn.

Ik wend mijn blik af en denk aan Haven, Roman, de kat en de opeenstapeling van blunders die ik steeds weer bega. Heftig mijn hoofd schuddend, probeer ik die gedachten te lozen. Ik wil er niet over nadenken, niet nu. 'Zie ik je morgen weer?' Ik krijg niet eens de kans mijn vraag af te maken voor hij naar me toe leunt en me innig kust, met het dunne, pulserende laagje energie tussen ons in.

Dit moment moet zo lang mogelijk duren en we willen allebei niet loslaten. Maar dan klinkt er opeens in koor: 'Ieuw! Gadver! Doe dat eens niet in het openbaar!' vanuit de ramen op de eerste verdieping.

'Ik zie je morgen.' Damen glimlacht en wacht tot ik veilig in de auto zit voor hij weer naar binnen gaat.

Negentien

De dag begon zo goed. Zo normaal en gewoon als elke andere dag. Ik stond op, nam een douche, kleedde me aan, bleef lang genoeg in de keuken om een schaaltje ontbijtgranen door de gootsteen te spoelen samen met het sinaasappelsap dat ik eerst in een glas heb geschonken. Die ochtendroutine is nog steeds bedoeld om Sabine te laten geloven dat ik heb ontbeten.

De hele weg naar school heb ik braaf zitten knikken en glimlachen terwijl Miles maar doorzeurde over Holt, Florence, en over Holt én Florence. Ik zat naast hem en deed alles wat ik moest doen: stoppen, de bocht om, gas intrappen, remmen, nog net door het oranje licht en dat allemaal omdat ik wist dat het niet lang meer zou duren voor ik Damen weer zag. Ik wist dat één blik op hem alle duisternis zou verdrijven en ik me meteen beter zou voelen – hoe tijdelijk ook.

Maar zodra ik het parkeerterrein van school op rijd, zie ik meteen een joekel van een suv staan naast de plek die Damen voor mij vrijhoudt. En ik bedoel echt, serieus, een enorme wagen. Niet alleen groot, maar ook ontzettend lelijk. De manier waarop Damen tegen het monster geleund staat, bezorgt me meteen kippenvel.

'*What the hell?*' roept Miles uit zodra hij is uitgestapt. 'Ga je nou niet meer met de bus omdat je er liever zelf een bestuurt?'

Als ik uit mijn Miata stap, kijk ik van de Grote, Lelijke Auto naar Damen. Ik kan mijn oren niet geloven als hij ook nog eens cijfers opdreunt over de veiligheid van het ding en de hoeveelheid ruimte op de achterbank. Ik bedoel... ik kan me niet herinneren dat hij het ooit over veiligheid had toen ik met hem meereed.

Dat komt omdat jij onsterfelijk bent, beantwoordt hij mijn gedachten terwijl we naar het hek lopen. Mocht je het vergeten zijn: de tweeling is dat niet en aangezien ik voor ze moet zorgen, is het ook belangrijk dat ik let op hun veiligheid, gaat hij vlug verder.

Ik schud mijn hoofd en rol met mijn ogen, nadenkend over een gevat antwoord. Maar Haven onderbreekt die gedachte. 'Ze doen het weer.' Ze slaat haar armen over elkaar en kijkt van mij naar Damen. 'Je weet wel, dat rare, zogenaamd telepathische gedoe.'

'Lekker belangrijk,' overschreeuwt Miles haar. 'Damen rijdt met een bus!' Hij wijst met zijn duim over zijn schouder naar het grote, zwarte, afgrijselijke gevaarte en huivert.

'Is het een bus of een gezinswagen?' Haven kijkt tegen de zon in van mij naar hem. 'Wat het ook is, het is wel een rampzalige midlifecrisis op wielen, zeg.'

Miles knikt instemmend. Hij loopt er helemaal warm voor. 'Ja, eerst die handschoen en nu dit?' Hij kijkt fronsend naar Damen. De teleurstelling straalt van hem af. 'Ik weet niet waar je mee bezig bent, *dude*, maar nog even en je bent je status kwijt. Je lijkt niet eens meer op de coole rockster die je was toen je hier net op school zat.'

Ik kijk naar mijn vriend en laat stilletjes blijken dat ik het met mijn vrienden eens ben. Niet dat het Damen wat uitmaakt. Die lacht alleen maar. Zijn voornaamste zorg is de tweeling en hun veiligheid en wat anderen daarvan denken, kan hem weinig schelen. Ook mijn mening doet er niet toe. En al is het precies wat elk verantwoordelijk ouderfiguur zou moeten doen, het zit me toch dwars.

Miles en Haven blijven Damen ondertussen vrolijk plagen met zijn verbazingwekkende burgerlijkheid. Ik slenter mee en zie het dunne laagje energie tussen ons in als Damen mijn hand vastpakt. Telepathisch vraagt hij me bezorgd wat er aan de hand is: waarom gedraag je je zo? Heeft het iets met de kat te maken? Je begreep toch waarom het niet kon?

Ik staar voor me uit, mijn ogen op Miles en Haven gericht. Ik slaak een diepe zucht en reageer telepathisch: nee, het gaat niet om de kat, daar hebben we het gisteren genoeg over gehad. Ze is weer thuis bij Haven en nu is het aftellen geblazen. Het is gewoon... ik maak me zorgen en ben alleen maar bezig een oplossing te vinden zodat we eindelijk samen kunnen zijn en jij richt je enkel op het manifesteren van hdtv's en de lelijkste veilige auto van de wereld, zodat je de tweeling kunt vervoeren!

Hoofdschuddend realiseer ik me dat ik nu moet ophouden, voor ik er iets uitflap waar ik spijt van krijg.

'Alles is opeens anders,' zeg ik zonder te merken dat ik het hardop doe tot ik mijn eigen stem hoor. 'Sorry als ik me gedraag als een verwend kreng, maar het frustreert me dat we niet samen kunnen zijn zoals we graag willen. Ik mis je – ik mis je zo erg dat ik er niet meer tegen kan.' Ik pauzeer, want mijn ogen prikken en mijn keel voelt zo dichtgeknepen dat ik straks niets meer kan zeggen. 'En nu wonen de meisjes bij je en ik heb een baan en opeens zitten we midden in een super stressvol, saai leventje. En geloof me, die nieuwe auto van je helpt ook niet.' Ik kijk naar hem en besluit dat ik mooi niet in die wagen stap. Meteen bekruipt me een schuldgevoel als ik zie hoe liefdevol en vol medeleven hij me aankijkt. 'Ik rekende een beetje op een geweldige zomer, weet je? Gewoon een hoop lol, jij en ik. Maar de vooruitzichten zijn niet best. En, o ja, als laatste druppel... Heb ik je al verteld dat Sabine een date heeft met Munoz? Mijn geschiedenisleraar? Vrijdagavond, acht uur.' Ik kijk boos. Het is toch niet te geloven dat deze zielige samenvatting het dagelijks leven schetst van een zogenaamd machtige, onsterfelijke, jonge meid van nog geen zeventien?

'Je hebt een baan?' Hij blijft staan en kijkt me vragend aan.

'O, tuurlijk. Van die hele lijst pik je juist dat eruit?' Ik moet erom grinniken als ik hem meetrek de school in.

Hij kijkt me alleen stilzwijgend aan. 'Waar?'

'Mystics & Moonbeams,' antwoord ik. Verderop zwaaien Miles en Haven nog voor ze de bocht om lopen op weg naar hun lokaal.

'Wat ga je daar doen?' Hij geeft het niet gauw op.

'Vooral in de winkel staan.' Ik kijk hem aan. 'Je weet wel, een beetje de kassa bedienen, koopwaar opruimen, readings geven en meer van die dingen.' Ik haal mijn schouders op en hoop dat dat laatste niet te veel opvalt.

Readings? Als helderziende? We staan voor het lokaal en Damens mond valt open.

Ik knik zachtjes en kijk hoe al mijn klasgenoten naar binnen gaan. Ik loop liever meteen mee dan dat ik dit gesprek afmaak.

'Vind je dat een goed idee? Om op die manier de aandacht te trekken?' Hij praat nu weer hardop, aangezien er niemand is die ons kan horen.

'Vast niet.' Ik haal mijn schouders op en weet dat het onverstandig is. 'Sabine denkt dat de routine en discipline van een baan me goed zullen doen. Althans, dat zegt ze. Ze wil me gewoon in de gaten houden. Dan heb ik dit toch liever als gemakkelijke uitweg dan dat ze een babyfoon met camera gebruikt. Ze had zelfs een baantje voor me geregeld, zo'n dodelijk saaie negen-tot-vijfjob bij haar op kantoor. Dus toen Jude zei dat hij hulp nodig had in de winkel, leek mij de keuze zo gemaakt om... Wat?' De blik op Damens gezicht is plotseling hard en behoedzaam.

'Jude?' herhaalt hij met zijn ogen zo ver dicht dat ik zijn pupillen niet meer zie. 'Ik dacht dat je zei dat ene Lina eigenaresse was van die zaak?'

'Klopt. Jude is haar kleinzoon,' leg ik uit, ook al is dat niet helemaal waar. 'Nou ja, niet haar echte kleinzoon, maar ze heeft hem in huis genomen en opgevoed nadat hij was weggelopen bij zijn laatste pleeggezin... of zoiets.' Ik schud mijn hoofd. Het laatste wat ik wil is een hele discussie over Jude beginnen, vooral nu Damen opeens in alarmfase een is geschoten. 'Ik dacht dat het kon helpen, volledige toegang tot die boeken en andere nuttige voorwerpen. Bovendien werk ik niet onder mijn eigen naam, ik heb een pseudoniem bedacht.'

'Laat me raden.' Hij kijkt diep in mijn ogen en leest het antwoord in mijn gedachten. 'Avalon. Leuk.' Hij glimlacht, maar is meteen weer ernstig. 'Weet je eigenlijk hoe zoiets werkt? Het is geen biechtstoel in de kerk waarbij ze jou niet kunnen zien. Mensen verwachten persoonlijk contact. Ze willen je zien om te weten of ze je kunnen vertrouwen. En wat ben je van plan te doen als een bekende de winkel binnenkomt en een reading wil? Heb je daar al bij stilgestaan?'

Ik frons mijn voorhoofd. Volgens mij had ik het goed voor elkaar. Waarom maakt hij er nou zo'n drama van? Het liefst wil ik een bits antwoord verzinnen, iets in de trant van: hallo, ik ben helderziend, weet je nog? Ik weet toch wie er komt voor ze binnen zijn? Maar dan verschijnt Roman in de gang.

Roman en nog iemand, die me bekend voorkomt... Het is Marco, die ik voor het laatst zag in een antieke Jaguar, op de oprit van Romans huis.

Ze lopen naast elkaar, allebei in een flink tempo, hun ogen op mij gericht. Romans blik is spottend en uitdagend. Hij kan mijn geheimpje zo verklappen.

Damen gaat beschermend voor me staan en houdt Roman in de gaten. Telepathisch zegt hij me rustig te blijven, niets te doen. Hij regelt het wel.

Ik kijk mee over zijn schouder hoe Roman en Marco op ons afstormen als een losgeslagen vrachttrein. Allebei kijken ze me met hun blauwe ogen zo indringend aan dat de wereld om me heen vaag wordt en ik alleen nog de vochtige, grijnzende grimas zie, naast de in en uit beeld flitsende ouroborostatoeages.

Vlak voor ik meegezogen word de diepte in, bedenk ik dat het allemaal mijn eigen schuld is. Als ik mijn belofte aan Damen had gehouden en uit Romans buurt was gebleven, dan zou dit niet gebeuren.

Romans energie zwermt naar me toe, trekkend, plukkend en verleidend. Ik word meegezogen in een duistere spiraal waarin ik beelden van Damen te zien krijg... het tegengif met mijn bloed vermengd... mijn nachtelijke bezoekje aan Roman... Haven... Miles... Florence... de tweeling... Het schiet allemaal zo vlug voorbij dat ik geen onderscheid kan maken tussen de verschillende scènes. Maar het gaat niet om de afzonderlijke beelden, het draait om het geheel. Wat Roman me duidelijk wil maken is dat hij de touwtjes in handen heeft. Wij zijn allemaal alleen maar marionetten die precies doen wat hij wil.

'*Good mornin', mates!*' roept hij opgewekt in zijn vette, Britse accent wanneer hij mijn gedachten weer loslaat. Ik val slap tegen Damen aan.

Hij fluistert lieve, geruststellende woordjes en leidt me het klaslokaal in, weg van Roman. Hij probeert me te kalmeren en zegt dat we er netjes van af zijn gekomen. Voorlopig is het weer voorbij. Maar ik weet wel beter: dit is nog maar het begin.

Er staat ons nog veel meer te wachten.

Geen twijfel over mogelijk.

De volgende keer komt Roman alleen achter mij aan.

Twintig

Na de lunch ga ik naar Mystics & Moonbeams. Ik kan niet wachten aan mijn baan te beginnen en ik hoop ook dat het me afleidt van de puinhoop die mijn leven is geworden.

Het was al erg genoeg dat Damen tussen de lessen door verdween om thuis bij de tweeling te kijken. Maar tijdens de lunch, toen ik hem verzekerde dat alles oké was en Roman me niet meer dwarszat, werd het erger. Ik had Damen net gezegd dat hij thuis kon blijven toen ik naar de lunchtafel liep en erachter kwam dat Haven tegenwoordig een van Romans aanhangers is geworden. Ze speelde met haar cakeje en de glazuurlaag van vanille en hield maar niet op over de belangrijke rol die hij gespeeld heeft bij het bezorgen van een baantje voor haar in een winkel met vintage kleding. Zelfs nadat ze wel tien minuten te laat was voor het sollicitatiegesprek.

Af en toe mompelde ik iets waarover ik het niet eens was, maar dat beviel haar niet. Nadat ze voor de derde keer met haar ogen rolde, me toebeet eens te chillen en niet zo krampachtig te doen, besloot ik mijn sandwich maar weg te gooien en weg te gaan. Ik nam me voor haar in de gaten te houden en er alles aan te doen om te zorgen dat zij geen stelletje vormen. Weer iets op mijn al veel te lange to-do-lijstje.

Ik rijd de steeg in en parkeer mijn auto op een van de twee plekken achter de winkel. Als ik naar de deur loop, verwacht ik die op slot te vinden. Jude kan de perfecte golven op zo'n mooie dag vast niet weerstaan. Maar de deur staat wijd open en Jude is bezig een verkoop af te ronden achter de kassa.

'O, hé, daar heb je Avalon.' Hij knikt naar me. 'Ik vertel Susan net dat we een nieuwe helderziende hebben aangenomen en je komt precies op het juiste moment binnen.'

Susan draait zich om, neemt me van top tot teen kritisch in zich op en vormt zich onmiddellijk een beeld van me. Ze is zo zeker van zichzelf als ze opmerkt: 'Ben je niet een beetje te jong om readings te geven?' Ze kijkt me aan, met een zelfingenomen grijns.

Ik glimlach en voel mijn lippen een scheve, valse grimas vormen. Ik kijk van de een naar de ander, onzeker hoe ik moet reageren. Vooral na de blik die ik van Jude opvang.

'Helderziendheid is een gave,' mompel ik met nadruk, al kost het laatste woord moeite. Zo lang is het niet geleden dat ik er zelf nog sarcastisch over sprak en er niets van wilde weten. 'Het heeft niets met leeftijd te maken.' Ik zie haar aura flikkeren en opvlammen en weet dat ik haar niet heb kunnen overtuigen. 'Je hebt het, of je hebt het niet.' Ik haal mijn schouders op en graaf mijn eigen graf steeds dieper.

'En, kan ik je noteren voor een reading?' vraagt Jude met een van zijn onweerstaanbaarste glimlachjes.

Maar Susan houdt het voor gezien. Ze schudt haar hoofd en pakt haar tas stevig vast als ze naar de deur loopt. 'Bel me maar als Ava terug is.'

Het belletje bij de deur rinkelt schel wanneer de deur achter haar dichtvalt. 'Goh, dat ging lekker,' merk ik op als ik me naar Jude draai. Hij stopt het bonnetje weg op de juiste plek in de doos. 'Is mijn leeftijd een probleem, denk je?'

'Ben je zestien?' vraagt hij met een vluchtige blik in mijn richting.

Ik pers mijn lippen op elkaar en knik.

'Dan ben je oud genoeg om hier te werken. Susan is verslaafd aan readings, dus die komt vanzelf wel terug. Voor je het weet, staat ze op je lijst.'

'Verslaafd aan readings? Is dat zoiets als een bezeten fan?' Ik volg hem naar het kantoortje achter in de winkel en merk op dat hij dezelfde korte broek draagt en hetzelfde T-shirt met het vredesteken als gisteren.

'Ze doet nooit iets zonder eerst de kaarten, de sterren en weet ik wat niet nog meer te raadplegen.' Hij knikt. 'Maar ik neem aan dat jij ook je groepje vaste klanten hebt verzameld na al die readings die je hebt gedaan.' Hij werpt een blik over zijn schouder voor hij de deur opent en kijkt me aan op een speciale manier, zodat ik zijn bedoeling niet kan missen.

'Nou, eh...' Ik kan het net zo goed opbiechten, want waarschijnlijk heeft hij me toch wel door.

Hij draait zich om met opgeheven hand en valt me in de rede. 'Toe, geen bekentenissen.' Hij glimlacht en schudt zijn hoofd. 'Als ik nog iets wil doen met die prachtige golven, dan moet ik vooral geen spijt krijgen van mijn beslissing om je aan te nemen. Hoewel je liever maar niet te veel moet roepen dat het een aangeboren talent is.'

Ik kijk hem verbaasd aan. De meeste helderzienden die ik ken – ook al is dat eigenlijk alleen Ava – zijn het daar wel over eens. Je hebt het vanaf je geboorte of je hebt het niet.

'Ik ben van plan een paar cursussen aan het rooster toe te voegen. Over de ontwikkeling van paranormale gaven, misschien zelfs een beetje wicca hier en daar. En neem van mij aan dat we meer aanmeldingen krijgen als mensen denken dat zij het ook kunnen leren.'

'Is dat waar dan?' Ik zie hem naar een onopgeruimd bureau lopen waar hij iets zoekt in een stapeltje documenten.

'Tuurlijk.' Hij knikt en pakt een vel papier op. Na een vlugge blik schudt hij zijn hoofd en pakt een ander vel. 'Iedereen heeft er aanleg voor, maar je moet zoiets wel ontwikkelen. Bij sommigen gebeurt dat automatisch. Ze kunnen hun talent niet eens negeren, al zouden ze dat nog zo graag willen. Anderen moeten wat dieper graven voor het lukt. Hoe zat dat dan bij jou? Wanneer wist jij het?'

Zijn groene ogen kijken me aan op een manier waarvan mijn maag buitelingen maakt. Ik bedoel, het ene moment praat hij in abstracte termen voor zich uit en bladert hij door een stapel papieren alsof hij nauwelijks merkt wat hij zegt, en het volgende moment lijkt de hele wereld stil te staan als hij me op die manier aankijkt.

Ik slik en zoek naar de juiste woorden. Ik zou het hem graag vertellen, omdat hij een van de weinigen is die het kan begrijpen. Maar ergens ben ik terughoudend – Damen is de enige die mijn hele geschiedenis kent en dat moet ook zo blijven.

'Ik ben ermee geboren, geloof ik,' zeg ik nonchalant. Wat gaat mijn stem toch achterlijk omhoog aan het eind van die zin, alsof het een vraag is. Ik kijk de kamer rond en breng het gesprek op een ander onderwerp terwijl ik zijn blik ontwijk. 'Cursussen dus. Wie geeft die?'

Hij haalt zijn schouders op en houdt zijn hoofd schuin, waardoor de dreadlocks in zijn gezicht vallen. 'Ik denk dat ik dat zelf maar doe,' zegt hij terwijl hij ze terug over zijn schouder naar achteren veegt, waardoor ik het litteken in zijn wenkbrauw weer kan zien. 'Ik loop er al een tijdje aan te denken, maar Lina was er altijd op tegen. Nu ze er niet is, kan ik daar net zo goed gebruik van maken; kijken of het aanslaat.'

'Wat heeft ze erop tegen dan?' Ik word al wat rustiger als hij achteroverzit en zijn voeten op het bureau legt.

'Ze vindt het prettiger om het eenvoudig te houden. Boeken, muziek, engelenfiguren en zo af en toe een reading. Veilig, goedaardig. Het soort mainstream-mysticisme waarmee iedereen kan leven.'

'Is jouw manier dan zoveel gevaarlijker?' Nog steeds vraag ik me af wat het aan hem is dat me elke keer zo nerveus maakt.

'Nee, hoor. Ik wil mensen het liefst sterker maken. Ze helpen een beter, tevredener leven te leiden door meer gebruik te maken van hun intuïtie, dat is alles.' Hij kijkt op en merkt dat ik staar. En daar gaat mijn maag weer.

'Lina heeft liever niet dat mensen zich sterker voelen?' Mijn zenuwen spelen steeds meer op.

'Met meer kennis komt meer macht. En aangezien dat vaak leidt tot corruptie en misbruik, vindt zij het risico te groot. Ik ben totaal niet van plan me bezig te houden met zwarte magie, maar ze is ervan overtuigd dat die vanzelf een weg vindt om door te dringen. Dat de cursussen die ik geef uiteindelijk leiden tot duistere, wredere praktijken.'

Ik knik als ik denk aan Roman en Drina. Lina heeft geen ongelijk. Macht in de verkeerde handen is levensgevaarlijk.

'Maar goed. Heb je interesse?' Hij grijnst.

Ik kijk hem vragend aan.

'Om zelf les te geven.'

Ik deins achteruit. Is dit een grap of meent hij het? Maar blijkbaar vraagt hij het voor de zekerheid, zonder er iets mee te bedoelen. 'Nee, zeg. Ik weet helemaal niets van wicca of wat dan ook. Vraag mij niet hoe het werkt. Ik kan me beter bezighouden met af en toe een reading en voor de rest kan ik proberen deze rotzooi op te ruimen.' Ik gebaar naar zijn bureau, de overvolle planken en elk ander oppervlak dat gebukt gaat onder stapels papier en rommel.

'Ik hoopte al dat je dat zou zeggen.' Hij lacht. 'O, en mocht je het je afvragen: mijn tijd voor vandaag zat erop zodra je binnenkwam. Als iemand naar me vraagt, ben ik surfen.' Hij staat op en loopt naar de surfplank die tegen de muur staat. 'Ik verwacht heus niet dat je alles meteen kunt organiseren, hoor. Daar is het een te grote puinhoop voor. Maar als je ook maar ergens een beginnetje kunt maken, dan graag.' Hij knikt naar me. 'Wie weet krijg je wel een gouden ster.'

'Doe mij maar meteen een gedenkplaat,' zeg ik zogenaamd serieus. 'Je weet wel, iets moois om aan de muur te hangen. Of een beeldje. Of een trofee – ja, een trofee zou leuk zijn.'

'Wat dacht je van je eigen parkeerplek achter de zaak? Dat moet nog wel lukken.'

'Geloof me, die heb je al geregeld,' lach ik.

'Jawel, maar dit keer met je naam erbij en alles. Speciaal gereserveerd voor jou. Niemand anders die er mag staan, zelfs niet na sluitingstijd. Met zo'n groot bord erbij waarop staat: PAS OP! DEZE PLEK IS EXCLUSIEF GERESERVEERD VOOR AVALON. ALLE ANDERE AUTO'S WORDEN OP EIGEN KOSTEN WEGGESLEEPT.'

'Zou je dat voor me doen? Echt waar?'

Hij pakt zijn plank en zijn vingers worden wit van het knijpen tot hij hem onder zijn arm klemt. 'Ruim het hier netjes op en ik beloon je eindeloos. Vandaag medewerker van de maand, morgen...' Hij trekt een schouder omhoog en veegt zijn dreadlocks uit zijn gezicht. En dat aantrekkelijke gezicht mag er best wezen.

Onze blikken kruisen elkaar en ik weet dat hij me betrapt heeft op een onderzoekende, vragende blik. Ik vind hem, geloof ik, best leuk. Dus wend ik mijn hoofd af en krabbel nerveus aan mijn arm. Daarna pluk ik wat aan mijn mouw en weet verder niks te bedenken wat dit moment minder ongemakkelijk kan maken.

'In de hoek staat een monitor.' Hij wijst naar de muur, nu weer zakelijk. 'Dat en het belletje bij de deur waarschuwen je als er volk binnenkomt.'

'Dat, het belletje en het feit dat ik helderziend ben,' zeg ik bij wijze van grapje. Maar het klinkt nerveus en ik voel me nog steeds niet prettig.

'Ja, net als die keer dat je je door mij liet verrassen, zeker?' Hij glimlacht vol overgave, maar het lijkt wel alsof zijn ogen terughoudend blijven.

'Dat was anders,' verdedig ik me. 'Jij weet blijkbaar hoe je je energie moet afschermen. De meeste mensen kunnen dat niet.'

'En jij kunt je aura heel goed verbergen.' Hij tuurt naar me met zijn hoofd schuin. Zijn goudblonde dreadlocks hangen over zijn arm en hij kijkt naar de plek rechts van mij. 'Maar daar hebben we het later nog wel een keer over.'

Ik slik en doe alsof ik niet zie hoe zijn felgele aura opeens een zachtroze randje krijgt.

'Alles wijst zich verder vanzelf. De mappen horen op alfabetische volgorde te hangen en als je ze ook nog per onderwerp kunt sorteren, is dat helemaal fantastisch. Maak je maar geen zorgen om het labelen van de kristallen en kruiden als je daar niet genoeg van weet. Dat moet maar liever meteen goed gebeuren. Mocht je er dus wel verstand van hebben...' Hij grijnst en trekt zijn wenkbrauwen zodanig samen dat ik van schrik weer aan mijn arm krab.

Ik kijk naar de stapel kristallen. Een paar herken ik van de elixirs die ik gebrouwen heb en van de amulet die om mijn nek hangt, maar de meeste zijn zo exotisch dat ik niet eens een gok durf te wagen.

'Heb je er niet een boek over, toevallig?' Ik zou graag meer te weten komen over alle genezende en beschermende gaven van de stenen. 'Zodat ik...' Stiekem denk ik: zodat ik een manier kan vinden om eindelijk een keer intiem te zijn met mijn vriendje. Maar ik zeg: 'Zodat ik er netjes de juiste etiketten op kan plakken... en zo.' Als hij maar denkt dat ik hard werk en het niet alleen maar doe uit eigenbelang. Hij zet zijn surfplank weer tegen de muur en loopt naar het bureau. Van onder op een stapel boeken haalt hij een klein, dik en vaak gebruikt exemplaar tevoorschijn.

Hij draait het om in zijn handen en kijkt naar de achterkant. 'Hier staan alle edelstenen in; zo niet, dan bestaat die niet. Het boek bevat ook genoeg plaatjes die je helpen bij het identificeren. Het is in elk geval nuttig,' zegt hij en hij gooit het boek naar me toe.

Ik vang het tussen mijn handpalmen en meteen voel ik de bladzijden van het boek trillend tot leven komen. De inhoud stroomt als een golf door me heen en alle informatie staat in no time in mijn geheugen geprent. 'Geloof me, ik zal er veel aan hebben,' glimlach ik.

Eenentwintig

Ik houd de monitor in de hoek goed in de gaten om er zeker van te zijn dat Jude echt weg is. Dan ga ik achter het bureau zitten, starend naar de berg kristallen. Het boek alleen is niet genoeg – je moet stenen vasthouden om ze te begrijpen. Net als ik mijn hand uitsteek naar een grote, rode steen met gele strepen, stoot ik mijn knie tegen de rand van het bureau. Mijn lichaam wordt plotseling heel erg warm en het kriebelt overal. Blijkbaar is er iets wat aandacht wil.

Ik schuif de stoel naar achteren en leun voorover om de onderkant van het bureau te inspecteren. Hoe lager ik kom, hoe sterker het gevoel wordt. Ik laat me leiden door de warmte tot ik van de stoel glijd en op de grond terechtkom. Daar voel ik om me heen, op zoek naar de plek waar het vandaan komt. Zodra ik de onderste la aan de linkerkant raak, voelen mijn vingertoppen gloeiend heet aan.

Voorzichtig ga ik op mijn hurken zitten en ik tuur naar het koperen slot dat eerlijke mensen eerlijk probeert te houden en dat oneerlijke mensen afschrikt om verder te gaan. Mensen die niet weten hoe ze energie moeten manipuleren, zoals ik. Ik sluit mijn ogen en stel me voor hoe de la zich opent. Als dat gebeurt, zie ik alleen een stapeltje hangmappen die niet langer hangen, een oude rekenmachine en een berg vergeelde kassabonnen. Als ik de la dicht wil schuiven, bekruipt mij het vermoeden dat er een dubbele bodem in zit.

Eerst leg ik de papieren opzij voor ik het plankje optil en daar een oud, versleten, dik boek, gebonden in leer, aantref. De bladzijden zijn gerafeld en gekruld als een oud stuk perkament. Op de voorkant prijkt de titel: *Het Boek der Schaduwen*. Ik leg het voor me neer op het bureau, ga zitten en staar ernaar. Ik vraag me af waarom iemand zoveel moeite doet dit boek te verstoppen. En voor wie?

Probeert Lina het te verbergen voor Jude?

Of is het precies andersom?

Er is maar één manier om daarachter te komen. Ik sluit mijn ogen en leg mijn hand voorzichtig op de voorkant van het boek. Op die manier heb ik al heel wat boeken 'gelezen'. Maar dit keer bots ik tegen een muur van energie die zo intens, chaotisch en stevig is dat mijn botten ervan kraken.

Ik word achterovergesmeten en de stoel knalt met zo'n vaart tegen de muur dat er een deuk zichtbaar is. De flikkerende restjes van willekeurige beelden hangen nog voor mijn ogen, maar ik begrijp nu waarom het boek zo goed is weggestopt. Het is een boek vol toverspreuken en hekserij. Voorspellingen en betoveringen. Hierin liggen zoveel krachten verborgen dat het rampzalig kan zijn wanneer het boek in de verkeerde handen komt.

Rustig ademend staar ik naar het omslag tot ik kalm genoeg ben om door het boek te bladeren. Mijn vingers prikken, ook al raak ik de bladzijdes alleen aan de rand aan. Ik tuur naar een handschrift zo klein dat ik het nauwelijks kan ontcijferen. De meeste pagina's staan vol met allerlei symbolen en tekens. Ze doen me denken aan de notitieboeken die Damens vader vroeger bijhield, met daarin alles in code, zodat het geheim bewaard bleef.

In het midden van het boek zie ik een uiterst gedetailleerde schets waarin een groep mensen danst bij volle maan. Op de bladzijdes die volgen, zie ik ook groepjes mensen die allemaal bezig zijn met ingewikkelde rituelen. Mijn vingers bevinden zich vlak boven het ruwe papieroppervlak en opeens weet ik heel zeker dat dit geen toeval is. Ik moest dit boek vinden.

Net als die keer dat Roman al mijn klasgenoten onder hypnose bracht en hen bespeelde als instrumenten, hoef ik nu alleen maar de juiste spreuk te bedenken om achter de geheimen van dit boek te komen! Dan vind ik alle informatie die ik nodig heb!

Ik sla de bladzijde om, op zoek naar de juiste. Dan rinkelt het belletje van de winkeldeur en een blik op de monitor bevestigt dat er iemand in de winkel staat. Even blijf ik zitten, en kijk of die persoon zich niet meteen weer omdraait en wegloopt maar echt van plan is te blijven. Ik zie hoe de tengere, kleine, zwartwitfiguur door de winkel loopt en nerveus over haar schouder kijkt alsof ze iemand zoekt. Net als ik hoop dat ze zich omdraait en weggaat, beweegt ze rechtstreeks naar de toonbank, waar ze haar handen op het glas legt en rustig wacht.

Fan-tas-tisch. Ik kom met tegenzin overeind. Wat fijn – een klant. Ik roep alvast: 'Kan ik u helpen?' voor ik de hoek om ben en zie dat ik tegen Honor praat.

Zodra ze mij herkent, hapt ze naar lucht en haar mond valt open. Haar ogen worden groot en ze lijkt wel... bang? Zo staren we elkaar een tijdje sprakeloos aan, geen idee wat we nu moeten doen.

'Eh... kan ik iets voor je doen?' Ik klink zelfverzekerder dan ik me voel, alsof ik hier de baas ben. Mijn oog valt op haar lange, donkere haar en de nieuwe koperkleurige plukken die glanzen in het licht. Ik heb haar nog nooit ergens in haar eentje gezien, realiseer ik me. Ik ben haar nooit tegengekomen zonder Stacia of Craig aan haar zijde.

Dan denk ik aan het boek dat ik open heb laten liggen op het bureau. Het wacht op me en ik wil zo snel mogelijk terug, dus het zou fijn zijn als ik Honor vlug kan helpen.

'Misschien heb ik me vergist.' Ze trekt haar schouders naar

achteren en draait rondjes met de zilveren ring aan haar vinger terwijl haar wangen rood kleuren. 'Ik geloof dat ik...' Ze slikt en kijkt achterom naar de deur. Dan maakt ze een nerveus gebaar en stamelt: 'Ik heb me waarschijnlijk vergist, dus... dan... ga ik maar weer.'

Ik zie haar omdraaien en haar aura gloeit in een aarzelende, grijze tint. Ik voel hier weinig voor en wil niets liever dan terug naar het boek dat misschien mijn leven kan veranderen en al mijn problemen kan oplossen. Toch zeg ik: 'Het is geen vergissing.' Ze blijft staan met haar armen langs haar zij, een klein en tenger meisje nu haar brutale, overheersende vriendin er niet bij is. 'Echt,' ga ik verder. 'Het was de bedoeling dat je hier kwam. En wie weet, misschien kan ik je zelfs helpen.'

Ze haalt diep adem en wacht zo lang dat ik haar bijna voor ben met iets zeggen. 'Het gaat om een jongen.' Ze plukt aan de rand van haar korte broek en kijkt dan naar mij.

'Jude.' Ik voel het antwoord aan zonder dat ik haar hoef aan te raken of haar gedachten lees. Zodra onze blikken elkaar kruisen weet ik het gewoon.

'Ja. Eh... ik denk het. Ik bedoel...' Ze schudt haar hoofd en begint opnieuw. 'Ik vroeg me gewoon af of hij er vandaag ook is. Hij gaf me dit.' Ze haalt een verfrommeld papiertje tevoorschijn uit haar broekzak en strijkt het glad op de glasplaat van de toonbank. Dan kijkt ze me weer aan.

'Hij is er niet,' mompel ik als ik mijn ogen laat glijden over een flyer die de nieuwe cursus Ontwikkeling van paranormale gaven, niveau 1 aankondigt. Hij laat er ook geen gras over groeien. 'Wil je een bericht voor hem achterlaten? Of kan ik je vast inschrijven?' Ik blijf haar aankijken. Zo nerveus en verlegen heb ik haar nooit eerder meegemaakt – spelend met de ring om haar vinger, haar ogen die heen en weer schieten, de trillende knieën. En dat allemaal vanwege mij.

Ze haalt haar schouders op en staart omlaag alsof ze de sieraden onder het glas bewondert. 'Nee, eh... zeg maar niets. Ik kom wel een andere keer terug.' Weer haalt ze diep adem en ze recht haar rug. Ze doet haar best haar gebruikelijke afkeer van mij te tonen, maar het mislukt.

Ergens wil ik haar geruststellen, kalmeren en haar vertellen dat ze zich helemaal niet zo hoeft te gedragen – maar ik zeg niets. Ik wacht tot ze weggaat en de deur achter haar dichtvalt voor ik terugkeer naar het kamertje met het magische boek.

Tweeëntwintig

'Hoe was je eerste dag?'

Ik laat me op de bank vallen, schop mijn schoenen uit en leg mijn voeten op de rand van de houten koffietafel. Dan sluit ik mijn ogen en slaak een diepe, dramatische zucht. 'Een stuk minder vervelend dan je zou denken.'

Damen lacht en laat zich naast me op de bank ploffen. Hij veegt een pluk haar uit mijn gezicht. 'Vanwaar dan dat gepuf en gesteun en gezucht?'

Ik haal mijn schouders op en kruip dieper weg in de bank. Ik zak zo diep mogelijk in de zachte, goed gevulde kussens, nog steeds met mijn ogen dicht. 'Ik weet het niet. Misschien heeft het iets te maken met het boek dat ik gevonden heb. Sindsdien voel ik me zo... in de war. Aan de andere kant kan het ook komen door het onverwachte bezoekje van...'

'Zo, heb je een boek gelezen?' Zijn lippen glijden zachtjes over mijn nek en mijn lichaam staat in vuur en vlam. 'Op de gebruikelijke manier?'

Ik kruip dichter naar hem toe, haak mijn been over zijn schoot en leun tegen hem aan. Het is zo'n heerlijk gevoel om zijn huid tegen de mijne te voelen – bijna dan. 'Geloof me, ik heb het eerst geprobeerd op de makkelijke manier door het boek via een handoplegging in me op te nemen. Maar dat ging niet. Ik weet niet hoe ik dat moet uitleggen... het was een heel vreemde ervaring.' Ik kijk naar hem op en wil dat hij mijn blik beantwoordt, maar hij houdt zijn ogen dicht en zijn gezicht verborgen in mijn haar. 'Het leek wel... alsof de kennis in het boek te krachtig was om op die manier te lezen, weet je? Ik kreeg er ook een hevige, elektrische schok van – mijn botten kraakten zelfs. Natuurlijk maakte dat me alleen nog nieuwsgieriger, daarom wilde ik het op de gewone manier lezen. Niet dat dat hielp.'

'Ben je het verleerd?' Hij grinnikt, zijn lippen raken mijn oor.

'Ik begreep er gewoon geen snars van.' Ik trek een schouder op. 'Het is in code geschreven. En die stukken die dan wel Engels zijn... het leek wel oeroud Engels. Je weet wel, van het soort dat jij vroeger sprak.' Ik maak me los en grijns als ik hem zogenaamd kwaad zie kijken. 'De letters waren ontzettend klein en het boek stond vol schetsjes en symbolen en toverspreuken en bezweringen en zo. Wat? Waarom kijk je zo raar?' Ik voel zijn lichaam stijf en hard worden en zijn stemming slaat om.

'Wat was de titel?' vraagt hij met een strakke blik.

Ik knijp mijn ogen half dicht, tuit mijn lippen en probeer me te herinneren wat er ook alweer in de krullende, gouden letters op de voorkant stond. 'Eh... *Het Boek der...* Weet ik veel...' Ik schud mijn hoofd. Ik voel me erger uitgeput en in de war dan ik wil toegeven, vooral met die bezorgdheid op zijn gezicht.

'*Schaduwen*,' maakt hij de zin af, knikkend en fronsend. '*Het Boek der Schaduwen.* Is dat het?'

'Ken je het dan?' Ik draai me nu zo dat ik hem recht kan aankijken. Hij lijkt ernstig en zijn blik is star, alsof hij iets moeilijks overpeinst en nog niet weet of hij het me wil vertellen.

'Ik heb ervan gehoord,' zegt hij dan. 'Maar ik ken alleen de reputatie. Ik heb het nooit zelf gelezen. Maar, Ever, als dit het boek is dat ik vermoed...' Een verontruste uitdrukking schiet over zijn gezicht terwijl hij zijn hoofd schudt. 'Dan staat er behoorlijk krachtige magie in. Magie die je met uiterste voorzichtigheid dient te behandelen. Het is absoluut geen spelletje, begrijp je me?'

'Je wilt zeggen dat het echt werkt.' Ik glimlach en probeer de gespannen sfeer te verlichten, maar hij lacht niet. Poging mislukt.

'Het is in de verste verte niet de magie die wij kennen en gebruiken. Misschien lijkt het er in eerste instantie op en mogelijk is het uiteindelijk hetzelfde in essentie, als je alle randvoorwaarden weglaat. Maar als wij de energie van het universum gebruiken om vorm te manifesteren, dan roepen we daarvoor alleen puur, helder licht aan. Geen duisternis. De meeste heksen en aanhangers van magie zijn niet kwaadwillend, maar zo af en toe raken mensen te zeer verstrikt in de rituelen. Als ze niet weten wat ze doen, kiezen ze een duister pad of roepen ze een kwaadaardige macht aan om hun zin door te drijven.'

Ik weet niet wat ik moet zeggen. Dit is voor het eerst dat hij praat over een duistere kant.

'Alles wat wij doen is voor het algemeen belang of in ieder geval in ons eigen belang. Wij doen niets wat anderen schade toebrengt.'

'Nou ja, niets...' mompel ik, denkend aan al die keren dat ik Stacia wilde terugpakken of haar te slim af probeerde te zijn.

'Kinderachtige ruzietjes zijn niet wat ik bedoel.' Hij wuift mijn gedachten weg. 'Ik bedoel dat wij zuiver en alleen materie manipuleren. Geen mensen. Als je ooit een spreuk gebruikt om iemand te laten doen wat jij wil...' Hij schudt zijn hoofd. 'Dat is een heel ander verhaal. Vraag Romy en Rayne maar.'

Ik kijk hem vragend aan.

'Ze zijn tenslotte heksen, dat weet je. Goedaardig, uiteraard, met een goede basiskennis en training, al is die helaas te vroeg beëindigd. Maar kijk naar Roman. Hij is het perfecte voorbeeld van wat er mis kan gaan als iemand zich laat leiden door zijn ego, hebzucht en een onverzadigbare honger naar macht en wraak. Zo iemand slaat een duistere weg in. Zijn massahypnose is daarvan een heel goed voorbeeld.' Hij kijkt me hoofdschuddend aan. 'Zeg me alsjeblieft dat dit boek niet ergens op een plank in de winkel staat waar iedereen erbij kan.'

Ik ontken en sla mijn benen over elkaar. Met mijn vingertopje beweeg ik langs de naad van zijn mouw. 'Nee, helemaal niet. Dit boek was... oud. Ik bedoel echt, ontzettend oud. Het lijkt wel perkament en valt bijna uit elkaar, alsof het thuishoort in een museum of zo. Geloof me, de eigenaar van het boek wil niet dat het zomaar gevonden kan worden. Hij of zij heeft zijn best gedaan het te verbergen. Niet dat mij dat tegenhoudt, natuurlijk.' Ik grijns en hoop dat hij dat ook doet, maar zijn blik blijft verontrustend en zijn bezorgde ogen boren in de mijne.

'Wie denk je dat het boek gebruikt? Lina of Jude?' Hij spreekt de namen zo gemakkelijk uit alsof hij over oude bekenden praat.

'Maakt dat uit?'

Hij kijkt me nog een ogenblik langer aan en draait dan zijn hoofd weg. Volgens mij gaat hij terug in zijn herinnering naar een plek heel lang geleden, een plek waar ik nooit ben geweest. 'Is dat alles? Een korte introductie met het *Boek der Schaduwen* en je bent meteen helemaal afgemat?'

'Afgemat?' Ik trek een wenkbrauw op en schud mijn hoofd. Zijn ouderwetse woordkeuze blijft grappig.

'Hmm... te gedateerd?' Zijn mond krult om tot een grijns.

'Een beetje,' geef ik lachend toe.

'Weet je, je moet de ouden van dagen niet uitlachen. Dat is onbeleefd, vind je niet?' Speels prikt hij met een vinger onder mijn kin om mijn hoofd omhoog te tillen.

'Ontzettend.' Ik knik en voel me rustig worden als zijn vingers over mijn wang, langs mijn nek en naar mijn borst glijden.

Met onze hoofden tegen de kussens geleund, kijken we elkaar heel lang aan. Zijn handen bewegen behendig en soepel over mijn kleren. Wat ons betreft zou dat tot veel meer mogen leiden, maar voorlopig moeten we het hiermee doen.

'Wat was er nog meer op je werk?' fluistert hij met zijn lippen tegen mijn huid, gescheiden door niets meer dan een dun laagje energie.

'O, ik heb wat opgeruimd, uitgezocht en geordend... en toen kwam Honor binnen.'

Hij maakt zich los en meteen kijkt hij me aan met een blik die zoveel wil zeggen als: zie je nou wel.

'Rustig aan, zeg. Ze kwam niet voor een reading, hoor. Althans, ik geloof het niet.'

'Wat kwam ze dan wel doen?'

'Volgens mij kwam ze voor Jude.' Ik haal mijn schouders op en laat mijn vingers onder zijn shirt glijden. Zijn gladde, soepele huid voelt heerlijk zacht en ik zou het liefst zelf ook onder dat shirt kruipen. 'Het was wel gek om haar zo in haar eentje te zien. Zonder Stacia of Craig, bedoel ik. Ze lijkt wel een heel ander iemand – stil en verlegen. Echt heel anders.'

'Denk je dat ze Jude leuk vindt?' Hij laat zijn hand langs mijn sleutelbeen gaan en de aanraking is zo warm en perfect – het laagje energie is nauwelijks voelbaar.

Ik haal mijn schouders op en verberg mijn gezicht in de V-hals van zijn shirt, waar ik zijn muskusachtige geur opsnuif. Dat mijn maag net een salto maakte als antwoord op die vraag, negeer ik maar. Ik heb geen idee wat het betekent of wat het mij kan schelen als Honor Jude inderdaad leuk vindt. Dus verdring ik de gedachte. 'Waarom? Denk je dat ik hem moet waarschuwen? Dat ik hem moet vertellen hoe ze normaal gesproken doet?' Ik beweeg mijn mond ondertussen naar de zachte plek waar zijn nek overgaat in zijn schouder, vlak naast het koord van zijn amulet.

Hij maakt zich van me los en gaat anders zitten. 'Als hij zoveel talent heeft als je beweert, dan kan hij haar energie zo zien en dat zelf beslissen.' Hij kijkt me aan. Zijn stem klinkt beheerst, voorzichtig en berekenend, wat ik van hem niet gewend ben. 'Trouwens, we weten helemaal niet hoe ze echt is. Het lijkt erop alsof we haar alleen kennen onder invloed van Stacia. Misschien is ze wel aardig.'

Ik doe mijn best me een aardige versie van Honor voor te stellen, maar dat lukt me niet. 'En toch,' werp ik daartegen in. 'Jude staat erom bekend te vallen voor de verkeerde meisjes en...' Als ik Damens blik zie, besef ik dat ik het nu nog veel erger heb gemaakt, al heb ik geen idee hoe. 'Weet je wat?' zeg ik dan. 'Het doet er ook niet toe. Het is stom en we hebben wel wat beters te doen. Kunnen we het ergens anders over hebben?' Ik buig me naar hem toe en wil hem kussen op zijn kaaklijn. Ik verwacht de kriebelende stoppeltjes al te voelen. 'Laten we het over iets heel anders hebben, iets wat niet met mijn baan of de tweeling of jouw lelijke, nieuwe auto te maken heeft.' Het is bedoeld als grapje, niet als belediging. 'Iets waardoor ik me niet zo... oud en saai voel.'

'Vind je ons saai?' Hij kijkt me geschokt aan.

Ik trek een grimas en haal mijn schouders op. Ik zou willen dat het anders was, maar ik ga niet liegen. 'Een beetje,' zeg ik voorzichtig. 'Sorry, hoor, maar dat geknuffel op de bank terwijl de kinderen boven liggen te slapen...' Ik schud mijn hoofd. 'Dat is leuk als je een avondje moet babysitten, maar het is doodeng als het om je eigen kinderen gaat. Min of meer, dan. Ik bedoel, ik weet wel dat we er nog steeds aan moeten wennen en zo... Maar het voelt een beetje als een sleur.' Ik kijk naar hem met mijn lippen op elkaar gedrukt, onzeker hoe hij dat opvat.

'Je weet toch hoe je die sleur moet verbreken?' Hij springt zo snel overeind van de bank dat ik alleen een donkere schim zie.

Ik schud mijn hoofd, maar herken de blik in zijn ogen van de eerste keer dat we elkaar ontmoetten. Toen was alles nog leuk, spannend en onvoorspelbaar.

'De enige manier om daaruit te komen, is door eraan te ontsnappen!' Hij lacht, pakt mijn hand vast en trekt me met zich mee.

Drieëntwintig

Ik loop achter hem aan door de keuken naar de garage, be- nieuwd waar we naartoe gaan. Voor een trip naar Zomerland hoeven we de bank niet te verlaten.

'Hoe zit het met de tweeling?' fluister ik. 'Wat als ze wakker worden en we zijn er niet?'

Damen haalt zijn schouders op, loopt naar zijn auto en werpt dan een blik achterom. 'Maak je maar geen zorgen, die liggen heerlijk te slapen. En ik heb zo'n gevoel dat dat nog wel een tijd- je zo blijft.'

'Heb je daar toevallig zelf voor gezorgd?' Ik herinner me nog goed dat hij een keertje de hele school in slaap heeft laten vallen: leerlingen, maar ook de leraren en de rest van de medewerkers. Ik heb nog steeds geen idee hoe hij dat geflikt heeft, trouwens.

Hij lacht en opent het portier aan mijn kant. Hij gebaart dat ik moet instappen, maar ik schud mijn hoofd en blijf staan. Ik pieker er niet over in die lelijke gezinswagen te stappen. Het ding is wat mij betreft hét symbool van de sleur waarin we zit- ten.

Hij kijkt me even aan, schudt dan zijn hoofd en sluit zijn ogen. Met gefronste wenkbrauwen laat hij een glimmend rode

Lamborghini verschijnen. Net zo eentje als ik de vorige keer heb gemanifesteerd toen ik een auto nodig had.

Weer schud ik mijn hoofd. Ik hoef geen gloednieuw speeltje; er was niks mis met de oude. Dit keer doe ik mijn ogen dicht en ik laat de Lamborghini verdwijnen in ruil voor een perfecte kopie van de glimmend zwarte BMW waarin hij tot voor kort rondreed.

'Ja, ja. Luid en duidelijk.' Hij knikt en met een ondeugende grijns laat hij me instappen.

Het volgende moment rijden we in een vaart de oprit af en de straat op, net lang genoeg afremmend tot het hek open is. Al gauw scheuren we over de Pacific Coast Highway.

Terwijl ik hem in de gaten houd, probeer ik in zijn gedachten te ontdekken waar we naartoe gaan, maar hij grinnikt slechts. Hij schermt zijn gedachten af, vastbesloten me te verrassen.

Eenmaal op de snelweg zet hij de radio harder en lacht blij als hij de muziek herkent die ik voor hem uitkies – The White Album van The Beatles. Hij kijkt me vragend aan van opzij en lijkt ondertussen voor een nieuw snelheidsrecord te gaan.

'Alles om je weer terug in deze auto te krijgen,' glimlach ik. Hij heeft me het verhaal al vaak genoeg verteld hoe hij in India transcendente meditatie heeft geleerd samen met de band. Dat was nog in de tijd dat John en Paul de meeste nummers schreven. 'Sterker nog,' merk ik op, 'als ik hem goed heb gemanifesteerd, dan speelt deze radio vanaf nu alleen nog maar liedjes van The Beatles.'

'Hoe moet ik me aanpassen aan de eenentwintigste eeuw als jij me zo graag aan mijn verleden blijft herinneren?' lacht hij.

'Stiekem hoopte ik dat je niet zou veranderen,' mompel ik, uit mijn raam kijkend naar de lichten die als strepen voorbijschieten. 'Verandering wordt zo overschat. Dat wil zeggen, een paar van de nieuwste veranderingen zijn wat mij betreft geen blijvertjes. Dus wat zeg je ervan? Mag de auto blijven? Kunnen we die afschuwelijke gezinswagen dumpen?'

Ik draai me naar hem toe terwijl hij de snelweg verlaat en na een paar scherpe bochten bij een steile heuvel uitkomt. Hij zet de auto stil bij een groot beeld voor een enorm zandstenen gebouw.

'Wat is dit?' Ik weet wel dat we ergens in Los Angeles zijn. Althans zo voelt het en zo ziet het eruit. Maar vraag me niet waar.

'Het Getty Museum.' Hij zet de auto op de handrem en springt uit de wagen om mijn portier voor me te openen. 'Ben je hier nog nooit geweest?'

Ik schud van nee en kijk hem niet aan. Een museum is wel de laatste plek die ik verwacht – of gehoopt – had.

'Maar is het niet gesloten dan?' Ik kijk om me heen met het gevoel dat er verder niemand aanwezig is. Behalve dan de beveiligers die ongetwijfeld binnen rondlopen.

'Gesloten?' Hij kijkt me hoofdschuddend aan. 'Denk je nou echt dat wij ons laten tegenhouden door zo'n onbenullig feit?' Hij slaat een arm om mijn middel en neemt me mee de stenen trap op. Met zijn mond vlak bij mijn oor, fluistert hij: 'Ik weet dat een museum niet je eerste keuze is, maar geloof me, ik wil je alleen maar iets duidelijk maken. Na alles wat je me net hebt verteld, lijkt het me belangrijk dat je goed begrijpt wat ik bedoel.'

'Wat? Dat je meer van kunstgeschiedenis weet dan ik?'

Hij blijft staan, zijn gezicht opeens ernstig. 'Ik zal je bewijzen dat de wereld letterlijk aan je voeten ligt. De mogelijkheden zijn eindeloos. We kunnen doen wat we willen. We hoeven ons nooit te vervelen of in een sleur te verkeren. Maar dat lukt pas als je begrijpt dat de gewone regels niet meer gelden – niet voor ons. Open, gesloten, op slot, welkom of niet – het maakt niet uit. Wij doen waar wij zin in hebben, wanneer we daar zin in hebben. Niets kan ons tegenhouden.'

Dat is niet helemaal waar, denk ik stilletjes. De laatste vierhonderd jaar was er één ding dat we dolgraag wilden doen en dat is al die tijd mooi niet gelukt. Wat mij betreft is dat ook het enige wat ik nu het liefst zou doen.

Hij plant een kus op mijn voorhoofd en glimlacht. Daarna pakt hij mijn hand vast, neemt me mee naar de voordeur en zegt: 'Er is een tentoonstelling die ik je wil laten zien. Het is er nu niet druk, dus het duurt niet lang. Ik beloof je, daarna kunnen we overal naartoe. Wat je maar wilt.'

Ik staar naar de indrukwekkende, dikke deuren, die gekoppeld zijn aan hightech alarmsystemen, die ongetwijfeld in verbinding staan met andere hightech alarmsystemen, die weer communiceren met de beveiliging. Binnen staan vast diverse bewakers klaar met machinegeweren en hun vingers op de trekker. Als we nu niet al worden vastgelegd door een camerasysteem met een beveiligingsbeambte achter een monitor die allesbehalve blij naar zijn scherm staart en op de alarmknop onder zijn bureau drukt.

'Wil je echt, serieus, proberen in te breken?' Ik slik en voel dat mijn handen klam zijn. Mijn hart bonkt tegen mijn ribben en ik hoop maar dat hij een grapje maakt, al weet ik beter.

'Nee,' fluistert hij terwijl hij zijn ogen dichtdoet en me gebaart zijn voorbeeld te volgen. 'Ik ga het niet probéren, het gaat me ook lukken. En als je het niet erg vindt, dan kun je me mooi helpen door je ogen dicht te doen en mee te werken.' Hij buigt dichter naar me toe en ik voel zijn lippen tegen mijn oor als hij fluistert: 'Ik beloof je dat er niets zal gebeuren. We worden niet betrapt of gestraft en we gaan niet naar de gevangenis. Echt niet. Ik zweer het je.'

Ik staar hem aan en overtuig mezelf dat iemand die al zeshonderd jaar oud is vast wel vaker kattenkwaad heeft uitgehaald en weet hoe hij ermee wegkomt. Na een keer diep ademhalen, doe ik mee. Ik volg de stappen die hij me in gedachten laat zien tot de grote deuren automatisch openzwaaien, de sensoren zijn uitgeschakeld en de bewakers in een diepe slaap zijn verzonken. Dat wil zeggen, ik hoop dat het een lange, diepe slaap is. Hoe langer en dieper, hoe beter.

'Ben je er klaar voor?' Hij kijkt me aan en zijn mondhoeken krullen omhoog.

Ik aarzel nog. Mijn handen trillen en mijn ogen schieten heen en weer. Die sleur klinkt op dit moment zo slecht niet. Ik slik en doe een eerste stap. Mijn rubberen zolen zijn geen goed idee op de geboende, stenen vloer – ze maken een snerpend, hoog geluid dat me ineen doet krimpen.

'Wat vind je ervan?' Damen kijkt me enthousiast en blij aan. Hij heeft het naar zijn zin en hoopt dat ik me net zo voel. 'Ik dacht er wel even aan je mee te nemen naar Zomerland, maar aan de andere kant verwacht je dat juist. Dus wil ik je laten zien hoe magisch het kan zijn op het gewone, alledaagse, aardse vlak.'

Ik knik allesbehalve enthousiast, al doe ik mijn best dat te verbergen. Ik kijk om me heen, de gigantisch grote ruimte met de hoge plafonds, hoge ramen en een overvloed aan gangen waardoor overdag vast veel licht binnenvalt. 's Nachts ziet het er alleen maar griezelig uit. 'Dit museum is reusachtig! Ben je hier al eens eerder geweest?'

Hij knikt en loopt voor me uit naar de ronde informatiebalie in het midden. 'Eén keertje, vlak voor het officieel open was. Er hangen hier allerlei belangrijke schilderijen, maar er is één specifieke tentoonstelling die ik het liefst wil zien.'

Hij pakt een informatiefolder uit het rekje en drukt zijn handpalm plat tegen de voorkant tot hij weet waar hij moet zijn. Dan zet hij het foldertje terug en neemt me mee eerst de ene hal in, dan de andere en een paar trappen op. Het enige licht dat ons helpt de weg te vinden komt van de nachtlampen en hier en daar wat maanlicht dat door de ramen binnenvalt.

'Is dit het?' vraag ik als ik Damen zie stilstaan bij een schilderij met de titel *Madonna met de heilige Mattheüs*. Vol bewondering en bewegingsloos staart hij voor zich uit. Ik kan wel zien hoe gelukkig hij zich voelt.

Niet in staat iets uit te brengen, knikt hij alleen. Hij heeft even nodig om zich te herstellen, maar draait zich dan om. 'Ik heb veel gereisd en op verschillende plekken gewoond. Maar toen ik vier eeuwen geleden Italië verliet, heb ik gezworen er nooit meer terug te keren. De renaissance was voorbij en mijn leven... Nou ja, ik wilde ook wel eens verder. Tot ik hoorde van een groep nieuwe schilders, de School van Carracci in Bologna, die had gestudeerd onder de grote meesters, onder wie mijn goede vriend Rafaël. Zij vonden een nieuwe manier van schilderen uit en hebben op hun beurt de volgende generatie beïnvloed.' Hij wijst naar het schilderij vlak voor ons. Hoofdschuddend staart hij opnieuw vol bewondering naar het doek. 'Kijk nou toch naar die zachte uitstraling, die textuur, de compositie! Het intense spel van licht en kleur! Het is zo...' Weer schudt hij zijn hoofd. 'Het is domweg briljant!' roept hij vol ontzag uit.

Mijn blik glijdt van het schilderij naar hem. Wat zou ik het graag zo zien als hij. Niet als een oud, onbetaalbaar en waardevol plaatje dat aan de muur hangt, maar als een doek met die pracht en schoonheid die hij erin ziet – een soort wonder.

Hij neemt me mee naar het volgende en verstrengelt zijn vingers in de mijne terwijl we kijken naar een schilderij van de heilige Sebastiaan. Zijn arme, lijkbleke lichaam is doorboord met pijlen. Het ziet er zo levensecht uit dat ik huiver.

En dan snap ik het eindelijk. Voor het eerst zie ik wat Damen ziet; ik begrijp wat kunst doet. Het geeft een momentopname weer, een geïsoleerde ervaring en weet die niet alleen te bewaren of interpreteren, maar zelfs met iedereen te delen. In elk tijdperk.

'Je voelt je vast erg...' Ik pers mijn lippen op elkaar en zoek naar de juiste woorden. 'Hoe moet ik dat zeggen... machtig, denk ik. Dat je zoiets prachtigs kunt maken.' Ik kijk naar hem, wetend dat hij met gemak een doek kan schilderen dat even mooi en betekenisvol is als de schilderijen die hier hangen.

Hij haalt alleen zijn schouders op terwijl hij doorloopt naar het volgende. 'Afgezien van die paar tekenlessen op school heb ik al jaren niet meer geschilderd. Tegenwoordig geniet ik er vooral van, maar ik doe er zelf weinig mee.'

'Waarom niet? Waarom zou je zo'n talent niet benutten? Ik bedoel, het is toch een gave? Het heeft niks te maken met je onsterfelijkheid, want we hebben gezien wat er gebeurt als ik een penseel pak.'

Hij glimlacht en neemt me mee naar het volgende doek aan de andere kant van de ruimte. Het is een prachtig tafereel, *Jozef en de vrouw van Potifar*. Damens ogen nemen elke vierkante centimeter van het schilderij in zich op voor hij antwoord geeft. 'Om eerlijk te zijn is "machtig" niet echt het juiste woord. Ik kan je niet uitleggen hoe ik me voel met een penseel in mijn hand, een leeg canvas voor me en een palet vol verf. Zeshonderd jaar ben ik al onoverwinnelijk en ik ken het recept voor de drank die iedereen wel wil hebben!' Hij schudt zijn hoofd. 'Toch kan dat niet tippen aan het geweldige gevoel dat ik krijg tijdens het schilderen, als ik iets creëer waarvan ik weet dat het een meesterwerk is dat vele jaren later ook nog waarde heeft.'

Hij draait zich naar me om en drukt zijn hand tegen mijn wang. 'Dat dacht ik in elk geval tot ik jou ontmoette. Want die allereerste keer...' Zijn ogen kijken tot in mijn ziel. 'Niets is te vergelijken met de allereerste vonk die oversloeg.'

'Je bent toch niet vanwege mij gestopt met schilderen?' vraag ik verschrikt, hopend dat hij zijn carrière niet voor mij heeft opgegeven.

Hij schudt zijn hoofd en kijkt naar het schilderij voor hem. In gedachten lijkt hij alweer mijlenver te zijn. 'Nee, dat had niets met jou te maken. Het was meer... op een gegeven moment... werd ik wakker geschud door de werkelijkheid.'

Ik houd mijn hoofd schuin. Ik heb geen idee wat hij daarmee bedoelt of waar dit heen gaat.

'Het was een wrang besef dat ik misschien al veel eerder met je had moeten delen.' Hij zucht diep als hij naar me kijkt.

Een angstig gevoel bekruipt me en ik weet niet of ik het antwoord wil horen als ik vraag wat hij bedoelt. Ik zie in zijn ogen dat hij behoorlijk worstelt met de woorden.

'Het drong opeens tot me door wat het betekent om onsterfelijk te zijn, eeuwig te leven,' zegt hij met een droevige, sombere blik. 'Het lijkt oneindig, enorm, veelbelovend en grenze-loos. Tot je de waarheid erachter beseft. Je ziet al je vrienden ouder worden terwijl je zelf niet verandert. En dat alles vanaf een afstand, want zodra het verschil in uiterlijk en leeftijd te opvallend wordt, heb je geen keuze meer. Dan moet je wel verder, ergens anders naartoe en daar opnieuw beginnen. Elke keer weer.' Hij schudt zijn hoofd en slaakt een zucht. 'Dat maakt het dus elke keer onmogelijk om een relatie of vriendschap aan te gaan. En weet je wat ironisch is? We hebben ongelimiteerde toegang tot krachten en magie en toch moeten we de verleiding koste wat het kost weerstaan om een te grote verandering teweeg te brengen. Dat is de enige manier om niet op te vallen en onze geheimen te bewaren.'

'Want...?' spoor ik hem aan. Hij doet altijd zo geheimzinnig. Laat hem toch gewoon eens zeggen wat hij bedoelt! Vooral bij dit soort dingen; ik word er nerveus van.

'Als je dat soort aandacht trekt, zorg je ervoor dat je naam en gezicht in de geschiedenisboeken terechtkomen,' gaat hij verder. 'Dat kunnen we niet gebruiken. En terwijl iedereen om je heen ouder wordt en uiteindelijk doodgaat – Haven, Miles, Sabine en ja, zelfs Stacia, Honor en Craig – blijven jij en ik er al die tijd hetzelfde uitzien. Neem van mij aan dat het niet lang duurt voordat mensen doorhebben dat je geen spat veranderd bent sinds de eerste keer dat ze je ontmoetten. We kunnen het risico niet lopen dat we over vijftig jaar op straat herkend worden door een zeventigjarige Haven. Ons geheim mag absoluut niet ontdekt worden.'

Hij pakt me bij mijn polsen en staart me met zo'n intense blik aan dat ik zelfs kan voelen hoe zwaar die zeshonderd jaar op zijn schouders drukken. Zoals altijd zou ik niets liever doen dan hem van zijn zorgen afhelpen.

'Kun je je voorstellen wat er gebeurt als Sabine, Haven of Miles ontdekt hoe het zit? Wat ze zullen denken, zeggen of doen? Waarom denk je dat mensen als Roman en Drina zo ontzettend gevaarlijk zijn? Ze lopen te koop met wat ze zijn en trekken zich niets aan van de natuurlijke levensloop. Maar vergis je niet, Ever. Want die cyclus van leven en dood is er niet zomaar. Ik mag er zelf m'n neus voor opgehaald hebben toen ik jong was – zo vol van mezelf, zeker dat ik erboven stond – maar dat is nu niet meer zo. Uiteindelijk ontkom je er ook niet aan. Of je nu reïncarneert, zoals onze vrienden, of hetzelfde blijft, zoals wij – karma geldt voor iedereen. Nu ik heb meegemaakt hoe Schaduwland is, weet ik zeker dat de natuurlijke weg van leven en dood de enige juiste is.'

'Maar... als je dat gelooft... Wat betekent dat dan voor ons?' Ondanks de warmte van zijn handen voel ik een koude rilling langs mijn rug glijden. 'Ik bedoel, zoals jij het zegt moeten we ons gedeisd houden en ons eigen leven leiden, zonder onze magische gaven te gebruiken om iets groots teweeg te brengen. Maar hoe wordt je karma er dan beter van als je die gaven niet gebruikt om anderen te helpen? Vooral als ze toch niet weten dat het van jou komt?' Weer denk ik aan Haven en wat ik voor haar zou willen doen.

Ik ben nog niet uitgesproken, of Damen kijkt me al hoofdschuddend aan. 'Wat betekent het voor ons? Dan zijn we nog geen stap verder.' Hij haalt zijn schouders op. 'Voor altijd en eeuwig samen. Als we maar erg voorzichtig zijn en de amuletten blijven dragen. En die gaven... Het is ingewikkelder dan alleen veel goeds doen. Want wij kunnen iets beoordelen als goed of slecht, maar zo werkt karma niet. Het enige wat daar telt is het evenwicht. De weegschaal moet in balans blijven, meer is het niet. Als je zo graag alles wilt oplossen waarvan jij vindt dat het slecht of fout is, of lastig of niet naar wens, dan ontneem je een ander de kans om dat zelf te doen, om ervan te leren of er zelfs door te groeien. Sommige dingen – hoe pijnlijk ook – gebeuren nu eenmaal met een reden. Die is niet altijd even duidelijk. Vooral niet als je iemands geschiedenis niet kent – en dan bedoel ik hun hele geschiedenis, alle incarnaties bij elkaar. Daarom kun je niet zomaar ingrijpen en dingen veranderen, zelfs niet met de beste bedoelingen van de wereld. Je ontneem iemand een ervaring die ze nodig hebben en dat is niet goed.'

'Even voor alle duidelijkheid,' zeg ik redelijk fel. 'Haven komt bij me en zegt: luister, mijn kat gaat dood. Ik weet dat ik daar iets aan kan doen, maar dat mag niet omdat het te veel vragen oproept die ik niet kan beantwoorden en dat wekt argwaan. Oké, dat snap ik. Ik ben het er niet mee eens, maar ik snap het. Maar als ze zegt: mijn ouders gaan waarschijnlijk scheiden, dan moet ik verhuizen en ik heb het gevoel dat mijn hele wereld instort... Ze heeft geen idee dat ik de perfecte persoon ben om haar te helpen. Misschien kan ik sommige dingen wel terugdraaien of goedmaken, weet ik veel.' Ik voel me ontzettend gefrustreerd. 'Wat ik wil zeggen is: er gebeurt iets vreselijks met een van onze beste vrienden en dan zeg jij dat we geen vinger mogen uitsteken? Omdat we dan haar ervaring of haar karma verpesten of weet ik wat? Ik bedoel, hoe kan het nou goed zijn voor mijn karma als ik mijn gaven niet gebruik om anderen te helpen?'

'Ik raad je aan je erbuiten te houden,' zegt hij terwijl hij zich wegdraait van mij en naar het schilderij kijkt. 'Havens ouders blijven ruziën, wat je ook doet. Zelfs als je hun schulden op miraculeuze wijze aflost, in de hoop het huis te redden...' Ik krijg een strenge blik toegeworpen over zijn schouder. Hij weet dat dit mijn plan is. '... dan zullen ze het huis verkopen, de opbrengst verdelen en alsnog verhuizen.' Hij zucht en kijkt me aan. Op vriendelijke toon gaat hij verder. 'Ever, het spijt me. Ik wil niet overkomen als een verbitterde oude man, maar misschien ben ik dat ergens wel. Ik heb te veel gezien en te veel fouten gemaakt. Je hebt geen idee hoe lang het duurde voordat ik dit leerde. Je kent de uitdrukking "alles op zijn tijd" toch? Dat is echt waar. Dat wij alle tijd van de wereld hebben, hoeft niet iedereen te weten.'

'En hoeveel wereldberoemde schilders hebben jouw portret niet vereeuwigd? Hoeveel cadeautjes heb je ook alweer van Marie Antoinette gekregen?' Ik schud mijn hoofd. 'Ik durf te wedden dat die schilderijen lang genoeg mee zijn gegaan! En dat je naam vast wel ergens in een dagboek voorkomt! En vergeet je carrière als model in New York niet! Hoe zit het daarmee?'

'Ik ontken die dingen heus niet,' zegt hij gelaten. 'Ik was ijdel, zelfingenomen en een typische narcist. Het was de tijd van m'n leven.' Hij lacht en verandert even in de Damen die ik ken en van wie ik houd – de leuke, sexy Damen – het tegenovergestelde van deze boodschapper van het Grote Onheil. 'Maar onthoud dit: al die portretten waren een privéopdracht. Zelfs toen wist ik al dat ze niet in het openbaar mochten opduiken. Wat die modellencarrière betreft, dat waren maar een paar foto's voor een kleine reclamecampagne. De dag erna ben ik ermee gestopt.'

'Waarom ben je opgehouden met schilderen? Ik bedoel, dat is toch een mooie manier om zo'n ongewoon lang leven op te tekenen?' Ik word duizelig van deze discussie.

Hij knikt. 'Het probleem was dat mijn werk te bekend werd. Ik voelde me verheven en trots en geloof me dat ik er hoogmoedig van werd.' Hij laat een schamper lachje horen. 'Ik schilderde als een bezetene, volledig geobsedeerd. Ik deed niets anders meer. Zo bezat ik een enorme collectie die veel te veel aandacht trok. Ik realiseerde me het gevaar toen nog niet. Kort daarna...'

Ik kijk naar het visioen dat hij me laat zien. 'Kort daarna brak er brand uit,' fluister ik als ik de verwoestende oranje vlammen hoog de lucht in zie reiken.

'Alles werd vernietigd.' Hij knikt. 'Wat de buitenwereld betreft, kwam ik ook om in dat vuur.'

Ik hap naar lucht en kijk hem sprakeloos aan.

'Voor ze de vlammen konden doven, was ik al verdwenen. Ik heb heel Europa doorgereisd. Als een nomade vluchtte ik van de ene plek naar de andere. Ik heb mijn naam een paar keer veranderd, tot er genoeg tijd voorbij was gegaan en mensen hem niet meer herkenden. Uiteindelijk kwam ik terecht in Parijs, waar we elkaar voor het eerst ontmoeten, zoals je weet. De rest is bekend. Maar, Ever...' Hij kijkt me aan en hoopt het niet te hoeven zeggen. Ik vermoed wat er komt, maar ik wil het horen. 'Dit hele verhaal moet je één ding duidelijk maken. Over niet al te lange tijd moeten we vertrekken.'

Het verbaast me dat ik dit zelf niet eerder bedacht heb. Het ligt zo voor de hand en toch zag ik het niet. Ik heb het al die tijd weten te negeren, ik heb de andere kant op gekeken en gedaan alsof de regels voor mij niet gelden. Goede ontkenningsfase, hè?

'Je zult niet veel meer verouderen,' zegt hij strelend over mijn wang. 'En geloof me, het duurt niet lang voor je vrienden dat merken.'

'Toe, zeg.' Ik doe mijn best vrolijk te blijven klinken onder deze omstandigheden. 'We wonen in Orange County, hoor. Plastische chirurgie is hier heel normaal. Niemand wordt ouder. Echt. Niemand. Joh, we kunnen hier makkelijk de komende honderd jaar blijven wonen!' Ik lach geforceerd, maar als ik zie hoe Damen me onderzoekend aankijkt, besef ik dat de situatie ernstig genoeg is en een stom grapje niet helpt.

Ik loop naar de bank in het midden van de ruimte, ga zitten en verberg mijn gezicht in mijn handen. 'Wat moet ik tegen Sabine zeggen?' fluister ik zodra Damen naast me komt zitten en geruststellend een arm om mijn schouders slaat. 'Ik bedoel, ik kan mijn eigen dood niet in scène zetten. Dat forensisch onderzoek van tegenwoordig maakt het allemaal wat ingewikkelder dan in jouw tijd.'

'Dat zien we wel zodra het zover is,' zegt hij. 'Het spijt me. Ik had je dit veel eerder moeten vertellen.'

Als ik hem aankijk, weet ik dat het weinig uitmaakt. Eigenlijk helemaal niets, zelfs. Ik weet nog goed hoe hij me die dag vertelde over zijn onsterfelijkheid. Hij heeft voorzichtig uitgelegd dat ik nooit meer die brug naar het hiernamaals kan oversteken, nooit meer bij mijn familie zal zijn. En toch heb ik ja gezegd. De rest heb ik meteen uit mijn gedachten gewist. Ergens rekende ik erop dat er wel een uitweg zou zijn, dat ik er wel iets op zou verzinnen. Ik had mezelf van alles willen aanpraten als ik maar de rest van de eeuwigheid met hem kon delen. Dat is niet veranderd.

Ik weet niet wat ik tegen Sabine moet zeggen. Of hoe ik aan onze vrienden ga uitleggen dat we ons boeltje pakken en ervandoor gaan. Maar het enige wat voor mij telt is dat ik bij hem kan zijn. Alleen dan voel ik me compleet.

'We zullen een goed leven leiden, Ever. Dat beloof ik je. Je zult hebben wat je hartje begeert en je nooit vervelen. Niet met alle mogelijkheden die het leven ons biedt. Het enige punt is dat al onze relaties van korte duur zullen zijn – behalve die tussen ons. Daar valt niets aan te doen. Er is geen uitweg. Het is nu eenmaal zo.'

Ik haal diep adem en knik. Ik kan me nog herinneren hoe hij in het begin vertelde dat hij slecht was in afscheid nemen. Die gedachte hoort hij en hij grijnst. 'Ik weet het. Je zou denken dat je eraan gewend raakt, maar dat is niet zo. Meestal is het makkelijker om gewoon te verdwijnen en geen afscheid te nemen.'

'Voor jou misschien,' merk ik droogjes op. 'Maar niet voor de mensen die je achterlaat.'

Hij komt overeind van het bankje en trekt me mee. 'Ach ja, ik ben ijdel en egoïstisch, wat verwacht je nou van me?'

'Dat bedoel ik helemaal niet! Ik...'

'Kom op,' zegt hij. 'Je hoeft mij niet te verdedigen. Ik weet wat ik ben – althans, hoe ik ooit was.'

We lopen bij de schilderijen vandaan, maar ik wil nog niet weg. Nog eventjes. Iedereen die zijn grootste passie heeft opgegeven en is weggelopen zonder om te kijken, zoals hij, verdient een tweede kans.

Ik laat zijn hand los en knijp mijn ogen dicht. Ik laat een groot canvas verschijnen, met een verzameling penselen, een palet en diverse kleuren verf, samen met alles wat hij nog meer nodig kan hebben.

'Wat is dit nou?' Hij kijkt van de ezel naar mij.

'Wauw. Het is zeker lang geleden als je deze spullen al niet eens meer herkent,' lach ik.

Hij kijkt naar me door halfdichte ogen en ik doe mijn best terug te staren.

'Het leek me leuk voor je om te kunnen schilderen naast je vrienden.' Ik zie hoe hij een penseel van het tafeltje pakt en het omdraait in zijn hand. 'Je zei toch zelf dat we kunnen doen wat we maar willen? Dat de gewone regels voor ons niet meer gelden? Daarom kwamen we hier toch?'

Behoedzaam kijkt hij op, maar hij staat op het punt toe te geven.

'In dat geval,' ga ik verder, 'vind ik dat je iets moet schilderen. Hier, op deze plek. Maak iets moois, iets groots, iets eeuwigs. Wat je maar wilt. En als het klaar is, hangen we het aan de muur naast de werken van je vrienden. Maar uiteraard wel zonder het te signeren.'

Met een sprankelende blik kijkt hij me aan. 'Ik hoef allang geen erkenning meer voor mijn werk.'

'Mooi zo.' Ik knik naar het lege doek. 'Dan verwacht ik een schilderij vol inspiratie, zonder greintje ego.' Met een hand op zijn schouder geef ik hem een bemoedigend kneepje. 'Maar ik zou wel beginnen als ik jou was. Wij hebben alle tijd, maar deze nacht duurt niet lang meer.'

Vierentwintig

Met een hand tegen mijn borst gedrukt kijk ik sprakeloos van het schilderij naar Damen en weer terug. Er zijn geen woorden voor wat ik zie verschijnen. In geen enkele taal.

'Het is...' Ik voel me klein, onbetekenend en zo'n schilderij zeker niet waard. 'Het is zo prachtig! En zo... alles overtreffend, zo buitengewoon en...' Ik schud mijn hoofd. 'Dat ben ik toch niet?'

'Jawel hoor.' Hij lacht en kijkt me aan. 'Het is de personificatie van al jouw incarnaties. Een soort samenstelling van de diverse mensen die je de afgelopen vierhonderd jaar geweest bent. Het vurige haar en de blanke huid komen uit de Amsterdamse periode, je zelfvertrouwen en overtuiging van je tijd als puriteinse, je bescheidenheid en innerlijke kracht uit je zware leven in Parijs, de gedetailleerde jurk en flirterige blik zijn van het societymeisje uit Londen en je ogen...' Hij haalt zijn schouders op als hij naar me kijkt. 'Die zijn altijd hetzelfde gebleven. Onveranderd, eeuwig, hoe je er ook uitziet.'

'En nu?' Ik neem alle details van het canvas en het stralende, lichtgevende, schitterende figuur met vleugels in me op. Net een godin die uit de hemel komt vol geschenken voor de aarde. Ik weet dat het waarschijnlijk de mooiste tekening is die ik ooit

194

heb gezien, maar ik bevat nog steeds niet dat ik naar mezelf kijk. 'Welk deel van mij is zoals ik nu ben? Behalve de ogen, dus.'

Hij grijnst. 'De doorzichtige vleugels, natuurlijk.'

Het klinkt als een geintje, maar zijn gezicht staat serieus.

'Je weet het zelf niet,' zegt hij knikkend. 'Maar geloof me, ze zitten er. Het is een godsgeschenk om jou eindelijk in mijn leven te hebben – een geschenk dat ik vast niet verdien – en ik ben er elke dag dankbaar voor.'

'Toe nou. Zo goed of vriendelijk of geweldig ben ik echt niet, laat staan zo engelachtig als jij denkt.' Ik schud mijn hoofd. 'Vooral de laatste tijd niet, dat weet je best.' Het liefst zou ik het schilderij in mijn kamer ophangen en er elke dag naar kijken, maar ik weet hoe belangrijk het is om het doek hier achter te laten.

'Weet je het zeker?' Hij kijkt van zijn schilderij naar de werken van zijn vrienden aan de muur.

'Absoluut.' Ik knik. 'Stel je alle chaos eens voor als ze dit hier morgen professioneel ingelijst aan de muur vinden. Een goed soort chaos, natuurlijk. Denk eens aan alle mensen die ze zullen bellen om het te bestuderen, om erachter te komen waar het vandaan komt, hoe het hier terecht is gekomen en wie het geschilderd kan hebben.'

Hij knikt en kijkt nog een keer aandachtig naar zijn werk voor hij zich omdraait. Ik pak zijn hand net op tijd vast en trek hem naar me toe. 'Hé, niet zo snel. Moeten we het niet een naam geven? Met zo'n mooi bronzen plaatje, net als alle andere?'

Damen werpt een blik op zijn horloge en is afgeleid door wat hij ziet. 'Ik ben nooit goed geweest in het bedenken van titels voor mijn werk. Ik koos altijd voor iets makkelijks. Je weet wel: *Schaal met fruit*, *Rode tulpen in blauwe vaas*, dat soort dingen.'

'Het lijkt me geen goed idee om het *Ever met vleugels* te noemen, of *Engelachtige Ever* of zo. Stel je voor dat iemand me herkent. Maar wat dacht je van iets... ik weet niet... iets sprookjesachtigs? Minder letterlijk, meer figuurlijk.' Ik houd mijn hoofd schuin en kijk naar hem tot hij met iets komt.

'Heb je suggesties?' Hij kijkt me kort aan, maar zijn gedachten schieten alweer ergens anders naartoe.

'Wat vind je van *De betovering* of *Betoverd*, iets in die trant misschien?' Ik pers mijn lippen op elkaar.

'*De betovering*?' Hij draait zich om.

'Nou ja, je staat toch echt onder invloed van een toverspreuk als je denkt dat zij op mij lijkt, zeg.' Ik lach en zie een glinstering in zijn ogen verschijnen als hij meelacht.

'Oké, dan wordt het *De betovering*.' Hij knikt, nu weer zakelijk. 'Maar dat plaatje moet er wel snel komen. We hebben niet veel...'

Ik knik, sluit mijn ogen en stel me het bronzen naamplaatje voor. Vlug fluister ik: 'Wat zullen we erbij zetten voor de kunstenaar? Anoniem of onbekend?'

'Maakt niet uit,' zegt hij vlug en kortaf. Blijkbaar heeft hij haast.

Ik kies voor 'onbekend' omdat ik dat beter vind klinken. Net als ik naar voren leun om mijn werk te inspecteren en vraag wat hij ervan vindt, pakt hij mijn hand vast. 'Ik vind dat we moeten opschieten!'

We hollen zo snel dat onze voeten de grond nauwelijks raken. Eerst door een lange serie gangen, dan de trap af alsof het slechts een lichte helling is. De voordeur is al in zicht, maar opeens wordt de hele ruimte felverlicht en het alarm klinkt.

'O mijn god!' roep ik in paniek uit terwijl hij nog sneller begint te rennen.

Met rauwe, schorre stem zegt hij: 'Zo lang had ik helemaal niet willen blijven. Ik... ik wist niet...' Hij blijft staan zodra we het stalen hekwerk voor de voordeur naar beneden zien zakken.

Ik draai me naar hem toe met het zweet in mijn handen. Ik hoor voetstappen en er klinkt geschreeuw achter ons. Zonder iets te zeggen sta ik naast hem. Ik kan me niet bewegen, niets roepen. Hij heeft zijn ogen stijf dicht in een poging het ingewikkelde alarmsysteem uit te schakelen.

Maar daar is het te laat voor. Ze zijn er al. Dus houd ik mijn handen in de lucht om me over te geven, in afwachting van wat er gaat gebeuren. Op dat moment schuift het stalen hekwerk terug omhoog en iemand trekt me mee de deur uit en naar de bloemenvelden van Zomerland.

Althans, ik stelde me Zomerland in gedachten voor.

Damen dacht aan de auto, waar we veilig in zouden zitten, op weg naar huis.

Met als resultaat dat we nu in het midden van een drukke autoweg staan, waar de ene auto na de andere toeterend en slingerend voorbijschiet. We krabbelen overeind en haasten ons naar de vluchtstrook. Daar kijken we ter oriëntatie goed om ons heen.

'Volgens mij is dit niet Zomerland,' zeg ik met een blik naar Damen. Die begint zo aanstekelijk te lachen dat ik me gewonnen geef. Met z'n tweetjes zitten we ineengedoken langs een autoweg die vol ligt met afval. Geen idee waar we zijn, maar we liggen helemaal dubbel.

'Dat noem ik nog eens de sleur doorbreken!' roept hij uit met schokkende schouders.

'Het bezorgde me zowat een rolberoerte, zeg. Ik dacht echt even dat we...' Ik hap hoofdschuddend naar adem.

'Nou, hoor.' Hij trekt me naar zich toe. 'Ik heb je toch beloofd dat ik altijd voor je zal zorgen en dat je nooit iets zal overkomen?'

Dat kan ik me goed herinneren, maar de afgelopen paar minuten staan nog op mijn netvlies gebrand. 'Wat denk je van een auto? Een auto is op dit moment geen slecht idee, hè?'

Hij sluit zijn ogen en transporteert de BMW vanaf de plek waar we hem achterlieten hierheen. Of misschien is het wel een gloednieuwe, weet ik veel. Ze zien er in elk geval precies hetzelfde uit.

'Wat moeten die bewakers niet denken als eerst wij in rook opgaan en daarna ook de auto?' Hij houdt het portier voor me open. Dan roept hij opeens: 'De camera's!' Hij doet vlug zijn ogen dicht en zorgt voor dat losse eindje.

Ik kijk hoe hij invoegt in het drukke verkeer met een blije, brede grijns op zijn gezicht. Hij heeft het enorm naar zijn zin. Volgens mij vond hij die laatste paar minuten vol gevaar nog leuker dan het schilderij.

'Het is lang geleden dat ik zoveel risico liep,' zegt hij met een blik opzij. 'Maar daarvoor ben jij wel deels verantwoordelijk. Jij zorgde ervoor dat ik bleef hangen.'

Ik kijk naar hem, van top tot teen, met alle aandacht. Mijn hartslag zakt misschien nooit meer naar een normaal ritme, maar het is veel te lang geleden dat ik hem zo meemaakte – zo blij, zonder zorgen, zo roekeloos. Precies zoals hij was toen ik verliefd werd.

'Wat gaan we nu doen?' Hij slingert om andere weggebruikers heen en legt een hand op mijn knie.

'Eh... naar huis?' Ik kijk hem verbaasd aan. Wat heeft hij nog meer in gedachten?

Zo te merken is hij overal voor in. 'Weet je dat zeker?' vraagt hij dan ook. 'We kunnen zo lang wegblijven als we willen. Anders verveel je je straks weer.'

'Ik denk dat ik verveling onderschat heb,' lach ik. 'Ik begin te begrijpen dat saai niet altijd slecht hoeft te zijn.'

Damen knikt, leunt naar me toe en drukt zijn lippen op mijn wang. Zodra hij zijn ogen van de weg heeft, knalt hij bijna achter op een Escalade.

Ik lach en duw hem terug achter het stuur. 'Alsjeblieft, zeg. We hebben al ons geluk voor vandaag wel opgebruikt.'

'Zoals je wilt.' Hij glimlacht, geeft een kneepje in mijn been en kijkt weer voor zich naar de rest van het verkeer als we terugrijden naar huis.

Vijfentwintig

Ik had gehoopt weg te zijn tegen de tijd dat Munoz langskwam om Sabine op te halen. Maar zodra ik de oprit op kom en in de achteruitkijkspiegel kijk, zie ik hem vlak achter me verschijnen.

Te vroeg.

Tien minuten te vroeg, zelfs.

Precies die tien minuten waarin ik dacht naar huis te racen, gepaste, donkere kleding aan te trekken en vlug weer door te gaan naar Havens voortuin waar ze een begrafenisceremonie houdt voor Charm.

'Ever?' Hij stapt uit zijn glimmende Prius, rammelt met zijn sleutelbos en kijkt naar me door toegeknepen ogen. 'Wat doe jij hier?' Hij houdt zijn hoofd schuin als hij naar me toe loopt. Meteen word ik omringd door een wolk van Axe-bodyspray.

Ik slinger mijn tas over mijn schouder en smijt het portier harder dicht dan ik van plan was. 'Tja, dat is grappig... ik eh... ik woon hier.'

Hij kijkt me aan zonder te bewegen en even vraag ik me af of hij me wel hoorde. 'Je woont hier?' herhaalt hij dan.

Ik knik en wil er verder niet op ingaan.

'Maar...' Hij kijkt om zich heen naar de stenen gevel, het trapje naar de voordeur, het versgemaaide gras van het gazon en de bloembedden waarin planten vol knoppen staan. 'Maar dit is toch Sabines huis, of niet?'

Heel even aarzel ik. Zal ik het doen? Zal ik zeggen dat dit nep-Toscaanse optrekje in Laguna Beach niet is waar Sabine woont? Dat hij zich heeft vergist en per ongeluk bij mijn huis terecht is gekomen?

Net als ik ervoor wil gaan, komt Sabine zelf aan. Ze springt vol enthousiasme uit haar auto en roept: 'O, Paul, sorry dat ik zo laat ben! Het was een gekkenhuis op kantoor en telkens als ik weg wilde gaan, kwam er weer iets tussen...' Ze schudt haar hoofd en kijkt vervolgens naar hem met een veel te flirterige blik voor een eerste afspraakje. 'Geef me een minuutje, dan ren ik vlug naar boven. Dan kunnen we daarna zo gaan, het duurt niet lang.'

Ik denk alleen maar: Paul?

Als ik zo van de een naar de ander kijk, valt het me op hoe blij Sabine is en hoe zangerig haar stem klinkt. Dat is een slecht teken en het bevalt me niets. Het is te intiem, te direct. Eigenlijk zou ze hem meneer Munoz moeten noemen, net als wij op school. Al is het maar tot na de eerste date. Want daarna besluiten ze toch dat het bij één keertje blijft... toch?

Hij glimlacht en laat zijn handen door zijn wat lange, golvende bruine haar glijden als een echte charmeur. Oké, voor een leraar heeft hij echt een geweldige bos haar, maar daarom hoeft hij er nog niet zo mee te koop te lopen.

'Ik ben wat te vroeg,' zegt hij zonder haar blik los te laten. 'Dus neem alle tijd die je maar nodig hebt. Ik praat wel eventjes met Ever.'

'Ah, dus jullie hebben elkaar al leren kennen,' zegt ze en ze laat haar uitpuilende koffertje tegen haar heup rusten als ze ons aankijkt.

Ik schud mijn hoofd en roep heel hard 'Nee!' voor ik er iets aan kan doen. Of ik nou nee zeg als antwoord op haar vraag of als reactie op de hele situatie, weet ik niet goed. Maar dan nog

– het is eruit, een ondubbelzinnige ontkenning die ik niet van plan ben terug te nemen. 'Ik bedoel... ja, we hebben elkaar ontmoet... nu net, een minuutje geleden.' Ze kijken me allebei onzeker aan. 'Ik eh... ik bedoel dat we elkaar daarvoor nog niet kenden, of zoiets.' Ja, dat maakt het echt stukken duidelijker, nou goed? 'Maar eh... hij heeft gelijk. Ga jij maar naar binnen om je klaar te maken voor je date en...' Ik wijs met mijn duim in Munoz' richting zonder zijn naam te zeggen. Ja, kom even, ik ga toch echt geen Paul zeggen, hoor! 'Wij wachten hier wel tot je klaar bent.' Ik glimlach en hoop hem op die manier in elk geval buiten te kunnen houden, op de oprit, zo ver mogelijk van mijn kamer vandaan.

Sabines manieren zijn natuurlijk beter dan de mijne. Ze schudt haar hoofd al voor ik uitgepraat ben. 'Doe niet zo mal. Kom binnen en ga even zitten. O, en Ever, je kunt gerust alvast een pizza of iets bestellen – ik heb geen tijd gehad ook nog langs de winkel te gaan.'

Ik kom langzaam achter ze aan gesloft zonder al te opvallend te treuzelen. Enerzijds is het uit protest, anderzijds omdat ik liever niet tegen een van hen aan loop. Ik weet niet goed of ik mijn kwantumafstandsbediening kan vertrouwen en ik zit niet te wachten op een sneakpreview van hun date.

Terwijl Sabine de voordeur opent met haar sleutel, werpt ze een blik over haar schouder naar mij. 'Ever? Is dat goed? Vind je het goed om pizza te bestellen?'

Ik haal mijn schouders op en denk aan de twee vegetarische pizzapunten die Jude voor me had laten liggen. Die heb ik in kleine stukjes gescheurd en door de wc gespoeld zodra hij weg was. 'Ik zie wel. Ik heb op m'n werk ook al wat gegeten.' Ik kijk haar aan en hoop dat dit het perfecte moment is om daarover te beginnen. Ze gaat vast niet tekeer zolang Munoz (Paul!) erbij is.

'Heb je een baan?' Met grote ogen en haar mond half open gaapt ze me aan in de deuropening.

'Uh-huh.' Ik trek mijn schouders naar voren en begin al aan

mijn arm te krabben zonder dat het jeukt. 'Had ik dat nog niet verteld?'

'Nee.' De blik waarmee dat gepaard gaat zegt genoeg – en belooft weinig goeds. 'Nee, dat heb je me beslist nog niet verteld.'

Nonchalant pluk ik aan de rand van mijn shirt alsof het me weinig interesseert. 'Nou ja, dan weet je het nu. Ik heb een echte, betaalde baan.' Gevolgd door een lachje dat zelfs in mijn oren nep en nerveus klinkt.

'En waar komt dit zogenaamde baantje opeens vandaan?' Ze praat nu zachter en lager terwijl ze Munoz in de gaten houdt, die doorloopt naar de zitkamer. Misschien dat hij zo de gespannen sfeer wil ontlopen die nu dankzij mij in de lucht hangt. Goed gedaan, Ever!

'In het centrum. Bij een winkel waar ze boeken verkopen. En zo.'

Ze knijpt haar ogen tot spleetjes.

'Luister,' zeg ik dan. 'Kunnen we het hier niet een andere keer over hebben? Ik wil echt niet dat jullie te laat zijn voor je reservering.' Ik kijk naar de kamer waar Munoz wat ongemakkelijk ineengedoken op de bank zit.

Daarna kijkt Sabine in die richting, met een ernstige blik. Haar stem is nog steeds laag, maar nu ook dringend. 'Ik vind het leuk voor je dat je een baantje hebt gevonden, Ever. Echt waar. Maar ik had het prettig gevonden als je het me had verteld. Nu moeten we op kantoor op zoek naar iemand anders...' Ze schudt haar hoofd. 'Goed, we hebben het hier later nog wel over. Vanavond. Zodra ik terug ben.'

Dolblij te horen dat Sabine geen plannen heeft om tot de volgende ochtend bij Munoz te blijven, kijk ik haar aan en leg dan uit: 'Het zit zo... Havens kat is overleden en ze houdt een begrafenisceremonie. Ze is echt heel erg overstuur en het kan vrij laat worden vanavond. Dus...' Ik laat de rest van de zin in de lucht hangen, zodat Sabine zelf de rest kan bedenken.

'Oké, dan wordt het morgen.' Ze draait zich om. 'Ga nu maar even met Paul kletsen zodat ik me kan verkleden.'

Ze holt de trap op en het koffertje zwabbert naast haar. Terwijl ik haar hakken nog hoor klikken, loop ik naar de zitkamer, waar ik achter een grote, brede stoel ga staan. Ik kan bijna niet geloven dat dit allemaal echt gebeurt.

'Voor alle duidelijkheid: ik ga dus echt geen Paul zeggen, hoor.' Munoz draagt designerjeans met zijn shirt er losjes overheen. Ook valt me zijn hippe horloge op en de schoenen die veel te cool zijn voor een leraar.

'Gelukkig maar.' Hij grijnst gemakkelijk en soepeltjes terwijl hij me aankijkt. 'Anders wordt het wel heel raar op school.'

Ik slik en frunnik aan de stoelleuning. Wat moet ik nu zeggen? Mijn leven is de laatste tijd al buitengewoon genoeg, maar een gezellig kletspraatje met mijn geschiedenisleraar, die ook nog eens een van mijn grootste geheimen kent, maakt het er niet beter op.

Het lijkt erop alsof ik de enige ben die zich ongemakkelijk voelt. Munoz zit er ontspannen bij, achterovergeleund tegen de bank met zijn enkel rustend op de knie van zijn andere been. Alsof hij zich al thuis voelt. 'Wat is je relatie tot Sabine precies?' vraagt hij terwijl hij zijn armen spreidt en op de leuning laat rusten.

'Ze is mijn tante.' Ik kijk naar zijn gezicht, op zoek naar tekenen van ongeloof, verbazing, verrassing of wat dan ook, maar hij vindt het blijkbaar interessant. 'Ze is mijn wettige voogd sinds mijn ouders zijn overleden.' Ik haal mijn schouders onbewust op en kijk hem aan.

'Dat wist ik niet. Wat erg...' Hij trekt zijn neus omhoog en zijn stem sterft weg om plaats te maken voor een sombere stilte.

'Mijn zusje is ook dood,' zeg ik knikkend. Ik kan nu niet meer stoppen. 'En Buttercup ook. Onze hond.'

'Ever...' Hij schudt zijn hoofd zoals mensen altijd doen wanneer ze geen idee hebben hoe jij je moet voelen. 'Ever, ik...'

'Ik ook, trouwens,' val ik hem in de rede. Ik wil zijn voorzichtige medeleven niet horen, de condoleances, het zoeken naar de juiste woorden. Er zijn geen juiste woorden. 'Ik ben doodgegaan, net als zij, maar het duurde maar een paar seconden. Toen werd ik...' Tja, wat moet ik nu zeggen? Teruggebracht? Weer tot leven gewekt? Onsterfelijk gemaakt met behulp van een elixir? Ik schud mijn hoofd. 'Nou ja, toen werd ik wakker.' Waarom vertel ik hem dit eigenlijk allemaal?

'En sindsdien ben je helderziend?' Hij kijkt me strak aan.

Pas als ik er zeker van ben dat er niemand de trap af komt, dat Sabine niet in de buurt is, kijk ik Munoz weer aan en ik knik.

'Dat gebeurt wel eens,' zegt hij zonder verbazing, maar ook niet oordelend. Het klinkt vooral feitelijk. 'Ik heb erover gelezen. Het gebeurt vaker dan je denkt. Vrij veel mensen komen na zo'n ervaring toch een beetje anders terug.'

Ik staar naar de zitting van de stoel en laat mijn vingers langs een van de stiknaden glijden. Zijn woorden doen me goed, maar ik weet niet wat ik moet zeggen.

'Als ik je zo zie pulken aan de stoel en elke vijf seconden zie omkijken naar de trap, gok ik dat Sabine het niet weet?'

Ik kijk op en probeer het luchtig te houden. 'Ha, wie van ons is er nou helderziend?'

Hij grijnst alleen maar en laat zijn ogen over mijn gezicht gaan met een heel andere, begripvolle blik. Alles beter dan het medelijden dat er tot nu toe op af te lezen viel.

Zo blijven we een tijdje doorgaan. Hij kijkt naar mij, ik staar naar de stoel en de stilte in de kamer wordt steeds erger. Na een zucht zeg ik: 'Geloof me, Sabine zou het niet begrijpen. Ze...' Ik graaf de neus van mijn schoenen in het dikke tapijt. Ik moet dit kwijt, maar ik weet niet hoe. 'Begrijp me niet verkeerd, hoor, ze is echt fantastisch en geweldig. Superslim en een succesvol jurist en zo... Maar het is gewoon...' Ik kijk even naar het plafond. 'Laat ik het zo zeggen: ze houdt ervan alles zwart of wit te hebben. De grijze gebieden daartussenin, daar heeft ze weinig mee.' Ik pers mijn lippen op elkaar en kijk de andere kant op. Dit was wel weer genoeg zo. En toch moet ik nog één dingetje kwijt. 'Vertel het haar alsjeblieft niet – over mij. *Please?* Is dat goed?'

Ik kijk hem aan en houd mijn adem in terwijl hij erover na

lijkt te denken. Hij neemt er zijn tijd voor, want ik hoor Sabine al de trap af komen. Ik kan de spanning bijna niet meer aan, maar dan zegt hij eindelijk iets. 'Laten we een deal sluiten. Jij stopt met spijbelen en ik hou mijn mond. Wat zeg je daarvan?'

Wat zeg ik daarvan? Serieus? Dit is chantage!

Ik bedoel, het is in dit geval nogal lastig voor mij – ik ben de enige die iets te verliezen heeft in deze afspraak. Maar toch. Met een zijlingse blik zie ik dat Sabine nog even bij de spiegel blijft staan om haar tanden te controleren op lippenstiftvlekken. Ik draai me terug naar Munoz. 'Wat maakt het nou uit? We hebben nog maar een week te gaan en we weten allebei dat ik een hoog cijfer krijg.'

Hij knikt en komt vast overeind van de bank. Zijn grijns wordt breder zodra hij Sabine ziet. Tegen mij zegt hij dan nog: 'Daarom heb je vast geen goede reden om niet te gaan. Nietwaar?'

'Waarheen niet?' Sabine ziet er veel te geweldig uit met haar smoky eyes, haar blonde haren vol volume en een outfit waarvoor Stacia Miller een nier zou verkopen als ze twintig jaar ouder was.

Ik wil iets zeggen, bang dat Munoz me anders meteen verraadt, maar hij is me te snel af. Zijn krachtige stem is harder dan de mijne. 'Ik zei net tegen Ever dat ze vooral moet gaan als ze plannen heeft. Ze hoeft me niet te vermaken tot we weg kunnen.'

Sabine kijkt heen en weer tussen ons en laat haar blik dan op 'Paul' rusten. Het voelt goed haar een keer zo ontspannen en gelukkig te zien, enthousiast voor een leuke avond. Dan legt hij zijn hand op haar onderrug en hij leidt haar naar de voordeur. Mijn maag draait zich bijna om.

Zesentwintig

Als ik eindelijk aankom bij Havens huis, is iedereen al aanwezig. Haven staat vlak bij het raam waar ze haar kat voor het eerst heeft gevonden en deelt een paar herinneringen met de rest. Tegen haar borst houdt ze een kleine urn geklemd.

'Hoi,' fluister ik tegen Damen als ik naast hem kom staan. Ik zie dat de tweeling er ook is. 'Heb ik veel gemist?'

Hij glimlacht en beantwoordt de vraag telepathisch. Een paar tranen, enkele gedichten... Hij haalt zijn schouders op. Ze zal het je vast wel een keer vergeven dat je te laat bent. Ooit.

Ik knik en wil Damen laten zien waarom ik te laat ben. De hele voorstelling van thuis projecteer ik in volle glorie, direct vanuit mijn gedachten naar hem. Ondertussen zie ik Haven Charms as verstrooien over de grond.

Hij slaat een arm om mijn middel en weet me op zijn speciale manier gerust te stellen. Heel eventjes verschijnt een boeketje rode tulpen in mijn hand, maar hij zorgt er ook voor dat het even vlug weer is verdwenen, voor iemand het merkt.

Was het echt zo erg? denkt Damen terwijl Haven de urn overhandigt aan haar broertje Austin. Hij trekt zijn neus omhoog en gluurt nieuwsgierig in de pot.

Nee, veel erger nog, antwoord ik. Waarom heb ik in hemelsnaam al mijn geheimen aan Munoz verteld? Uitgerekend aan hem?

Ik doe een stap naar hem toe en leg mijn hoofd op zijn schouder. Wat doet de tweeling hier eigenlijk? vraag ik hem stilletjes. Ze vonden het toch zo eng om naar buiten te gaan?

De meisjes staan bij Haven. Twee identieke gezichtjes met grote, droevige ogen en hun pony zo kaarsrecht dat hij met een scheermesje gesneden moet zijn. Maar daar houdt de gelijkenis dit keer op. Ze hebben hun gebruikelijke kostschooluniformen verruild voor een nieuwe outfit. Romy kiest voor het doorsnee Amerikaanse meisje dat winkelt bij J. Crew. Rayne houdt blijkbaar meer van Hot Topic als ik haar punkrockachtige, zwarte mini-jurkje zie met de zwarte panty vol zogenaamde scheuren en de Mary Jane-schoenen met gigantische plateauzolen. Alleen geloof ik geen moment dat ze een voet in die winkels hebben gezet. Niet als Damen alles kan manifesteren wat ze maar wensen.

Hij schudt zijn hoofd en trekt me dichter tegen zich aan terwijl hij telepathisch antwoord geeft. Nee, denkt hij, dat is dus niet zo. Langzaam durven ze naar buiten. Ze zijn benieuwd naar de wereld buiten de tv, de tijdschriften en het hek van mijn woonwijk in Crystal Cove. Geloof het of niet, maar ze hebben die kleren helemaal zelf uitgekozen – en er zelfs voor betaald. Uiteraard wel met geld dat ze van mij hebben gekregen. Hij glimlacht en kijkt me aan. Maar stel je eens voor, Ever, gisteren naar het winkelcentrum, vandaag Charms begrafenis en morgen... wie zal 't zeggen?

Terwijl Haven haar afscheidswoorden uitspreekt voor een kat die niemand hier echt kende, draait Damen zich met een vrolijke blik naar me toe.

'Hadden we niet iets mee moeten nemen?' fluister ik. 'Bloemen of zo?'

'Dat hebben we ook.' Damen knikt en buigt dichter naar me toe. In mijn oor fluistert hij: 'We hebben niet alleen dat boeket meegebracht dat daar staat,' hij wijst naar een enorm boeket voorjaarsbloemen, 'we hebben ook nog eens een grote, maar anonieme, donatie gedaan aan de dierenbescherming. Speciaal ter nagedachtenis aan Charm. Ik dacht dat ze dat wel zou waarderen.'

'Hmm... anoniem anderen helpen?' Ik kijk naar de half opgetrokken wenkbrauw, de ronde vorm van zijn lippen en zou ze het liefst tegen de mijne drukken. 'Ik dacht dat je daarop tegen was?'

Hij kijkt me niet-begrijpend aan en heeft blijkbaar niet door dat het sarcastisch bedoeld is. Net als ik dat wil rechtzetten, komt Josh op ons af.

Hij werpt vlug een blik op Haven om zeker te zijn dat ze hem niet hoort. 'Luister, ik heb jullie hulp nodig. Ik heb iets stoms gedaan.'

'Wat dan?' Ik tuur naar hem, al zie ik het antwoord net in mijn hoofd verschijnen.

Hij duwt zijn handen diep in zijn zakken en de zwartgeverfde plukken van zijn haar vallen in zijn ogen terwijl hij naar zijn schoenen staart. 'Ik heb een jong katje voor haar gekocht. Een van de anderen uit mijn band... nou ja, zijn vriendin zat net met een heel nest jonkies en ik dacht dat het Haven zou helpen over Charm heen te komen. Dus koos ik de zwarte uit. Maar nu wil ze niet eens meer met me praten. Ze zegt dat ik er niets van begrijp. Ze is echt kwaad.'

'Ze draait vast wel weer bij als je haar wat tijd geeft. Dan zal ze...'

Josh schudt zijn hoofd. 'Geloof je het zelf? Heb je niet gehoord wat ze zei?' Hij kijkt van mij naar Damen. 'Dat ze maar bleef herhalen dat Charm uniek was en niets haar kan vervangen?' Hij wendt zijn blik af en schudt zijn hoofd opnieuw. 'Dat was allemaal tegen mij gericht, dat weet ik zeker.'

'Maar zo voelt iedereen zich nadat ze een huisdier hebben verloren. Misschien als je...' Ik wacht als ik de verslagenheid op zijn gezicht zie. Mijn preek heeft duidelijk geen zin.

'Nee, echt niet.' Hij trekt zijn schouders omhoog en kijkt nog een keer naar haar. Hij voelt zich verloren. 'Ze meende elk woord. Ze is verdrietig vanwege Charm, maar ook kwaad op mij. En nu heb ik een katje op de achterbank van mijn auto en geen idee wat ik met haar aan moet. Ik kan het beestje niet mee naar huis nemen, dan vermoordt mijn moeder me. Miles kan haar niet meenemen vanwege dat hele Italië-gedoe. Dus ik hoop eigenlijk dat jullie haar willen adopteren.' Hij kijkt ons stil, maar smekend aan.

Ik haal diep adem en kijk naar de tweeling. Ik zag hoe ze op Charm reageerden; die meisjes willen niets liever dan hun eigen huisdier. Maar wat moet ik met de kat als hun magie weer werkt en ze teruggaan naar Zomerland? Kunnen ze het beestje dan meenemen? Of wordt het dan mijn verantwoordelijkheid?

Dan draaien de meisjes zich om. Romy vertoont een glimlach, Rayne haar eeuwige frons. Ik kan alle hulp gebruiken als ze me ooit weer aardig moeten vinden. Een lief, klein katje is alvast een goed begin.

Als ik Damen aankijk, zie ik dat hij er precies hetzelfde over denkt.

Dus lopen we met Josh mee naar zijn auto. 'Laat haar maar eens zien.'

'O mijn god, meen je dat echt? Mogen we haar houden? Echies waar?' Romy houdt het kleine katje in haar armen en kijkt met grote ogen van mij naar Damen.

Hij knikt. 'Ze is helemaal van jullie. Dus zeg maar dank je wel tegen Ever, niet tegen mij. Het was haar idee.'

Romy kijkt naar mij met een brede grijns over haar hele gezicht. Rayne trekt alleen een scheve mond en tuit haar lippen alsof ze niet gelooft dat het waar is.

'Hoe zullen we haar noemen?' Eerst kijkt Romy nog naar ons, maar de vraag is vooral aan haar zusje gericht. 'En zeg nou niet meteen Jinx de tweede of Jinx kwadraat of zoiets, want dit schattige beestje verdient een nieuwe naam.' Ze drukt het katje tegen zich aan en plant een dikke kus boven op haar kleine, zwarte koppie. 'Ze verdient trouwens ook een veel beter lot dan de eerste Jinx.'

Als ik op het punt sta een van de twee te vragen wat er gebeurd is, zegt Rayne: 'Dat is allemaal oud nieuws. Maar Romy heeft gelijk, we moeten een perfecte naam vinden. Iets wat krachtig is, maar ook mystiek – iets wat echt goed past bij een katje als dit.'

Met z'n vieren denken we na, elk op ons eigen plekje op een stoel of bank in Damens veel te grote zitkamer. Mijn benen liggen over die van Damen heen en we delen een kussen. Samen laten we een lijst namen door ons hoofd gaan. 'Wat vinden jullie van Luna?' Ik kijk naar de zusjes en hoop dat ze het net zo'n leuke naam vinden als ik. 'Je weet wel, het Latijnse woord voor maan?'

'Doe me een lol.' Rayne rolt met haar ogen. 'We weten heus wel wat luna betekent. Sterker nog, ik durf te wedden dat wij veel beter Latijn kunnen dan jij.'

Ik knik en doe mijn best rustig en kalm te blijven en niet te reageren op haar vinnige opmerking. 'Ik dacht gewoon omdat katten verbonden zijn met de maan en zo...' Eén blik op haar gezicht vertelt me dat ik net zo goed kan zwijgen. Ze is er bij voorbaat op tegen.

'Vroeger werd inderdaad beweerd dat katten de kinderen van de maan waren,' brengt Damen naar voren. Niet alleen om mij te redden, maar ook om te bewijzen dat ik heus wel wat respect verdien. 'Net als de maan komen ze vooral 's nachts tot leven.'

'Misschien kunnen we haar dan Moon Child noemen,' stelt Rayne voor. En dan heftig knikkend: 'Ja, dat wordt het! Moon Child. Dat is zóveel beter dan Luna!'

'Nietes.' Romy kijkt omlaag naar het katje dat op haar schoot in slaap is gevallen en ze kriebelt op de plek tussen haar oren. 'Moon Child klinkt voor geen meter. Het is onhandig, een hele mond vol. Een naam moet maar één woord zijn. En dit katje ziet er volgens mij echt als een Luna uit. Ja, Luna. Dus dat wordt 't?'

Ze kijkt ons beurtelings aan. Drie hoofden knikken enthousiast en de vierde houdt koppig vol alleen maar om mij dwars te zitten.

'Sorry, Rayne.' Damen pakt mijn hand vast met het dunne laagje pulserende energie tussen ons in. 'Ik ben bang dat de meerderheid beslist in dit geval.' Hij knikt en manifesteert een prachtig, fluwelen halsbandje in een mooie, donkerpaarse kleur dat meteen om Luna's nek hangt. Romy en Rayne happen naar lucht en hun ogen glinsteren als er twee tellen later een bijpassend fluwelen mand verschijnt. 'Leg haar er maar meteen in,' zegt hij.

'Ja, maar, we zitten net zo gezellig samen!' protesteert Romy, die haar nieuwe huisdier niet los wil laten.

'Dat kan wel zijn, maar het is tijd voor jullie volgende les.'

De tweeling kijkt elkaar aan, waarna ze tegelijk overeind komen. Samen leggen ze Luna voorzichtig in haar nieuwe mand en blijven nog even bij haar staan kijken. Ze willen zeker weten dat het katje diep in slaap is voor ze zich tot Damen wenden, klaar voor hun les. Ze gaan tegenover hem zitten met gekruiste enkels en hun handen netjes op schoot. Zo braaf en gehoorzaam heb ik ze nog nooit meegemaakt, maar ze zijn klaar voor wat Damen hun nu wil vertellen.

Terwijl ik mijn benen optil, stuur ik hem een telepathisch berichtje. Wat gaan we nu doen?

'Magie.' Hij knikt en richt zich tot de twee zusjes. 'Ze moeten elke dag oefenen als ze hun krachten terug willen krijgen.'

'Hoe oefen je dat?' Ik houd mijn hoofd schuin en vraag me af of het lijkt op de cursus die Jude wil geven. 'Ik bedoel, kan dat ook met oefeningen en overhoringen, net als op school?'

Damen haalt zijn schouders op. 'Het is meer een serie van meditaties en oefeningen in visualiseren. Alleen een stuk intensiever en langer dan wat ik jou heb laten doen de eerste keer in Zomerland, maar jij had niet erg veel les nodig. De tweeling stamt af van een goede stamboom van heksen, maar zoals het er nu uitziet, ben ik bang dat we helemaal bij het begin moeten beginnen. Al hoop ik dat we hun vaardigheden met regelmatige oefeningen binnen niet al te lange tijd weer kunnen herstellen.'

'Hoe lang is niet al te lange tijd?' vraag ik voorzichtig, terwijl ik eigenlijk bedoel: hoe lang duurt het voor we ons eigen leventje weer terugkrijgen?

Damen haalt zijn schouders op. 'Een paar maandjes. Misschien wat langer.'

'Heb je dan niks aan *Het Boek der Schaduwen?*' Zodra ik zijn gezicht zie, besef ik dat ik het niet hardop had moeten zeggen. Damen kijkt me bepaald niet blij aan, maar de tweeling zit opeens op het puntje van hun stoel.

'Wil je zeggen dat jíj *Het Boek der Schaduwen* hebt dan?' vraagt Rayne ongelovig terwijl Romy me met open mond aanstaart.

Ik werp een blik op Damen en zie dat hij nog steeds fronst. Maar wie weet kan het boek hen juist helpen, net zoals ikzelf hoop er wat aan te hebben. 'Nou ja, ik héb het niet zozeer letterlijk, maar ik heb wel toegang.'

'Meen je dat? Is het een echt Boek der Schaduwen?' Rayne lijkt me een vraag te stellen, maar ik zie dat ze ervan uitgaat dat het ding nep moet zijn.

'Weet ik niet,' antwoord ik. 'Is er meer dan eentje dan?'

Nu kijkt ze naar Romy met een hopeloze blik, hoofdschuddend en met haar ogen rollend. Damen valt me bij. 'Ik heb het boek zelf niet gezien, maar na Evers beschrijving ervan, weet ik zeker dat het een echte is. Vrij krachtig ook. Iets te krachtig voor jullie op dit moment. Maar misschien over een tijdje, als we wat verder zijn met de meditaties en oefeningen...'

Romy en Rayne horen het al niet eens meer. Ze hebben alleen nog oog voor mij als ze overeind komen. 'Breng ons ernaartoe, alsjeblieft. We willen het graag zien.'

Zevenentwintig

'Hoe komen we hier binnen?' fluistert Romy vlak naast me terwijl ze behoedzaam naar de deur kijkt.

'Duh!' Rayne schudt ongeduldig haar hoofd. 'Dat is voor hen niet zo moeilijk. Ze hoeven alleen maar de deur van het slot te halen met de kracht van hun geest.'

'Klopt.' Ik glimlach. 'Maar het is ook handig als je gewoon een sleutel hebt.' Ik rammel met de sleutelbos zodat ze hem goed kunnen zien en steek de sleutel dan pas in het slot. Ik ontwijk Damens blik, al hoef ik die niet te zien om te weten dat hij het er niet mee eens is.

'Dus hier werk je?' Romy stapt naar binnen en kijkt voorzichtig om zich heen. Ze beweegt zich lichtjes en stilletjes, alsof ze bang is iets te verstoren.

Ik knik en druk mijn vinger tegen mijn lippen – het internationale teken voor ssst! – terwijl ik voor de rest uit naar het kamertje achterin loop.

'Maar als de winkel dicht is en er verder niemand is, waarom moeten we dan stil zijn?' vraagt Rayne met haar hoge piepstemmetje dat tegen alle muren weerkaatst. Ze wil dolgraag het *Boek der Schaduwen* zien, maar dat betekent niet automatisch dat ik nu veel meer van haar gedaan krijg.

Ik open de deur naar het kantoor en gebaar dat ze vast naar binnen moeten gaan terwijl ik in de gang blijf om iets met Damen te bespreken.

'Ik vind het geen goed idee,' zegt hij met zijn ogen donker en strak op mij gericht.

Ik knik. Dat wist ik al en toch ben ik van plan voet bij stuk te houden.

'Ever, ik meen het. Je hebt geen idee waarmee je je inlaat. Dit boek is machtig en in de verkeerde handen zelfs uiterst gevaarlijk.'

Ik schud mijn hoofd. 'Luister nou. De tweeling weet meer van dit soort magie. Een hoop meer dan jij en ik, trouwens. Als zij zich al geen zorgen maken, hoe erg kan het dan zijn?'

Hij blijft me aankijken zonder een krimp te geven. 'Dit kan ook anders.'

Ik zucht. Ik wil ze zo graag het boek laten zien en ik heb geen zin in deze discussie. 'Je doet net alsof ik ze blootstel aan zwarte magie of ze van plan ben te veranderen in stereotiepe slechte heksen met wratten op hun neus en een zwarte punthoed. Ik wil hetzelfde als jij – dat ze hun krachten weer terugkrijgen.' Met extra concentratie scherm ik het deel van mijn gedachten af dat hij niet hoeft te horen. De waarheid achter dit bezoekje aan het boek is namelijk dat ik gisteren zo'n beetje de hele dag geprobeerd heb de teksten te begrijpen en nog snap ik er geen hout van. Als ik Roman al wil overhalen mij het tegengif te geven, dan heb ik hulp nodig, en hard ook. Maar goed, dat kan ik dus beter niet hardop zeggen. Als Damen het hier al niet mee eens is...

'En toch zijn er andere manieren om dat voor elkaar te krijgen.' Hij klinkt kalm, maar vastberaden. 'Ik heb hun lessen al helemaal gepland en uitgestippeld. Geef het gewoon even wat tijd...'

'Hoeveel tijd? Een paar weken? Maanden? Een jaar?' Mijn frustratie borrelt naar boven. 'Misschien hebben we wel hele-

maal niet alle tijd van de wereld! Heb je daar al eens over nagedacht?'

'We?' Hij trekt zijn wenkbrauwen samen tot een donkere
streep en kijkt me onderzoekend aan. Langzaam begint er een
lampje te branden.

'Wij, zij, wat maakt het uit?' Als ik me hieruit wil redden,
moet ik vlug van onderwerp veranderen. 'Ik wil ze nu gewoon
het boek laten zien, kijken of het wel een echte versie is. Ik bedoel – we weten helemaal niet of het magisch is. Misschien was
mijn reactie... nou ja, misschien lag dat wel gewoon aan mij.
Kom nou, Damen, alsjeblieft? Het kan toch geen kwaad?'

Hij kijkt me aan alsof hij wil zeggen dat het meer kwaad kan
dan ik denk.

'Heel even snel kijken,' houd ik vol, 'zodat we zeker weten of
dat het echt is. Daarna gaan we meteen naar huis en kun jij met
de volgende les beginnen. Goed?'

Het blijft stil. Hij knikt alleen en gebaart me naar binnen te
gaan.

Ik loop naar de stoel achter het bureau, ga zitten en leun naar
de la toe. 'Mocht je het je afvragen,' zegt Rayne opeens, 'we hebben alles kunnen horen. Ons gehoor is uitzonderlijk goed. Misschien moeten jullie het toch maar bij telepathie houden.'

Ik doe mijn best haar te negeren en leg mijn hand op het slot.
Met gesloten ogen concentreer ik me op het openen ervan en
daarna werp ik een vlugge blik op Damen als ik in de la rommel. Ik moet langs de stapel papieren en mappen, gooi het re-
kenmachientje opzij en bereik dan de dubbele bodem. Ik pak
het boek en laat het op het bureau vallen. Mijn vingers tintelen
en mijn oren zoemen, zoveel energie bevat de dikke pil.

De tweeling haast zich naar voren en staart vol respect en
ontzag naar het oeroude boek. Ook dat is nieuw voor me om te
zien.

'En, wat denken jullie? Is het boek echt?' Ik kijk van de een
naar de ander, zo ademloos dat ik naar lucht moet happen.

Romy houdt haar hoofd scheef en kijkt moeilijk. Rayne steekt haar hand uit en opent het boek op de allereerste bladzijde. Ze happen tegelijkertijd naar lucht. Hun ogen worden groot en ze gaan helemaal op in wat ze zien.

Rayne laat zich langzaam op de rand van het bureau zakken. Ze kantelt het boek zodat alleen de tweeling de inhoud kan zien. Romy leunt half over de schoot van haar zusje heen en laat haar vinger glijden langs de serie symbolen – tekens waar ik niets van kan maken. Maar als ik hun lippen zachtjes zie bewegen, merk ik dat zij wel begrijpen wat er staat.

Damen staat vlak achter ze en ik kijk hem aan. Hij weet zijn gezicht in de plooi te houden en kijkt zonder enige emotie hoe de meisjes mompelen, giechelen, elkaar aanstoten en enthousiast verder bladeren.

'En?' De spanning wordt me te veel. Kunnen ze niet even iets laten weten?

'Echt.' Rayne knikt zonder haar ogen van de bladzijde af te halen. 'Degene die dit gemaakt heeft, wist zeker wat hij of zij deed.'

'Dus je wilt zeggen dat er meer dan eentje is?' Ik kijk de tweeling vragend aan, al is dat lastig met hun dikke wimpers en de ietwat lange pony die voor hun ogen hangt.

'Ja, natuurlijk,' antwoordt Romy. 'Er zijn er honderden. Het *Boek der Schaduwen* is een algemene titel voor een boek vol spreuken. De naam is waarschijnlijk ontstaan doordat het boek altijd verborgen moest worden – in de schaduwen, letterlijk. Vanwege de inhoud.'

'Ja,' valt Rayne haar bij, 'maar het kan ook komen doordat deze boeken vaak geschreven en gelezen werden bij kaarslicht. En kaarslicht werpt schaduwen, zoals je weet.'

Romy haalt haar schouders op. 'Hoe dan ook. Ze zijn in een soort geheimtaal geschreven, voor het geval ze in verkeerde handen terechtkomen. Maar de echt krachtige boeken, zoals deze...' Ze prikt met haar wijsvinger op de opengeslagen bladzijde. Haar nagel heeft de roze kleur van balletspitzen. 'Deze zijn extreem zeldzaam en heel moeilijk te vinden. En om die reden ook altijd goed verborgen.'

'Dus het is krachtig? En echt?' herhaal ik omdat ik het toch graag nog een keertje bevestigd wil horen.

Rayne kijkt me medelijdend aan alsof ik achterlijk ben. Haar zusje knikt. 'Je kunt de energie van de woorden die hier staan echt voelen. Het is een waardevol boek, dat weet ik zeker.'

'Denk je dan dat het kan helpen? Dat we – jullie – er iets aan hebben?' Mijn blik gaat van het ene gezicht naar het andere en ik hoop vurig op een bevestiging. Ondertussen blijf ik Damens blik ontwijken.

'Nou ja, het is allemaal een beetje weggezakt,' begint Romy. 'Dus we weten het niet heel zeker...'

'Praat voor jezelf,' valt Rayne haar in de rede. Ze bladert terug tot ze de bladzijde vindt die ze zoekt. Ze leest een verzameling woorden voor – die ik totaal niet snap – alsof het haar moedertaal is. 'Zie je dit?' Ze zwaait met haar hand in de lucht en lacht als de lichten beginnen te flikkeren. 'Ik wil niet zeggen dat het heel diep is weggezakt, hoor. Dat lukt nog aardig.'

'Ja, maar het was wel de bedoeling dat ze in vlammen zouden opgaan,' merkt Romy op met haar armen over elkaar geslagen en haar wenkbrauwen opgetrokken. 'Dus je bent er nog niet.'

'In vlammen opgaan?' Nu kijk ik Damen wel aan. Heeft hij dan toch gelijk en is het boek gevaarlijk in de verkeerde handen – hun handen?

Dan beginnen Romy en Rayne te schateren. Ze liggen echt helemaal dubbel als ze proesten: 'Ha! Gefopt! Jullie zijn er dubbel en dwars in getrapt! Haha!'

'O mijn god, je bent echt zo onnozel!' giert Rayne het uit. Die zal geen kans voorbij laten gaan om mij nog even extra voor schut te zetten.

'En jullie kijken te veel televisie,' zeg ik terwijl ik het boek dichtsla en wil opbergen.

'Wacht! Je kunt het boek niet afpakken! We hebben het nodig!' Twee paar handen wapperen ongeduldig naar me en proberen het te pakken.

'Het is niet van mij. We kunnen het dus niet zomaar mee

naar huis nemen, of zoiets,' zeg ik terwijl ik het naast me houd, waar ze er net niet bij kunnen.

'Hoe moeten we onze magie terugkrijgen als jij dat boek verstopt?' Romy kijkt me pruilend aan.

'Ja!' stemt Rayne in. 'Eerst haal je ons weg uit Zomerland en nu...' Ze maakt haar zin niet af als Damen zijn hand opsteekt om hun het zwijgen op te leggen.

'Het lijkt me beter dat je het boek weer opbergt,' zegt hij tegen me, zijn kaken stijf op elkaar en zijn blik hard. 'Nu meteen,' voegt hij daar dwingend aan toe.

Ik knik. Hij is er wel erg door van slag, dat hij nou zo autoritair doet en mij aan de afspraak houdt. Maar dan volg ik zijn blik naar de monitor in de hoek, waarop ik een donker, onherkenbaar figuur de winkel zie binnenkomen.

Achtentwintig

Vlug trek ik de onderste la open en duw het boek terug in het geheime vak. Een zacht geluid van voetstappen klinkt in de gang en komt dichterbij.

Ik weet de la nog net dicht te schuiven voor Jude zijn hoofd de kamer in steekt. 'Zo laat nog aan het werk?'

Hij komt binnen en steekt een hand uit naar Damen. Die aarzelt even, bekijkt de surfer van top tot teen en geeft hem dan een hand. Maar zelfs nadat die begroeting erop zit, blijft Damen voor zich uit staren met een starre blik op oneindig en zijn gedachten nog verder weg.

'Wat is hier allemaal aan de hand? Is het open huis?' Jude vertrekt zijn mond tot een glimlach, al blijven zijn ogen onveranderd.

'Nee! Nee, we waren net...' Ik slik en vraag me af wat ik kan verzinnen. Aan zijn blik zie ik dat hij meer begrijpt dan hij laat merken en ik kijk de andere kant op.

'We waren net even je *Boek der Schaduwen* aan het inspecteren,' deelt Rayne hem mee, met haar armen over elkaar naar hem starend. 'En we zijn heel benieuwd hoe je eraan komt.'

Jude knikt, zijn mondhoeken krullen omhoog en hij vraagt: 'En jullie zijn...?'

'Romy en Rayne.' Ik schraap mijn keel. 'Ze zijn mijn...' Tja, wat zal ik ervan maken?

'Nichtjes,' vult Damen aan, zijn blik strak op Jude gericht. 'Ze logeren een tijdje bij mij.'

Jude knikt, kijkt vluchtig naar Damen en dan weer naar mij. Hij doet een stap naar het bureau toe. 'Ja, als iemand het kan vinden, dan ben jij het wel.'

Ik slik en kijk nu nog nerveuzer naar Damen, die Jude volgt met een blik die ik nog nooit eerder heb gezien. Het lijkt wel alsof Damens hele lichaam is overgegaan naar de hoogste staat van prikkelbaarheid. Hij staat er stijfjes bij en houdt zijn gezichtsspieren onder controle, terwijl zijn pupillen tot zwarte speldenknopjes zijn geworden. En nog steeds houdt hij zijn blik strak op Jude gericht.

'Ben ik nou ontslagen?' vraag ik met een nerveus lachje, al meen ik het echt.

Jude schudt zijn hoofd. 'Waarom zou ik mijn allerbeste helderziende ontslaan? Mijn enige helderziende, zelfs?' Hij grijnst. 'Gek, hoor. Dat boek ligt al sinds vorige zomer in die la en niemand anders heeft het ontdekt.' Hij haalt zijn schouders op. 'Vanwaar eigenlijk al die interesse ervoor? Ik dacht dat jij je niet bezighield met magie en al die dingen?'

Ik draai onrustig heen en weer in de stoel. Ik voel me ongemakkelijk, vooral omdat Damen zich nog steeds zo raar gedraagt. 'Ik niet, maar de tweeling wil zich verdiepen in...'

'Wicca,' maakt Damen de zin af. Hij legt een beschermende hand op de schouder van elk van de meisjes. 'Ze willen graag meer te weten komen over wicca en Ever dacht dat dit boek ze kon helpen. Maar het is duidelijk meer bedoeld voor gevorderden.'

Jude kijkt nu aandachtig naar Damen en neemt er zijn tijd voor. 'Hmm... heb ik dan nu mijn tweede en derde aanmelding binnen voor de cursus?'

'Heb je er al eentje dan?' Ik zeg het zonder na te denken en na een vlugge blik richting Damen voel ik mijn wangen warm worden.

Jude houdt zijn hoofd schuin. 'Als ze komt opdagen. Alhoewel ze best geïnteresseerd leek.'

Honor. Ik weet het zeker, zonder daarvoor in zijn gedachten te graven. Honor is de eerste naam op de lijst en ik weet zeker dat ze komt opdagen.

'Cursus?' vraagt Damen, nog steeds met zijn armen rond de tweeling. Zijn blik schiet van mij naar Jude.

'Ontwikkeling van paranormale gaven, niveau 1,' licht hij toe. 'Met een beetje extra aandacht voor magie en zelfvertrouwen. Ik denk dat we binnenkort kunnen starten. Misschien zelfs morgen al. Waarom zou ik wachten?'

Romy en Rayne kijken elkaar hoopvol aan, hun ogen stralen van enthousiasme. Maar Damen schudt zijn hoofd. 'Nee.'

Judes relaxte uitdrukking verandert niet; het doet hem weinig. Toch probeert hij: 'Ah, toe nou. Je hoeft er niet eens voor te betalen. Het is voor mij ook nieuw. Maar zo kan ik meteen kijken hoe het loopt en wat wel of niet werkt. Het is bovendien maar een simpele cursus voor beginners, niets ingewikkelds of zo, als je je daar zorgen om maakt.'

De twee jonge mannen kijken elkaar aan. Daar maakt Damen zich wel zorgen om, maar dat is blijkbaar niet het enige.

Nee, deze plotselinge koppigheid, deze ongewone, defensieve houding... het heeft iets met Jude te maken.

En met mij.

Met mij en Jude samen.

Als ik niet beter wist, zou ik denken dat hij jaloers is. Maar ik weet wel beter en helaas ben ik de enige van ons tweeën die last heeft van zulke trekjes.

De tweeling kijkt hem smekend aan met hun grote, donkerbruine ogen. 'Toe nou!' en 'Alsjeblieft!' roepen ze met hun hoge stemmen. En dan samen: 'We willen die cursus echt heel, heel, heel graag volgen!'

'Het kan ons helpen met onze magische krachten!' voert Romy extra aan als ze lief glimlachend aan zijn hand trekt.

'En dan zijn we ook eens buitenshuis. Dan hoeft Ever niet

steeds te klagen dat jullie te weinig privacy hebben,' valt Rayne haar bij. Zelfs als ze overtuigend probeert te zijn, weet ze me nog te beledigen.

Jude draait zijn hoofd om naar mij en trekt zijn wenkbrauwen geamuseerd omhoog. Ik wend vlug mijn blik af en houd mijn adem in tot Damen antwoord geeft. 'We redden het zelf ook wel. Jullie moeten gewoon geduld hebben.' Het klinkt definitief. Geen ruimte meer voor onderhandelingen.

Jude knikt en graaft zijn handen dieper in zijn zakken. 'Maakt niet uit. Als je je nog bedenkt of gewoon een keertje wilt komen kijken, dan zijn jullie van harte welkom. Wie weet steek je er nog iets van op.'

Damens ogen knijpen zich een heel klein beetje samen, maar het is genoeg voor mij. Ik sta op. 'Ben ik nog steeds ingeroosterd voor morgen?'

'Ja, hoor. 's Ochtends al.' Zijn blik volgt me als ik rond het bureau stap en me tegen Damen aan druk met zijn arm om me heen. 'Ik kom trouwens pas later,' zegt hij en hij neemt plaats op de stoel die nu leeg is. 'Dus als dat meisje...' Hij fronst zijn wenkbrauwen en kijkt me aan.

'Honor.' Ik knik.

Damens mond valt open van verbazing en Jude begint te lachen. 'Wauw, je bent echt helderziend. Nou ja, als zij binnenkomt, vertel haar maar dat we ergens volgende week beginnen met de cursus.'

Negenentwintig

'Je vriend lijkt me erg cool.' Jude kijkt me aan en leunt op de rand van de toonbank met een bekertje koffie in zijn hand.

'Dat komt omdat hij cool ís.' Ik knik en blader door het boek met afspraken. Ik heb een reservering voor twee uur, gevolgd door drie, vier en vijf uur. Gelukkig komt geen van de namen me bekend voor.

'Dus het klopt? Hij is je vriendje?' Hij neemt vlug een slok uit het bekertje en kijkt me over de rand aan. 'Ik wist het niet helemaal zeker. Hij komt zo... oud over, als je begrijpt wat ik bedoel.'

Met een klap is het boek dicht en ik pak mijn flesje water. Ik heb liever een slok van de onsterfelijkheidsdrank, maar sinds Roman er is, heb ik me voorgenomen er minder van te drinken in het openbaar. 'We zitten in dezelfde klas.' Ik haal mijn schouders op en kijk hem weer aan. 'Dan hebben we toch ook dezelfde leeftijd?' Ik hoop dat hij stopt met doorvragen door het op zo'n luchtige toon te zeggen.

Zo eenvoudig is het niet; Jude blijft staren en houdt uiteindelijk zijn hoofd schuin. 'Weet ik niet. Is dat zo?'

Ik slik en kijk de andere kant op. Mijn hart bonkt in mijn keel. Heeft hij iets gemerkt aan ons? Heeft hij ons soms door?

'Het kan toch zijn dat hij is blijven zitten...' Hij glimlacht en zijn glinsterende, groene ogen stralen vol licht. 'Zeg een jaartje of tig of zo?'

Ik haal mijn schouders op en laat de belediging voor wat ze is – als het al zo bedoeld is. Jude is tenslotte niet alleen mijn baas – die ervoor zorgt dat ik een baan heb en niet word lastiggevallen door Sabine – maar ook de eigenaar van het *Boek der Schaduwen*. En dat dikke boek heb ik heel hard nodig.

'Waar ken je Honor eigenlijk van?' vraag ik terwijl ik me met de sieradendisplay bemoei. Ik leg de zilveren kettinkjes met de hangers van edelstenen netter neer en verberg de prijskaartjes. Ik hoop nonchalant en onverschillig over te komen, alsof ik beleefd het gesprek voortzet en het me verder maar matig interesseert.

Hij zet zijn bekertje neer op de toonbank en loopt naar achteren, waar hij de stereo aanzet. Het geluid van tsjirpende krekels en een heftige regenbui weerklinkt in de winkel; die cd draait hij elke dag. 'Ik hing een flyer op bij deze tent.' Hij komt terug naar voren en wijst naar het logo op zijn koffiebekertje.

'Was ze alleen of waren er andere mensen bij haar?' Ik stel me voor hoe Stacia haar opjut en haar uitdaagt om iets tegen de knappe surfer te zeggen.

Jude kijkt me een tijdje zo onderzoekend aan dat ik wel weg moet kijken. Nu pak ik de ringen en sorteer ze op volgorde van kleur en grootte. Hij blijft me aankijken.

'Geen idee.' Hij haalt zijn schouders op. 'Ze vroeg me naar de cursus, dus heb ik haar een flyer meegegeven.'

'Hebben jullie gepraat? Heeft ze je verteld waarom het haar interesseert?' Als ik nog had willen doen alsof het me niet boeit, dan heb ik dat hiermee wel goed verpest.

Hij tuurt naar me. 'Ze zei dat ze problemen had met haar vriendje. Ze wilde weten of ik haar een goede spreuk kon aanraden.'

Ik staar hem met open mond aan, twijfelend of hij het meent of niet. Dan begint hij te lachen.

'Waarom wil je dit allemaal zo graag weten? Probeert ze jouw vriendje soms af te pakken?'

Ik schud mijn hoofd, sluit de display en kijk dan op. 'Nee, zij niet. Haar beste vriendin.'

Voorzichtig gaat hij verder. 'En, is het haar gelukt?'

'Nee, natuurlijk niet!' roep ik uit. Mijn wangen gloeien, mijn hart gaat tekeer en ik weet dat ik veel te vlug reageerde om nog geloofwaardig te zijn. 'Maar dat wil niet zeggen dat ze het opgeeft,' ga ik verder, al maak ik het er niet beter op.

'Opgeeft of opgaf? Is ze nog steeds bezig?' Hij tilt zijn bekertje naar zijn mond en neemt een grote slok, zonder zijn blik af te wenden.

Ik haal mijn schouders op en probeer me te herstellen na mijn vorige onthulling. Ook al weet ik best dat ik er zelf mee begonnen ben.

'En? Ben je zelf ook op zoek naar een handige spreuk? Iets wat andere meisjes ver van Damen vandaan houdt, misschien?' Hij trekt een wenkbrauw op en dit keer verraadt niets in zijn stem of het een geintje is of niet.

Ongemakkelijk schuif ik heen en weer op mijn kruk. Zijn blik bezorgt me kippenvel en het klinkt zo gek om hem de naam Damen te horen zeggen.

'Vandaar dus je plotselinge interesse in het *Boek der Schaduwen*.' Hij blijft volhouden.

Ik rol met mijn ogen en sta op, ook al is dat misschien onbeleefd. Ik ben er klaar mee, dit gesprek is voorbij.

'Wordt dit een probleem, Ever?' De toon van zijn vraag is dubbelzinnig.

Vlak voor de plank met boeken blijf ik staan, onzeker waar hij op doelt. Ik draai me om voor een hint, maar zijn zonnige aura helpt me geen steek verder.

'Ik weet dat je niet wilt dat mensen weten wat je kunt. En nu komt er iemand langs die bij je op school zit...' Hij haalt zijn schouders op en laat mij de rest zelf aanvullen.

Ik laat mijn hoofd hangen. De lijst van mensen die weten van mijn helderziendheid groeit behoorlijk snel. Eerst Munoz, nu Jude en straks ook Honor. Wat betekent dat het niet lang duurt voor Stacia het hoort (en die heeft al een donkerbruin vermoeden). En dan heb je Haven nog, die beweert ook iets door te hebben. Weet je wat nog het ergste is van dit alles? Het is allemaal mijn eigen schuld.

Ik schraap mijn keel. Ik moet iets zeggen, maar ik weet niet wat. 'Honor is niet...' Niet wat ze lijkt, niet aardig, vriendelijk, sympathiek... Dat wil ik wel zeggen, maar eigenlijk beschrijft dat Stacia meer dan Honor. Ik heb geen idee hoe Honor is in haar eentje.

Jude kijkt me afwachtend aan.

Ik draai me weg en laat een dikke pluk haar voor mijn gezicht vallen voor ik de zin afmaak. 'Honor is niet iemand die ik erg goed ken.'

'Dat geldt dan voor ons allebei.' Hij grijnst en giet het laatste restje koffie naar binnen voor hij het bekertje verfrommelt en het vanaf een afstandje in de afvalbak gooit. Het landt er netjes in, met een doffe plof. Hij probeert me aan te kijken als hij vervolgt: 'Ze lijkt me een beetje verloren en onzeker. Maar dat is precies het soort mensen dat ik hiermee wil bereiken en helpen.'

Om zes uur is mijn vijfde cliënt – een lastminuteboeking die spontaan binnen kwam lopen – net vertrokken. Ik sta nog in het kamertje achter in de zaak en strijk mijn haren glad. De zwarte pruik die ik besloten heb te dragen tijdens de readings, heb ik net afgedaan.

'Dat is beter.' Jude kijkt op van zijn computerscherm, knikt en gaat weer verder met zijn werk. 'Blond staat je beter. Dat zwarte maakt je streng,' mompelt hij terwijl hij druk verder tikt op het toetsenbord.

'Ja, ik weet het. Ik zie eruit als Sneeuwwitje met bloedarmoede,' zeg ik en we schieten allebei in de lach.

'Wat vond je ervan?' vraagt hij met een oog op zijn scherm.

'Wel leuk, hoor.' Ik kom bij de spiegel vandaan, loop naar het bureau en ga op de rand zitten. 'Het ging goed. Ik bedoel, er zaten wat deprimerende dingen tussen en zo, maar het is wel gaaf om eindelijk eens iemand te kunnen helpen, weet je?' Ik zie zijn vingers zo snel over de toetsen bewegen dat mijn ogen het niet eens kunnen bijhouden. 'Om eerlijk te zijn wist ik niet zeker of het een goed idee was. Maar volgens mij ging het wel. Eh... je hebt toch geen klachten gehad of zo, hè?'

Hij schudt zijn hoofd en knijpt zijn ogen tot spleetjes terwijl hij iets zoekt in een grote stapel papieren. 'Heb je eraan gedacht jezelf af te schermen?' Nu wel met een blik naar mij.

Ik haal mijn schouders op. Ik weet niet wat hij daarmee bedoelt. Het enige afschermen wat ik kan, is om ervoor te zorgen dat ik helemaal geen energievelden meer zie of dingen hoor. Als ik dat doe, kan ik geen readings geven.

'Je moet jezelf beschermen,' legt hij uit. Hij duwt zelfs zijn laptop opzij en ik krijg alle aandacht. 'Zowel voor als na een reading. Heeft niemand je ooit geleerd hoe je jezelf gedeeltelijk kunt openstellen en tegelijkertijd ongewenste energie kunt blokkeren?'

Ik schud ontkennend mijn hoofd en vraag me meteen af of dat nodig is voor een onsterfelijke. Ik kan me niet voorstellen dat iemands energie zo'n enorm effect op mij heeft, maar goed, dat kan ik hem natuurlijk niet vertellen.

'Wil je het leren?'

Ik haal een schouder op en merk dat ik aan mijn arm krab. Dan kijk ik naar de klok en vraag me af of het veel tijd kost.

'Het duurt niet lang,' zegt hij, mijn blik interpreterend. Hij komt al overeind van zijn stoel. 'Het is namelijk echt belangrijk. Je moet het zien als je handen wassen – het verwijdert alle negatieve dingen die je cliënten bij zich dragen. Op die manier heeft het geen invloed op jou.'

Hij gebaart dat ik moet gaan zitten en neemt zelf de stoel naast me. Met een ernstige blik kijkt hij me aan. 'Ik zou je door een meditatie willen leiden die je helpt je aura te versterken.

Maar omdat ik jouw aura niet kan zien, weet ik niet zeker of dat nodig is.'

Ik pers mijn lippen op elkaar en sla mijn rechterbeen over mijn linker. Ik wiebel een beetje ongemakkelijk heen en weer op mijn stoel zonder een goede reactie te kunnen bedenken.

'Je moet me maar eens laten zien hoe je je aura zo weet te verbergen. Dat wil ik ook wel leren.'

Ik slik en knik zacht, alsof ik hem dat zeker een keertje zal laten zien. Maar niet nu.

Op lage, zachte, bijna fluisterende toon zegt hij: 'Doe nu je ogen dicht en relax. Adem diep in en uit. Stel je een werveling van pure, gouden energie voor telkens als je inademt. En zodra je uitademt is het een draaikolk van zwarte mist. Adem het positieve in en stoot het negatieve uit. Blijf dat volhouden – in en uit, in en uit – zodat je alleen de positieve energie door je heen laat stromen, door elke cel van je lichaam. Ga hiermee door tot je je weer zuiver en compleet voelt. Klaar om verder te gaan.'

Ik doe wat hij zegt. Het doet me denken aan de meditatie die Ava me heeft geleerd om me te aarden. Ik probeer op mijn ademhaling te letten en die langzaam en regelmatig te houden. Eerst voel ik me nog wat zenuwachtig, wetende dat hij naar me kijkt. Waarschijnlijk zelfs met meer aandacht en zorgvuldigheid dan wanneer ik mijn ogen open zou hebben. Maar al snel trekt het ritme van de oefening me mee. Mijn hartslag wordt rustiger, mijn hoofd leeg en ik concentreer me alleen nog maar op mijn ademhaling.

'Als je zover bent, stel je dan een kegelvormige straal voor van het felste, witgouden licht dat je ooit gezien hebt. Het komt direct uit de hemel naar beneden, naar jou toe. Het licht groeit en verspreidt zich tot je er helemaal door omringd bent. Het dient als een schild dat alle zwakke energie en alle negatieve straling buitensluit, terwijl het jouw positieve energie beschermt en intact houdt. Zo kan niemand aan jouw energie komen en ben je veilig.'

Ik doe één oog open en kijk hem vragend aan. Nog nooit heb ik gedacht dat iemand mijn *chi* zou willen aftappen.

'Vertrouw me nou maar,' zegt hij met een handbeweging. Ik moet mijn ogen weer dichtdoen en terug naar de meditatie. 'Stel je datzelfde, witgouden licht nu voor als een stevige muur, een vesting. Terwijl alle duisternis wordt tegengehouden, zit jij veilig binnen.'

Ik volg zijn aanwijzingen. In gedachten zie ik mezelf op die stoel zitten, met een kegelvormige lichtstraal die van bovenaf op me schijnt. Het licht valt over mijn haar, mijn shirt, mijn spijkerbroek en helemaal tot aan mijn teenslippers. Om me heen hangt een wolk van wit licht die alle positieve dingen insluit en alle negatieve dingen buiten houdt – precies zoals Jude zegt.

'Hoe voelt het?' vraagt hij. Zijn stem klinkt een stuk dichterbij dan ik verwachtte.

'Goed.' Ik knik en blijf me concentreren op de felle, witte straal van licht. 'Het voelt warm en prettig en... goed.' Ik haal mijn schouders op. Deze ervaring is veel belangrijker dan lang zoeken naar de juiste woorden om haar te omschrijven.

'Dit moet je elke dag herhalen. Maar het hoeft nooit langer te duren dan nu. Zodra je jezelf eenmaal ziet in die straal van wit licht, hoef je dat alleen maar te ondersteunen door een paar keer goed, diep adem te halen om jezelf te zuiveren. Dat volg je op door een vlug beeld waarin je jezelf veilig opgesloten ziet in dat licht en je bent er klaar voor. Het is geen slecht idee om dit beeld en het gevoel af en toe opnieuw op te roepen. Want volgens mij word je hier nog heel populair.'

Hij legt een hand plat op mijn schouder, zijn vingers gespreid over het katoen van mijn shirt. Het gevoel dat ik krijg is elektrisch en letterlijk schokkend. Het visioen is zo duidelijk en helder dat ik overeind spring van schrik.

'Damen!' roep ik uit met krasserige, ruwe stem. Mijn vriendje staat precies op dat moment in de deuropening en kijkt naar mij – naar ons.

Hij knikt en ontmoet mijn blik eerst op zijn gewone manier, vol liefde en warmte. Maar hoe langer hij die blik vasthoudt, hoe sterker ik het gevoel krijg dat er meer achter steekt. Iets verontrustends. Iets duisters. Iets wat hij me blijkbaar niet van plan is te vertellen.

Ik loop naar hem toe en pak de hand vast die hij naar me uitsteekt. Het beschermende laagje energie pulseert tussen ons in. Ik was er altijd zeker van dat niemand anders dat kon zien, maar nu merk ik dat Jude nieuwsgierig door zijn wimpers heen kijkt.

Dan kijk ik weer naar Damen, maar het lukt me niet uit te vogelen wat er in zijn blik verborgen ligt. Wat doet hij hier eigenlijk precies op dit moment? Voelde hij iets?

Zijn armen houden me steviger vast en hij trekt me naar zich toe. 'Het spijt me dat ik zo kom binnenvallen, maar Ever en ik hebben een afspraak ergens.'

Ik kijk op en kan wel wegdromen als ik langer naar hem kijk. De gladde lijnen van zijn gezicht, de soepele rondingen van zijn mond en de tintelingen en warmte die ik van hem naar mij voel stralen.

Jude komt overeind en loopt met ons mee de gang in. 'Sorry, ik wilde haar niet al te lang bezighouden.' Hij steekt een hand naar me uit, kijkt dan naar mijn schouder en laat hem weer slap naast zijn zij vallen. 'O, wacht, dat vergeet ik helemaal! Het boek! Waarom neem je het niet mee? Ik heb het hier toch niet nodig.'

Hij draait zich terug naar het kantoortje en wil de la opentrekken. Ik zou het boek dolgraag aanpakken en dan hard wegrennen. Maar als ik voel hoe Damen verstijft en zie hoe Judes aura ondertussen alleen maar lichter wordt, lijkt het wel een test. Ik moet me dan ook dwingen om te zeggen: 'Dank je, maar vanavond heb ik 't toch niet nodig. Damen en ik hebben andere plannen.'

Meteen voel ik dat Damen zich ontspant. Jude kijkt van hem naar mij. 'Geen probleem, hoor,' zegt hij. 'Dan komt het wel een keer.' Hij kijkt me zo lang aan dat ik mijn hoofd maar afwend.

Ik trek Damen mee naar buiten, de straat op, en doe mijn best de restenergie van Jude zo snel mogelijk van me af te schudden. Net als de beelden en gedachten die hij me net per ongeluk heeft laten zien.

Dertig

'Hé, hij is er nog!' Ik stap grijnzend in de bmw, blij te zien dat deze auto het heeft gewonnen van de grote, lelijke gezinswagen.

'Je had gelijk.' Zijn ogen staan nog steeds ernstig, maar zijn stem klinkt al vriendelijker. 'Ik ben een beetje doorgedraaid met dat veiligheidsgedoe. Bovendien rijdt deze wagen veel lekkerder.'

Nieuwsgierig wacht ik af wat hij vandaag van plan is. Waarschijnlijk wil hij me verrassen, zoals gewoonlijk, dus ik zeg niets en kijk uit mijn raam. Hij rijdt de straat op en baant zich een weg door het verkeer. Pas als we alle andere auto's achter ons hebben gelaten, trapt hij zijn gaspedaal flink in. Hij trekt zo vlug op dat ik niet eens kan raden waar we heen gaan en we er al zijn.

'Waar zijn we?' Ik kijk verbaasd om me heen. Weer weet hij iets totaal onverwachts te doen.

'Ik nam al aan dat je hier niet eerder bent geweest.' Hij opent mijn portier en pakt mijn hand vast. 'Dat klopt dus?'

Ik knik en kijk om me heen naar het verdorde, woestijnachtige landschap met slechts hier en daar een struik. Tegen de achtergrond zie ik diverse bergen en duizenden windmolens staan. En nee, ik overdrijf echt niet. Ze zijn reusachtig groot. Allemaal wit. En allemaal draaien ze.

'Dit is een windmolenpark.' Hij hijst zich omhoog en gaat op de achterklep van de wagen zitten. Hij veegt een plekje naast zich schoon voor mij. 'De beweging van de wind wekt elektriciteit op. In een uur tijd wordt er al genoeg gegenereerd om een doorsneehuishouden een maand van stroom te voorzien.'

Ik kijk rond naar alle draaiende wieken en vraag me af waarom dat zo belangrijk is. 'Waarom zijn we hier dan? Ik begrijp het niet helemaal.'

Hij ademt diep in en staart voor zich uit met een melancholische uitdrukking op zijn gezicht. 'Ik voel me aangetrokken tot deze plek. Waarschijnlijk omdat ik in al die eeuwen al zoveel heb zien veranderen. En windenergie is een ontzettend oud idee.'

Ik wacht af en begrijp nog steeds niet waarom we hier zijn. Al zal hij er vast een goede reden voor hebben.

'Ondanks alle technologische veranderingen en vernieuwingen die ik al heb meegemaakt zijn er nog altijd dingen... zoals dit... die fundamenteel hetzelfde blijven.'

Ik knik en hoop dat hij doorgaat. Er zit veel meer achter die woorden, maar blijkbaar is hij expres zo spaarzaam met zijn uitleg.

'Technologie ontwikkelt zich razendsnel. Alles wat bekend en vertrouwd is, raakt nu steeds sneller achterhaald. Het lijkt wel alsof modetrends zich constant verder ontwikkelen en veranderen, maar als je lang genoeg leeft, besef je dat alles zich herhaalt. Het is een grote cyclus. Oude ideeën worden aangepast en lijken opeens weer heel nieuw. Zo is de wereld om ons heen schijnbaar altijd in beweging. Maar mensen blijven diep vanbinnen exact hetzelfde. We blijven allemaal op zoek naar dezelfde dingen – onderdak, voedsel, liefde, de zin van het leven...' Hij schudt zijn hoofd. 'Die zoektocht zelf verandert niet, die is daar immuun voor.'

Hij kijkt me aan met zulke donkere, grote ogen dat ik me niet kan voorstellen hoe hij zich voelt. Hij heeft al zoveel gezien en meegemaakt. Hij weet zo ongelooflijk veel en heeft een hoop gedaan. En toch is hij nog steeds niet moe of afgestompt – ook al denkt hij van wel. Hij zit nog vol dromen.

'Zodra je de belangrijkste van die elementen voor elkaar hebt, zodra je onderdak en voedsel hebt, blijft alleen de zoektocht naar liefde nog over.'

Hij leunt tegen me aan en laat zijn lippen, zacht en koel, over mijn huid strelen. Het voelt even vluchtig en licht aan als een zomerbriesje. Dan recht hij zijn rug en kijkt opnieuw naar de witte wieken. 'Nederland staat bekend om zijn windmolens. En aangezien je daar toch ook een heel leven hebt gehad, dacht ik dat je het misschien eens wilde bezoeken.'

Ik frons mijn voorhoofd en vraag me af of ik het goed hoor. Hebben we de tijd om de halve wereld af te reizen?

Hij glimlacht en zijn ogen worden al wat lichter en kalmer. 'Doe je ogen dicht en kom met me mee.'

Eenendertig

Samen struikelen we naar voren, met elkaars hand stevig vast. Dan landen we met een plof en vol bewondering kijk ik om me heen. 'O mijn god, dit is...'

'Amsterdam,' zegt hij knikkend en knipperend tegen de opkomende mist. 'Maar dan dat in Zomerland, niet de echte versie. Ik zou je graag meenemen naar Holland, maar deze reis leek me een stuk korter.'

Ik zie grachten, bruggetjes, windmolens en velden vol rode tulpen. Heel even vraag ik me af of hij die laatste speciaal voor mij heeft laten verschijnen, maar dan herinner ik me dat het land beroemd is om zijn bloemen en vooral de tulpen.

'Je herkent het niet, hè?' Hij kijkt me onderzoekend aan terwijl ik mijn hoofd schud. 'Geef het even de tijd, dat komt nog wel. Ik heb het precies zo nagemaakt als ik het me herinner. We waren hier in de negentiende eeuw voor het laatst samen. Het resultaat mag er wezen, al zeg ik het zelf.'

Hij trekt me mee de straat over, waar hij lang genoeg blijft staan om een lege koets voorrang te geven. Dan lopen we verder naar een klein winkeltje waarvan de deur wijd openstaat. Binnen staat een groep mensen zonder duidelijk gezicht. Damen houdt me goed in de gaten, wachtend tot het moment dat mijn herinneringen naar boven komen. Maar ik draai me om en wil liever zelf een gevoel krijgen bij deze plek. Ik probeer me voor te stellen hoe een andere incarnatie van mij – degene met de rode haren en groene ogen – hier gestaan heeft tussen de wit-geverfde muren, met de houten vloer onder haar voeten, kijkend naar de rij schilderijen die aan de wanden van de gemanifesteerde ruimte zichtbaar zijn. Dan loop ik langs een paar van de bezoekers die al beginnen te vervagen voor ze weer duidelijker terugkomen. Damen doet dat allemaal, aangezien hij ook degene is die al deze mensen en de ruimte heeft gemanifesteerd.

Ik loop langs de muur en neem aan dat dit een voorstelling is van de kunstgalerie waar we elkaar hebben leren kennen. Niets ervan komt me bekend voor, helaas. Om me heen worden alle schilderijen opeens vaag en ze verdwijnen tot ze onherkenbaar zijn geworden. Allemaal behalve eentje, dat vlak voor me hangt.

Ik buig me ernaartoe en tuur naar een meisje met een dikke bos licht kastanjebruin haar. De kunstenaar heeft diverse kleuren in die gloed weten te vangen: rood, goud en bruin in diverse tinten contrasteren met elkaar en met de blanke huid van de jonge vrouw. Ze is zo tastbaar getekend... de hele scène is zo uitnodigend dat het lijkt alsof je zo in het schilderij kunt stappen.

Ik bekijk haar aandachtig. Ze is naakt, maar strategisch bedekt op de juiste plekken. Haar nog vochtige haren vallen in punten over haar schouders en bereiken haar middel. Daar houdt ze haar handen gevouwen, boven op haar blote, lichtroze dij die ze naar binnen draait. Haar ogen spreken me nog het meest aan – diep, donkergroen en met een open en directe blik. Het is net alsof ze naar een geliefde kijkt en zich totaal niet schaamt dat hij haar betrapt heeft zonder kleren aan.

Mijn hart begint sneller te kloppen en ik voel iets raars in mijn maag. Ik weet dat Damen vlak naast me staat, maar ik durf zijn blik niet te ontmoeten. Ik durf hem hier niet bij te betrekken. Er is iets aan de hand. Er knaagt iets aan me, alsof er een idee is dat langzaam naar boven borrelt maar een lange weg te gaan heeft. Opeens... zíé ik het. Even duidelijk als ik de gouden lijst rondom het schilderij waarneem, weet ik plotseling zeker dat ik die jonge vrouw ben.

In een vorig leven.

Mijn Nederlandse leven.

De muze van een kunstenaar die als een blok voor Damen viel zodra we elkaar – hier, in deze galerie – ontmoetten.

Dan bekruipt me een onaangenaam gevoel, waardoor ik stil blijf en niet wil bewegen. Uit het niets realiseer ik me dat de geliefde naar wie zij kijkt... niet Damen is.

Het is iemand anders.

Iemand die ik niet kan zien.

'Dus je herkent haar?' Damens stem is beleefd en bijna zakelijk, alsof hij niet anders had verwacht. 'Het zijn haar ogen, hè?' Hij kijkt me aan en houdt zijn gezicht nu vlak bij het mijne. 'De kleur verandert van tijd tot tijd, maar de essentie is altijd dezelfde.'

Ik werp een blik op hem, met zijn dikke wimpers die bijna de treurige blik in zijn ogen verhullen. Vlug draai ik me weg.

Hoe oud was ik? vraag ik in gedachten, omdat ik weet dat mijn stem me anders verraadt. Haar gezicht ziet er jong en strak uit, al heeft ze wel het zelfvertrouwen van een vrouw, niet een meisje.

'Achttien.' Hij knikt en blijft me aankijken op een dringende, dwingende manier. Alsof hij wil dat ik het zeg – hardop zeg wat hij wil horen, zodat hij het me niet hoeft te vertellen. Dan volgt hij mijn blik naar het schilderij. 'Je was beeldschoon. Echt waar. Net als hier. Hij heeft je echt perfect nageschilderd.'

Hij.

Daar is het dan.

De harde ondertoon zegt me genoeg en vertelt me meer dan hij in woorden uitdrukt. Hij weet wie de kunstenaar is. Hij weet dat ik me niet voor hem heb uitgekleed.

Ik slik en tuur uit alle macht naar de zwarte, hoekige handtekening in de rechterbenedenhoek, in een poging te ontcijferen wat er staat. Ik herken een paar klinkers en medeklinkers, maar de combinatie van die letters zegt me helemaal niets.

'Bastiaan de Kool,' antwoordt Damen terwijl hij me aankijkt.

Ik draai me om, beantwoord zijn blik en zeg verder niets.

'Bastiaan de Kool is de kunstenaar die dit schilderij heeft gemaakt. Die jou heeft geschilderd.' Hij draait zich naar het portret en laat zijn ogen nog eens over haar glijden.

Ik wankel op mijn benen. Ik voel me duizelig, licht in mijn hoofd. Alles wat ik dacht te begrijpen en zeker te weten... over mijzelf... over ons... Het lijkt allemaal opeens erg oppervlakkig en nietszeggend.

Damen knikt – hij hoeft er geen woorden aan vuil te maken. We zien allebei de waarheid die zo duidelijk voor ons tentoongesteld staat.

'Mocht je het je afvragen, het was al voorbij voor de verf opgedroogd was. Althans, dat is wat ik mezelf al die tijd heb wijsgemaakt...' Hij schudt zijn hoofd. 'Maar nu weet ik dat niet meer zo zeker.'

Mijn mond valt open en ik kijk hem onzeker aan. Wat heeft dit schilderij – met een honderd jaar oude versie van mij – in hemelsnaam te maken met ons in deze eeuw?

'Wil je hem ontmoeten?' Hij vraagt het met een sombere, afstandelijke en ondoorgrondelijke blik.

'Bastiaan?' De naam voelt niet eens zo heel vreemd.

Damen knikt. Hij laat hem in een ogenblik verschijnen als ik dat graag wil. Het liefst wil ik nee zeggen, maar hij legt zijn hand op mijn arm. 'Het lijkt me wel verstandig. Wel zo eerlijk ook.'

Na een diepe zucht concentreer ik me op de warmte van zijn hand. Hij sluit zijn ogen en roept een beeld op van een lange, slanke, maar een tikkeltje onverzorgde jongen. Dan laat hij mijn arm los en doet een stap naar achteren. Hij geeft me alle ruimte om de jongen goed en aandachtig te bestuderen voor de tijd om is en hij weer vervaagt.

Ik doe een stap naar hem toe en loop in een ruime cirkel om hem heen. Het is raar om iemand zo leeg en levenloos te zien – een nietszeggende, holle verschijning – helemaal niet realistisch.

Ik neem zijn kenmerken in me op als een onderzoeker die een object bekijkt. Zijn lengte laat hem slanker lijken dan hij is en over zijn botten ligt een dunne, pezige laag van spieren. Zijn kleren zijn schoon en van een redelijke kwaliteit en snit, al hangen ze scheef op zijn lijf. Zijn huid is zo wit en perfect dat hij op mij lijkt, al is zijn haar donker, gegolfd en opzij gekamd. Een dikke pluk van zijn wat lange pony valt voor zijn opvallende ogen.

Ik hap naar lucht en doe mijn best te ademen terwijl de figuur langzaam verdwijnt. 'Moet ik hem terughalen?' vraagt Damen met enige tegenzin. Al doet hij het zonder klagen als ik het graag wil.

Maar ik kan niets uitbrengen. Met stomheid geslagen staar ik naar de krioelende pixels die nu helemaal verdwijnen. Ik hoef de jongen niet nog een keer te zien om te snappen wie hij is.

Jude.

De jongen die ik net voor me zag, de Nederlandse schilder die in de negentiende eeuw nog Bastiaan de Kool heette, is deze eeuw teruggekomen in de gedaante van Jude.

Ik steek een hand uit om me overeind te houden. Ik voel me uit evenwicht, onzeker en leeg. Te laat heb ik door dat er niets is om me op te vangen, tot Damen zich naar me toe haast.

'Ever!' roept hij uit met paniek in zijn stem. Het klinkt door tot in mijn botten. Zijn armen voelen stevig om me heen en hij beschermt me op een prettige en bekende manier. Meteen verschijnt een bank met zachte kussens waarop hij me laat plaatsnemen. Bezorgd en angstig verliest hij me geen moment uit het oog. Het was niet zijn bedoeling me zo overstuur te maken.

Ik draai me naar hem toe en houd mijn adem in als ik hem diep in de ogen kijk. Doodsbang iets te zien wat veranderd is, iets wat niet klopt, nu de waarheid bekend is. Nu we allebei weten dat het dus niet al die jaren alleen maar Damen was.

Dat er ook ooit iemand anders in mijn leven is geweest.

En ik hem in dit leven ook ken.

'Ik kan niet...' Ik schud mijn hoofd. Ik voel me schuldig en ik schaam me alsof ik hem op een of andere manier heb bedrogen door Jude tegen het lijf te lopen. 'Ik weet niet wat ik moet zeggen, ik...'

Damen schudt zijn hoofd en wuift mijn bezwaren weg. Hij legt zijn hand tegen mijn wang en trekt me naar zich toe. 'Dat moet je niet denken,' zegt hij. 'Dit is niet jouw schuld. Hoor je me? Op geen enkele manier. Dit is karma.' Hij wacht even en kijkt me liefdevol aan. 'Dit zijn dus van die losse eindjes, van die onafgemaakte dingen, om het zo te zeggen.'

'Wat kan er nou onafgemaakt aan zijn?' werp ik tegen. Ik heb wel een vermoeden waar Damen heen wil, maar ik doe mooi niet mee. 'Dat was honderd jaar geleden! Meer nog, zelfs! En je zei het zelf: het was al voorbij voor de verf opgedroogd was...'

Ik mag de zin niet eens afmaken, want Damen schudt heftig met zijn hoofd. Zijn hand ligt op mijn wang en beweegt naar mijn schouder en omlaag naar mijn knie. 'Daar ben ik niet meer zo zeker van.'

Ik kijk hem aan en negeer het gevoel dat ik hier weg wil. Het moet ophouden. Ik wil hier niet meer zijn. Ik vind het hier niet leuk meer.

'Het ziet ernaar uit dat ik jullie gestoord heb.' Zijn gezicht is strak, vol harde lijnen en een veroordelende blik, al is dat gevoel puur en alleen voor hemzelf bestemd. 'Zo te merken heb ik de gewoonte ontwikkeld om jouw leven binnen te vallen en me te bemoeien met beslissingen die je zelf had moeten nemen. Ik heb een lotsbestemming geforceerd die...' Zijn stem sterft weg. Ik zie de spieren van zijn kaak bewegen terwijl hij voor zich uit staart. De trillende onderlip laat zien hoe erg hij ermee zit. 'Misschien was het wel helemaal niet de bedoeling. Niet voor jou.'

'Waar heb je het over?' Mijn stem slaat over van paniek, omdat ik de energie rond zijn woorden aanvoel en weet dat het nog erger wordt.

'Is dat nog niet duidelijk?' Hij kijkt me aan, het licht in zijn ogen opgebroken in de kleinste fragmenten – een caleidoscoop vol duisternis die misschien nooit meer gerepareerd kan worden.

In een vloeiende, lenige beweging komt hij overeind van de bank en gaat voor me staan. Voor hij iets kan zeggen dat de situatie nog vervelender maakt, trek ik mijn mond open. 'Dit is belachelijk! Alles! Het is te zot voor woorden! We zijn voorbestemd om elkaar elke keer weer tegen te komen. We zijn zielsverwanten! Dat heb je zelf gezegd. En voor zover ik weet, hoort het zo. Zielsverwanten vinden elkaar steeds weer, in voor- en tegenspoed, maakt niet uit.' Ik steek mijn hand naar hem uit, maar hij staat te ver weg en begint te ijsberen om uit mijn buurt te blijven.

'Voorbestemd?' Hij schudt zijn hoofd. Zijn spot en kwade blik zijn naar binnen gericht. 'Was het voorbestemd dat ik stad en land afzocht om je te vinden? Elke keer opnieuw? Dat ik niet stil kon zitten en de wereld afreisde tot ik je gevonden had?' Hij werpt me een blik toe. 'Zeg het maar, Ever. Klinkt dat als het lot? Of als iets wat ik heb doorgedramd?'

Ik wil antwoorden en mijn mond staat open, maar er komt geen geluid uit. Hij draait zich naar de muur toe en staart naar het meisje op het schilderij. De trotse, knappe jonge vrouw die langs hem naar iemand anders kijkt.

'Op een of andere manier heb ik dat weten te negeren. Ik heb het vierhonderd jaar ontkend en mezelf wijsgemaakt dat dit onze lotsbestemming was. Dat jij en ik bij elkaar horen. Tot je laatst na je werk bij me kwam. Ik voelde dat er iets was veranderd, je energie was anders. Gisteravond in de winkel wist ik waarom. Ik wist het gewoon.'

Ik staar naar zijn rug, de hoekige lijn van zijn schouders, de slanke, gespierde vorm. Hij gedroeg zich gisteravond inderdaad vreemd en formeel, maar nu begrijp ik waarom.

'Zodra ik zijn ogen zag, wist ik genoeg.' Hij draait zich naar me toe. 'Vertel het me, Ever. Had jij niet precies hetzelfde gevoel?'

Ik slik en wil mijn hoofd afwenden – maar dat gaat niet. Dat vat hij verkeerd op, alsof ik iets achterhoud. Ik denk aan het moment waarop Jude me in mijn eentje aantrof in zijn winkel, hoe mijn hart begon te bonzen en mijn wangen gloeiden. En dat nerveuze gekriebel in mijn maag... Het ene moment was er niets aan de hand, het volgende moment was ik een nerveus wrak. En dat alleen maar omdat ik Jude aankeek, recht in die zeegroene ogen van hem...

Dat betekent toch niet...

Dat kan toch niet?

Of wel?

Ik kom nu ook overeind van de bank en loop naar Damen toe tot we nog maar een paar centimeter van elkaar af staan. Ik wil hem geruststellen, ik wil dat hij mij geruststelt. Ik wil bewijzen dat het allemaal niets om het lijf heeft.

Maar dit is Zomerland. Alle gedachten zijn energie. Dus ik vrees dat hij de mijne net heeft kunnen lezen.

'Het is niet jouw schuld,' herhaalt hij, maar nu met schorre stem. 'Voel je alsjeblieft niet schuldig.'

Ik stop mijn handen in mijn zakken en duw ze zo diep mogelijk omlaag. Ik moet houvast zien te vinden in een wereld die niet meer stabiel voelt.

'Ik wil dat je weet hoezeer het me spijt,' begint hij. 'Maar die woorden zijn niet genoeg. Ze maken niets goed en je verdient zoveel beter dan dat. Ik ben bang dat er maar één ding is wat ik kan doen... Er is maar één manier om dit goed te maken...'

Zijn stem slaat over. Ik til mijn hoofd op tot ik hem recht kan aankijken. We staan zo dicht bij elkaar dat de kleinste beweging genoeg is om de ruimte te laten verdwijnen.

Net als ik dat wil doen, deinst hij achteruit. Met zijn kaken op elkaar geklemd en een harde, koele blik zegt hij: 'Ik neem afstand. Ik hou me erbuiten. Dat is het enige wat ik nog kan doen.

Vanaf nu zal ik me niet meer mengen in jouw lotsbestemming. Vanaf nu beslis je helemaal zelf wat je doet en kies je je eigen weg.'

Het wordt zwart voor mijn ogen en mijn keel voelt dichtgeknepen. Bedoelt hij nou wat ik denk dat hij bedoelt?

Nee, toch?

Ik kijk naar hem zoals hij daar voor me staat – mijn perfecte zielsverwant, de grote liefde van al mijn levens, de enige persoon op wie ik kan rekenen. Mijn steun en toeverlaat... en nu verlaat hij me?

'Ik heb het recht niet jouw leven binnen te stappen en in te grijpen zoals ik tot nu toe steeds gedaan heb. Ik heb je nooit de kans gegeven zelf te beslissen. En weet je wat het ergste is?' Hij kijkt me aan met zoveel walging dat ik het niet lang volhoud. 'Ik was niet eens nobel genoeg, niet eens mans genoeg, om het spelletje eerlijk te spelen.' Hij schudt zijn hoofd. 'Ik heb alle trucs gebruikt, alles gedaan wat ik kon verzinnen om mijn rivalen uit de weg te ruimen en buitenspel te zetten. Ik kan de afgelopen vierhonderd jaar niet meer veranderen. Ook de onsterfelijkheid die ik je opgedrongen heb, kan ik niet ongedaan maken. Maar als ik me er nu niet langer mee bemoei... hoop ik dat je toch nog een klein beetje eigen, vrije wil hebt om zelf een keuze te maken.'

'Wat? Tussen jou en Jude?' De laatste naam krijgt alle nadruk om de belachelijke tegenstelling duidelijk te maken. Ik lijk wel hysterisch. Maar laat het hem maar zeggen. Laat het hem vooral hardop zeggen. Niet dat voorzichtige gedoe, maar gewoon de waarheid.

Dat gebeurt niet. Hij staat daar maar met zijn vermoeide blik en de zware last op zijn schouders.

'Er valt niets te kiezen! Zo moeilijk is het niet! Jude is mijn baas – hij heeft geen interesse in mij – en dat is totaal wederzijds!'

'Dan zie je blijkbaar niet wat ik zie,' gaat Damen ertegenin, alsof hij het heeft over een groot, tastbaar voorwerp dat vlak voor mijn neus staat.

'Omdat er niks te zien valt! Snap je het nou echt niet? Ik zie alleen jou!' Mijn handen trillen, mijn blik is niet meer helder en ik voel me zo leeg en vreselijk dat ik erbij neer kan vallen.

Na de laatste lettergreep laat Damen een speciaal licht vallen op het schilderij. Het gloeit op een manier die om aandacht schreeuwt. Hij mag dan geloven dat het o zo belangrijk is, maar ik zie alleen een meisje dat ik niet ken. Misschien heeft mijn ziel ooit in dat lichaam gezeten, maar daar woont ze nu niet meer.

Ik wil het hem uitleggen, maar ik kan geen woorden vinden. Ik heb niets beters dan een doordringend gejammer dat ik rechtstreeks naar hem toe zend. Een geluid dat 'niet doen' combineert met 'alsjeblieft' en waar geen eind aan komt.

'Ik ga nergens heen,' gaat hij verder alsof hij me niet hoort. 'Ik ben dicht bij je, altijd in de buurt. Ik zal altijd weten waar je bent en je beschermen. Maar wat de rest betreft...' Hij schudt zijn hoofd en gaat op droevige, verslagen toon verder: 'Het spijt me, maar ik kan niet... ik ben bang dat ik niet langer...'

Die zin mag hij van mij niet afmaken. Ik onderbreek hem en roep uit alle macht: 'Ik heb al geprobeerd zonder je te leven, toen ik terugreisde in de tijd, weet je nog? En rara wat gebeurde er toen? Ik kwam weer hier terug – dat was mijn lot!' Mijn ogen staan vol tranen, maar ik blijf hem aankijken. Ik wil dat hij ze ziet. Ik wil dat hij weet wat zijn misplaatste onzelfzuchtigheid met mij doet.

'Ever, dat betekent niet dat je bij mij hoort. Het kan net zo goed betekenen dat je terug moest om Jude te vinden. En nu dat gelukt is...'

Ik zucht en wil hem niet laten uitpraten. Ik heb nog veel meer voorbeelden die bewijzen dat hij ernaast zit. 'En die keer dat je je hand vlak voor de mijne hield en me de tinteling en warmte liet voelen? Weet je dat nog? Je zei zelf dat het zo hoort te voelen tussen twee zielsverwanten. Hoe zit het daarmee? Meende je dat niet? Of wil je het soms terugnemen?'

'Ever...' Hij wrijft in zijn ogen en schudt zijn hoofd. 'Ever, ik...'

'Begrijp je het dan echt niet?' Nu schud ik mijn hoofd en ik voel aan de energie om hem heen dat het allemaal niet meer uitmaakt. En toch ga ik verder. 'Snap je niet dat ik alleen maar bij jou wil zijn?'

Hij legt zijn hand tegen mijn wang, zijn vingers zo zacht en liefdevol – een pijnlijke herinnering aan wat ik niet meer zal voelen. Zijn gedachten stromen uit zijn hoofd naar mij. Hij smeekt me te begrijpen dat dit nodig is, dat ik het tijd moet geven.

Denk alsjeblieft geen moment dat dit een eenvoudig besluit voor me is, Ever. Ik had geen idee hoe pijnlijk en kwetsend het kan zijn om iets te doen wat niet uit eigenbelang is. Misschien heb ik het daarom nooit eerder gedaan... Hij glimlacht en probeert de sfeer luchtig te houden, maar ik weiger mee te doen. Ik wil dat hij zich net zo leeg en ellendig voelt als ik.

Ik heb je je familie ontnomen, gaat hij verder. Je zult ze nooit meer zien. Hij knijpt zijn ogen toe. Ik heb je ziel in gevaar gebracht. Maar, Ever, je moet naar me luisteren, je moet het begrijpen. Je moet absoluut zelf de keuze maken over het enige wat je nog zelf kunt bepalen – zonder dat ik je daarbij beïnvloed!

'Ik heb mijn keuze al gemaakt,' zeg ik bits en vermoeid. Ik heb geen fut meer om te vechten. 'Ik heb voor jou gekozen en daar kun je niets aan doen.' Ik kijk hem aan, wetend dat het geen zin heeft. Hij heeft zijn besluit al genomen. 'Damen, toe. Wat maakt het nou uit dat ik hem jaren geleden heb gekend in een land waar ik sindsdien nooit meer ben geweest. Nou én! Dat was één leven. Van de hoeveel?'

Hij kijkt me aan en sluit zijn ogen voor hij fluistert: 'Het was niet maar één keer, Ever.' De galerie rondom ons verdwijnt, al blijven de windmolens en de tulpen wel staan. Damen toont me een nieuwe scène – meer dan een, zelfs. Parijs, Londen, New England, allemaal netjes naast elkaar in een rijtje, midden in het negentiende-eeuwse Amsterdam waar we nog steeds staan. Elk plaatje past in zijn eigen tijdsbeeld – de architectuur, de kleding, alles klopt. Maar er zijn geen andere mensen te zien. Slechts drie personen, elke keer weer.

Ik zie mezelf in diverse gedaantes – het Parijse dienstmeisje, het verwaande societygrietje uit Londen, de puriteinse jonge vrouw... Steeds weer duikt Jude naast me op. Als Franse staljongen, een Britse graaf, een jongen uit dezelfde parochie... We zijn elke keer anders en veranderen, maar de ogen zijn herkenbaar en hetzelfde.

Ik kijk toe en neem elke schets in me op, een voor een. Ze spelen zich af als een toneelstukje. Mijn interesse in Jude verdwijnt steeds zodra Damen opduikt. Hij is even magisch en aantrekkelijk als in deze eeuw en laat geen kans onbenut om mij over te halen.

En daar sta ik dan, buiten adem, met een mond vol tanden. Het mag van mij allemaal weer verdwijnen.

Ik kijk Damen aan en besef waarom hij zich zo voelt. Maar voor mij heeft dit allemaal geen diepere betekenis. Ik weet wat ik wil, wat mijn hart wil.

'Je bent dus vastberaden. Nou, fijn. Ik vind het niks, maar vooruit. Maar vertel me dan nog één ding: hoe lang houden we dit vol? Een paar dagen? Een week?' Ik houd mijn hoofd schuin. 'Hoe lang heb je nodig om te accepteren dat ik voor jou kies – wat er ook gebeurt, wat jij ook denkt of zegt, hoe oneerlijk de strijd tussen jullie ook geweest mag zijn. Ik heb elke keer voor jou gekozen en dat blijf ik doen. Ik wil alleen jou.'

'Dit is niet iets waar je zomaar een deadline aan hangt. Je moet jezelf de tijd geven, tijd om mij uit je hoofd te zetten, tijd om verder te kijken...'

'Hé, dat jij dit nou zo koppig wilt doorzetten. Dat jij zo nodig wilt doen wat "juist" is, ongeacht wat ik ervan vind... Het mag dan jouw stomme spelletje zijn, maar je bepaalt de regels niet in je eentje. Als je het zo belangrijk vindt dat ik mijn eigen beslissingen neem, dan besluit ik dat je aan het einde van de dag antwoord krijgt.'

Hij schudt zijn hoofd, al zien zijn ogen er al een heel klein beetje minder donker uit. Zie ik daar zelfs een klein beetje opluchting?

En dan wéét ik het. Dat ene sprankje hoop zorgt ervoor dat ik niet meer zo angstig ben. Hij vindt het dus ook niet leuk. Ik ben niet de enige die een deadline wil vaststellen.

'Tot het einde van het jaar,' zegt hij met opeengeklemde kaken. Hij probeert nobel en galant te zijn, maar draaft wel enorm door. 'Dan heb je voldoende tijd.'

Maar nee, zo gemakkelijk krijgt hij zijn zin niet. 'Morgenavond. Ik weet zeker dat ik tegen die tijd mijn besluit wel kan nemen.'

Ook hij geeft zich niet zo snel gewonnen. Hij wil niet eens onderhandelen! 'Ever, we hebben ons hele leven nog voor ons als je inderdaad voor mij kiest. Geloof me, er is geen haast bij.'

Ik zucht diep. 'Het einde van de week, dan.' Ik knik en voel een brok in mijn keel. Hoe houd ik dat een hele week vol?

'Het einde van de zomer,' verbetert hij me en zijn blik vertelt me dat de discussie gesloten is.

Ik kan geen woord uitbrengen. Al vanaf het moment dat we samen zijn, heb ik me verheugd op deze zomer – drie maanden vol plezier in de heerlijk warme zon van Laguna Beach. Die drie maanden worden nu plotseling de saaiste, eenzaamste periode ooit.

Ik draai me om. Protesteren heeft geen nut. Hij steekt zijn hand naar me uit om samen terug te gaan naar huis, maar ik negeer hem.

Als hij zo graag wil dat ik mijn eigen koers vaar, dan begin ik daar nu mee. Ik verlaat de galerie en loop de straat op. Zo loop ik langs Amsterdam, Parijs, Londen en New England zonder om te kijken.

Tweeëndertig

Zodra ik de hoek om ben, zet ik het op een lopen. Mijn voeten bewegen vliegensvlug, alsof ik Damen, de galerie en alles in één keer achter me kan laten. De keien onder mijn voeten gaan over in stoeptegels en worden dan gras. Ik ren langs alle veel bezochte plekken in Zomerland en ben vastberaden er eentje te maken helemaal voor mezelf – eentje waar Damen niet in kan.

En zo klim ik naar de bovenste zitplaatsen van de houten tribune van mijn oude school, met het scorebord waarop heel groot staat: GO BEARS! Ik ga helemaal rechts in de hoek zitten, op de plek waar ik ooit mijn eerste (en meteen laatste!) sigaret heb opgestoken, waar ik mijn ex-vriendje Brandon voor het eerst gezoend heb en waar ik het ooit voor het zeggen had, samen met mijn (toen) beste vriendin Rachel. We zaten hier wat te giechelen en te flirten in onze cheerleaderpakjes zonder enig besef hoe ingewikkeld het leven kan zijn.

Ik steun mijn voeten op de bank voor me en leg mijn hoofd op mijn knieën. Ik probeer me groot te houden terwijl de huilbui losbarst en mijn schouders schokken. Ik begrijp niet wat er is gebeurd. Sniffend in een stapeltje gemanifesteerde tissues kijk ik met gezwollen ogen naar het sportveld. Spelers zonder

naam en gezicht zijn bezig met hun training terwijl hun vrien-
dinnetjes roddelen en hun haar over hun schouder gooien en
flirten vanaf de zijlijn. Ik hoopte dat dit bekende, alledaagse tafereel zou helpen me wat beter te voelen, maar dat is niet zo. Ik
laat alles weer verdwijnen.

Dit is mijn leventje niet meer. Niet langer mijn lot.

Damen is mijn toekomst. Daar twijfel ik geen moment aan.

Ja, ik word elke keer nerveus en prikkelbaar als Jude in de
buurt is. Er hangt ook echt wel iets in de lucht als we samen zijn,
maar het betekent niets. Dat wil niet zeggen dat hij De Ware is.
Het komt allemaal gewoon door ons verleden en het is niet
meer dan een onbewuste of onderbewuste herkenning. Dat is
alles.

Hij speelde een rol in mijn verleden, maar dat betekent toch
niet dat hij voor de toekomst even belangrijk is? Hij is nu toevallig mijn baas, maar ik had het zomerbaantje nooit gezocht
als Sabine me niet had gedwongen. Dan kan ik er toch niks aan
doen? Het is allemaal een enorm toeval, een raar, hardnekkig
iets uit mijn verleden dat buiten mijn schuld om steeds terugkeert. Ik bedoel, ik ben toch niet zelf op zoek gegaan, zeker?

Of wel?

Diep in mijn hart weet ik de waarheid, maar ik ben nieuwsgierig wat we ooit voor elkaar betekend hebben.

Ben ik echt zomaar uit een meer gekomen zonder me te scha-
men dat ik naakt was? Of heeft hij zijn fantasie gebruikt bij het
maken van dat schilderij?

Maar die vragen leiden weer tot een hele serie andere vragen
die ik liever laat rusten. Dingen als: ben ik dan niet al die eeuwen een maagd gebleven, zoals ik dacht? Ben ik dan wel ooit
naar bed gegaan met Jude, maar niet met Damen? En zo ja, verklaart dat dan waarom ik me elke keer zo verlegen en zenuwachtig voel bij hem?

Ik staar naar het lege veld voor me en verander het in het Co-
losseum in Rome, daarna de piramides van Gizeh en de Akro-
polis in Athene. De Grote Bazaar van Istanbul komt voorbij, ge-

volgd door het Sydney Opera House, het San Marcoplein in Venetië en de Medina in Marrakech. Ik kijk toe hoe het landschap kolkt en draait en verandert in alle plekken die ik ooit graag wil bezoeken.

Door mijn hoofd spookt maar één gedachte: ik heb drie maanden.

Drie maanden zonder Damen.

Drie maanden waarin ik weet dat hij er is, ergens. Een heel seizoen waarin ik hem niet kan aanraken, niet kan spreken en niet bij hem mag zijn.

Drie maanden om genoeg magie onder de knie te krijgen waarmee ik al onze problemen kan oplossen en hem terug kan krijgen. Voorgoed.

Ik ben nog nooit zo zeker geweest. Hij is mijn toekomst, mijn lotsbestemming. Wat zich ook allemaal afspeelde in het verleden.

Ik concentreer me weer op het landschap en zorg ervoor dat de Grand Canyon plaatsmaakt voor Machu Picchu, dat weer verandert in een stukje van de Chinese Muur. Hier heb ik straks nog genoeg tijd voor, denk ik dan. Nu moet ik terug.

Terug naar huis.

Terug naar de winkel.

Ik hoop maar dat ik Jude nog kan vinden voor hij de winkel sluit. Hij moet me helpen en me leren hoe ik dat boek moet lezen.

Drieëndertig

De hele week ontloop ik Sabine al. Ik had niet gedacht dat het zou lukken, maar met school, mijn nieuwe baantje en Miles' laatste opvoering van *Hairspray* ben ik er toch mooi mee weggekomen. Tot het moment dat ik mijn ontbijt zoals gewoonlijk door de gootsteen wil spoelen.

'Zo.' Ze glimlacht en komt naast me staan, gekleed in haar sportkleren en blakend van gezondheid en een dun laagje zweet. 'Moesten wij niet nog een keertje praten? Wat je tot nu toe altijd succesvol hebt weten uit te stellen?'

Ik pak mijn glas en haal mijn schouders op.

'Hoe bevalt je nieuwe baan? Gaat alles goed?'

Ik knik vaag en vrijblijvend en doe alsof ik het sinaasappelsap veel interessanter vind.

'Want ik denk dat ik die stageplek op mijn werk nog wel zou kunnen regelen voor je, als je dat wilt...'

Ik schud mijn hoofd en drink het glas leeg, met vruchtvlees en al. Dan spoel ik het af en zet het in de vaatwasser. 'Dat hoeft niet.' Ik zie haar vragende blik en haast me verder: 'Echt. Het bevalt prima.'

Ze neemt me van top tot teen aandachtig in zich op. 'Ever,

waarom heb je me niet verteld dat Paul je geschiedenisleraar is?'

Heel even verstijf ik, maar dan richt ik mijn aandacht op het schaaltje met de cornflakes die ik liever niet wil eten. Ik pak een lepel en roer de inhoud een paar keer rond. 'Omdat Paul met zijn coole schoenen en designerjeans niet mijn leraar is. Meneer Munoz met zijn suffe bril en de gestreken kakibroek is dat wel.' Ik breng de lepel naar mijn mond zonder haar aan te kijken.

'Ik vind het gewoon zo gek dat je me dat niet hebt verteld.' Ze fronst haar wenkbrauwen.

Ik haal mijn schouders op en gebaar dat ik niet kan praten met mijn mond vol. Dat is maar goed ook, want ik heb niks te zeggen.

'Vind je het vervelend? Dat ik uitga met een van je leraren?' Ze kijkt me vragend aan en trekt de handdoek van haar nek voor ze hem tegen haar voorhoofd drukt.

Ik roer stevig in het schaaltje, wetende dat ik geen hap naar binnen krijg. Niet nu ze hierover is begonnen. 'Zolang jullie maar niet over mij praten.' Ik kijk eens goed naar haar aura, haar lichaamstaal en zie dat ze ongemakkelijk van haar ene been op haar andere leunt. Ik moet me inhouden om niet in haar hoofd te gluren. 'Ik bedoel, jullie praten toch niet over mij, hè?'

Ze lacht en wendt haar blik af. Op haar wangen verschijnt een roze blos. 'We hebben wel meer gemeen dan alleen jou.'

'O ja? Wat dan?' Ik prak de Froot Loops in kleinere stukjes met mijn lepel en reageer zo al mijn frustratie af op de ontbijtgranen. Het wordt een zompige, regenboogkleurige drab. Moet ik het haar nu vertellen of een andere keer? De onthulling dat haar gezellige date toch niets kan worden volgens het visioen dat ik een hele tijd geleden al zag? Daarin liep ze samen met een knappe, anonieme man die bij haar in het gebouw werkt. Dus...

'Nou, om te beginnen hebben we allebei iets met de Italiaanse renaissance...'

Ik moet mijn best doen niet met mijn ogen te rollen. Ik heb haar er nooit over gehoord en ik woon hier nu al bijna een jaar.

'We houden allebei van Italiaans eten...'

O, echte zielsverwanten! De enige twee mensen op de wereld die houden van pizza en pasta en voedsel dat drijft in een dikke laag rode saus met kaas...

'En vanaf aanstaande vrijdag zal hij ook veel vaker in ons gebouw te vinden zijn!'

Eh... wat? Wacht even. Het lukt me niet te ademen of te knipperen. Ik sta erbij als een standbeeld met open mond.

'Hij is opgeroepen als ervaringsdeskundige bij een rechtszaak...'

Haar mond beweegt nog steeds en haar handen maken drukke gebaren, maar ik hoor helemaal niets meer na die vorige zin. Ze wordt overstemd door het bonken van mijn hart en de stille schreeuw in mijn hoofd die al het andere verdringt.

Nee!

Dat kan toch niet!

Kan. Niet. Waar. Zijn.

Alsjeblieft?

Ik denk terug aan het visioen dat ik die avond in het restaurant heb gezien. Sabine die uitgaat met een knappe man die bij haar in het gebouw werkt. Een man die ik zonder bril niet herkende als Munoz! Ik realiseer me wat dit betekent. Hij is een blijvertje. Haar lot. Munoz is De Ware voor Sabine!

'Hé, is alles goed met je?' Ze steekt haar hand bezorgd naar me uit.

Het lukt me nog net haar aanraking te vermijden door mijn hand weg te trekken. Ik slik en tover een glimlach op mijn gezicht. Ze verdient het om gelukkig te zijn – ach, wat zou het, zelfs hij verdient het gelukkig te zijn. Maar dan nog... waarom nou met elkaar? Echt hoor, van alle mannen die ze had kunnen vinden, waarom een van mijn leraren? Uitgerekend degene die mijn diepste geheim kent?

Ik kijk naar haar en knik plichtmatig. Ik laat mijn schaaltje in de gootsteen vallen en ren naar de voordeur. 'Ja, alles is in orde, hoor. Echt waar. Ik wil alleen niet te laat komen.'

Vierendertig

'Hoi. Het is zondag, hoor. Dan gaan we niet voor elven open.'
Jude zet zijn surfplank tegen de muur en kijkt me vragend aan.

Ik knik zonder op te kijken. Wanhopig wil ik dat ik het boek
kan lezen.

'Hulp nodig?' Hij gooit zijn handdoek neer op een stoel en
loopt om het bureau heen tot hij vlak achter me staat.

'Als dat betekent dat ik nog meer van die superhandige ver-
taalhulpjes van je krijg,' zeg ik tikkend op het vel papier naast
me, 'of iets wat ook maar lijkt op een lange meditatie, dan nee.
Daar heb ik er wel genoeg van. Maar als je me echt wilt uitleggen hoe ik dit boek moet lezen, zonder de lotushouding aan te
nemen, te denken aan stralend wit licht of te doen alsof er lange wortels uit mijn voetzolen schieten die zich diep ingraven
in Moeder Aarde, dan graag. Ga je gang.' Ik duw het boek naar
hem toe, voorzichtig met mijn vingertoppen aan de zijkant. Ik
zie de geamuseerde grijns op zijn gezicht, net als zijn zwoele
blik, het litteken dat door zijn wenkbrauw loopt en dan pas kijk
ik weg.

Met een hand op het bureau leunt hij over het dikke boek.
Zijn vingers drukken gespreid op het oude, gehavende hout en

zijn lichaam is zo dichtbij dat ik zijn energie tegen de mijne voel trillen. 'Er is nog wel een andere manier die misschien werkt. Althans, wel voor iemand met jouw talenten. Als ik zie hoe je dat boek aanraakt, zo voorzichtig en afstandelijk alleen maar aan de rand, dan denk ik dat je stiekem bang bent.'

Zijn stem klinkt kalm en geruststellend. Ik sluit mijn ogen en sta mezelf toe het te voelen – echt voelen – zonder hem te blokkeren of weg te duwen. Ik wil Damen kunnen bewijzen dat hij het mis heeft. Kunnen zeggen dat ik het echt geprobeerd heb en dat ik niet het kleinste beetje warmte of tintelingen van hem voel. Ik weet wel dat Jude me leuk vindt – op dezelfde manier dat ik Damen leuk vind en Damen mij. Dat heeft hij me per ongeluk laten zien de laatste keer dat hij me aanraakte. Maar ik weet ook dat het van één kant komt. Het zijn zijn gevoelens, die ik niet beantwoord. Het enige wat ik bij hem voel, is minder stress en bezorgdheid. Ik voel me heerlijk rustig en relaxed. Mijn zenuwen kunnen zich eindelijk even ontspannen...

Hij tikt voorzichtig op mijn schouder en trekt me uit de dagdroom. Hij gebaart dat ik mee moet komen naar de kleine bank in de hoek, waar hij gaat zitten met het boek op schoot. Hij wil dat ik mijn hand op de bladzijde leg, mijn ogen dichtdoe, mijn geest vrijmaak en op die manier probeer de boodschap in het boek waar te nemen.

In eerste instantie gebeurt er niets, omdat ik me verzet. Ik kan me nog te goed herinneren hoe ik me die eerste keer voelde – de schok die mijn organen bijna frituurde en waarvan ik me de rest van de avond doodmoe en verward voelde. Maar zodra ik besluit het te proberen, me ontspan en toegeef, voel ik een zachte lading door me heen stromen. Gevolgd door een vloedgolf van energie die zo verrassend persoonlijk is dat ik me bijna schaam.

'Zie je iets?' Het klinkt laag en hij houdt me in de gaten.

Ik haal mijn schouders op. 'Het is... Het lijkt wel alsof ik iemands dagboek aan het lezen ben. Althans, dat maak ik ervan. Jij?'

Hij knikt. 'Ik ook.'

'Maar ik dacht dat het meer... ik weet het niet. Het moet toch een boek vol spreuken zijn? Pagina's vol betoveringen?'

'Dat is een *grimoire*.' Hij glimlacht en de kuiltjes springen tevoorschijn. Ik vang een glimp op van de charmante, scheve voortanden.

Ik kijk hem fronsend aan. Dat woord zegt me niets.

'Het is een soort receptenboek, maar dan voor spreuken. Het staat vol specifieke gegevens, zoals data, tijden, de rituelen die zijn uitgevoerd, de resultaten ervan en meer van die dingen. Allemaal zakelijk, een opsomming van feiten.'

'En dit niet?' Ik tik met mijn nagel op de bladzijde.

'Dit is meer een dagboek, zoals je zei. Een persoonlijk document waarin een heks bijhoudt wat ze geleerd heeft. Alles wat ze deed en waarom, hoe ze zich voelde, wat het resultaat was en ga zo maar door. Daarom zijn deze boeken vaak geschreven in een code, een geheimschrift. Ook wel bekend als Thebaans schrift, zoals hier.'

Mijn schouders zakken omlaag en ik tuit mijn lippen. Ik dacht vooruitgang te boeken, maar dit zijn twee enorme stappen achteruit.

'Zoek je een specifieke betovering? Een liefdesspreuk, misschien?'

Ik tuur naar hem door twee spleetjes. Waarom vraagt hij dat?

'Sorry.' Hij haalt zijn schouders op en kijkt me vluchtig aan, al rusten zijn ogen iets te lang op mijn lippen. 'Ik dacht gewoon dat er problemen waren als ik merk hoe jij en Damen elkaar de laatste dagen lijken te ontwijken.'

Met mijn ogen dicht wacht ik tot die steek is gezakt. Het is pas een week zo. Een hele week zonder Damen en zijn lieve, telepathische berichten, zijn warme, liefdevolle knuffels. Het enige bewijs dat hij nog leeft was de aangevulde voorraad elixir in mijn koelkast. Die moet hij hebben neergezet terwijl ik sliep. En daarbij heeft hij zijn uiterste best gedaan klaar te zijn voor ik wakker werd. Elk uur zonder hem is zo zwaar, zo eenzaam, een kwelling. Ik heb geen idee hoe ik het een hele zomer zonder hem moet volhouden.

Judes energie verandert. Zijn aura trekt zich terug op het moment dat de randen een gevoelige, blauwe kleur vertonen. 'Wat je ook zoekt,' zegt hij nu weer zakelijk, 'het moet hierin staan.' Hij prikt met zijn duim op de pagina. 'Je moet het alleen de tijd geven om door te dringen. Het boek staat vol met de kleinste details en het onderwerp is vrij breed.'

'Hoe kom jij er eigenlijk aan?' Ik zie zijn dreadlocks naar voren vallen en vlak boven zijn lip eindigen. 'En hoe lang heb je het boek al?' Opeens lijkt me dat belangrijk.

Hij wendt zijn blik af en haalt zijn schouders op. 'Ik heb het een keer ergens meegekregen – van een gozer die ik toen kende. Dat is alweer lang geleden.'

'Lekker vaag.' Ik schenk hem een halve glimlach, maar hij reageert er niet op. 'Even serieus, je bent toch pas negentien? Hoe lang geleden kan het zijn?' Ik houd hem nauwlettend in de gaten, denkend aan die keer dat ik Damen precies dezelfde vraag stelde – voor ik wist wat hij was. Opeens voel ik kippenvel opkomen. Zijn scheve gebit, het litteken door zijn wenkbrauw, de warrige bos dreadlocks die voor die bekende ogen vallen... Ik prent mezelf in dat ik hem ken uit een ver verleden, dat is alles. Hij is niet zoals ik.

'Ach, ik hou dat allemaal niet zo bij,' zegt hij met een lachje dat erg gedwongen en oppervlakkig klinkt. 'Ik leef meer in het nu. Maar dan nog, wat zal het zijn? Vier of vijf jaar geleden, toen ik me begon te interesseren voor dit onderwerp.'

'Is Lina erachter gekomen? Heb je het boek daarom verstopt?'

Zijn gezicht loopt rood aan. 'Ik durf het bijna niet toe te geven, maar Lina heeft ooit een popje gevonden dat ik had gemaakt. Daarvan raakte ze al over haar toeren. Ze dacht dat het een voodoopoppetje was en trok de verkeerde conclusies.'

'Popje?' herhaal ik vragend.

'Een magisch voorwerp.' Hij haalt zijn schouders op en het gezicht met de rode wangen draait zich naar mij. 'Ik was nog

maar een kind, wat zal ik zeggen? Ik was er in elk geval van overtuigd dat het zou helpen om een bepaald meisje verliefd op me
te laten worden.'

'En?' Ik merk dat ik mijn adem inhoud en hem nieuwsgierig
aanstaar. Tegelijkertijd voel ik een vlaag van jaloezie.

'Lina heeft het ding vernietigd voor ik het kon proberen. Dat
was misschien maar goed ook. Het meisje had toch alleen maar
voor problemen gezorgd.'

'Ah, je gebruikelijke type, dus.' Waarom zeg ik dat nou?

Hij kijkt me met een schittering in zijn ogen aan. 'Oude ge-
woontes...'

Zo blijven we een ogenblik zitten. Hij kijkt mij aan, ik kijk
hem aan, met ingehouden adem. De seconden tikken voorbij
tot ik me weet los te maken en me weer op het boek richt.

'Ik zou je dolgraag helpen,' zegt hij dan zacht. 'Maar ik krijg
het gevoel dat jouw zoektocht daar te persoonlijk voor is.'

Net als ik iets wil zeggen, gaat hij verder. 'Geen probleem,
hoor, ik begrijp het volkomen. Maar als je van plan bent een
spreuk op te zeggen, dan moet je wel het een en ander weten.'
Hij kijkt me aan om er zeker van te zijn dat hij mijn aandacht
heeft. 'Ten eerste is het altijd een laatste redmiddel. Pas als je alle andere mogelijkheden hebt gehad. Ten tweede zijn spreuken
in essentie een recept voor verandering. Je wilt iets bereiken of
iets veranderen wat... nou ja, wat anders moet. Dat werkt alleen
als je duidelijkheid hebt over je doel. Je moet de gewenste uitkomst kunnen visualiseren en daar vervolgens al je energie op
richten.'

'Net als manifesteren,' zeg ik, maar als ik zijn gezicht zie, heb
ik er meteen spijt van.

'Manifesteren duurt veel te lang. Magie werkt veel sneller.
Dat wil zeggen, het kan sneller werken.'

Ik pers mijn lippen op elkaar. Gelukkig weet ik beter, zodat
ik hem niet uitleg dat manifesteren ook meteen resultaat heeft
als je eenmaal begrijpt hoe het universum werkt. Dan nog kun
je niet alles zomaar manifesteren. Wat je niet kent, blijft onmo-

gelijk op te roepen, zoals het tegengif.

'Je moet *Het Boek der Schaduwen* zien als een soort kookboek.' Hij tikt met zijn nagel op de kaft. 'Maar dan eentje met extra aantekeningen en ervaringen. Niets wat hierin staat is definitief. Dat wil zeggen, je kunt de recepten aanpassen aan wat jij nodig hebt en je eigen instrumenten uitkiezen...'

'Instrumenten?'

'Kristallen, kruiden, de vier elementen, kaarsen, fasen van de maan... Je weet wel.'

Ik denk aan de elixirs die ik tot nu toe heb gebrouwen, vlak voor ik terugreisde in de tijd. Tot nu toe leken me dat vooral scheikundige experimenten, geen hekserij. Hoewel die twee een hoop met elkaar gemeen hebben.

'Het helpt ook als je de spreuk in rijmvorm opzegt.'

'Wat, als een gedicht of zo?' Ik kijk hem verschrikt aan. Misschien is het toch geen goed plan. Ik ben baggerslecht in die dingen.

'Het hoeft geen Keats te zijn, hoor. Als het maar een beetje rijmt en een betekenis heeft voor wat je van plan bent.'

Ik voel de moed nu al in mijn schoenen zinken.

'O, en Ever...'

Ik kijk op.

'Als je van plan bent iemand te betoveren met een spreuk, zet dat dan maar uit je hoofd. Lina had gelijk. Als je iemand niet op een normale manier kunt overhalen om jouw kant van het verhaal te zien of met je samen te werken, dan is de kans groot dat die samenwerking niet de bedoeling is.'

Ik knik en kijk een andere kant op. Dat kan voor heel veel situaties gelden, maar niet voor de mijne.

Nee, in mijn geval werkt dat anders.

Vijfendertig

'Ik ben nog langs geweest op je werk.' Haven kijkt me nauwlettend aan, van mijn blonde kruin naar het zijden koord van de amulet dat je nog net boven het kraagje van mijn shirt ziet zitten. Dan kijkt ze me weer in mijn ogen.

Ik knik en richt me ondertussen op Honor, die met Stacia, Craig en de rest van het populaire groepje zit te lachen alsof er niets aan de hand is. Maar dat is niet waar. Niet voor haar. Niet nu ze zich bezighoudt met magie, volgens Jude als serieuze student van hekserij. En dat allemaal zonder toestemming van de aanvoerster.

'Ik dacht dat we misschien konden lunchen, maar dat lekkere hapje achter de kassa zei dat je druk bezig was.' Haar vingertopjes pulken aan het glazuurlaagje van haar *chai-latte* cakeje, maar ze houdt haar ogen op mij gericht.

Dan kijkt Miles met gefronste wenkbrauwen op van zijn telefoon. Zijn blik glijdt van Haven naar mij. 'Wat zeg je nou? Is er een lekker hapje zonder dat ik dat weet?'

Ik draai me naar hen toe. Havens woorden dringen nu pas tot me door. Ze is op mijn werk langs geweest? Ze weet waar ik werk! Wat weet ze nog meer?

'O, het is echt een superlekker ding.' Haven knikt heftig, maar blijft mij in de gaten houden. '*Muy caliente*, geloof me. Maar blijkbaar wil Ever dat liever geheimhouden. Ik wist niet eens dat hij bestond tot ik hem met eigen ogen zag.'

'Hoe weet je waar ik werk?' Ik vraag het zo rustig mogelijk om niet te laten merken hoe erg ik geschrokken ben van die mededeling.

'Dat heeft de tweeling me verteld.'

Ah. Dit wordt met de minuut erger.

'Ik kwam ze tegen op het strand. Damen leert ze surfen.'

Ik probeer te glimlachen, maar het is een zwakke poging.

'Dat verklaart dan zeker waarom je ons niets verteld hebt over je nieuwe baan? Je wilt niet dat je beste vrienden je collega proberen te versieren.'

Miles staart me aan in afwachting van sappige verhalen. Hij sms't niet eens.

'Hij is mijn baas.' Ik schud mijn hoofd. 'En het is heus geen groot geheim, of zo, ik heb gewoon nog geen kans gehad het jullie te vertellen.'

'Ja, want onze gesprekken tijdens de lunch zijn altijd zo diepzinnig dat je er niet tussenkomt.' Haven rolt met haar ogen. 'Toe, zeg. Daar trap ik niet in.'

'Eh... hal-lo! Beschrijf hem nou toch 's!' Miles leunt naar voren met een gretige uitdrukking op zijn gezicht, wachtend op details.

Ik haal mijn schouders alleen maar op. Haven grijnst, zet haar cakeje op tafel en veegt de kruimels van haar schoot. 'Denk aan de meest relaxte, zongebruinde surfer, met geweldige, zeegroene ogen, een superstrak lichaam en goudkleurige dreadlocks, oké? De lekkerste van alle onderbroekenmodellen die je kunt bedenken... dat dan keer tien en je bent er.'

'Echt?' Miles gaapt me aan. 'Nee, serieus, meen je dat?'

Ik zucht en scheur mijn sandwich aan flarden. Haven neemt het over. 'Geloof me, hij is zo hot dat geen spiegel het lang volhoudt. De enigen die een beetje in de buurt komen zijn Damen en Roman, maar die vormen al een klasse apart, dus dat telt eigenlijk niet. Hé, hoe oud is hij eigenlijk?' Ze kijkt naar me. 'Hij lijkt me nogal jong voor een baas.'

'Negentien,' zeg ik nonchalant. Ik wil niet over mijn werk of over Jude praten of wat ze nog meer op haar lijstje heeft staan. Dit is dus waar Damen me voor waarschuwde. Dit is wat ik moet vermijden. 'Nu we het toch over aantrekkelijke jongens hebben, hoe is het met Josh?' Het is een behoorlijk ongemakkelijk bruggetje naar een ander onderwerp, maar goed.

Havens aura begint te flikkeren en flitsen en haar aandacht verschuift naar haar cakeje. 'Dat was voorbij zodra hij me dat katje probeerde te geven. Je had hem moeten zien, stom grijnzend alsof hij met het beste cadeau ter wereld kwam aanzetten.' Ze rolt met haar ogen en breekt haar cakeje doormidden. 'Ik bedoel, echt hoor. Hoe achterlijk kun je wezen?'

'Hij bedoelde het goed...' begint Miles, maar Haven laat hem niet uitpraten.

'Alsjeblieft, zeg.' Ze kijkt hem kwaad aan. 'Als hij echt begreep hoe ik me voelde, dan zou hij me nooit hebben opgezadeld met een vervanger voor Charm. Een of ander schattig, klein katje dat voorbestemd is dood te gaan zodra ik eenmaal aan haar gehecht ben. Dan is alle pijn en kwelling helemaal compleet.'

Miles zucht diep. 'Zo hoeft het niet te gaan,' begint hij.

Maar ze onderbreekt hem. 'O, nee? Noem dan eens iets – één levend ding dat niet óf doodgaat óf je uiteindelijk in de steek laat, hmm? De vorige keer dat ik het vroeg, wist je ook niks te verzinnen. Dus, Miles, met je rollende ogen en je stomme grijns, ga je gang. Noem eens één ding dat niet...'

Miles schudt zijn hoofd en houdt zijn handen omhoog in overgave. Hij houdt niet van confrontaties en geeft zich graag gewonnen voor het erger wordt.

Haven trekt een zelfgenoegzame grimas nu we geen van beiden met een goed antwoord kunnen komen. 'Geloof me, ik was hem net voor. Het was toch wel uit gegaan.'

'Nou,' zegt Miles voor hij teruggaat naar zijn sms-bericht,

'voor wat het waard is, ik mocht hem wel. Ik vond jullie een erg goed stel samen.'

'Vraag jij hem dan maar mee uit,' lacht ze en ze gooit een snoepje van haar cakeje naar hem toe.

'Nee, dank je. Hij is mij te mager en te schattig.' Hij grijnst. 'Evers baas daarentegen...'

Ik kijk naar Miles' aura en zie dat hij het grappig bedoelt. En toch ook een beetje serieus.

'Hij heet Jude,' geef ik zuchtend toe nu het gesprek weer terug bij af is. 'En voor zover ik weet, valt hij op meisjes die hem niet zien staan, maar als je het wilt proberen, ga je gang.' Ik doe het zakje met mijn lunch weer dicht, met een onaangeraakte appel, een zakje chips en kleine stukjes verscheurde sandwich erin.

'Misschien moet je hem maar uitnodigen voor mijn afscheidsfeestje,' stelt Miles voor. 'Je weet wel, zodat ik even goed en lang afscheid kan nemen.' Hij laat zijn hand door zijn korte, bruine haar glijden en lacht.

'O, trouwens...' Havens ogen zitten half verstopt achter de valse wimpers waarmee ze tegenwoordig experimenteert. 'Mijn moeder heeft de zijkamer volledig overhoopgehaald. Ik bedoel echt letterlijk gesloopt. Het tapijt is eruit, alle meubels zijn weg en de muur is doorgebroken. Aan de ene kant leuk, want probeer maar eens een huis te verkopen dat in deze staat verkeert, maar aan de andere kant betekent het ook dat we het feest niet bij mij thuis kunnen houden. Ik hoopte stiekem...'

'Is goed.' Ik knik en zie dan twee gezichten zo geschokt kijken dat ik me schaam. Ze kwamen vaak genoeg over de vloer, elke vrijdag pizza en heerlijk relaxen in het bubbelbad. Maar dat hield op toen Damen in mijn leven kwam. Nu hij weg is – of in elk geval vastbesloten is zich een tijdje afzijdig te houden – kunnen we daar best weer mee beginnen.

'Weet je zeker dat Sabine dat niet erg vindt?' Miles klinkt hoopvol, maar ook voorzichtig.

Ik schud mijn hoofd. 'Als je het maar geen probleem vindt dat

Munoz er ook zal zijn.' Ik sla mijn ogen ten hemel.

'Munoz? Onze geschiedenisleraar?' Ze kijken me met open mond aan. Ze zien er net zo geschokt uit met hun uitpuilende ogen als ik de eerste keer was.

'Ja, die daten tegenwoordig.' Ik knik, wetende dat ik het niet kan veranderen, ook al vind ik het niks.

Haven veegt haar pony uit haar gezicht en leunt naar voren. 'Wacht effe. Je wilt dus zeggen dat jouw tante Sabine een relatie heeft met die knappe geschiedenisleraar?'

'Ha, wie heeft er nu een oogje op de leraar?' grinnikt Miles als hij haar port.

Het interesseert Haven niet. 'Ja, hoor. Doe maar alsof je het zelf niet gezien hebt. Ik bedoel, voor een oude vent – vooral eentje met een bril en een kakibroek – ziet hij er best lekker uit.'

'O, zeg alsjeblieft niet lekker.' Ik kreun en moet er zelf ook om lachen. 'Maar als je het wilt weten, 's avonds laat hij die bril thuis en maken de Dockers plaats voor designerjeans.'

Haven lacht en staat op. 'Dat is dan geregeld. Het feest is bij jou thuis. Dit moet ik zien!'

'Komt Damen ook?' Miles laat zijn mobieltje in zijn zak glijden en kijkt me onderzoekend aan.

'Eh... weet ik nog niet... misschien.' Ik haal mijn schouders op. Daarna pers ik mijn lippen op elkaar en krab zo hard aan mijn arm dat ik net zo goed een bord omhoog kan houden met de tekst: HÉ, KIJK NOU, IK LIEG DAT IK BARST! 'Ik bedoel, hij heeft de laatste tijd nogal zijn handen vol aan de tweeling en...'

'Komt hij daarom al een week niet meer naar school?' vraagt Haven.

Ik knik en mompel een vaag verhaal over hoe hij zijn eindexamens eerder mag doen. Ik klink niet erg overtuigend en het werkt dan ook niet. Ze knikken wel, maar vooral om mij een plezier te doen. Hun aura's en ogen vertellen me een ander verhaal – ze geloven er geen woord van.

'Zorg jij nou maar dat Jude komt,' zegt Miles en er fladdert iets in mijn buik als ik zijn naam hoor.

'Ja, ik heb een back-up nodig voor het geval mijn date tegenvalt.' Haven lacht geheimzinnig.

'Heb je een date?' vragen Miles en ik tegelijk, waarna we haar samen aangapen.

'Wie dan?' vraag ik op hetzelfde moment dat Miles uitroept: 'Dat is snel!'

Haven grijnst en zwaait naar ons over haar schouder, op weg naar haar volgende les. 'Je ziet het vanzelf!'

Zesendertig

Ik heb Munoz beloofd naar de les te komen (waarbij ik me een stuk meer opgelaten voelde dan hij), maar de andere leraren niet. Dus laat ik de rest van de lessen schieten en ik ga naar de winkel.

Ik denk aan Damen terwijl ik over de Pacific Coast Highway rijd en ik zie hem zo levendig voor me dat hij plotseling naast me in de passagiersstoel manifesteert. Hij kijkt me aan met die donkere, glinsterende ogen, zijn lippen een beetje open en verleidelijk. Hij legt een boeketje rode tulpen op mijn schoot neer, wat zo'n voelbare pijn veroorzaakt dat ik hem al laat verdwijnen voor hij dat automatisch doet. Ik weet dat een gemanifesteerde Damen niet goed genoeg is. Niet als de echte er gewoon is – ergens – wachtend op het eind van die drie maanden.

Maar ik kan niet wachten en ik wíl niet wachten. Ik raak dit ellendige gevoel pas kwijt als ik Damen terug heb. En dat kan alleen door Romans code te kraken. Ik moet en zal dat tegengif in handen krijgen; dat lost alle problemen op.

Ik heb geen idee waar ik hem kan vinden, behalve dan door hem thuis op te wachten. Net als Damen spijbelt hij de laatste dagen van dit schooljaar alleen nog maar.

266

Ik rijd het steegje in en claim de kleine plek achter de winkel. Die storm ik met zoveel energie en snelheid binnen dat Jude verbijsterd opkijkt wanneer ik naast hem sta en het afsprakenboek erop nasla.

'Hé, als ik had geweten dat je zou spijbelen, had ik een paar readings voor je geboekt. Maar op dit moment staat er niets in de agenda.'

'Ik spijbel niet,' mompel ik, ook al weten we allebei dat het wel zo is. 'Ja, oké, misschien ook wel. Maar het is de laatste week van het schooljaar, dus ik mis niks. Je vertelt het aan niemand anders, hè?'

Hij wuift de vraag met een handbeweging weg en haalt zijn schouders op. 'Als ik dat had geweten, had ik mijn surfplank meegenomen.'

'Dan ga je hem toch halen?' Ik loop naar de boekenplank en zet de titels in een andere volgorde. Ik houd liever afstand, dan voel ik de verleidelijke kalmte niet die hij uitstraalt. 'Ik meen het,' houd ik vol als hij niet beweegt. 'Ik hou de winkel wel voor je in de gaten.'

Hij kijkt me strak aan. 'Ever...' begint hij.

Na een blik in zijn richting, weet ik waar dit heen gaat. Ik wil hem geruststellen voor hij het kan zeggen. 'Je hoeft me niet te betalen,' zeg ik met mijn armen vol boeken. 'Ik kom niet voor de extra uren. Sterker nog, het maakt me niet eens uit of je me wel of niet betaalt.'

Even knijpt hij zijn ogen tot spleetjes, dan houdt hij zijn hoofd schuin. 'Dat meen je nog ook, hè?'

Ik haal mijn schouders op en zet de boeken een voor een terug, terwijl ik de tijd neem ze allemaal recht op een rijtje te zetten. 'Ja, dat meen ik.' Het voelt fijn om weer een geheim kwijt te zijn, ook al is dit nogal onbeduidend.

'Waarom ben je hier dan eigenlijk?' Zijn stem slaat over op een manier die ik niet kan negeren. 'Gaat het om het boek?'

Ik draai me om, nerveus en ongemakkelijk. 'Is het zo overduidelijk?' Ik trek mijn schouders omhoog en pers er een lachje uit.

Opgelucht zie ik dat hij ook lacht en met zijn duim over zijn schouder wijst. 'Ga je gang, leef je uit. Ik zal Damen niet vertellen wat je uitspookt.'

Met een veelbetekenende blik wil ik hem laten weten dat die grapjes over Damen m'n neus uit komen. Maar dan zie ik dat hij het meent.

'Sorry.' Hij haalt zijn schouders op. 'Maar het was duidelijk dat hij er niets van wil weten.'

Dat ontken ik niet, maar ik bevestig ook niets. Ik wil het met hem niet over Damen hebben. Ik loop door naar het kantoortje achter in de winkel en wil net het slot met mijn gedachten openen als ik merk dat hij me is gevolgd.

'Eh, ik vergat dat die la op slot zit,' mompel ik huichelachtig naar de la wijzend. Wat ben ik toch een slechte actrice. Maar ik houd het bij dit toneelspel.

Hij leunt tegen de deurpost en schenkt me een spottende blik. 'Dat hield je de vorige keer ook niet tegen,' zegt hij op diepe, lage toon. 'Of de eerste keer dat ik je hier in de winkel aantrof.'

Ik slik onzeker. Als ik toegeef wat ik kan, breek ik Damens belangrijkste regel. Maar Judes woorden rusten zwaar op mijn schouders. 'Ik... ik kan niet...'

Hij trekt een wenkbrauw op, wetend dat ik het juist wel kan.

'Ik kan het niet als je naar me kijkt,' zeg ik. Het heeft toch geen zin te blijven doen alsof.

'Helpt dit?' Hij slaat zijn handen voor zijn ogen en grijnst breed.

Ik kijk hem aan en hoop dat hij niet door zijn vingers gluurt. Dan haal ik diep adem en ik sluit mijn ogen, terwijl ik voor me zie hoe het slot open schakelt. Ik pak het boek tevoorschijn en leg het neer op het bureau terwijl hij gaat zitten. Hij houdt zijn hoofd schuin en balanceert zijn voet op zijn knie. 'Weet je, je bent wel heel bijzonder, Ever.'

Ik bevries en mijn hand blijft in de lucht boven het boek hangen. Mijn hart klopt harder dan ooit.

'Ik bedoel, je hebt een zeer bijzondere gave.' Hij kijkt me met opgetrokken schouders nauwlettend aan. De kleur van zijn wangen wordt donkerder als hij verdergaat. 'Ik heb nooit eerder iemand ontmoet die kan wat jij kunt. De manier waarop je informatie uit een boek – of zelfs van een persoon – in je opneemt. En toch...'

Ik staar naar hem met dichtgeknepen keel. Volgens mij komt er nu een onderwerp waar ik liever niet over praat.

'Je hebt geen flauw idee wie er naast je staat, hè? Echt, letterlijk, vlak naast je.'

Ik zucht en hoop vurig dat hij nu niet een pamflet uit zijn tas pakt en tegen me begint te preken over verlossing en het Licht en weet ik wat nog meer. Maar hij gebaart slechts naar de ruimte rechts van me en knikt alsof hij iemand ziet. Als ik opzij kijk, zie ik alleen een lege ruimte.

'Toen ik je voor het eerst in de winkel zag, dacht ik dat je hier was om mij iets te leren.' Hij glimlacht als hij mijn gezichtsuitdrukking ziet. 'Je weet toch wel dat toeval niet bestaat, hè? Het universum is veel te precies voor willekeurige gebeurtenissen. Je kwam hier met een reden, ook al besef je dat misschien zelf niet...'

'Ik kwam hier voor het eerst toen Ava me meenam,' zeg ik ongemakkelijk. Ik voel waar dit naartoe gaat en het bevalt me niets. 'En ik kwam terug om Lina te spreken, niet jou.'

Hij knikt, maar lijkt niet onder de indruk. 'En toch kwam je hier precies in de tijd dat Lina er niet is, waardoor je mij hebt ontmoet.'

Met mijn ogen op het boek gericht, wiebel ik heen en weer op mijn stoel. Ik wil hem niet aankijken; niet na wat hij net gezegd heeft. Niet na mijn bezoekje aan Amsterdam met Damen.

'Ken je die uitdrukking: zodra de leerling er klaar voor is, verschijnt de leraar?'

Ik haal mijn schouders op en kijk hem vlug aan voor ik mijn blik weer laat zakken.

'We komen precies die mensen tegen die we moeten ontmoeten zodra de tijd er rijp voor is. Ik weet zeker dat ik genoeg van jou kan leren, maar op dit moment wil ik jou iets leren. Als dat mag – als je daarvoor openstaat.'

Ik voel zijn ogen op me gericht, geconcentreerd en hevig. Niet wetend wat ik anders moet, haal ik mijn schouders maar op. Ik zie hem weer knikken en naar de plek rechts van mij kijken, dit keer met zijn hoofd schuin.

'Er is iemand die je graag gedag wil zeggen,' zegt hij met zijn ogen op die plek gericht. 'Maar ze waarschuwt me nu al dat je erg sceptisch bent en ik extra hard mijn best moet doen om je te overtuigen.'

Ik staar naar hem zonder te knipperen en ik vergeet adem te halen. Als dit een geintje is... als dit een of ander flauw trucje is... dan... dan zal ik...

'Zegt de naam Riley je iets?'

Sprakeloos slik ik. Mijn hersenen kraken in een poging terug te denken aan alle gesprekken die ik ooit met hem heb gevoerd, op zoek naar het moment dat ik hem over haar verteld heb.

Geduldig kijkt hij me aan en hij wacht af. Ik kan alleen maar knikken als bevestiging.

'Ze zegt dat ze je zus is – je jongere zusje.' Hij geeft me niet eens de kans te reageren. 'O, en ze heeft ook iemand bij zich. Of beter gezegd...' Hij glimlacht en veegt zijn dreadlocks uit zijn gezicht alsof hij haar daardoor beter kan zien. 'Beter gezegd, iets... het is een hond, een blonde...'

'... labrador,' maak ik met tegenzin af. 'Onze hond...'

'Butterball,' zegt hij knikkend.

'Cup. Butter-cup.' Ik vraag me af hoe hij die naam fout kan zeggen als hij nu echt met Riley communiceert.

Hij gaat verder, knikkend. 'Ze zegt dat ze niet lang kan blijven omdat ze het de laatste tijd behoorlijk druk heeft. Maar ze wil dat je weet dat ze bij je is – vaker dan je denkt.'

'O, ja?' Ik sla mijn armen over elkaar en leun naar achteren tegen de stoelleuning. 'Waarom laat ze zich dan niet gewoon zien?' Ik frons mijn wenkbrauwen en vergeet mijn belofte hier niet over te praten. In plaats daarvan borrelt alle frustratie nu naar boven. 'Waarom doet ze dan niks waardoor ik weet dat ze er is?'

Met een halve grijns en een lichte beweging van zijn mondhoeken antwoordt Jude: 'Ze laat me een dienblad zien.' Hij wacht even en tuurt voor zich uit. 'Met brownies. Ze wil weten of je ze lekker vond.'

Als versteend blijf ik zitten. Ik denk aan de brownies die Sabine een paar weken geleden heeft gebakken en hoe ik op het kleinste stukje mijn voorletter zag staan en op het grootste stuk de R van Riley – net zoals ze vroeger altijd deed toen mijn moeder ze nog maakte...

Ik richt me tot Jude, maar er komt geen geluid uit mijn dichtgeknepen keel. Ik doe mijn best te kalmeren terwijl hij verdergaat. 'Ze wil ook weten of je de film leuk vond – de film die ze je liet zien in...'

Zomerland. Ik sluit mijn ogen en hoop de tranen tegen te houden. Zou mijn zusje met haar grote mond hem daarover durven vertellen? Maar hij haalt zijn schouders op en daar blijft het bij.

'Zeg maar tegen haar...' Mijn stem is zo schor en ruw dat ik mijn keel moet schrapen en opnieuw moet beginnen. 'Zeg maar ja op alles – alles wat ze zegt. Zeg haar dat ik van haar hou... dat ik haar mis... Vraag of ze de groeten wil doen aan pap en mam. En dat ze echt een manier moet vinden waarop ik eindelijk weer met haar kan praten, want ik heb...'

'Daar ben ik dus voor,' merkt hij op met ingehouden, lage stem en een blik die de mijne zoekt. 'Ze wil graag dat ik voor tussenpersoon speel, aangezien ze zelf niet met je kan praten. Althans, niet buiten je dromen. Maar ze wil dat je weet dat zij jou altijd kan horen.'

Ik kijk op en voel de scepsis terugkomen. Onze tussenpersoon? Zou Riley dat echt willen? Betekent dat dan dat ze hem vertrouwt? En zo ja, waarom? Weet zij van ons gezamenlijke verleden? En wat bedoelt ze met die dromen? De laatste keer dat ik haar in een droom zag, was het bijna een nachtmerrie. Een nachtmerrie vol vraagtekens en raadsels waar ik nog steeds niets van kan maken.

Ik kijk Jude weer aan en vraag me af of hij te vertrouwen is – hij verzint dit toch niet zomaar? Misschien heeft de tweeling hem iets verteld of heeft hij informatie over het ongeluk gevonden op internet?

'Ze gaat nu weer weg,' kondigt hij aan met een glimlach, terwijl hij kort zwaait naar mijn zogenaamd onzichtbare zusje. 'Wil je nog iets tegen haar zeggen voor ze weg is?'

Ik grijp de rand van mijn stoel vast en staar naar het bureau terwijl ik mijn ademhaling onder controle probeer te krijgen. De kamer voelt opeens veel te klein, bedompt en het lijkt wel alsof de muren op me afkomen en het plafond omlaag beweegt. Ik heb geen idee of ik hem kan vertrouwen, of Riley echt hier is en het niet allemaal bedrog is.

Ik weet alleen dat ik hier weg moet.

Ik heb frisse lucht nodig.

Ik hoor nog hoe hij me naroept als ik overeind spring uit de stoel en met een rotgang naar de deur sprint. Het maakt me niet uit waar ik naartoe ga, als er maar meer ruimte is en het ver weg is. Ver van hem vandaan.

Zevenendertig

Met bonzend hart hol ik de deur uit naar het strand. Mijn hersenen draaien overuren en ik vergeet zelfs langzamer te rennen tot ik al bij het water sta. Als dit een tekenfilm was, zou je een wolk van stof en zand zien hangen boven de route die ik net heb afgelegd. Achter me kijken mensen verbaasd op, hoofdschuddend en turend en tegen zichzelf zeggend dat ze het zich verbeeld hebben. Het kan niet echt zijn. Niemand kan zo snel rennen.

Vooral niet iemand die er zo gewoon uitziet als ik.

Ik laat mijn teenslippers achter in het zand en waad het water in. Vlug rol ik eerst nog mijn broekspijpen omhoog. Maar dan komt er een golf aan die mijn broek tot aan mijn knieën drijfnat maakt en het kan me niet meer schelen ook. Als ik maar iets voel – iets wat ik kan aanraken en begrijpen – een probleem met een voor de hand liggende oplossing. Alles liever dan de problemen waarmee ik de laatste tijd te kampen heb.

Eenzaamheid is me niet onbekend, maar het voelde nooit eerder zo erg als nu. Ik had altijd iemand met wie ik kon praten: Sabine, Riley, Damen, mijn beste vrienden... Maar nu zit ik zonder mijn familie, Sabine heeft Munoz, mijn vriendje heeft een pauze ingelast en ik kan hier niet met mijn vrienden over praten. Wat heeft het voor zin?

Wat heeft het voor zin al deze gaven te hebben en energie te kunnen manipuleren en dingen te laten verschijnen als ik er niets aan heb om te krijgen wat ik echt wil hebben?

Wat heeft het voor nut dat ik geesten kan zien als degenen die ik wíl zien onzichtbaar blijven?

Wat heb ik eraan eeuwig te kunnen leven als dat op deze manier moet?

Ik waad dieper het water in. Het komt nu tot aan mijn middel. Nog nooit heb ik me zo alleen gevoeld op een strand zo vol mensen, zo hulpeloos op een prachtige, zonnige dag. Ik weiger te reageren als Jude achter me opduikt, mijn schouders vastgrijpt en me uit de golven wil trekken. Het geeft me juist zo'n goed gevoel hoe het water tegen me aan beukt en me duwend en trekkend probeert te verleiden.

'Hé.' Hij kijkt tegen de zon in naar mijn gezicht en laat me pas los als hij zeker weet dat ik geen rare dingen ga doen. 'Zullen we weer terug naar binnen gaan?' Hij praat rustig en voorzichtig, alsof ik gevaarlijk, broos of labiel ben en tot alles in staat.

Ik slik en blijf staan waar ik sta. Met mijn blik op de horizon mompel ik: 'Als je een geintje maakte... als het allemaal een of ander trucje was...' Ik schud mijn hoofd en kan de zin niet afmaken, maar het dreigement is duidelijk.

'Natuurlijk niet.' Hij houdt me steviger vast en tilt me omhoog als er een golf aankomt. 'Je hebt mijn levensverhaal toch gezien, Ever? Die allereerste dag? Je weet wat ik kan en wat ik kan zien.' Ik haal diep adem en wil wat zeggen, maar hij gaat verder: 'Mocht je het willen weten, ze is sinds die eerste keer al vaker bij je geweest. Ze is er niet altijd, maar meer dan je denkt. Al was dit de eerste keer dat ze wat zei.'

'En hoe komt dat?' Ik draai me om en kijk hem strak aan. Ik heb geen reden hem niet te geloven, maar ik wil er graag zeker van zijn.

'Ik denk dat ze eerst wilde weten of ze me kon vertrouwen,' antwoordt hij schouderophalend. 'Net als jij.'

Ik kijk hem aan, diep in die zeegroene ogen van hem, waar ik zie dat hij de waarheid spreekt. Hij liegt niet, hij speelt geen spelletje met me en hij staat het ook niet ter plekke te verzinnen. Hij kan Riley echt zien en hij wil me alleen maar helpen.

'Volgens mij is dit de reden dat wij elkaar gevonden hebben.' Hij knikt en fluistert nu bijna. 'Zou Riley daar soms voor gezorgd hebben?'

Riley? Of iets veel groters dan wij? vraag ik me af. Ik staar naar de oceaan. Zou hij mij herkennen op dezelfde manier dat ik hem herken? Met dat rare gevoel in zijn maag, de tintelingen, die vreemde, maar vertrouwde aantrekkingskracht? Voelt hij wat ik voel? En zo ja, wat betekent dat dan? Zouden er echt nog losse eindjes kunnen zijn, dingen die we voor ons karma moeten afhandelen?

Bestaat toeval dan echt niet?

'Ik kan het je leren.' Hij kijkt me aan alsof hij die belofte maar al te graag waarmaakt. 'Ik kan je niets garanderen, maar ik wil het wel proberen.'

Ik maak me los uit zijn greep en doe een paar stappen verder het water in. Het interesseert me niets dat mijn benen drijfnat zijn terwijl mijn bovenlijf nog droog is.

'Iedereen heeft die aanleg. Net zoals iedereen paranormale gaven heeft. Althans, iedereen heeft die intuïtie. Het gaat erom hoe open je ervoor staat, hoezeer je bereid bent het te leren. Met jouw gaven en talent is er geen reden dat je niet kunt leren haar ook te zien.'

Ik kijk heel vlug in zijn richting, maar er is iets anders wat mijn aandacht trekt... Iets wat...

'De kunst is het verhogen van de trilling van je energieveld. Je moet het naar een niveau brengen waarop...'

We merken de golf niet eens op voor hij zijn schuimkop laat zien. Er is geen tijd meer om eronderdoor te duiken of te maken dat we wegkomen. Dat ik niet kopje-onder ga heb ik helemaal te danken aan Judes snelle reflexen en zijn krachtige armen.

'Alles in orde?' vraagt hij met een indringende blik.

Maar mijn aandacht is er niet bij. Ik voel me aangetrokken tot die heerlijke warmte die ik voel, de vertrouwde, liefdevolle aantrekkingskracht die maar van één iemand kan zijn... alleen van hém...

Ik zie Damen het water in lopen met zijn surfplank onder zijn arm. Zijn lichaam is zo gebruind en afgetraind dat Rembrandt er tranen van in zijn ogen zou krijgen. Hij glijdt door het water als een warm mes door boter; vloeiend, soepel, alsof de zee voor hem opzij gaat.

Ik open mijn mond en wil iets zeggen, ik wil zijn naam roepen en hem naar me toe halen. Maar net als ik dat wil doen, vang ik zijn blik op en ik zie wat hij ziet: mij met natte plukken haar, mijn shirt drijfnat en plakkend tegen mijn lichaam – alsof ik op een heerlijke zonnige dag de grootste lol heb in het water. Met Judes gespierde, bruine armen stevig om me heen.

Ik maak me los, maar het is te laat. Damen heeft me al gezien.

Hij is alweer teruggegaan.

Ik blijf leeg en happend naar adem achter als ik hem zie vertrekken.

Geen tulpen, geen telepathisch berichtje. Hij laat slechts een droevig, leeg gevoel achter.

Achtendertig

Jude komt achter me aan het water uit en volgt me het strand op. Hij roept me en probeert me bij te houden, maar uiteindelijk geeft hij het op als ik de straat oversteek en doorloop naar de winkel waar Haven tegenwoordig werkt.

Ik moet met iemand praten, ik heb iemand nodig. Ik wil mijn verhaal kwijt, die last moet van mijn schouders. De gevolgen interesseren me niet.

Het gewicht van mijn druipend natte spijkerbroek voel ik niet eens. Mijn shirt plakt tegen mijn huid en toch denk ik er niet aan droge kleren te manifesteren tot ik bij de winkel aankom en Roman zie staan.

'Sorry, schat. Geen schoenen, geen service.' Hij grijnst vals. 'Al moet ik toegeven dat ik wel kan genieten van dit uitzicht.'

Ik volg zijn blik naar mijn borsten en sla er meteen een arm voor als ik besef dat hij door mijn shirt heen kan kijken nu het nat is.

'Ik moet met Haven praten.' Ik wil me langs hem duwen, maar hij blokkeert mijn pad.

'Ever, alsjeblieft. Dit is een nette winkel. Kom maar terug als je jezelf een beetje gefatsoeneerd hebt.'

Over zijn schouder werp ik een blik naar binnen. Ik zie een vrij grote ruimte die vol staat met allerlei spullen; de geest in de fles zou zich hier thuis voelen. Aan de dakspanten hangen kristallen kroonluchters, aan de muur zie ik kandelaars en ingelijste olieverfschilderijen en op de vloer liggen kleurrijke, geweven tapijten over elkaar heen. Antieke meubels staan kriskras verdeeld over de winkel, vlak naast vele rekken vintagekleding en grote vitrinekasten vol prullen en sieraden.

'Vertel me nou maar gewoon of ze er is of niet.' Ik kijk hem kwaad aan en mijn geduld raakt nog sneller op als ik die domme grijns weer zie verschijnen. Ik probeer me te concentreren op Havens energieveld, maar dat lukt niet. Waarschijnlijk blokkeert Roman me.

'Misschien wel, misschien ook niet. Wie zal het zeggen?' Hij steekt een hand in zijn zak en haalt een pakje sigaretten tevoorschijn. Hij biedt me er een aan. Ik rol met mijn ogen en trek mijn neus op. Hij houdt zijn aansteker bij het uiteinde en knijpt zijn ogen bijna dicht. Nadat hij diep inhaleert en weer uitademt, zegt hij: 'Godsamme, Ever, doe eens iets geks! Onsterfelijkheid is aan jou echt niet besteed!'

Druk wuif ik de rookpluim bij me vandaan terwijl ik hem fronsend aankijk. 'Wie is de eigenaar van deze winkel?' Ik bedenk me dat ik deze zaak nooit echt eerder heb opgemerkt en nu ben ik nieuwsgierig wat hij ermee te maken heeft.

Langzaam neemt hij een trekje. Met zijn ogen toegeknepen en katachtig bekijkt hij me rustig van top tot teen voor hij antwoord geeft. 'Je denkt dat ik een grapje maak, maar ik meen het. Geen enkele onsterfelijke met een greintje zelfrespect zou ooit zo over straat durven.' Hij zwaait met zijn vinger naar me. 'En toch... je mag het shirt van mij zo houden. Als je je wat de rest betreft maar wel even omkleedt.' Hij loert naar me en grijnst als een roofdier dat zijn prooi in het vizier heeft.

'Wie is de eigenaar van deze winkel?' herhaal ik. Ik kijk nog eens naar binnen en krijg opeens een ingeving. Dit is niet zomaar een winkel vol oude zooi. Dit zijn Romans eigendommen,

zijn persoonlijke spullen. Alles wat hij verzameld heeft in de afgelopen zeshonderd jaar. Hij heeft ze zorgvuldig verdeeld en
verkocht op precies het goede moment – als antiquair.

Hij puft de rook nu in ringen uit en kijkt me aan. 'Een vriend
van me. Niet dat dat jouw zaken zijn.'

Ik weet wel beter. Dit is zijn winkel. Hij is Havens baas, hij
betaalt haar salaris. Maar hij hoeft niet te weten dat ik hem door-
heb. 'Ach, je hebt een vriendje gemaakt. Wat sneu voor hem.'

'O, ik heb genoeg vrienden.' Hij grijnst, neemt nog een laatste, diepe trek van zijn sigaret en laat hem dan op de grond vallen voor hij hem uit stampt. 'Ik ben niet zoals jij. Ik sluit geen
mensen buiten. Ik gebruik mijn gaven niet uitsluitend voor mezelf. Ik ben een populist, Ever. Ik geef de mensen wat ze graag
willen.'

'En wat mag dat zijn?' Ergens vraag ik me af wat ik hier nog
doe, druipend op de stoeptegels en huiverend in mijn natte spijkerbroek en doorzichtige shirt. Waarom doe ik mee aan dit nutteloze, onzinnige gesprek? Maar een groter deel van me staat
als aan de grond genageld en kan zich niet losrukken.

Hij glimlacht en zijn blauwe ogen kijken me hypnotiserend
aan. 'Mensen willen nu eenmaal wat ze willen.' Zijn lach komt
diep uit zijn keel en klinkt als een laag gegrom; ik krijg er kippenvel van. 'Het is niet zo moeilijk te ontcijferen. Wil je raden
wat het is?'

Zeker dat ik iets zag bewegen, kijk ik over zijn schouder de
winkel in. Ik hoop dat het Haven is, maar het is dezelfde griet
die ik die avond bij Roman thuis ontmoette – die avond dat ik
zo dom was bij hem langs te gaan. Ze kijkt me aan en loopt om
de toonbank heen naar de voordeur waar wij staan. Ze heeft git-
zwart haar, zwarte ogen en een opvallend gladde huid. Haar
schoonheid is zo exotisch dat ik vergeet adem te halen.

'Het was me een genoegen met je te kletsen, Ever. Maar ik
ben bang dat je nu toch moet gaan. Sorry dat ik het zo zeg, hoor,
maar je ziet er een tikkie slonzig uit. Het doet de winkel geen
goed als je zo voor de deur blijft hangen. Straks verjaag je de

klanten nog! Heb je trouwens kleingeld nodig voor de bus, want ik...' Hij rommelt in zijn broekzak en haalt een hand vol kwartjes tevoorschijn. 'Ik heb geen flauw idee wat zoiets kost, hoor. Ik heb niet meer in een bus gezeten sinds...'

'Zeshonderd jaar geleden?' zeg ik bits. Het meisje staat plots stil en Roman wiebelt met zijn vingers ten teken dat ze zich er niet mee moet bemoeien. Dat teken zou iedereen over het hoofd hebben gezien, maar ik niet. Ik zie dat ze even wacht en dan doorloopt naar een kamer achter in de winkel die ik niet kan zien.

Ik heb hier niets te zoeken. Dus draai ik me om. Roman roept me nog na terwijl ik de straat oversteek. 'Zes eeuwen geleden waren er nog geen bussen! Als je niet steeds zou spijbelen bij geschiedenis, zou je dat wel weten!'

Ik reageer niet, ik wil niet meer meespelen. Bijna ben ik de hoek om, maar dan bereikt zijn telepathische bericht me. Raad eens, Ever, hoor ik hem zeggen. Denk eens goed na. Wat willen mensen nou zo ontzettend graag? Want dat zou wel eens kunnen zijn wat je naar het tegengif leidt...

Bijna struikel ik en ik moet me overeind houden met mijn handen tegen de muur nu ik Romans stem door mijn hoofd hoor echoën. Zijn zangerige accent en melodieuze toon: zo veel verschillen we niet van elkaar, jij en ik. We hebben zelfs heel veel gemeen. Het duurt nu niet lang meer, *darling*, tot je de kans krijgt dat te bewijzen. Het duurt niet lang meer voor je doet wat ik van je verlang.

Dan lacht hij hartelijk en laat hij me gaan.

Negenendertig

De volgende dag ga ik naar mijn werk alsof er niets gebeurd is. De ongemakkelijke omhelzing op het strand wil ik achter me laten, net als het feit dat we elkaar in vorige levens steeds zijn tegengekomen. Jude heeft daar geen herinnering aan en er is ook nooit iets tussen ons gebeurd. Daar is een reden voor.

En die reden heet Damen.

Ik heb me gehaast om hier te komen, maar toch zijn Miles en Haven me voor. Ze leunen over de toonbank en flirten allebei om het hardst met Jude.

'Wat doen jullie hier?' vraag ik hopelijk niet al te paniekerig als ik van de een naar de ander kijk: een triomfantelijke Haven, Miles met die glinstering in zijn ogen en Jude die het allemaal reuzegrappig schijnt te vinden.

'O, we vertellen hem al je geheimen, overdrijven je zwakke punten en nodigen Jude meteen even uit voor mijn afscheidsfeest – je weet wel, voor het geval jij dat vergeet.' Miles lacht.

Met rode wangen kijk ik naar Jude, maar ik weet niet wat ik moet zeggen. 'En heel toevallig is hij die dag net vrij!' roept Haven blij.

Ik loop om de toonbank heen alsof ik daar totaal niet mee zit.

Alsof het me amper interesseert dat de jongen met wie ik blijkbaar de afgelopen vier eeuwen steeds een of andere relatie gehad heb – een relatie waarvan mijn grote liefde durft te zweren dat die nog niet voorbij is – over een paar dagen staat mee te feesten in mijn huiskamer.

Haven pakt de flyer van Judes cursus voor paranormale ontwikkeling en zwaait ermee voor mijn neus. 'En hoe komt het dat je me hier helemaal niks over verteld hebt?' Ze fronst haar wenkbrauwen. 'Dit is echt iets voor mij. Je weet toch dat dit helemaal mijn ding is?' Ze draait zich half om en schenkt Jude een brede glimlach.

'Sorry, maar dat wist ik dus niet.' Ik haal mijn schouders op, zet mijn tas onder de toonbank en ga op de lege kruk naast Jude zitten. Ik laat me niet meeslepen door iets wat niet waar is en vraag me liever af hoe ik die twee weer de winkel uit kan krijgen.

'Nou, dat is wel zo. Al een hele tijd ook.' Ze trekt een wenkbrauw op en kijkt me uitdagend aan, wachtend tot ik haar probeer tegen te spreken, maar ik trap er niet in. 'Gelukkig heeft Jude net beloofd te kijken of ik nog mee kan doen,' zegt ze dan grijnzend.

Ik werp hem een veelbetekenende blik toe – vlug en intens – en zie hoe zijn schouders iets naar achteren bewegen voor hij ze ophaalt, opstaat en naar zijn kantoortje loopt. Even later keert hij terug met zijn surfplank onder zijn arm. Hij zwaait naar ons alle drie en verlaat de winkel.

'Dat je ons niks over hem hebt verteld!' roept Miles verontwaardigd zodra de deur dichtvalt. 'Wat ongelooflijk egoïstisch van je! Vooral omdat je zelf al een onwijs knap vriendje hebt.'

'Ik kan niet geloven dat je hier niks over gezegd hebt,' moppert Haven met de flyer nog in haar hand. 'Je hebt geluk dat ik nog mag meedoen van hem.'

'Heb ik geluk?' herhaal ik hoofdschuddend. Het laatste waar ik op zit te wachten is dat Haven ontdekt dat ik paranormale gaven heb. Ze voelt al veel te veel aan als het om mij en Damen gaat. 'De cursus is al begonnen. Daarom zei hij dat hij zou kíjken of je nog mee kunt doen.' En stiekem zal ik er alles aan doen om te zorgen dat het antwoord uiteindelijk nee is. 'En hoe zit het dan met je werk? Heb je er eigenlijk wel tijd voor?'

Ze schudt haar hoofd en fronst haar wenkbrauwen. Hoe meer ik tegensputter, hoe meer zij haar zinnen erop zet. 'Nee, hoor, ze zitten daar niet mee. Geen probleem als ik tussendoor iets anders moet doen.'

'Ze?' Ik kijk haar vlug aan voor ik naar de agenda van de winkel grijp en hem doorblader in een poging zo ongeïnteresseerd mogelijk te lijken. In werkelijkheid ben ik nu wel heel erg nieuwsgierig.

'Ja, de Hogere Machten.' Ze lacht en kijkt me aan. 'Mijn werkgevers, wie dan ook.'

'Is Roman een van hen?' Ik kijk weer even vlug op voor ik een bladzijde omsla.

'Eh... hal-lo? Roman zit nog op school, weet je wel?' Met grote ogen schudt ze haar hoofd en kijkt Miles vragend aan. Ze wisselen een blik die ik liever niet zie.

'Ik ben gisteren nog langs geweest.' Nu kijk ik vol aandacht naar Haven, haar aura en haar energieveld. Ik weet nog net te voorkomen dat ik in haar gedachten ga graven. 'Roman zei dat je er niet was.'

'Ja, weet ik, dat zei hij. We zullen elkaar wel net gemist hebben.' Ze haalt haar schouders op. 'Maar jij denkt nu dat we over iets anders zijn begonnen en dat is niet zo. Dus leg eens uit hoe dat zit met jou en deze cursus?' Ze tikt met haar paarsgelakte nagel op de flyer en kijkt me strak aan. 'Waarom wil je niet dat ik me inschrijf? Is het omdat je Jude zelf leuk vindt?'

'Nee, zeg!' Mijn reactie is te snel en te fel, dat kan ik aan hun blikken zien. Nu zijn ze nog wantrouwender. 'Ik heb Damen toch?' ga ik vlug verder, ook al is dat niet langer zo. Maar dat kan ik hun niet vertellen. Ik durf het zelf nog niet eens toe te geven. 'Dat hij niet meer naar school komt wil nog niet zeggen dat hij...' Ik stop en schud mijn hoofd. Laat ook maar. 'Maar als je het wilt weten: Honor heeft zich ingeschreven en het lijkt mij sterk dat je samen met haar een cursus wilt volgen.' Ik kijk haar ernstig aan en hoop dat die reden voldoende is.

'Meen je dat?' Miles en Haven staren me allebei aan – de vier bruine ogen zijn helemaal op mij gericht.

'En Stacia dan? En Craig?' vraagt Haven, bereid de handdoek in de ring te gooien als haar drie grootste vijanden van de partij zijn.

Het liefst zou ik liegen, maar ik schud mijn hoofd. 'Nee, alleen Honor. Gek, hè?'

Havens aura begint te flitsen en flikkeren. Ze weegt de voor- en nadelen af. Moet ze haar paranormale gaven ontwikkelen met een pestkop als Honor erbij? Ze kijkt om zich heen in de winkel. 'Wat eh... wat doe jij hier eigenlijk? Geef je ook readings en zo?'

'Wie, ik? Nee, joh!' Ik pers mijn lippen op elkaar en pak nu de doos met kassabonnen onder de toonbank vandaan. Ik rommel er wat doorheen. Alles om haar blik te ontwijken.

'Wie is dat dan, die Avalon? Kan ze het een beetje?'

Mijn ogen schieten heen en weer tussen mijn vrienden, maar ik kan me niet bewegen en niets uitbrengen.

'Hé, hallo! Aarde aan Ever! Die poster vlak achter je aan de muur: BOEK NU EEN READING BIJ AVALON!' leest ze voor. Ze meent het gedeeltelijk als ze opmerkt: 'Jezus, jij moet het echt alleen maar hebben van je knappe uiterlijk, hè?'

'Hmm... zet mij maar in de agenda!' grinnikt Miles. 'Ik wil wel een reading van Avalon. Misschien kan zij me vertellen waar ik in Florence de lekkerste jongens kan vinden.'

'Ja, maak voor mij maar een afspraak,' knikt Haven. 'Ik heb altijd al eens een reading willen hebben en ik kan er nu wel een gebruiken. Is ze er vandaag?' Ze kijkt zoekend om zich heen.

Ik slik. Ik had kunnen weten dat dit zou gebeuren. Damen waarschuwde me hier al voor.

'Hal-lo!' Haven zwaait haar hand vlak voor mijn ogen heen en weer en wisselt een blik met Miles. 'We willen allebei graag een reading. Ik bedoel, je werkt hier toch, of niet?'

Ik pak het afsprakenboek weer onder de toonbank vandaan en blader er zo vlug doorheen dat alle namen als vlekken voorbijschieten – zwarte stippen op een witte achtergrond. Dan klap ik de agenda weer dicht en leg hem terug. 'Ze zit vol.'

'Eh... o-ké...' Haven tuurt naar me. Ze vermoedt nu zeker iets. 'En morgen dan?'

Ik schud mijn hoofd.

'De dag erna.'

'Nog steeds volgeboekt.'

'Volgende week.'

'Nee, sorry.'

'Volgend jaar?'

Ik haal mijn schouders op.

'Oké, waar gaat dit over?' Ze kijkt me met een wenkbrauw opgetrokken aan.

Ze staren me nu allebei aan, er zeker van dat ik iets achterhoud, mijn verstand verloren heb of een combinatie van die twee. Ik moet hun vermoedens zo snel mogelijk wegnemen, maar ik weet niets beters dan: 'Het lijkt mij gewoon zo zonde van je geld. Zo goed is ze niet eens. We hebben al een paar klachten gehad.'

Miles schudt zijn hoofd en kijkt me nog strenger aan. 'Briljant verkooppraatje, Ever.'

Maar Haven laat zich niet zo snel uit het veld slaan. Ze begint langzaam te knikken terwijl ze naar me blijft kijken. 'Ach, dit is vast niet de enige plek waar ik een reading kan krijgen. En om een of andere reden, ik weet zelf ook niet waarom, weet ik nu echt zeker dat ik er eentje nodig heb.' Ze gooit haar tas over haar schouder, pakt Miles' hand vast en trekt hem mee naar de deur. 'Ik weet niet wat er met je aan de hand is, maar de laatste tijd gedraag je je erg vreemd. Nog idioter dan normaal.' Ze werpt een blik over haar schouder en schenkt me een blik waarvan ik niet eens wil weten wat die betekent. 'Echt hoor, Ever. Als je Jude leuk vindt, zeg dat dan gewoon. Al vind ik wel dat je het eerst Damen moet vertellen. Dat lijkt me wel zo aardig.'

'Ik vind Jude niet leuk.' Ik haal mijn schouders op en probeer rustig te blijven, al mislukt het hopeloos. Het maakt toch niet uit – ze is al zeker van haar zaak. Iedereen lijkt het zeker te weten. Iedereen behalve ik. 'En geloof me, er is verder niks aan de hand. Behalve dus tentamens en Miles' afscheidsfeestje en al die andere... gewone dingen...' Ik kan net zo goed niets meer zeggen, want ze geloven me toch niet.

'Waar is Damen dan? Waarom komt hij nooit meer naar school of zomaar langs?' Miles staat naast Haven en knikt instemmend. Ze geeft me een moment de tijd om te reageren, maar gaat dan verder. 'Weet je, vriendschap hoort van twee kanten te komen, hoor. Ik zeg wat, jij zegt wat. Je moet elkaar vertrouwen. Maar om wat voor reden dan ook denk jij dat je altijd maar perfect moet zijn. Alsof er nooit eens iets misgaat in jouw perfecte, knusse leventje. Alsof jij nooit eens ergens mee zit of er iets tegenvalt. Of je het nou gelooft of niet, Miles en ik zullen nog steeds van je houden als je eens uit je humeur bent. God, je mag zelfs een rotdag hebben en dan nog blijven we bij je zitten tijdens de lunch en sturen we je berichtjes tijdens de les. Want één ding is zeker, Ever. Al doe je nog zo hard je best, we geloven toch niet dat alles altijd perfect en geweldig is.'

Ik haal diep adem en knik. Meer kan ik niet doen. Mijn keel zit dicht en ik kan niets zeggen.

Ik weet dat ze allebei wachten bij de deur. Ik hoef maar een kik te geven, maar even de moed bij elkaar te rapen en ze in vertrouwen te nemen. Maar dat gaat niet. Wie weet hoe ze dan reageren! Ik heb zo al genoeg aan mijn hoofd.

Dus glimlach ik en zwaai en beloof ze later nog wel te spreken. Als ze met hun ogen rollen en dan maar vertrekken, probeer ik niet te opvallend ineen te krimpen.

Veertig

Ik zit in het kamertje achter in de winkel, aandachtig over het dikke boek gebogen wanneer Jude binnenkomt. Het verbaast hem dat ik er nog ben.

'Ik zag je auto achter staan en ik wilde even zeker weten dat alles in orde is.' Hij blijft staan in de deuropening en kijkt me onderzoekend aan. Daarna laat hij zich op de stoel tegenover het bureau vallen, zonder zijn blik af te wenden.

Met vermoeide ogen kijk ik op van het boek naar de klok, waar ik er tot mijn schrik achter kom hoe laat het is en hoe lang ik hier dus al zit.

'Ik was nogal geconcentreerd bezig, denk ik,' zeg ik. 'Het is een hoop stof om doorheen te komen.' Ik sla het boek dicht en duw het opzij. 'En ik heb er niet eens erg veel aan.'

'Je hoeft hier niet de hele nacht te blijven zitten, hoor. Je mag het boek mee naar huis nemen als je dat wilt.'

Ik denk aan mijn huis en het bericht dat Sabine heeft ingesproken. Ze wil vanavond koken voor Munoz. En dus is mijn huis wel de laatste plek op aarde waar ik vanavond graag wil zijn.

'Nee, dat hoeft niet, ik ben er wel klaar mee.' Nu ik het hardop hoor, besef ik dat ik dat ook echt meen – op alle mogelijke manieren.

Voor een boek dat ooit zo veelbelovend leek, heb ik tot nu toe alleen maar nutteloze spreuken gevonden. Een spreuk om iemand te vinden of verliefd te laten worden, een twijfelachtige remedie tegen wratten waarvan de resultaten niet doorslaggevend waren... Helemaal niets over hoe je de kwaadaardige effecten van een elixir kunt terugdraaien als daarmee geknoeid is. Of hoe je iemand zover kunt krijgen je te vertellen wat je wilt weten.

Nee, er staat niets in het boek wat mij kan helpen.

'Kan ik iets doen?' vraagt hij als hij de teleurstelling van mijn gezicht afleest.

Mijn hoofd beweegt al heen en weer; ik kan het me niet voorstellen. Maar dan twijfel ik opeens. Misschien kan hij dat wel?

'Is ze hier?' Ik kijk hem vragend en met ingehouden adem aan. 'Riley. Is ze hier?'

Hij kijkt naar de plek rechts van mij en schudt dan zijn hoofd. 'Het spijt me,' zegt hij zacht. 'Ik heb haar niet meer gezien sinds...'

Zonder dat hij zijn zin afmaakt, weet ik ook al hoe hij eindigt. Hij heeft haar sinds gisteren niet meer gezien, sinds het moment dat Damen ons betrapte in een innige omhelzing op het strand – een moment dat ik liever uit mijn geheugen wis.

'Hoe leer je iemand dan om... je weet wel... om geesten te zien?'

Hij kijkt op en wrijft over zijn kin. 'Ik weet niet of ik iemand kan leren geesten te zíén,' zegt hij met nadruk. Hij leunt naar achteren in zijn stoel en legt zijn voet op zijn andere knie. 'Het werkt bij iedereen anders. Iedereen heeft andere gaven en vaardigheden. Sommigen zijn van nature helderziend – in staat om dingen te zien – of helderhorend – in staat om dingen te horen – of heldervoelend...'

'Ja, ja, in staat om dingen te voelen.' Dit weet ik allemaal al en ik wil graag door naar het gedeelte waar het interessant wordt.

Het gedeelte waar ik wat aan heb. 'En wat ben jij dan?'

'Alle drie. O, en ook helderruikend.' Hij glimlacht; een soepel en nonchalant gebaar waarvan mijn maag weer in de knoop schiet. 'Jij waarschijnlijk ook. Ik bedoel, jij bent het waarschijnlijk allemaal. De truc is om de trilling van je energieveld te verhogen en dan weet ik zeker...' Hij kijkt me aan als hij merkt dat hij me al kwijt is. 'Alles bestaat uit energie,' zegt hij dan. 'Dat weet je toch, hè?'

Die woorden brengen me in gedachten terug naar die avond op het strand een paar weken geleden, toen Damen me precies hetzelfde vertelde. Over energie, trillingen en alles. Ik herinner me nog hoe ik me toen voelde, hoe bang ik was om te bekennen wat ik had gedaan. Hoe naïef ik was, denkend dat dat mijn grootste probleem was en het niet erger kon.

Ik zie dat Judes mond en lippen nog steeds bewegen. Hij legt uit hoe energie en trillingen werken, hoe een ziel verder kan leven na een lichamelijke dood. Maar ik kan alleen maar denken aan ons drietjes: Damen, hij en ik en hoe de stukjes in de puzzel passen.

'Wat vind jij van het idee van vorige levens?' val ik hem in de rede. 'Je weet wel, reïncarnatie en zo. Geloof je daarin? Denk je dat mensen echt karma overhouden uit een vorig leven en nog iets af te ronden hebben, net zo lang tot het evenwicht hersteld is?' Ik houd mijn adem in, benieuwd hoe hij reageert en of hij zich iets herinnert over ons gezamenlijke verleden.

'Waarom ook niet?' Hij houdt zijn hoofd even schuin. 'Karma is iets heftigs. En was het niet Eleanor Roosevelt die het net zomin vreemd zou vinden in een ander leven terecht te komen als in het leven dat ze had? Je denkt toch niet dat ik die goeie, ouwe Eleanor durf tegen te spreken?' Hij lacht.

Ik leun naar achteren en kijk hem een tijdje aan. Wist hij maar over ons verleden samen. Al is het maar omdat ik er dan in ieder geval met hem over kan praten. Dan kan ik Damen bewijzen dat er niets aan de hand is tussen hem en mij. Misschien moet ik er wel over beginnen, het ijs breken. Ik adem diep in en weer uit. 'Zegt de naam Bastiaan de Kool jou iets?'

Hij kijkt me aan en zegt niets.

'Hij was een... Nederlandse... schilder en hij... schilderde... dingen...' Ik schud mijn hoofd en wend mijn blik af. Het was stom om hierover te beginnen. Ik bedoel, hoe wil ik dit uitleggen? Moet ik zeggen: ach ja, mocht je nieuwsgierig zijn – Bastiaan de Kool, dat was jij in een vorig leven, een paar honderd jaar geleden, en je maakte een schilderij van mij!

Jude zit met een halve grijns op zijn gezicht tegenover me. Zijn schouders zijn opgetrokken en er gaat duidelijk geen belletje bij hem rinkelen. Ik heb geen idee hoe ik nu verder moet gaan. Ik kan hem moeilijk meenemen naar Zomerland en hem de kunstgalerie laten zien; dat ben ik in elk geval niet van plan. Dus blijf ik maar stil. Ik zal geduldig moeten wachten tot deze drie eenzame maanden voorbij zijn.

Ik schud mijn hoofd hard heen en weer om het achter me te laten. Er zijn belangrijker zaken op dit moment. Ik schraap mijn keel en kijk hem weer aan. 'Oké en hoe verhoog ik de trilling van mijn energieveld?'

Als we eenmaal klaar zijn, lukt het me nog steeds niet om met overledenen of geesten te praten. Althans niet met degene die ik wil spreken. Diverse andere verloren zielen hebben zich wel gemeld, maar die heb ik gewoon genegeerd.

'Het heeft tijd en oefening nodig.' Jude doet de deur van de winkel op slot en loopt mee naar mijn auto. 'Ik heb een paar jaar lang wekelijks meegedaan aan een spiritistische bijeenkomst voor ik mijn gave weer terug had.'

'Ik dacht dat je ermee geboren was?'

'Is ook zo,' knikt hij. 'Maar ik heb het zo lang geblokkeerd dat ik er hard aan moest werken die vaardigheden weer te ontwikkelen.'

Ik zucht. Ik zie mezelf niet met andere mensen in een kringetje een seance uitvoeren. Is er echt geen eenvoudiger manier voor?

'Je weet toch wel dat Riley bij je is in je dromen?'

Ik rol met mijn ogen en denk aan die halve nachtmerrie van laatst. Dat was ze echt niet zelf.

Hij kijkt naar me en knikt langzaam. 'Ja, natuurlijk is ze dat. Zo doen geesten dat altijd, het is de makkelijkste manier om contact te maken.'

Leunend tegen mijn portier en met mijn sleutels in mijn hand laat ik mijn blik over zijn gezicht glijden. Ik weet dat ik moet gaan, hem een goede nacht moet wensen en vertrekken, maar ik kan me niet bewegen.

'Het onderbewuste neemt het 's nachts over. Het bevrijdt ons van de grenzen en beperkingen die we onszelf opleggen. Alles wat we overdag blokkeren, waarvan we onszelf wijsmaken dat het niet kan, al die mystieke dingen die onmogelijk zijn... In werkelijkheid is het universum een magische, mysterieuze plek die veel groter is dan hij lijkt. De scheiding tussen geesten en ons is eigenlijk maar een heel dun laagje energie. Ik weet dat het verwarrend is hoe ze alleen maar in symbolen kunnen communiceren. Maar misschien doen wij dat zelf ook. Misschien ligt het aan onze manier van informatie ordenen. Of juist aan hen, omdat ze niet alles kunnen doorgeven wat zij weten.'

Ik haal diep adem en huiver, ook al heb ik het niet koud. Het zijn zijn woorden. Ik schrik van wat hij zegt, van zijn nabijheid en de manier waarop ik me voel met hem in de buurt. Maar ik heb het niet koud. Allesbehalve koud.

Wat zou Riley bedoelen met die glazen gevangenis? Waarom zag ik Damen wel, maar hij mij niet? Ik probeer het te bekijken als een huiswerkopdracht voor Engelse literatuur, alsof het symbolisch is en ik het moet ontcijferen. Betekent het dat Damen op het verkeerde pad zit en niet ziet wat er vlak voor hem gebeurt? Maar dan nog – wat houdt dat dan in?

'Als je iets niet kunt zien, wil dat niet zeggen dat het niet bestaat.' Judes stem is het enige geluid in de stille, donkere nacht.

Ik knik, wetende dat ik me dat beter realiseer dan wie ook nu

Jude hier zo voor me staat en praat over dimensies, het leven na de dood en hoe het lineaire verloop van tijd door de mens zelf bedacht is. Wat zou hij doen als ik hem verras en hem meeneem naar Zomerland? Als ik gewoon zijn hand pak, mijn ogen sluit en hem daar laat zien hoezeer alles met elkaar verbonden is?

Hij merkt mijn blik op. Hij ziet hoe ik mijn ogen laat glijden over zijn gladde, gebruinde huid, zijn goudblonde dreadlocks en het litteken dat zijn wenkbrauwen in tweeën deelt. Als ik in zijn zeegroene ogen kijk en de alwetende blik zie, kijk ik vlug weg.

'Ever...' kreunt hij zacht. Hij steekt een hand naar me uit. 'Ever, ik...'

Maar ik draai me vlug om en schud mijn hoofd. Ik open mijn portier, laat me in mijn stoel vallen en zet de wagen in zijn achteruit. In de achteruitkijkspiegel zie ik dat hij er nog steeds staat en dat hij me vol verlangen nakijkt.

Weer schud ik mijn hoofd en ik concentreer me op het verkeer. Dat ene moment in het verleden en de dingen die ik toen voelde hebben helemaal niets te maken met de toekomst.

Eenenveertig

Het afscheidsfeest voor Miles zou eigenlijk pas zaterdag zijn, maar hij gaat al vlak na het weekend weg en er is nog zoveel te doen voor die tijd dat we het hebben verschoven naar donderdag, de laatste schooldag.

Als ik op school kom en naar Engels ga, voel ik een teleurstelling wanneer Damen nergens te bekennen is. Ook al weet ik dat hij een man van zijn woord is en beloofd heeft weg te blijven.

Ik werp een blik op Stacia, die me aankijkt met een zelfgenoegzame grijns. Ze steekt haar voet uit als ik langs haar kom om me te laten struikelen. Naast haar zit Honor, die vrolijk meedoet, maar mij niet durft aan te kijken nu we samen een geheim hebben.

Ik ga zitten en kijk om me heen. Iedereen in het lokaal heeft iemand – een vriend of vriendin, een partner, om mee te praten. Iedereen behalve ik. Het grootste gedeelte van het jaar richtte ik me alleen maar op hem, op degene die nu weigert in de buurt te komen. De stoel naast me is leeg en ik voel me alleen.

Het is net alsof er een klomp ijs hangt op de plek waar de zon vroeger was.

Terwijl meneer Robins maar doorzeurt over van alles en nog wat zonder dat het iemand interesseert – ook hem niet – probeer ik me zoet te houden door me minder af te schermen. Ik grijp naar mijn kwantumafstandsbediening en richt haar op al mijn klasgenootjes, waardoor de ruimte zich al snel vult met een overweldigende hoeveelheid kleuren en geluiden door elkaar heen. Zo zag mijn leven er een tijd geleden elke dag uit – voor ik Damen kende en de geluiden en beelden me elke dag weer te veel werden.

Ik richt me op meneer Robins en zie dat hij niet kan wachten tot de bel gaat. Hij verheugt zich op een zomer zonder lastige leerlingen. Craig wil het voor het einde van de dag nog uitmaken met Honor, zodat hij de komende drie maanden vrij is om te doen wat hij wil. Stacia kan zich niets herinneren van haar tijd met Damen, maar ze vindt hem in elk geval nog steeds leuk. Ze is erachter gekomen waar hij surft en is van plan de hele zomer lang in allerlei nieuwe bikini's langs te paraderen om zo het komende schooljaar te beginnen als zijn nieuwe vlam. Hoezeer het me ook irriteert om dat te zien, ik moet het van me afzetten. Dus richt ik me op Honor, die haar hele zomer al volgepland heeft. Haar plannen hebben niets te maken met Stacia of Craig, maar wel met haar toenemende interesse in het paranormale.

Ik concentreer me wat beter op haar door het geluid van alle andere leerlingen te blokkeren. Ik ben benieuwd waar haar plotselinge interesse in magie vandaan komt, al heb ik het gevoel dat het iets te maken heeft met een onschuldige verliefdheid op Jude. Het verbaast me dan ook wanneer het niet zo blijkt. Ze heeft er gewoon genoeg van altijd maar in de schaduw te staan en nummer twee te zijn op de ranglijst. Ze is het zat de tweede viool te spelen en bereidt zich voor op de dag dat alles anders zal zijn.

Dan kijkt Honor om en ontmoet mijn blik, alsof ze weet wat ik kan zien en me uitdaagt haar tegen te houden. Ze kijkt nog steeds mijn kant op als ze van Stacia een por krijgt, gevolgd door de gedempte opmerking: 'Freak!'

Ik rol met mijn ogen en wil me omdraaien als Stacia haar haar over haar schouder naar achteren gooit en naar me toe leunt. Ze bekijkt me van top tot teen. 'Wat is er met Damen gebeurd? Is je spreuk uitgewerkt? Wat is er, weet hij nu ook dat je een heks bent?'

Ik zucht en leun naar achteren met mijn enkels gekruist en mijn handen gevouwen op het tafelblad. Ik straal pure kalmte uit en kijk haar daarbij zo strak en indringend aan, dat ik haar ineen zie krimpen. Ze weet zo zeker dat ik de enige heks in het lokaal ben; ze heeft geen idee dat haar trouwe volgeling magische plannen beraamt om haar van haar troon te stoten.

Ik richt me weer op Honor en voel haar uitdagende houding, een nieuw soort zelfvertrouwen dat ze nooit eerder heeft getoond. Ze kijkt mij aan en ik haar, tot ik het oogcontact verbreek. Het gaat me allemaal niets aan. Ik heb geen enkel recht me te bemoeien met hun vriendschap. Het is niet aan mij om in te grijpen.

Ik blokkeer alle kleuren en geluiden weer en kijk omlaag naar de tafel. Gedachteloos teken ik een veld vol rode tulpen in mijn notitieboek. Ik heb wel weer genoeg 'gezien' voor vandaag.

Vlak bij het geschiedenislokaal tref ik Roman aan, die bij de deur rondhangt en praat met een knul die ik nooit eerder gezien heb. Ze vallen spontaan stil als ik aankom en kijken me aandachtig aan.

Ik steek mijn hand uit naar de deur, maar die wordt geblokkeerd door Roman. Hij glimlacht als ik daardoor per ongeluk zijn heup aanraak en hij lacht harder als hij me ineen ziet krimpen voor ik mijn hand met een ruk wegtrek. Zijn blauwe ogen zoeken de mijne op. 'Heb ik jullie al aan elkaar voorgesteld?' Hij geeft een hoofdknik naar zijn vriend.

Ik rol met mijn ogen. Ik wil gewoon naar de les en dit ellendige schooljaar zo snel mogelijk achter de rug hebben. Als ik hem daarvoor knock-out moet slaan, is dat ook geen probleem.

Roman klakt met zijn tong. 'Dat is wel erg onvriendelijk. Echt waar, Ever, je goede manieren zijn ver te zoeken. Maar goed, ik zal je niet dwingen. Het komt wel een keer.'

Hij knikt naar zijn vriend ten teken dat ze weg kunnen. Net als ik het lokaal wil binnengaan, zie ik iets vanuit mijn ooghoeken. De afwezigheid van een aura, de perfecte bouw van zijn lichaam... Als ik mijn best doe, zie ik vast ergens een tatoeage van de ouroboros die het bevestigt.

'Waar ben je mee bezig?' Ik kijk Roman recht aan en vraag me af of zijn nieuwe vriend een van de weeskinderen is uit Florence of een recentere aanwinst.

De grijns op zijn gezicht groeit. 'Het hoort allemaal bij het grote raadsel, Ever. Het duurt niet lang meer voor je het moet oplossen. Maar voorlopig mag je gewoon naar je geschiedenisles en wie weet leer je nog wat. Geloof me,' zegt hij lachend terwijl hij de deur voor me opent. 'Er is geen haast bij. Het moment kondigt zich vanzelf aan. Binnenkort.'

Tweeënveertig

Tegen Sabine heb ik gezegd dat het geen probleem is als ze Munoz wil uitnodigen voor het afscheidsfeest. Maar gelukkig begreep ze dat ik het vooral uit beleefdheid zei en hebben ze andere plannen.

Ik versier het huis met alles wat Italiaans is: spaghetti, pizza, cannelloni, ballonnen in rood, wit en groen en diverse schilderijen die ik manifesteer. Replica's van *La Primavera* en *De geboorte van Venus* van Botticelli, *Venus van Urbino* van Titiaan, Michelangelo's *Tondo Doni* en ik zet ook een levensgrote kopie van zijn *David* bij het zwembad neer. Steeds weer moet ik denken aan die keer dat ik samen met Riley het huis versierde voor het halloweenfeest – de avond waarop alles veranderde. De eerste kus van Damen, de eerste ontmoeting met Ava en Drina. Sindsdien staat mijn leven op zijn kop.

Als ik klaar ben, kijk ik goedkeurend om me heen voor ik naar de bank loop en in de lotushouding ga zitten. Ik sluit mijn ogen en concentreer me op het verhogen van de trilling van mijn energieveld zoals Jude het me geleerd heeft. Ik mis Riley nu zo erg dat ik maar mijn eigen seance houd en elke dag blijf oefenen tot ik haar kan zien.

Ik maak mijn hoofd leeg en verban alle geluiden en innerlijke stemmen, terwijl ik mezelf openstel voor alles wat er om me heen gebeurt. Ik hoop iets te merken, een beweging of een koude vlaag lucht, een zacht gefluister of een ander teken waardoor ik weet dat ze er is. Het lukt me alleen een paar norse geesten te zien die helemaal niet lijken op het bijdehante, twaalfjarige meisje dat ik zoek.

Net als ik het wil opgeven voor vandaag, zie ik een vage vorm vlak voor me hangen. Ik buig naar voren om hem beter te zien, maar dan hoor ik twee hoge stemmetjes zeggen: 'Wat ben je aan het doen?'

Ik spring overeind als ik ze zie – wetende dat Damen ze gebracht heeft. Ik hoop dat ik hem nog net kan zien voor hij weer vertrekt.

Dan legt Romy een hand op mijn arm en houdt me tegen. Ze schudt haar hoofd. 'We zijn met de bus gekomen en hebben het laatste stukje gelopen. Het spijt me, maar Damen is er niet.'

Gekwetst en buiten adem kijk ik naar de tweeling en ik moet mijn best doen te kalmeren. 'O. Oké. Nou, wat kan ik voor jullie doen?' Zijn ze hier voor het feest? Heeft Haven ze uitgenodigd?

'We moeten met je praten.' Romy en Rayne wisselen een blik voor ze weer naar mij kijken. 'Er is iets wat je moet weten.'

Ik slik en kan niet wachten tot ze vertellen wat er aan de hand is. Hoe ellendig en vreselijk voelt Damen zich? Heeft hij er al spijt van dat hij afstand heeft genomen? Wil hij me wanhopig graag terug?

'Het gaat over Roman,' zegt Rayne met een harde blik. Als ze mijn gedachten niet kan lezen, dan ziet ze wel aan mijn gezicht wat ik denk. 'We hebben het vermoeden dat hij anderen creëert – meer onsterfelijken, zoals jij.'

'Maar dan dus niet letterlijk zoals jij,' verbetert Romy haar. 'Want jij bent aardig en niet slecht, zoals hij.'

Rayne haalt haar schouders op en kijkt om zich heen. Zo ver wil ze nou ook weer niet gaan.

'Weet Damen ervan?' Ik kijk hen aan en wil zijn naam zo graag zeggen en horen dat ik het bijna uitgil om van de echo te genieten.

'Ja, maar hij is niet van plan er iets tegen te doen.' Ze zucht. 'Hij zegt dat ze het volste recht hebben om te bestaan, zolang ze maar geen bedreiging vormen.'

'Doen ze dat dan?' vraag ik hen. 'Vormen ze een bedreiging?'

Ze kijken elkaar aan en communiceren stilletjes in hun tweelingentaaltje met elkaar. 'Dat weten we niet zeker. Rayne krijgt af en toe haar voorgevoel terug en soms lijkt het wel alsof ik weer een visioen zie, maar het gaat allemaal zo langzaam. We vroegen ons af of we misschien in het boek mogen kijken. Je weet wel, het *Boek der Schaduwen* dat in de winkel ligt. We denken dat het ons kan helpen.'

Ik kijk hen een beetje argwanend aan. Zijn ze echt bezorgd om Romans nieuwe volgelingen of willen ze me uitspelen tegen Damen om hun zin te krijgen? Aan de andere kant weet ik dat ze de waarheid spreken. Ik heb nu al drie onbekende onsterfelijken gezien in Laguna Beach die alle drie iets te maken hebben met Roman. En dus mogelijk alle drie met kwade bedoelingen. Al hebben ze geen van allen iets gedaan dat dit vermoeden bevestigt.

Toch wil ik niet dat de tweeling denkt dat ik zo makkelijk over te halen ben. 'Vindt Damen dit allemaal goed?' We kijken elkaar aan en weten alle drie dat het niet zo is.

Ze overleggen in stilte met elkaar. Rayne voert dit keer het woord. 'Luister, we hebben hulp nodig. Damen is ons veel te langzaam en als het zo doorgaat zijn we dertig voor we onze krachten terug hebben. Ik weet niet wie daar het minst op zit te wachten – wij of jij?' Ze kijkt me aan met een veelbetekenende blik en ik haal mijn schouders op. Ik spreek haar niet tegen; we weten allemaal dat ze gelijk heeft. 'We moeten iets hebben dat werkt en sneller resultaat heeft. We hebben niks beters dan jou en het boek.'

Ik kijk naar hen en vervolgens naar mijn horloge. Ik vraag

me af of het lukt naar de winkel te gaan, het boek te pakken en weer op tijd terug te zijn voor het feest begint. Maar ja, als je bedenkt hoe snel ik kan rennen en dat ik nog een paar uur heb, dan weet ik het wel zeker.

'Rennen, wandelen, wat je maar wilt.' Rayne knikt tevreden nu ze weet dat ze hun zin krijgen. 'We wachten hier wel op je.'

Ik loop naar de garage. Het zou me een heerlijk gevoel geven om te rennen, al is het maar omdat ik me dan even heel sterk en onoverwinnelijk voel en niet zo onbeholpen tegenover alle problemen waarmee ik te maken heb. Maar het is nog licht buiten, dus kan ik beter de auto nemen. Bij de winkel aangekomen, zie ik dat Jude de boel eerder dichtgooit. Zijn sleutel steekt nog in het slot. 'Moet jij je niet voorbereiden op een feest vandaag?' vraag hij als hij zijn blik over mijn T-shirt, korte broek en teenslippers laat glijden.

'Ik eh... ik ben iets vergeten.' Ik knik. 'Het duurt maar twee tellen, dus... eh... je kunt gewoon gaan, ik sluit wel af.'

Hij houdt zijn hoofd schuin en weet dat er meer achter steekt. Hij opent de deur voor me en gebaart me naar binnen voor hij meekomt en achter me aan loopt. Vanuit de deuropening kijkt hij toe hoe ik de la open en de geheime, dubbele bodem optil. Ik wil het boek net pakken als hij zegt: 'Je gelooft nooit wie er vandaag in de winkel was.' Ik kijk op, doe mijn tas open en stop het boek er diep in weg voor hij het verklapt. 'Ava.'

Ik blijf als versteend staan en kijk naar hem alsof ik hem niet goed heb gehoord.

'Ja, vertel mij wat,' zegt hij grijnzend.

Ik slik en voel hoe mijn maag zich omdraait en door mijn lichaam lijkt te stuiteren. Het duurt even voor ik weer kan praten. 'Wat wilde ze?'

'Haar baantje terug, denk ik.' Hij haalt zijn schouders op. 'Ze heeft tot nu toe gefreelancet en zoekt weer iets met meer zekerheid. Ze keek erg verbaasd toen ik haar vertelde dat ik jou al had aangenomen.'

'Heb je het haar verteld? Van mij?' vraag ik ongelovig.

Hij gaat van de ene voet op de andere staan en kijkt me ongemakkelijk aan. 'Ja, nou ja. Ik dacht, aangezien jullie toch bevriend zijn en zo...'

'Wat deed ze toen? Toen je dat zei? Wat zei ze precies?' Mijn hart bonkt in mijn keel en mijn blik laat hem geen moment los.

'Nou, niet veel, eigenlijk. Ze leek gewoon erg verrast door het nieuws.'

'Verrast dat ik hier was of verrast dat jij me hebt aangenomen? Wat verbaasde haar het meest?'

Door half dichtgeknepen ogen kijkt hij naar me. Dat is niet de reactie waarop ik hoopte.

'Heeft ze iets gezegd? Over Damen of mij... of Roman? Iemand anders? Heeft ze ook maar iets gezegd? Je moet het me vertellen, ik wil elk detail weten, alles...'

Hij deinst achteruit de gang in met zijn handen opgeheven. 'Geloof me, dat was het wel zo'n beetje. Ze is meteen weggegaan daarna, dus er valt weinig te vertellen. Nou, laten we maar gaan. Je wilt toch niet te laat zijn op je eigen feestje?'

Drieënveertig

Jude bood aan mee te rijden naar huis om te helpen met de voorbereidingen, maar ik wilde liever niet dat hij erachter kwam dat ik het boek nodig had voor de tweeling. Dus verzon ik een slap smoesje over een tekort aan plastic bekertjes en ik vroeg of hij die voor me wilde halen. Het liefst in rood, wit en groen. Vervolgens brak ik alle snelheidsrecords om thuis te komen en het boek af te leveren.

'Eerst even een paar belangrijke regels,' zeg ik met het boek tegen me aan gedrukt, ook al wapperen twee paar handen ongeduldig. 'Ik kan jullie dit niet zomaar meegeven, want het boek is niet van mij. Jullie mogen het ook niet meenemen naar huis, want dan gaat Damen door het lint. Dus dit werkt alleen als jullie het boek hier bestuderen.'

Ze kijken elkaar aan en vinden het duidelijk geen aantrekkelijk idee, maar er valt niets aan te doen.

'Heb jij het al gelezen?' vraagt Romy nieuwsgierig.

Ik haal mijn schouders op. 'Ik heb geprobeerd de informatie in me op te nemen via handoplegging, maar er gebeurde weinig. Het is meer een soort dagboek.'

Rayne rolt ongeduldig met haar ogen en steekt haar handen

uit naar het boek, wiebelend met haar vingers. Haar zusje legt uit: 'Je moet dieper in de tekst graven. Tussen de regels door lezen.'

Ik kijk haar niet-begrijpend aan.

'Je kijkt er nu te oppervlakkig naar,' zegt ze. 'Het is niet alleen in Thebaans schrift geschreven, maar ook nog eens in een soort geheimschrift. De woorden vormen een code.'

'Het is een code binnen een andere code,' verduidelijkt Rayne. 'Beschermd door een spreuk. Heeft Jude dat niet uitgelegd?'

Ik kijk geschokt van de een naar de ander. Nee, dat heeft hij me zeker niet uitgelegd.

'Kom, dan laten we het zien,' stelt Romy voor terwijl Rayne het boek uit mijn handen pakt. We lopen de trap op. 'We geven je wel even een spoedcursus.'

Ik laat de tweeling achter in de studeerkamer, waar ze over het boek gebogen zitten. In mijn kast pak ik de doos van de bovenste plank. Hierin zit mijn verzameling kristallen, kaarsen, oliën en kruiden. Alles wat ik overheb van de elixirs die ik heb gemaakt voor de blauwe maan. De rest van de voorwerpen op de lijst manifesteer ik: wierook met sandelhoutgeur en een athame of ceremonieel mes met twee scherpe kanten en een handvat vol edelstenen. Het lijkt op de dolk die Damen laatst liet verschijnen.

Ik leg alles neer, trek mijn kleren uit en doe de amulet af. Die leg ik neer op de plank naast het metallic handtasje dat Sabine me een paar maanden geleden heeft gegeven. De jurk voor vanavond heeft zo'n diepe V-hals dat ik de kleurige verzameling stenen er niet onder kan verbergen. Maar goed, na het ritueel dat ik wil uitvoeren hoef ik de amulet toch niet meer te dragen.

Strakjes heb ik alles wat ik nodig heb in mijn bezit.

Dankzij Romy en Rayne beschik ik nu over de sleutel die ik al die tijd al zocht. Het draaide allemaal om een of ander wachtwoord. We gingen met z'n drieën in een cirkel staan met het boek in ons midden en elkaars handen vast. Met gesloten ogen zeiden we een soort spreuk op.

Beschermd door magische spreuken – zijn de bladzijden van dit boek
Maar ik ben uitverkoren – dus help mij met wat ik zoek
Een wereld vol mystieke krachten – treed ik vol ontzag binnen,
Opdat ik toegang krijg tot de tekst – en mijn zoektocht kan beginnen

De twee meisjes stonden naast me toen ik mijn handpalm tegen de voorkant drukte. Ik was een beetje bang, maar ook gefascineerd toen het boek zich opende en de bladzijden begonnen te ritselen. Daarna viel het open op de bladzijde die ik al die tijd zocht.

Ik knielde naast het boek neer en kon mijn ogen niet geloven. Wat gisteren nog een serie onleesbare, onduidelijke tekens in geheimschrift leek, is nu opeens een eenvoudig recept dat opsomt wat ik nodig heb voor mijn doeleinden.

Daarom laat ik nu mijn vuile kleren in de wasmand vallen en pak ik de witte zijden badjas die ik nooit draag, maar die perfect is voor dit ritueel. Ik neem hem mee naar de badkamer waar ik de badkuip laat vollopen voor een heerlijk lang bad. Volgens het boek is dat een belangrijke eerste stap voor elk ritueel. Je reinigt niet alleen je lichaam en maakt je geest leeg van alle afleidende negatieve dingen en gedachten, maar het geeft je ook even de tijd om na te denken en stil te staan bij het doel van de spreuk en de gewenste uitkomst.

Ik laat me in het warme water zakken en sprenkel wat salie en bijvoet in het water. Daarna leg ik een helder kristal neer dat me helpt bij mijn zoektocht en mijn concentratie. Ik doe mijn ogen dicht en zeg een volgende spreuk op:

Zuiver en reinig mijn lichaam en geest,
Opdat mijn spreuk het gewenste effect heeft
Mijn ziel is herboren, dus wil ik u vragen:
Laat mijn magie vanavond slagen

De hele tijd stel ik me voor hoe Roman voor me staat. Lang, zongebruind en met de gouden gloed in zijn blonde haren. Zijn blauwe ogen kijken me recht aan terwijl hij zijn verontschuldigingen aanbiedt voor alle pijn en ongemak die hij veroorzaakt heeft. Hij smeekt me hem te vergeven en biedt zijn hulp aan – hij wil me het tegengif voor het tegengif geven, nu hij eindelijk inziet dat hij al die tijd verkeerd heeft gehandeld.

Dat visioen speel ik keer op keer in gedachten af tot mijn huid helemaal gerimpeld is en ik het water uit moet. Ik stap uit bad en wikkel de badjas om me heen. Ik voel me zuiver en helder en ik ben klaar voor de volgende stap. Ik pak alle spullen bij elkaar, steek de wierook aan en beweeg het lemmet van de athame drie keer door de rook heen, terwijl ik zeg:

> *Ik verzoek de Lucht deze athame te reinigen*
> *En alle duistere energie te verdrijven*
> *Alleen het licht mag blijven*
> *Ik verzoek het Vuur deze athame te reinigen*
> *En alle negativiteit te verdrijven,*
> *Alleen het goede mag blijven*

Ik herhaal de spreuk voor de overige twee elementen en roep ook Water en Aarde aan om alle duisternis te verdrijven en alleen het licht toe te laten. Ik beëindig de inzegening door zout over het mes te strooien en de hoogste magische krachten aan te roepen mij te helpen, opdat alles gebeurt zoals ik wil.

Daarna reinig en zuiver ik de kamer door drie keer rond te lopen met de wierook en een nieuwe spreuk op te zeggen:

> *Driemaal wandel ik in het rond*
> *Hiermee zegen ik deze grond*
> *Ik doe een beroep op uw bescherming en macht*
> *Geef mij vanavond uw magische kracht*

Op de grond vorm ik een magische cirkel van zout, zoals Rayne een paar weken geleden bij Damen deed. Ik stap in het midden van de cirkel en stel me voor hoe een straal vol kracht om me

heen optrekt terwijl ik de kristallen neerleg, de kaarsen aan-
steek en ik mezelf insmeer met olie. Ik roep de elementen Vuur
en Lucht aan om me bij te staan in deze spreuk. Dan sluit ik
mijn ogen en ik laat een wit zijden koord verschijnen, gevolgd
door een evenbeeld van Roman.

Mijn magie zal je volgen, waar je ook mag zijn
Zij zal je vinden, geen schuilplaats te klein
Als je slaapt, zal mijn spreuk op je wachten
Dit koord zal jouw invloed ontkrachten
Met mijn bloed komt jouw kennis vrij
Met deze spreuk bind ik jou aan mij

Ik til de athame op en snijd ermee in mijn handpalm, langs mijn
levenslijn. Er steekt uit het niets een windvlaag op die door de
cirkel blaast en boven mijn hoofd buldert de donder. Mijn haar
wappert rond mijn gezicht en ik knijp mijn ogen toe tegen de
storm terwijl druppels bloed uit mijn hand op het koord vallen
tot het niet meer wit, maar rood is. Vlug knoop ik het rond Romans nek met mijn ogen strak op hem gericht. Met al mijn wilskracht stuur ik hem aan mij te geven wat ik wil hebben. Dan
laat ik de verschijning verdwijnen.

Ik kom trillend en zwetend overeind en ik voel me opgelucht
en blij dat het voorbij is. Nu is het een kwestie van tijd voor ik
het tegengif in handen heb en Damen en ik eindelijk samen
kunnen zijn op elke denkbare manier.

De wind gaat liggen en de knetterende elektriciteit in de
lucht wordt ook zwakker. Net als ik de stenen wil opruimen en
alle kaarsen doof, stormen Romy en Rayne de kamer binnen.
Met open mond en wijd open ogen staren ze me aan.

'Wat heb je nu weer gedaan?' roept Rayne wanhopig uit als
ze kijkt van de magische zoutcirkel naar de verzamelde instrumenten en de athame met bloeddruppels.

Kalm en zelfverzekerd kijk ik ze aan. 'Relax. Het is voorbij.
Het is geregeld. Het duurt nu niet lang meer voor alles weer bij
het oude is.'

Ik wil uit de cirkel stappen, maar Romy roept heel hard: 'Stop!'

Ze houdt haar hand omhoog en kijkt me met een vlammende blik aan. Rayne vult aan: 'Blijf staan. Alsjeblieft, vertrouw ons een keer en doe precies wat we zeggen.'

Ik blijf staan en kijk van de een naar de ander, benieuwd wat er aan de hand is. De spreuk is gelukt; ik voel de energie nog steeds door mijn lijf gieren. Het duurt nu niet lang meer voor Roman verschijnt en...

'Dit keer heb je jezelf echt goed in de nesten gewerkt,' moppert Rayne hoofdschuddend. 'Weet je dan niet dat de maan niet zichtbaar is? Je mag geen magie uitvoeren tijdens de nieuwe maan! Nooit! Dit is de tijd voor bezinning en meditatie. Je mag nooit, maar dan ook nooit, rituelen of spreuken uitvoeren tijdens een nieuwe maan, tenzij je je bezighoudt met zwarte magie.'

Als ik van de een naar de ander kijk, vraag ik me af of ze een geintje maakt. En zo niet, wat maakt het nou uit? Als de spreuk gelukt is, is hij gelukt. Wat doet zo'n detail ertoe?

Haar tweelingzusje valt haar bij. 'Wie heb je aangeroepen om je bij te staan?'

Ik denk terug aan mijn rijmpje, waarop ik nog wel zo trots was dat ik dat zomaar heb weten te bedenken. Onder andere de zin: 'ik doe een beroep op uw bescherming en macht.' Die herhaal ik voor haar.

'O, fantastisch,' zucht Rayne. Ze sluit haar ogen en schudt haar hoofd.

Naast haar staat Romy, die fronsend opkijkt. 'Tijdens de nieuwe maan is de godin afwezig. De koningin van de onderwereld neemt haar plaats in. Kortom, je hebt niet het licht aangeroepen om je te helpen, maar de duistere machten.'

En om Roman aan mij te binden! Mijn ogen worden groot en mijn mond valt open van schrik. Ik kijk hen beurtelings aan en vraag me af of ik de spreuk kan terugdraaien – en snel een beetje, voor het te laat is.

'Het is al te laat,' antwoorden ze tegelijk als ze mijn uitdrukking van paniek zien. 'Je kunt nu alleen nog maar wachten op de volgende fase van de maan om te proberen de spreuk ongedaan te maken. Als dat al mogelijk is.'

'Ja, maar...' Ik val stil als het tot me doordringt hoe reusachtig de fout is die ik begaan heb. Ik denk aan Damens eerdere waarschuwing dat mensen die zich bezighouden met tovenarij en spreuken vaak niet weten wat ze doen en zo per ongeluk met zwarte magie in aanraking komen.

Niet in staat iets uit te brengen, kijk ik de zusjes hulpeloos aan. Rayne schudt kwaad haar hoofd en Romy doet nog een poging. 'Je kunt nu alleen nog maar jezelf en je instrumenten zuiveren, de athame verbranden en hopen dat het goed gaat. Als je dan geluk hebt, laten we je uit de cirkel komen, zodat alle negatieve energie die je daar verzameld hebt niet kan ontsnappen.'

'Als ik geluk heb?' echo ik terwijl ik de moed in mijn schoenen voel zakken. Serieus? Is het echt zo erg?

Ik kijk schichtig van de een naar de ander. 'Rustig aan, jij,' zegt Romy. 'Je weet nog niet half wat je nu weer gedaan hebt.'

Vierenveertig

Miles en Holt komen samen naar het feest en als ze de versieringen zien, wordt Miles al helemaal opgewonden.

'Ik hoef niet eens meer naar Florence nu je Florence hierheen hebt gehaald!' roept hij uit. Hij geeft me een stevige knuffel voor hij me vlug loslaat en zich verontschuldigt. 'Sorry, ik dacht er even niet bij na dat je liever niet aangeraakt wilt worden.'

Ik schud mijn hoofd en omhels hem nog een keer. Ik voel me alweer beter na de confrontatie van zojuist met Romy en Rayne, de onheilstweeling. Met hun wenkbrauwen sarcastisch opgetrokken, hun armen over elkaar geslagen en hun lippen getuit stonden ze erop dat ik snel maar grondig een meditatie uitvoerde om mezelf te aarden en te beschermen. Ik moest de stralen wit licht oproepen en ze door mijn schedel heen laten dringen naar elke cel in mijn lichaam om te proberen zo veel mogelijk kwade invloeden tegen te houden. Zo zeker zijn ze ervan dat er niets goeds kan komen van wat ik heb gedaan.

Om eerlijk te zijn, zie ik het nut er niet van in. Na de eerste vlaag van kracht die ik door me heen voelde gaan, vlak nadat ik mijn spreuk had opgezegd, is alles weer in oude staat teruggekeerd. Ik heb die stomme meditatie alleen maar uitgevoerd omdat ze zo paniekerig en overstuur deden. Het was de enige manier om ze te kalmeren, maar nu denk ik dat het allemaal een groot misverstand was. Ze hebben ontzettend overdreven gereageerd; er is niets aan de hand.

Ik bedoel, ik ben onsterfelijk, hoor. Ik bezit krachten en gaven die zij zich niet eens kunnen voorstellen. Dus het kan voor hen wel heel gevaarlijk zijn een ritueel uit te voeren tijdens de nieuwe maan, maar ik geloof niet dat het in mijn geval zoveel kwaad kan.

Ik heb Miles en Holt nog maar net hun drankjes gebracht of de bel gaat alweer. Voor ik het weet is iedereen van de musical *Hairspray* binnen, zowel cast als crew.

'Huh, dan is hij niet Havens date... Of zouden ze allebei apart komen?' zegt Miles knikkend naar Jude die vrolijk de kamer in komt met zijn hartelijke lach. Hij neemt een glaasje van de alcoholvrije sangria en komt bij ons staan, maar Miles en Holt maken zich uit de voeten.

'Gaaf afscheidsfeestje,' knikt Jude, vol waardering om zich heen kijkend. 'Zo te zien moet ik ook maar eens ergens heen.'

Ik kijk naar hem en glimlach zwakjes. Zou hij iets aan me merken? Een verandering in mijn energieveld of meer zelfverzekerdheid?

Hij glimlacht alleen maar en heft zijn glas. 'Parijs.' Hij neemt een klein slokje en knikt. 'Ik heb altijd al eens naar Parijs willen gaan. En Londen en Amsterdam, trouwens.' Hij haalt zijn schouders op. 'Alle grote Europese steden zijn eigenlijk goed.'

Ik slik en probeer niet te staren. Zou hij het dan toch weten? Is de herinnering er wel, maar dan diep verborgen in zijn onderbewustzijn en probeert ze nu naar boven te komen? Waarom zou hij anders precies die drie belangrijke steden uit ons verleden opnoemen?

Hij kijkt me aan met zijn groene ogen, maar houdt dat zo lang vol dat ik mijn keel schraap. 'Goh, ik had achter jou meer een eco-type gezocht met avontuurlijke vakanties. Je weet wel, Costa Rica, Hawaï, de Galapagoseilanden... Op zoek naar de perfecte golven, natuurlijk.' Het lachje dat ik eraan vastplak kan mijn zenuwen niet verbergen. Bijna komt er een even domme opmerking achteraan, maar hij onderbreekt me. 'Bezoek!'

Ik draai me om en zie Haven, die wel gekrompen lijkt naast de lange, elegante, knappe, jonge vrouw uit de winkel. Aan haar andere zijde staat Roman en de onsterfelijke die ik eerder vandaag op school in de gang ontmoette, komt achter hen aan naar binnen. Drie aantrekkelijke, rebelse onsterfelijken – zonder aura, zonder ziel – en Haven heeft ze zonder het te weten bij mij thuis uitgenodigd.

Ik slik en kijk Roman gespannen aan. Mijn hand vliegt naar mijn hals, op zoek naar de amulet die ik natuurlijk vanavond niet draag. Ik help mezelf herinneren dat ik hem niet langer nodig heb. Ik heb nu de touwtjes in handen. Hij is hier omdat ik hem hiernaartoe heb gehaald.

'Ik dacht dat je wel genoeg ruimte en hapjes in huis had.' Haven glimlacht. Ze heeft haar haren geverfd, dit keer donkerbruin met een platina pluk, die naar voren krult. Haar gebruikelijke emo-look is vervangen door een strakker, maar tegelijkertijd meer vintage-uiterlijk. Postapocalyptisch vintage, als zoiets bestaat. Als ik de donkere schoonheid naast haar zie, met het stekeltjeshaar, de diverse piercings in haar oor en een jurkje met kanten bovenlijfje en zwarte, leren laarzen eronder, weet ik precies waar de inspiratie voor deze make-over vandaan komt.

'Ik ben Misa.' Het meisje glimlacht en haar stem verraadt een licht accent, al kan ik het niet plaatsen. Ze steekt haar hand uit en ik bereid me voor op een koude rilling. Het bekende gevoel alsof iemand ijswater in mijn aderen heeft gespoten, bevestigt mijn vermoeden. Al weet ik daarmee niet of ze een van de oorspronkelijke weeskinderen is of dat Roman haar pas veel later heeft 'gevonden'.

'En Roman ken je natuurlijk al.' Haven lacht en houdt haar hand omhoog, zodat ik goed kan zien dat haar vingers en de zijne verstrengeld zitten.

Ik vertrek geen spier. Ik laat me niet kennen. Ik knik en glimlach alsof het me niets doet.

Dat is ook zo.

Het duurt nu niet lang meer voor Roman mij het tegengif geeft en precies doet wat ik wil. Daarom is hij hier toch?

'O, en dit is Rafe.' Ze knikt en wijst met haar duim over haar schouder naar de aantrekkelijke rebel vlak achter haar.

Dit is groepje waar de tweeling het over had, alleen ontbreekt Marco nog – degene met de Jaguar die er vandaag niet bij lijkt te zijn. Ik weet niet wat ze van plan zijn en wat ze hier komen doen, maar als ze zo dik bevriend zijn met Roman, dan hebben Romy en Rayne groot gelijk dat ze het niet vertrouwen.

Haven loopt al naar de zijkamer, waar ze Misa en Rafe dolgraag wil voorstellen aan haar vrienden. Roman blijft nog even achter en grijnst naar me.

'Ik was bijna vergeten hoe smakelijk jij eruit kunt zien als je je best doet,' zegt hij en hij laat zijn ogen over mijn turkooisblauwe jurk glijden, waarbij hij zijn blik iets te lang op mijn huid laat rusten die door de V-hals zichtbaar is en waar mijn amulet had moeten hangen. 'En dan zal dit de reden daarvoor zijn?' Hij gebaart naar Jude. 'Want je kleedt je niet speciaal voor mij zo en Damen is de laatste tijd niet echt in de picture, of wel? Wat is er gebeurd, Ever? Heb je je zoektocht nu al opgegeven?'

Ik slik en kijk hem kwaad aan. Het warrige, blonde haar, zijn designershorts en de leren slippers, het shirt met lange mouwen. Niets aan hem verraadt dat hij anders is, maar wij weten dat allebei. Die glinstering in zijn ogen, zijn wellustige blik en zijn pogingen om mij voor schut te zetten – het is allemaal toneelspel. Hij wil gewoon niet afgaan voor hij straks op zijn knieën valt en me geeft wat ik wil.

'Speel jij voor barkeeper?' Hij knikt naar de schaal vol alcoholvrije sangria. 'Of is het een lopend buffet en kan iedereen zelf pakken?' Hij kijkt naar de drank op een manier dat ik er misselijk van word.

'Ik denk niet dat het wat voor jou is,' zeg ik schouderophalend. 'Niet jouw soort drankje.'

'Dan is het maar goed dat ik zelf wat mee heb,' zegt hij en hij houdt zijn glazen flesje omhoog. Vlak voor hij een slok neemt, houdt hij de fles schuin naar Jude gericht. 'Wil je proeven? Hier word je lekker losjes van. Dat garandeer ik je.'

Jude gluurt naar het flesje en lijkt gefascineerd door de glinsterende drank met parelmoerglans die Roman heen en weer schudt. Ik wil al ingrijpen, maar dan stommelt de tweeling de trap af. Ze blijven verstijfd staan als ze Roman zien. Zij weten dat ik hem hierheen gelokt heb met de spreuk.

'Ah, kijk nou. De twee katholieke schoolmeisjes.' Roman grijnst en laat zijn witte tanden zien als hij ze goed bekijkt. 'Wat een fantastisch nieuwe look! Vooral jij, jij kleine punkrockgodin!' Hij knikt Rayne toe, waardoor ze zich abrupt omdraait. Hij kijkt naar haar korte jurkje, de gescheurde panty eronder en de zware, leren Mary Jane-schoenen.

'Ga maar weer naar boven,' zeg ik tegen ze om ze zo ver mogelijk uit Romans buurt te houden. 'Ik kom zo...'

Ik wil zeggen dat ik zo bij ze kom, maar Jude doet een stap naar voren en geeft een zachte por tegen mijn arm. 'Zal ik ze even naar huis brengen?' stelt hij voor.

Het idee dat hij naar Damens huis gaat, bevalt me weinig, maar er zit niets anders op. Zolang Roman in mijn huis is, kan ik niet weggaan.

Ik loop met ze mee naar de deur, waar Rayne aan mijn mouw trekt. Ze trekt me omlaag zodat ze in mijn oor kan fluisteren. 'Ik weet niet wat je gedaan hebt, maar er hangt iets in de lucht. Iets vreselijks.'

Ik kijk haar aan en wil het ontkennen, zeggen dat het wel meevalt en onder controle is, maar ze schudt haar hoofd direct. 'Er staat iets te gebeuren. Er hangt verandering in de lucht. Dit keer is het van levensbelang dat je wél de juiste keuze maakt.'

Vijfenveertig

Tegen de tijd dat Jude terugkeert, zit ik bij het zwembad. Ik kijk toe hoe de blonde, gebruinde en afgetrainde publieksfavoriet Roman vrolijk om zich heen spettert en iedereen uitnodigt bij hem in het water te springen.

'Niet zo'n fan?' vraagt Jude als hij bij me komt zitten en mijn gezicht goed bekijkt.

Ik frons als ik Havens aura zie oplichten als de hemel bij zonsopkomst, steeds lichter en feller nu ze op zijn rug klimt en hij onder water duikt. Ze heeft geen flauw idee dat hij hier helemaal niet is als haar date. Ik heb hem hierheen gehaald. Hij is aan mij verbonden.

'Maak je je zorgen om je vriendin of is er iets anders aan de hand?'

Ik speel met het kristallen armbandje van paardenbitjes aan mijn pols, dat Damen me gegeven heeft op de dag van de paardenraces. Ik draai het kettinkje rond en rond. Waarom duurt het zo ontzettend lang? Als de spreuk gelukt is (en dat weet ik zeker), waarom heb ik het tegengif dan nog steeds niet? Waarom doet Roman er zo lang over?

'Is alles in orde met de tweeling?' Ik kijk niet meer naar het

314

zwembad, maar draai me naar Jude.

Hij ontmoet mijn blik. 'Damen heeft misschien gelijk dat het boek te machtig voor ze is.'

Ik pers mijn lippen op elkaar en hoop maar dat Damen niet doorheeft dat ik achter zijn rug om tegen zijn plan in ben gegaan door hun het boek te bezorgen.

'Maak je maar geen zorgen,' zegt hij als hij mijn gezicht ziet. 'Je geheim is helemaal veilig; ik heb niets gezegd.'

Ik zucht opgelucht. 'Heb je hem wel gezien? Damen, bedoel ik?' De brok zit meteen weer in mijn keel, mijn hart slaat op hol en ik voel me weeïg worden vanbinnen als ik zijn naam zeg. Ik kan me niet voorstellen hoe het voelde om zijn eeuwenoude rivaal voor zijn voordeur aan te treffen terwijl die Romy en Rayne thuisbrengt. Dezelfde rivaal met wie hij me nog zag knuffelen op het strand.

'Hij was niet thuis op dat moment, maar de tweeling was zo overstuur dat ik maar bij hen ben gebleven tot hij terugkwam. Wat een enorme kast van een huis is dat, zeg.'

Ik klem mijn lippen op elkaar en vraag me af hoeveel hij gezien heeft. Heeft de tweeling hem een rondleiding gegeven? Is Damens 'speciale kamer' weer terug in de oude staat?

'Volgens mij was hij behoorlijk verrast dat ik tv zat te kijken in zijn zitkamer, maar toen ik uitlegde wat ik daar deed, ging het al wat beter.'

'Wát beter?' Ik trek een wenkbrauw op.

Hij haalt zijn schouders op en kijkt me zo open en direct aan, alsof hij in mijn ziel kan zien.

Ik draai me weg en mijn stem trilt onzeker. 'Wat heb je hem dan verteld?'

Zijn adem voelt koel op mijn wang wanneer hij naar me toe leunt en fluistert: 'Ik heb gezegd dat ik ze bij de bushalte zag staan en ze een lift naar huis heb gegeven. Dat kon toch geen kwaad?'

Na een diepe zucht, richt ik me weer op Roman en ik zie hoe hij Haven op zijn schouders hijst voor een luchtgevecht met

Miles. Spetterend en giechelend ziet het er allemaal uit als een leuke avond – althans op het eerste gezicht. Dan draait Roman zich om en alles lijkt te bevriezen. Zijn ogen boren in de mijne en glanzen. Uitdagend kijkt hij me aan alsof hij weet wat ik gedaan heb. Maar voor ik ook maar kan knipperen, stoeit hij vrolijk verder. Heb ik me dit moment dan verbeeld?

'Nee. Nee, dat kan geen kwaad,' antwoord ik. Ondertussen verspreidt zich een vreselijk voorgevoel in mijn maag en ik vraag me af wat me nu weer te wachten staat.

Zesenveertig

Als het Miles na drie keer nog niet lukt om me het water in te krijgen, klautert hij uit het zwembad en komt naar me toe. 'Hé, wat is er aan de hand? Ik weet dat je een bikini aanhebt, want ik kan de schouderbandjes zien!' Hij lacht en trekt me overeind uit de stoel, waarna hij me stevig omhelst en fluistert: 'Ever, heb ik je ooit verteld hoeveel ik van je hou? Heb ik dat? Ever? Ooit?'

Ik schud mijn hoofd en maak me los terwijl ik oogcontact maak met Holt vlak achter hem. Hij rolt met zijn ogen en trekt aan Miles' arm om hem over te halen mij los te laten en zich niet af te drogen aan mijn jurk.

Maar Miles wil er niets van weten. Hij moet wat kwijt en rust niet voor hij het gezegd heeft. Met een natte arm rond mijn schouders leunt hij nog dichter naar me toe. Met een dubbele tong zegt hij: 'Ik meen het sjerieusj, Ever. Voor jij bij ons op sjchool zat... wasj het alleen ik en Haven. Maar daarna... zodra jij bij ons kwam sjitten... aan tafel... toen wasj het ik en Haven en jij.' Hij kijkt me aan en beweegt zijn hoofd op en neer terwijl het hem moeite kost te focussen. Hij grijpt me steviger vast om zijn evenwicht te bewaren.

'Wauw... dat is echt heel... diepzinnig.' Ik kijk naar Holt en we onderdrukken een lachbui terwijl we allebei een arm om Miles slaan en hem meenemen naar de keuken voor een bak koffie. We weten hem net op een kruk aan de ontbijtbar te krijgen als Haven binnenkomt met haar drie onsterfelijke vrienden.

'Gaan jullie nu al weg?' Ik kijk hen vragend aan als ik zie dat ze allemaal zijn aangekleed, met een vochtige handdoek over hun arm geslagen.

Haven knikt. 'Misa en Rafe moeten morgen werken en Roman en ik hebben een afspraak.'

Ik draai me naar Roman en laat zijn blik niet los. Hoe kan hij nou weggaan als ik nog niet heb gekregen wat ik nodig heb? Hij is nog niet eens begonnen met al die dingen die ik me voorstelde: het smeken, zich vernederen en door het stof gaan om mij om vergiffenis te vragen.

Hoe kan hij nou weggaan – dat gaat helemaal in tegen mijn plan!

Ik loop achter ze aan naar de deur en voel mijn hart sneller kloppen als ik kijk naar zijn half opgeheven kin en de glinstering in zijn ogen. Een slecht gevoel bekruipt me. Er is iets verkeerd gegaan. Heel erg verkeerd, zelfs. Ik heb het ritueel uitgevoerd zoals dat in het boek stond, maar de blik in zijn ogen en de omkrullende mondhoeken vertellen me luid en duidelijk dat zowel de godin als de koningin van de onderwereld niet heeft geluisterd toen ik om hulp vroeg.

'Waar gaan jullie heen?' Ik probeer zijn energie te lezen, maar ik kom niet ver.

Haven kijkt me aan met haar wenkbrauwen opgetrokken en een brede glimlach op haar gezicht. 'Privéfeestje,' antwoordt Roman als hij een arm om haar schouder slaat. 'Maar er is nog genoeg plek voor jou, Ever. Misschien kun je straks nog even langskomen. Als je hier klaar bent, natuurlijk.'

Ik kijk hem lang aan, maar houd het niet vol en richt me weer tot Haven. Ik heb me nog zo voorgenomen dit niet te doen, maar ik concentreer me vlug op haar aura en vanaf daar op haar gedachten. Ik moet weten wat ze niet zegt, wat er echt aan de hand is. Maar iets houdt me tegen. Het is net alsof ik in haar gedachten keihard tegen een muur loop.

'Is alles wel goed met je?' vraagt Roman terwijl hij de deur openhoudt. 'Je ziet er een beetje bleekjes uit opeens.'

Ik kijk hem aan en wil nog zoveel zeggen. Maar Jude verschijnt naast me en kondigt aan dat er iemand over zijn nek is gegaan op het vloerkleed in de kamer.

Die mededeling leidt me maar heel kort af, een fractie van een seconde, hooguit. Maar het is genoeg om Roman de kans te geven ervandoor te gaan. Hij kijkt nog wel over zijn schouder en roept: 'Het spijt me dat we al zo vroeg weg zijn, Ever. Maar ik weet zeker dat ik je straks nog wel even zal zien.'

Zevenenveertig

Ik verwachtte dat het Miles zou zijn, maar met hem is alles in orde. Hij helpt me zelfs met het opruimen van het ongelukje. Glimlachend nog wel. 'Dat is nou acteren. Viva Firenze!' Hij gooit zijn vuist in de lucht.

'Dus je voelt je echt goed?' Ik geef hem een schone handdoek en voel me een beetje schuldig dat ik hem dit allemaal laat doen als ik straks, nadat iedereen weg is, toch alles laat verdwijnen en er een nieuw kleed voor in de plaats manifesteer. 'Je bent niet dronken?'

'Nee, totaal niet. Maar je geloofde het wel, en daar gaat het om.'

Ik haal mijn schouders op. 'De dubbele tong, het wankelen... alle symptomen waren aanwezig.'

Hij rolt de handdoek op en wil hem aan mij teruggeven als Jude binnenkomt en hem aanpakt. 'Wasmand?' vraagt hij met opgetrokken wenkbrauwen.

Ik schud mijn hoofd en wijs naar de afvalbak. Dan richt ik me weer tot Miles. 'Wie was het? Wie heeft die alcohol meegenomen?'

'O, nee.' Hij schudt zijn hoofd en houdt zijn handen omhoog.

'Ik wil je niet bang maken, Ever, maar dit leuke avondje dat je georganiseerd hebt is ook wel bekend onder de naam feestje. Zelfs als je geen alcohol in huis hebt, vindt drank altijd zijn weg naar binnen. Maar je krijgt geen enkele informatie uit me.' Hij klemt zijn lippen op elkaar en doet alsof hij ze dichtritst. 'Volgens mij kun je dit oude vod beter wegdoen.' Hij wijst naar het kleed. 'Ik wil je wel helpen het op te rollen. Als we de meubels dan een beetje anders neerzetten, merkt Sabine niet eens dat het weg is.'

Ik wuif het idee weg. Een kleed vol kots is niet mijn grootste probleem nu Roman mijn spelletje niet meespeelt. En nou heeft hij ook nog een of andere geheimzinnige afspraak met Haven waar ze niets over kwijt willen en hij lijkt er zeker van me straks nog te zien. Heeft dat dan met mijn spreuk te maken of bedoelt hij iets heel anders?

Miles komt dichter bij me staan en slaat zijn armen om me heen voor een stevige knuffel. 'Bedankt voor het geweldige feest, Ever. Ik weet niet wat er met jou en Damen aan de hand is, maar ik moet nog wel iets kwijt en ik hoop dat je goed luistert en me serieus neemt. Oké? Hier komt het.' Hij maakt zich los en kijkt me afwachtend aan.

Ik haal mijn schouders op. Mijn gedachten zijn heel ergens anders.

'Je verdient het om gelukkig te zijn.' Hij knikt en kijkt me vol ernst aan. 'Als Jude degene is die je gelukkig kan maken, dan hoef je je daar niet schuldig over te voelen.' Hij wacht af of ik daar misschien op wil reageren, maar als dat niet gebeurt, gaat hij verder. 'Nou ja, het feest is wel voorbij zodra iemand over zijn nek is gegaan, vind je niet? Dus we gaan er maar vandoor. Ik zie je toch nog wel voor ik naar Florence vertrek, hè?'

Ik stem in en kijk toe hoe hij en zijn vrienden naar buiten gaan. 'Hé, Miles? Heb jij van Haven of Roman nog gehoord waar ze heen gingen?'

Miles kijkt me aan en fronst. 'Naar een waarzegster, volgens mij.'

Het voelt alsof ik een baksteen op mijn maag heb liggen, maar ik weet niet waarom.

'Weet je nog dat ze bij jou in de winkel vertelde zo graag een reading te willen?'

Ik knik.

'Dat heeft ze tegen Roman gezegd en hij heeft een privésessie voor haar geregeld.'

'Op dit tijdstip?' Ik kijk naar mijn pols, ook al draag ik geen horloge.

Miles trekt een schouder op en loopt door naar de auto. Misschien moet ik er ook maar vandoor. Kijken of ik Roman en Haven kan vinden en of alles wel goed gaat met haar. Ik probeer haar energieveld te vinden, maar net als de vorige keer gebeurt er weinig. Niets, zelfs.

Als ik het nog een keer wil proberen, staat Jude achter me. 'Je moet dat kleed echt weggooien, het stinkt verschrikkelijk.'

Ik knik afgeleid. Ik weet niet wat ik moet doen.

'Weet je wat helpt?'

'Koffiedik,' mompel ik als ik me die keer herinner dat onze hond overgaf op het kleed in Rileys kamer en mijn moeder het gebruikte.

'Ja, dat kan ook. Maar ik wilde eigenlijk voorstellen om bij de stank vandaan te gaan. Dat werkt altijd nog beter.'

Ik kijk hem aan en zie hem lachen.

'Echt waar.' Hij haakt zijn arm in de mijne en leidt me naar buiten. 'Wat heeft het voor zin zoveel moeite te doen, al die versieringen en hapjes te regelen en alles te doen voor een geweldig afscheidsfeest voor je vriend als je zelf de hele avond alleen maar aan de kant blijft zitten? Voor een feest bij het zwembad is toekijken lang zo leuk niet als zelf het water in gaan.'

Ik draai me weg. 'Het was Miles' feestje, niet het mijne.'

'Maar toch.' Jude schudt zijn hoofd en kijkt me aan op een manier die mijn hele lichaam kalmeert. 'Je ziet er nogal gestrest uit en je weet toch wel wat de beste remedie is tegen stress?' Ik kijk naar hem en zie hem lachen als hij het antwoord verklapt. 'Bubbels!'

Hij wijst naar het bubbelbad. 'Bubbels!' Dan kijkt hij me ernstig aan.

Ik haal diep adem en kijk naar het bubbelbad, met het warme, uitnodigende water. Jude pakt een stapeltje handdoeken en legt ze bij de rand neer. Ik heb niets te verliezen. Misschien helpt het me wel mijn gedachten op een rijtje te krijgen en een beter plan te bedenken. Dus trek ik mijn jurkje uit nadat ik me heb omgedraaid. Ik weet het, het is een raar gevoel van schaamte, aangezien ik zo halfnaakt het water in ga, maar toch. Anders is het alsof ik me voor hem uitkleed.

En dat lijkt te veel op het meisje van het schilderij.

Hij loopt naar de rand van het zwembad en steekt een teen in het water. Zijn ogen worden groot als hij opkijkt, en ik moet erom lachen.

'Weet je het echt zeker?' Ik sla mijn armen om mijn middel alsof ik het koud heb, maar het is meer om te zorgen dat hij niet alles ziet. Ik merk hoe zijn aura begint te flitsen en flikkeren als hij naar me kijkt en ik zie de blos op zijn wangen voor hij zich wegdraait.

'Absoluut.' Hij knikt en antwoordt met zware, diepe stem. Ik waad het bubbelbad in en krimp een beetje ineen van de hitte, maar ga langzaam verder. Met de warmte en de bubbels om me heen, lijkt me dit het slimste wat ik vanavond gedaan heb.

Ik sluit mijn ogen en leun tegen de rand. Mijn spieren ontspannen zich. 'Is er nog plek voor gezelschap?'

Ik zie hoe Jude zijn shirt uittrekt en laat mijn ogen over zijn borstkas glijden. Zijn buikspieren zien er afgetraind uit en zijn korte broek hangt laag op zijn heupen. Ik ga terug omhoog, langs de kuiltjes in zijn wangen, naar de twee zeegroene ogen die me al die reïncarnaties hebben bekeken. Hij komt naar het water en wil erbij komen zitten als hij zich plotseling herinnert dat zijn telefoon nog in zijn broekzak zit. Hij grist hem eruit en gooit hem op de handdoek.

'Wiens idee was dit?' Hij lacht en moet wennen aan de hitte en de stoom voor hij naast me komt zitten en zijn benen strekt.

Zijn voet raakt per ongeluk de mijne, maar hij laat hem even liggen voor hij hem wegtrekt. 'Ja, dit is het goede leven,' merkt hij op met zijn hoofd achterover en zijn ogen gesloten. Dan opent hij er een en gluurt naar me. 'Zeg me dat je dit elke dag doet. Dat je niet gewoon vergeet dat je een bubbelbad hebt tot iemand je verleidt het met hem te delen?'

'Is dat wat je doet? Mij verleiden?'

Die relaxte, soepele grijns verschijnt weer en zijn ogen glinsteren ondeugend. 'Volgens mij moest je gewoon even overgehaald worden. Ik weet niet of je het doorhebt, maar zo af en toe ben je erg gedreven.'

Ik slik. Ik wil wel een andere kant op kijken – alles liever dan naar hem – maar zijn ogen laten me niet los.

'Niet dat daar iets mis mee is, hoor, met gedreven zijn...'

Hij kijkt me intenser aan, indringender, alsof ik een vis aan de haak ben die hij zo kan binnenhalen. Zijn gezicht is nu zo dichtbij dat ik mijn ogen sluit en wacht op het moment. Ik heb geen zin meer om me te verzetten, om hem steeds maar af te wijzen. Het is tenslotte maar een kus. Judes kus. Bastiaans kus. Wie weet helpt het me voor eens en voor altijd beslissen of Damens angst gegrond is of niet.

Het geruststellende, kalmerende effect van zijn energie verzacht mijn zenuwen en hij opent zijn mond alvast een beetje terwijl zijn hand over mijn knie glijdt. We leunen verder naar elkaar toe voor die allereerste zoen... Maar dan gaat plotseling zijn mobiele telefoon over.

Hij zit met een ruk overeind en zijn gezicht toont zijn frustratie. 'Moet ik opnemen?'

'Ik ben vrij vanavond,' zeg ik. 'Jij bent toch helderziend? Zeg jij het maar.'

Hij staat op in het water en draait zich naar zijn mobieltje toe. Ik geniet stilletjes van het uitzicht: de rechte lijn van zijn schouders, de scherpe V-vorm van zijn middel en dan blijft mijn blik hangen bij zijn onderrug, vlak boven de zwembroek. Ik geloof dat ik iets zie... iets ronds en donkers, nauwelijks zichtbaar, maar toch...

Hij draait zich om en kijkt me aan met samengetrokken wenkbrauwen. Hij neemt op en houdt een hand over zijn andere oor. 'Hallo?' en daarna: 'Wie?'

Dan grijnst hij en hij schudt zijn hoofd. Maar daar is het te laat voor.

Ik heb hem nu al gezien.

De onmiskenbare vorm van een slang die zijn eigen staart opeet.

De ouroboros.

Het mythische symbool dat Romans legertje onsterfelijke rebellen heeft geadopteerd als hun teken. Midden op Judes onderrug.

Mijn hand kruipt naar mijn keel, waar de amulet zou moeten hangen, maar ik voel alleen mijn eigen, natte huid. Heeft dit ook iets te maken met het mislukken van mijn spreuk? Zit Roman hier ook achter?

'Ever? Ja, ze is hier...' Hij kijkt me aan en trekt een raar gezicht. 'O-ké...'

Dan houdt hij de telefoon voor zich uit, naar mij toe.

Ik doe er niets mee. Sterker nog, ik maak dat ik wegkom uit het bubbelbad – zo vlug dat hij flink moet knipperen.

Ik gris mijn jurk van de stoel en trek hem aan over mijn hoofd. Hij voelt meteen klam en plakt tegen mijn huid, maar ik heb alleen oog voor Jude. Ik kijk hem woedend aan en vraag me af wat voor spelletje hij speelt.

'Het is voor jou,' zegt hij terwijl hij ook uit het bubbelbad klimt en me de telefoon nog steeds wil geven.

'Wie is het?' zeg ik zacht. In mijn hoofd zet ik alle zeven chakra's op een rijtje met de bijbehorende zwakheden van iemands persoonlijkheid. Wat zou zijn zwakke plek zijn?

'Ava. Ze zegt dat ze je dringend moet spreken. Is alles in orde?' Hij houdt zijn hoofd schuin en kijkt naar me door halfgesloten ogen met een bezorgde blik.

Ik doe een stap naar achteren. Ik weet niet wat er aan de hand is, maar goed kan het niet zijn. Ik laat me niet afleiden door zijn aura en probeer in zijn gedachten te komen, maar dat lukt voor geen meter dankzij de bescherming die hij heeft opgebouwd.

'Hoe komt ze aan je nummer?' vraag ik streng.

'Ze heeft voor me gewerkt, weet je nog?' Hij houdt zijn handen omhoog en haalt zijn schouders op. 'Ever, toe, wat is er toch?'

Ik kijk hem aan. Mijn hart klopt als een bezetene, mijn handen trillen en ik blijf me voorhouden dat ik hem makkelijk tegen de grond krijg als dat moet. 'Leg die telefoon neer.'

'Wat?'

'Leg hem neer. Daar.' Ik wijs naar een van de stoelen en verlies hem geen moment uit het oog. 'En nu doe je een paar passen achteruit, kom niet bij me in de buurt!'

Hij kijkt me vragend aan, maar doet wat ik hem opdraag. Voorzichtig stap ik achteruit naar de stoel, waar ik zijn mobieltje oppak.

'Ever?' De stem aan de andere kant klinkt dringend en kortaf. Het is Ava, geen twijfel mogelijk. 'Ever, je moet naar me luisteren – ik heb geen tijd om alles uit te leggen.' Ik sta daar terwijl al het gevoel uit mijn benen verdwijnt. Geschokt, verslagen en nog steeds starend naar Jude. 'Er is iets met Haven. Ze is in moeilijkheden... ze ademt nauwelijks... We... we raken haar kwijt als je niet snel naar Romans huis komt.'

Niet-begrijpend schud ik mijn hoofd. 'Waar heb je het over? Wat is er aan de hand?'

'Je moet hiernaartoe komen. Schiet alsjeblieft op! Nu! Voor het te laat is!'

'Bel het alarmnummer!' roep ik uit. Er klinkt een geritsel in de hoorn, een gedempt geluid van verzet en opeens hoor ik Romans gladde stem.

'Nee, dat denk ik niet, *love*,' zegt hij zoetjes. 'Speel het spelletje nou gewoon even mee, *darling*, en kom zo snel mogelijk hiernaartoe. Je vriendin wilde zo graag een helderziende spreken, maar nu ziet haar toekomst er plotseling een stuk minder rooskleurig uit. Haar leven hangt aan een zijden draadje, Ever. Een draadje. Geloof me. Dus doe geen rare dingen en kom hierheen. Het is tijd om het raadsel op te lossen.'

Ik laat het mobieltje van schrik uit mijn handen kletteren en haast me naar de deur. Jude rent achter me aan en smeekt me uit te leggen wat er aan de hand is. Als hij een poging doet mijn schouder vast te grijpen, draai ik me om en ik geef hem zo'n harde dreun dat hij door de tuin vliegt en tegen een van de stoelen smakt.

Onder zijn arm en been door en langs een leuning van een tuinstoel, kijkt hij me verward aan. Hij probeert overeind te krabbelen. 'Pak je spullen en verdwijn,' bijt ik hem toe over mijn schouder. 'Ik wil je niet meer zien als ik terugkom.'

Ik storm door het hek naar buiten en zet het op een lopen. Ik hoop dat ik bij Haven kan komen voor het te laat is.

Achtenveertig

Ik ren zo hard als ik kan.

Langs auto's, huizen, zwerfkatten en -honden. Mijn benen bewegen, mijn spieren rekken en strekken en zo goed als automatisch. Mijn lichaam beweegt als een goed geoliede machine met allemaal glimmende, nieuwe onderdelen. Ik ben pas een paar tellen onderweg en toch voelt het aan als een paar uur.

Een paar uur sinds ik Haven voor het laatst zag.

Een paar uur voor ik haar weer zie.

Zodra ik aankom, zie ik hém als eerste. Hij komt op precies hetzelfde moment aan als ik.

Alles om me heen wordt vaag en donker – alsof niets er meer toe doet nu hij voor me staat.

Mijn hart bonkt en mijn mond is droog. Ik word overspoeld door zo'n golf van verlangen dat ik niets kan uitbrengen. Ik kijk in stilte naar mijn lieve, geweldige Damen – nog aantrekkelijker dan ooit in het licht van de straatlantaarns. Mijn naam ligt op zijn lippen, zo betekenisvol en geladen dat ik zeker weet dat hij dit allemaal ook voelt.

Ik loop naar hem toe, de opgekropte emoties stromen naar het oppervlak. Ik houd het niet meer binnen, ik heb zoveel te vertellen, zoveel dat ik wil zeggen. Toch sterven de woorden weg zodra ik dichter bij hem ben en mijn lichaam staat in vuur en vlam als ik de warmte en tintelingen weer voel. Ik wil samensmelten met hem, nooit meer zo lang bij hem vandaan zijn...

Zijn hand glijdt over mijn rug omlaag en hij trekt me naar zich toe. Dan gaat de voordeur open en verschijnt Roman. 'Ever, Damen. Ik ben blij jullie te zien.'

Damen ramt de deur open en pint Roman tegen de muur terwijl ik langs hem glip en naar de zitkamer loop. Mijn ogen dwalen rond, op zoek naar Haven en ik zie haar liggen op de bank. Ze is bleek, beweegt niet en voor zover ik kan zien, ademt ze nauwelijks nog.

Ik haast me naar haar toe en laat me op mijn knieën vallen als ik haar pols grijp. Mijn vingers proberen haar hartslag te ontdekken, net als die keer bij Damen.

'Wat heb je met haar gedaan?' Ik werp een ijskoude blik op Ava, die aan de andere kant gehurkt zit. Ik weet dat ze bij Roman hoort, dat ze samenwerken. 'Wat. Heb. Je. Gedáán?' herhaal ik, dit keer op afbetaling. Met een rake trap tegen haar wortelchakra – het centrum van hebzucht en ijdelheid – kan ik in één keer met haar afrekenen als dat nodig is. Ik vraag me af of Damen dat inmiddels met Roman ook gedaan heeft, een goed gemikte stomp recht in zijn sacrale chakra. Het kan me niet meer schelen als dat zo is.

Niet na wat hij mijn beste vriendin heeft aangedaan.

Ava kijkt naar me op met een bleek gezicht onder haar kastanjebruine haren. Haar bruine ogen zijn groot en smekend. Ze doen me aan iets denken – maar ik heb geen tijd om daarbij stil te staan. 'Ik heb niets gedaan, Ever, ik zweer het. Ik weet dat je me niet gelooft, maar het is echt waar...'

'Je hebt helemaal gelijk,' onderbreek ik haar. 'Ik geloof je niet.' Ik kijk naar Haven en druk mijn handpalm tegen haar voorhoofd. Haar huid voelt koud en droog aan en haar aura wordt steeds donkerder en zwakker. Haar kracht en energie sijpelen langzaam weg.

'Het is niet wat je denkt... Ze hebben me gevraagd voor een reading, ze zeiden dat het voor een feest was. Toen ik hier aankwam... trof ik haar zo aan...' Ze maakt een gebaar naar Haven en schudt bedroefd haar hoofd.

'Natuurlijk kwam je zodra hij belde. Het is tenslotte je goede vriend Roman.' Ik kijk naar Haven, op zoek naar sporen van geweld, maar ik zie niets. Ze ziet er kalm uit, rustig, alsof ze geen idee heeft dat ze op het randje van de dood balanceert. Het duurt nu niet lang meer voor ze haar eigen reis maakt naar de volgende wereld, naar Zomerland. Tenzij ik daar iets tegen kan doen.

'Ik deed mijn best haar te helpen... ik probeerde...'

'Waarom heb je dat dan niet gedaan? Waarom belde je Jude in plaats van een ambulance?' Ik kijk haar aan en graai met mijn andere hand naar mijn tas, mijn telefoon en bedenk me te laat dat ik die allebei niet heb meegenomen. Dan manifesteer ik er maar eentje.

Op dat moment komt Roman de kamer binnengestormd.

Ik kijk naar de deuropening, wachtend op Damen en mijn hart slaat een paar slagen over als hij niet meteen verschijnt.

Roman begint te lachen en schudt zijn hoofd. 'Hij is wat langzamer dan ik. Hij is tenslotte ook wat ouder, weet je wel?' Hij grist de gemanifesteerde telefoon uit mijn handen. 'Neem van mij aan dat de situatie daar te ernstig voor is, *love*. Het lijkt erop dat je vriendinnetje hier een kopje sterke belladonnathee heeft gedronken...' Hij wijst op het lege, sierlijke, porseleinen theekopje op tafel. 'Mocht je dat niets zeggen, belladonna is soms beter bekend als doodkruid. Ze is al zo ver heen dat een arts niets meer voor haar kan doen. Nee, de enige die haar nog zou kunnen redden... ben jij.'

Ik tuur hem niet-begrijpend aan. Ik zie nu dat Damen achter hem staat met een behoedzame, bezorgde blik in zijn ogen. Ik weet dat hij me iets duidelijk wil maken, me telepathisch probeert te bereiken, maar het bericht komt niet aan. Ik hoor alleen

een zwakke echo, maar kan niet wijs worden uit de klanken.

'Het is zover, Ever.' Roman grijnst. 'Dit is het moment waarop je al die tijd gewacht hebt!' Hij maakt een groots gebaar met zijn armen en wijst naar Haven alsof zij de hoofdprijs van vanavond is.

Ik kijk van hem naar Damen en doe mijn best te begrijpen wat hij wil zeggen, maar het lukt niet.

Roman laat zijn ogen aandachtig over me heen gaan. Mijn blote voeten, de klamme jurk die tegen me aan plakt. Hij likt zijn lippen en gaat verder. 'Het is werkelijk heel eenvoudig, *darling*. Zo simpel dat zelfs jij het kunt ontcijferen. Weet je nog die keer dat je me kwam opzoeken om te onderhandelen?'

Vlug werp ik een blik op Damen, die opeens alert is, maar tegelijkertijd gekwetst en vol ongeloof kijkt. Ik wend me af.

'Oeps!' Roman trekt zijn schouders omhoog en slaat op een overdreven manier een hand voor zijn mond. 'Sorry. Ik was even vergeten dat je clandestiene bezoekje ons geheimpje was. Ach, die loslippigheid moet je me maar vergeven op dit moment, waarop alles draait om leven en dood. Laat ik de anderen even bijpraten,' zegt hij met een knik naar Ava en Damen, 'Ever kwam op een dag bij me langs om te kijken of we een deal konden maken. Ze is er blijkbaar nogal op gebrand eindelijk eens het bed te kunnen delen met haar knappe vriendje.' Hij lacht en laat zijn blik rusten op Damen voor hij naar de bar loopt en een kristallen glas pakt. Dat schenkt hij vol met het rode elixir, terwijl Damen op zijn lip bijt om kalm te blijven.

Ik haal diep adem, maar beweeg me niet. Het maakt geen moer uit of Roman wel of niet blijft leven; hij heeft alle touwtjes in handen. Dit is zijn spel. Met zijn regels. En ik vraag me af hoe lang we al aan het spelen zijn. Hoe lang heb ik mezelf voorgehouden dat ik vooruitgang boekte terwijl ik al die tijd alleen maar blind doe wat hij van me wil? Het doet me denken aan die massahypnose die hij op school heeft toegepast. We zijn allemaal maar pionnen, onder zijn invloed.

'Ever...' Damen kijkt me aan. Nu telepathie niet meer werkt, moet hij het wel hardop zeggen. 'Ever, is het waar?'

Ik slik en wend mijn blik af. Zonder iemand aan te kijken, zeg ik: 'Maak je je verhaal nog af, of hoe zit het?'

'Altijd zo'n haast.' Roman klakt met zijn tong en schudt zijn hoofd. 'Echt, hoor, Ever. Voor iemand die alle tijd van de wereld heeft, is al die haast volkomen overbodig. Maar goed, wat jij wilt. Vertel me eens, heb je al enig idee waar dit naartoe gaat?'

Ik kijk naar Haven die nu nog maar heel zwak en oppervlakkig ademt. Het kost haar moeite. Toch wil ik niet toegeven dat ik geen idee heb wat hij van me wil, wat hij hoopt te bereiken.

'Herinner je je nog die dag dat je me kwam opzoeken in de winkel?'

Damen neemt een andere houding aan en ik voel de verandering in zijn energieveld vanaf hier. Ontkennend schud ik mijn hoofd en ik kijk naar hem over mijn schouder. 'Ik kwam voor Haven, maar jij stond toevallig in de weg.'

'Dat zijn details.' Roman wuift ze weg. 'Het gaat om het raadsel. Weet je nog welke vraag ik je stelde?'

Ik zucht en pak Havens hand stevig vast. Hij voelt koud, droog en stijfjes aan – geen goed teken.

'Geef de mensen wat ze graag willen. Kun je je herinneren dat ik dat zei?' Hij wacht op een reactie, maar als die niet volgt, gaat hij gewoon verder. 'De grote vraag is: wat betekent dat, Ever? Wat is het precies dat mensen zo graag willen? Heb je enig idee?' Hij trekt een wenkbrauw op en wacht af. Na een tijdje knikt hij. 'Probeer het eens los van jezelf te zien. Bekijk het in zijn algemeenheid, als een echte populist. Toe maar, probeer het eens. Kruip in die rol en kijk wat je ervan vindt. Het is heel anders dan die elitaire benadering die jij en Damen erop na houden, dat verzeker ik je. Nee, ik ben niet zo karig met mijn gaven. Ik deel ze met iedereen die maar wil. Dat wil zeggen, als ze het naar mijn idee verdienen.'

Ik draai me om tot ik hem goed kan aankijken. Opeens begint het tot me door te dringen. Schor en bijna fluisterend roep ik uit: 'Nee!'

Ik kijk van Roman naar Haven en begin te begrijpen wat hij bedoelt. Ik weet nu welke 'prijs' hij wil dat ik betaal.

Nee!

Ik kijk Roman strak aan terwijl Ava en Damen stilletjes afwachten. Zij hebben nog geen idee.

'Ik doe het niet,' zeg ik. 'Je kunt me niet dwingen.'

'Ik zou niet durven, *love*. Daar valt toch geen lol aan te beleven?' Hij grijnst een langzame, slome grijns die me doet denken aan de Cheshire kat uit *Alice in Wonderland*. 'Andersom werkt het tenslotte ook niet. Je kunt mij niet onderwerpen aan jouw wil door zielige pogingen tot gedachten lezen of een spreuk met hulp van zwarte magie.' Hij lacht en zwaait naar me met zijn wijsvinger. 'Je bent een heel stout meisje, Ever. Je mag nooit zomaar wat aanmodderen met magie waar je niet het minste verstand van hebt. Kun je nagaan... al die jaren geleden, toen ik het boek verkocht, had ik geen flauw idee dat het ooit in jouw handen zou vallen. Of toch wel?' Hij schudt zijn hoofd. 'Wie zal het zeggen?'

Ik kijk hem aan nu de waarheid in al haar facetten duidelijk wordt. Jude. Heeft hij het boek aan Jude verkocht? En zo ja, hebben zij dit plan dan samen gesmeed?

'Waarom doe je dit?' Ik kijk hem kwaad aan. Het maakt me niet uit dat Damen nu alles weet – al die keren dat ik me niet aan mijn beloftes heb gehouden. Het kan me ook niet schelen wat Ava denkt, zo stilletjes in de hoek, met haar ogen alleen op mij en hem gericht alsof er verder niemand aanwezig is in deze donkere, ellendige kamer.

'Zo moeilijk is het echt niet.' Hij glimlacht vals. 'Je vindt het zo belangrijk om grenzen te stellen en jezelf boven een ander te verheffen dat je nu de kans hebt om jezelf te bewijzen. Laat maar zien dat je totaal niet bent zoals ik. Als dat lukt, als je zonder aarzelen kunt bewijzen dat je niet op mij lijkt, dan geef ik jou wat je wilt hebben. Je krijgt van mij het tegengif voor het tegengif, het middel dat de effecten van het vorige drankje opheft. Dan kunnen jij en Damen rechtstreeks de bruidssuite in en je gang gaan. Dat is toch waar je al zo lang over fantaseert? Waar je al die tijd plannen voor maakt? Het enige wat je daarvoor hoeft te doen, is je vriendin laten sterven. Als je Haven dood laat gaan, dan leven jullie samen nog lang en gelukkig, met alle geneugten van dien, om het zo te zeggen.'

'Nee.' Ik schud heftig met mijn hoofd. 'Nee!'

'Is dat een nee tegen het tegengif of het sprookjesachtige leventje? Wat wordt het, Ever?' Met veel zwier kijkt hij op zijn horloge en vervolgens naar Haven en hij grijnst. 'De tijd tikt door, Ever. Heb je je keuze al gemaakt?'

Ik draai me terug naar Haven en zie haar ademhaling steeds zwakker en oppervlakkiger worden. Ava zit vlakbij en schudt haar hoofd. Damen – mijn eeuwige liefde, mijn zielsverwant, de jongen die ik al op zoveel manieren teleurgesteld heb – smeekt me dit niet te doen.

'Als je te lang blijft aarzelen, sterft ze. Als je haar dan pas terughaalt... Ach, je weet hoe slordig en lastig het dan kan zijn. Maar als je besluit haar nu te redden, is een slokje elixir voldoende. Geef haar er wat van en ze voelt zich kiplekker als ze wakker wordt. Sterker nog, ze zal zich geweldig voelen. En zo zal ze voor altijd en eeuwig blijven! Want dat is toch precies wat mensen willen? Eeuwige jeugd en schoonheid? Voor altijd gezond en vitaal zijn? Geen zorgen over ouderdom, ziekte of die onvermijdelijke dood. Een eeuwige horizon – geen eind in zicht. Dus, zeg het maar, Ever. Blijf je bij je verheven, egoïstische, snobistische manier van denken en laat je me zien dat je heel anders bent dan ik? Hou je al je gaven voor jezelf en neem je afscheid van je vriendin? Dan krijg je van mij het tegengif.' Hij grijnst uitdagend en kijkt me lang aan. 'Of... red je je vriendin en geef haar toegang tot de kracht en schoonheid waarvan ze tot nu toe alleen maar kon dromen. Geef je haar wat ze altijd al gewenst heeft, wat iedereen dolgraag wil. Je hoeft geen afscheid te nemen. De keuze is aan jou. Maar, zoals ik al zei, de avond is bijna voorbij en ze heeft niet veel tijd meer. Ik zou wel een beetje opschieten als ik jou was.'

334

Het is allemaal mijn schuld, denk ik als ik haar veel te bleke, kwetsbare gezicht zie. Damen is naast me komen staan en smeekt me uit de grond van zijn hart. 'Ever, schatje, luister alsjeblieft naar me. Doe het niet – je kunt haar niet redden.' Ik durf hem niet aan te kijken. 'Je moet haar laten gaan, het heeft niets met ons te maken. Het gaat er niet om of we samen kunnen zijn, daar vinden we wel iets op, dat beloof ik. Je weet het gevaar dat hierbij komt kijken – je weet dat je dit niet kunt doen... Niet sinds je Schaduwland met eigen ogen hebt gezien,' fluistert hij. 'Je kunt haar niet aan dat lot overleveren.'

'Oei, Schaduwland! Dat klinkt eng!' lacht Roman spottend en hij schudt zijn hoofd. 'Wil je me soms vertellen dat je nog steeds mediteert? Trek je je nog steeds terug in het Himalayagebergte op zoek naar de betekenis van het leven?'

Ik slik en kijk een andere kant op. Ik negeer ze allebei. Mijn hoofd loopt over met redenen, zowel voor als tegen. Dan bemoeit Ava zich ermee. 'Ever, Damen heeft gelijk.'

Woest kijk ik op naar de jonge vrouw die me op een van de ergste manieren heeft verraden. Zij heeft Damen hulpeloos en kwetsbaar achtergelaten nadat ze me beloofde voor hem te zorgen. Ze staat aan Romans kant en ze vindt het nog leuk ook.

'Ik weet dat je me niet vertrouwt, maar je hebt het mis. Luister naar me, Ever, alsjeblieft. Ik kan het nu niet allemaal uitleggen, maar als je niet naar mij wilt luisteren, luister dan naar Damen. Hij weet waar hij het over heeft. Je kunt je vriendin niet meer redden, je moet haar laten gaan...'

'Je klinkt net als een echte onsterfelijke rebel,' sis ik haar toe als ik bedenk hoe ze er met elixir en al vandoor is gegaan. Ze zal alles wel hebben opgedronken in de tussentijd.

'Zo is het niet gegaan,' zegt ze zachtjes. 'Het is niet wat je denkt.'

Ik luister niet meer. Roman heeft mijn volledige aandacht nu hij naast me komt staan met het glas vol elixir. Hij draait de vloeistof rond, waardoor de drank flitst en glimt. Hij waarschuwt me dat het nu echt tijd is – ik moet een besluit nemen.

'Haven wilde graag weten hoe haar toekomst eruit zou zien. En wie kan haar dat beter vertellen dan jij – Avalon? Jammer dat Jude er niet is. Dan hadden we een feestje kunnen bouwen, of moet ik zeggen een wake? Ach, dat hangt helemaal van jou af. Wat is er trouwens met hem gebeurd, Ever? Jullie leken het zo goed met elkaar te kunnen vinden de laatste keer dat ik jullie zag.'

Ik slik en realiseer me dat het laatste uur geslagen heeft voor mijn beste vriendin. Haar leven hangt aan een draadje en ik kan het doorknippen of...

'Ik wil je niet opjutten, hoor, maar het is nu of nooit. Stel Haven nou niet teleur. Ze verheugde zich zo op haar reading. Dus... wat gaat het worden? Wat voorspellen de kaarten? Blijft ze leven of sterft ze? Haar toekomst ligt in jouw handen.'

'Ever,' zegt Damen met zijn hand op mijn arm – het dunne laagje energie nog steeds tussen ons in. Een herinnering aan een van mijn andere gigantische blunders. 'Alsjeblieft, doe het niet. Je weet dat het verkeerd is. Het is moeilijk, ik weet het. Maar het kan niet anders. Neem afscheid van haar en laat haar gaan.'

'Natuurlijk kan het anders,' valt Roman hem in de rede en hij laat het drankje weer walsen in het glas. 'Hoever wil je gaan om je vast te klampen aan je idealen en principes? Om te krijgen wat je het allerliefst wilt hebben?'

'Ever, alsjeblieft,' smeekt Ava nu ook terwijl ze naar me toe buigt. 'Dit is verkeerd. Het is tegennatuurlijk. Je moet haar laten gaan.'

Ik sluit mijn ogen. Ik kan niets doen, ik kan me niet bewegen. Ik kan het niet – ik kan geen beslissing nemen, hij kan me toch niet dwingen om...

Roman staat over me heen gebogen en zijn stem klinkt vlak boven me. 'Dit is het moment.' Hij zucht en neemt een paar passen van me vandaan. 'Bravo, Ever. Je hebt je punt duidelijk bewezen. Je bent niet zoals ik. Helemaal niet. Je bent een heuse snob, elitair met verheven principes. En nu kun je ook nog eindelijk het bed delen met je grote liefde. Dat heb je mooi bereikt. En dan te bedenken dat het je alleen maar het leven van je vriendin gekost heeft. Je arme, arme vriendin – de verloren ziel – die alleen maar wilde wat iedereen wil hebben. Die alleen maar wilde wat jij wel hebt en best met haar had kunnen delen. Gefeliciteerd, dan maar?'

Hij loopt al naar de gang terwijl ik dichter naar Haven toe leun. Mijn gezicht is nat van tranen als ik haar goed bekijk. Mijn arme, verloren vriendin die altijd op zoek was naar iets. Ze verdient dit niet. Waarom moet zij elke keer boeten voor het feit dat ze mijn vriendin is? Damen en Ava mompelen allebei geruststellende woorden in mijn oor, doen beloftes en zweren dat ze me hierdoorheen zullen helpen. Ze zeggen dat ik het goed heb gedaan, dat dit de enige juiste beslissing was.

Maar opeens zie ik het. Ik zie het zilveren zijden draadje waarmee het lichaam en de ziel aan elkaar verbonden zijn. Ik heb de uitdrukking al zo vaak gehoord, maar nooit heb ik het met eigen ogen gezien. Het draadje trekt zich strak en wordt steeds dunner, tot het bijna lijkt te knappen. Als dat gebeurt, is ze echt dood en op weg naar Zomerland...

Ik vlieg overeind en pak het glas uit Romans hand. Ik dwing Haven te drinken van het elixir.

Ik negeer alles en iedereen om me heen – het tergende geluid dat Ava maakt als ze van schrik naar adem hapt, Damen die me smeekt het niet te doen en Romans afgemeten applaus, gevolgd door zijn vulgaire geschater.

Het kan me allemaal niets meer schelen.

Het enige wat telt is zij.

Haven.

Ik kan haar niet laten gaan.

Ik kan haar niet laten sterven.

Ik wil geen afscheid nemen.

Ik houd haar hoofd vast en zorg ervoor dat ze meer drinkt. Meteen verschijnt er weer kleur op haar wangen en als ze haar ogen opent, kijkt ze me verbaasd aan.

'What the...' Het kost haar moeite overeind te zitten, maar dan kijkt ze om zich heen. Als ze van mij naar Ava, Damen en Roman kijkt, knijpt ze haar ogen toe. 'Waar ben ik?'

Met open mond staar ik haar aan, niet in staat antwoord te geven. Zo moet Damen zich gevoeld hebben die keer dat hij mij terugbracht uit de dood. Maar dit is veel erger.

Hij wist toen nog niets over het lot van de ziel.

Ik wel.

'Damen en Ever stonden plotseling op de stoep, *darling*. En raad eens? De toekomst ziet er rooskleuriger uit dan ooit!' Met een grote stap staat Roman naast me en hij helpt Haven overeind. Ik krijg een vette knipoog. 'Je voelde je niet zo lekker, dus heeft Ever je wat sap gegeven in de hoop dat je bloedsuiker aan de lage kant was. En inderdaad, het heeft geholpen! O, en Ava, wees eens lief en haal voor ons allemaal een lekker kopje verse thee, wil je? Er staat een ketel warm water klaar op het fornuis.'

Ava komt overeind en probeert me uit alle macht zover te krijgen dat ik haar aankijk. Maar dat doe ik niet. Het gaat niet. Ik wil niemand aankijken. Niet na alles wat ik nu weer heb gedaan.

'Het is goed te weten dat je er hetzelfde over denkt, Ever.' Roman blijft vlak bij de deur staan. 'Zoals ik al zei: jij en ik – we zitten op één lijn. We zijn voor eeuwig met elkaar verbonden. En niet vanwege die suffe spreuk van je, *love*. Maar omdat het ons lot is. Zie mij als een ander soort zielsverwant.' Hij lacht en gaat daarna over in een fluisterstem. 'Kalm aan, meissie. Kijk niet zo geschokt. Mij verbaast het helemaal niets. Je hebt je tot nu toe altijd nog aan het script gehouden.'

Negenenveertig

Damen buigt naar me toe en kijkt me aan met een liefdevolle blik. Het voelt als zijn hand op mijn arm: warm, uitnodigend, verleidelijk. 'Ever, alsjeblieft, kijk me aan,' zegt hij zacht.

Ik staar uit over de oceaan, het water zo zwart dat ik het niet eens kan zien.

Zwarte oceaan, donkere maan en een vriendin die dankzij mij voorbestemd is te eindigen in Schaduwland.

Ik stap uit zijn auto en loop naar de rand van de rotsen. Ik kijk omlaag langs de steile rotswand en de duisternis in de diepte. Ik voel de aantrekkingskracht van zijn energie als hij achter me komt staan en een hand op mijn schouder legt. Hij trekt me dicht tegen zich aan. 'We slaan ons hier wel doorheen, geloof me.'

Ik wil hem aankijken en draai me om. Hoe kan hij zoiets zeggen? 'Hoe dan?' vraag ik met zo'n zwak stemmetje dat het van iemand anders lijkt te komen. 'Hoe doen we dat? Maak je voor haar ook een amulet die ze elke dag moet dragen?'

Hij schudt zijn hoofd en kijkt me serieus aan. 'Hoe kan ik Haven overtuigen haar amulet elke dag te dragen als me dat bij jou niet eens lukt?' Zijn vingers strelen langs mijn nek, mijn hals, mijn borstkas en de lege plek waar de ketting zou moeten hangen. 'Waarom draag je hem niet?'

Ik draai me weg. Ik wil niet dat hij nog slechter over me denkt als ik hem vertel dat ik zo achterlijk was te geloven dat een domme spreuk me sterker zou maken en Roman zou helpen verslaan, zonder dat ik daar nog een amulet voor nodig had.

'Wat moet ik tegen haar zeggen?' fluister ik. 'Hoe kan ik haar nou uitleggen wat ik gedaan heb? Hoe kun je iemand vertellen dat ze het eeuwige leven heeft – maar mocht er toch iets gebeuren, dan is haar ziel verloren?'

Damens lippen raken me bijna als hij vlak bij mijn oor fluistert: 'We vinden er wel iets op, we...'

Ik schud mijn hoofd en maak me los uit de omhelzing. Ik staar liever naar het zwarte water dan in zijn ogen. 'Hoe kun je dat nou zeggen? Hoe kun je...'

Hij komt weer naast me staan en verwarmt me door zijn nabijheid. 'Hoe kan ik wat?'

Ik zucht. Ik kan de juiste woorden niet vinden om uit te leggen wat ik allemaal gedaan heb. Dus laat ik hem zijn gang gaan als hij zijn armen om me heen slaat en me tegen zijn borst aan drukt. Het liefst zou ik ergens diep binnen in hem wegkruipen, me vlak naast zijn hart verstoppen en er nooit meer uit komen. De veiligste verstopplek die ik me kan voorstellen.

'Hoe kan ik een meisje vergeven dat zoveel van haar vriendin houdt dat ze geen afscheid kan nemen?' Hij veegt een pluk haar achter mijn oor en tilt mijn kin omhoog, zodat ik hem wel moet aankijken. 'Hoe kan ik een meisje vergeven dat precies opoffert waar ze al die tijd al zo vurig naar verlangt – al die honderden jaren? Dat de hoop heeft opgegeven om met mij samen te zijn, alleen maar zodat haar vriendin blijft leven? Hoe kan ik haar vergeven – bedoel je dat?' Hij kijkt me onderzoekend aan. 'Dat is niet moeilijk. Ik heb toch precies dezelfde keuze gemaakt toen ik jou van het elixir liet drinken? Wat jij deed kwam ook nog eens voort uit een veel nobeler motief: liefde. Zo zuiver was mijn beweegredenen niet eens. Het ging mij vooral om het verzachten van mijn eigen pijn.' Hij schudt zijn hoofd. 'Ik heb mezelf voorgehouden dat ik het voor jou deed, maar in alle eerlijkheid was het puur egoïsme en eigenbelang. Al die tijd heb ik me bemoeid met jouw leven, ik heb je nooit zelf een keuze laten maken. Ik heb je teruggehaald uit de dood voor mezelf – dat besef ik nu.'

Ik slik en wil hem dolgraag geloven – dat ik mijn beslissing uit liefde nam. Maar dit is anders. Het is helemaal anders dan bij hem. Ik wist over Schaduwland toen ik het deed. Hij niet.

'Dat klinkt allemaal mooi en aardig, tot ze een keer echt in de problemen zit. Dan heb ik de dood van haar ziel op mijn geweten,' werp ik tegen.

Hij kijkt langs me heen naar de onzichtbare oceaan die continu nieuwe golven naar de kust duwt, waar ze bruisend omslaan. We weten allebei dat er niets meer te zeggen valt. Niets kan de situatie nog redden.

'Ik was niet...' Ik wacht even en voel me stom dat ik hier uitgerekend nu over begin, na alles wat we hebben meegemaakt. Maar ik wil het hem uitleggen. 'Het is niet wat je denkt. Jude en ik, bedoel ik. Die keer op het strand...' Ik schud mijn hoofd. 'Het is niet wat je denkt.' Zijn kaaklijn trekt strak en zijn omhelzing verslapt, maar ik ben nog niet klaar en ik wil dat hij luistert. 'Ik ben bang dat hij een onsterfelijke is. Een rebel, net als Roman.' Damen staart me vol ongeloof aan. 'Ik zag de tatoeage, op zijn onderrug...' Dan hoor ik hoe dat klinkt, alsof ik me in een situatie bevond waarin ik goed zicht had op zijn ontblote onderrug. 'Hij had een zwembroek aan en we waren bij het bubbelbad...' Dat helpt ook niet. 'Ik had een groot afscheidsfeest georganiseerd voor Miles' vertrek naar Florence, en... nou ja, toen Ava belde, draaide hij zich om naar zijn telefoon en toen zag ik het. De slang die zijn eigen staart opeet. De ouroboros. Net als die van Drina, net zo'n tatoeage als Roman in zijn nek heeft.'

'Is ze exact dezelfde als die van Roman?'

Ik kijk hem niet-begrijpend aan.

'Flitste ze in en uit beeld? Bewoog ze?'

Ik slik en schud mijn hoofd, al vraag ik me af wat het uitmaakt. Ik heb het ding maar een paar tellen gezien, het was niet veel meer dan een glimp, maar toch...

Hij zucht en neemt een paar passen afstand. Dan klimt hij op de bumper van zijn auto en gaat op de motorkap zitten. 'Ever, de ouroboros is op zich niet kwaadaardig. Integendeel. Roman en zijn vrienden hebben de betekenis ervan verdraaid tot iets anders. Het is een eeuwenoud, alchemistisch symbool. Het staat voor de schepping van iets uit niets, het eeuwige leven, dat soort dingen. Genoeg mensen hebben die slang als tatoeage. Het bewijst niet veel meer dan dat Jude van tatoeages houdt. En van jou.'

Ik loop naar hem toe en wil dat hij voor eens en voor altijd begrijpt dat ik niet hetzelfde voel voor Jude. Dat kan ook niet anders met Damen in de buurt.

Ik realiseer me dat hij mijn gedachten gehoord heeft als hij me naar zich toe trekt en zijn lippen tegen mijn oor drukt. 'Weet je dat echt zeker? Zijn het niet de dure auto en de magische trucjes waarvoor je gevallen bent?'

Ik schud mijn hoofd en vlij me tegen hem aan. Ik voel het dunne laagje energie nog steeds tussen ons in pulseren, maar ik ben blij dat de telepathie weer werkt. Daarnet in die donkere kamer bij Roman thuis was ik even bang dat het voorgoed voorbij was.

Natuurlijk werkt het weer, denkt hij, zijn gedachten rechtstreeks naar mij sturend. Angst zorgt voor die scheiding, daardoor voelen we ons eenzaam en alleen. Liefde doet het tegenovergestelde; het verbindt.

'Je bent altijd de ware voor me geweest,' zeg ik hardop, zodat we het allebei goed horen. 'Alleen jij en niemand anders.' Ik kijk hem aan en hoop dat er een einde is gekomen aan het lange wachten, dat ik de rest van die drie maanden niet meer hoef uit te zitten.

Hij houdt mijn gezicht in zijn handen en drukt zijn lippen

op de mijne. Zijn warme aanwezigheid is het enige antwoord dat ik wilde hebben. Het enige antwoord dat ik nodig heb.

Er valt nog zoveel te bespreken – Roman, Haven, de tweeling, Jude, *Het Boek*, Ava's plotselinge terugkeer – maar dat kan wachten. Op dit moment wil ik er even van genieten dat we weer samen zijn.

Ik sla mijn armen om zijn nek en hij tilt me op schoot. Samen kijken we uit over de donkere oceaan die zich eindeloos voor ons uitstrekt – eeuwig en onsterfelijk... We weten allebei dat hij bestaat, ook al kunnen we hem nu niet zien.

Dankwoord

Er is een heel team nodig om een boek tot stand te laten komen en ik prijs me gelukkig dat ik met zo'n groep fantastische mensen mag samenwerken!

Een groot, geweldig, spetterend dankjewel voor:

Bill Contardi – de perfecte mix van hersens, gevoel en een speels gevoel voor humor – de allerbeste impresario die een schrijver zich kan wensen!

Matthew Shear en Rose Hilliard – uitblinkers als uitgever en redacteur – ik had het niet zonder hen kunnen doen!

Anne Marie Tallberg en Brittany Kleinfelter – het briljante brein achter de website immortalsseries.com – dank jullie voor al je creatieve ideeën en broodnodige technische ondersteuning!

Katy Hershberger, die niet alleen een geweldige muzieksmaak heeft, maar die ook nog eens een fantastische pr-agent is!

De enorm getalenteerde mensen van de dtp-afdeling, Angela Goddard en Jeanette Levy, die de prachtigste omslagen ontwerpen – om van te kwijlen! En natuurlijk iedereen van marketing en sales en productie en alle andere afdelingen die ik vergeet te noemen: jullie ook allemaal ontzettend bedankt. Jullie zijn geweldig!

En uiteraard ook een dikke knuffel en heel veel liefs voor Sandy, mijn constante bron van inspiratie, plezier en lachbuien – mijn eigen Damen Auguste!

Tot slot zou het heel erg zijn als ik vergat jullie allemaal te bedanken, mijn lezers. Heel erg bedankt voor alle berichtjes, e-mails, brieven en tekeningen – het zijn altijd weer lichtpuntjes in mijn dag. Jullie zijn echt helemaal te gek!

Wil je Ever, Damen en alle anderen blijven volgen...? Lees dan *Duistere vlam*, boek 4 uit de reeks De onsterfelijken. Het eerste hoofdstuk vind je op de volgende pagina.

'What the fug?'

Haven laat haar cakeje met de roze glazuurlaag, de rode spikkels en het zilveren papiertje uit haar hand vallen. Haar dik opgemaakte ogen kijken me vragend aan terwijl ik ineenkrimp en om me heen kijk naar de andere mensen op het drukke plein. Ik heb er spijt van dat ik deze plek heb gekozen. Het leek mij een goed idee om naar haar favoriete banketbakker te gaan op zo'n zonnige zomerdag, vooral met het nieuws dat ik heb. Ik had gehoopt dat het kleine aardbeiencakeje de boodschap wat zou verzachten. Als ik het opnieuw mocht doen, zouden we in de auto blijven zitten.

'Kan het wat zachter? Alsjeblieft.' Ik probeer het vrolijk te brengen, maar ik klink meer als een strenge, chagrijnige bibliothecaris. Ze leunt naar voren en veegt haar lange pony met de platina pluk achter haar oor. Vervolgens tuurt ze me aan.

'Sorry, hoor, maar meen je dat nou? Je overvalt me met onwijs heftig nieuws – en dan bedoel ik echt gigaheftig. Mijn oren suizen nog na en mijn hoofd tolt ervan. Het liefst wil ik dat je het nog een keer zegt, om er zeker van te zijn dat je zei wat ik denk dat je zei, maar jij maakt je er druk om dat ik te hard práát? Doe toch normaal!'

Ik schud mijn hoofd en kijk weer om ons heen. Ik moet de schade zien te beperken en dus praat ik zelf een stuk zachter. 'Het zit zo: niemand mag het weten. Het moet een geheim blijven. Dat is uiterst belangrijk,' dring ik aan. Dan realiseer ik me tegen wie ik het zeg: iemand die van haar lang zal ze leven nog nooit een geheim heeft kunnen bewaren.

Ze rolt met haar ogen en laat zich weer op haar stoel vallen terwijl ze wat voor zich uit mompelt. Ik neem haar in me op en merk dat ze al genoeg symptomen vertoont: haar bleke huid lijkt te stralen en ziet er perfect uit. Er is al bijna geen porie meer te ontdekken. Haar golvende, bruine haar met de platina pluk vooraan glimt en glanst alsof ze uit een shampooreclame komt. Zelfs haar tanden lijken nu al witter en rechter te staan en ik vraag me af hoe dat zo snel heeft kunnen gebeuren – na een paar kleine slokjes van de onsterfelijkheidsdrank. Bij mij duurde het zoveel langer.

Ik blijf haar bestuderen voor ik diep zucht en me concentreer. Normaal gesproken blijf ik uit de gedachten van mijn vrienden, maar dit keer moet het maar. Ik probeer te 'zien' wat er in haar omgaat. Een glimp van haar energie of die woorden die ze nu niet zegt, alles is prima. Ik weet zeker dat deze omstandigheden het kijkje in haar hoofd goedpraten.

Waar haar gedachten normaal gesproken een open boek voor me zijn, loop ik nu tegen een muur van stilte op en ik mag niet verder. Zelfs als ik voorzichtig mijn hand over tafel laat glijden en haar met een vingertopje zachtjes aanraak – alsof ik opeens meer wil weten over de zilveren ring met de doodskop – gebeurt er niets.

Ik kan haar toekomst niet zien.

'Dit is allemaal zo...' Ze slikt en kijkt om zich heen, van de spetterende fontein naar de jonge moeder die met één hand een kinderwagen voor zich uit duwt en ondertussen in haar mobiel-tje schreeuwt en de groep meisjes die net uit een badmodezaak komt met armen vol plastic tassen. Alles liever dan dat ze mij aankijkt.

'Het is een hoop informatie tegelijk... maar ik meen het...' Ik haal mijn schouders op. Ik moet met een overtuigender argument komen, dat weet ik, maar ik weet niet hoe.

'Een hoop informatie?' herhaalt ze. 'Noem jij het zo?' Ze schudt haar hoofd en tikt ongeduldig met haar vingers op de armleuning van haar groene, metalen stoel. Dan laat ze haar blik rustig over me heen glijden.

Ik zucht. Ik kan wel wensen dat ik dit beter had aangepakt, dat ik het nu nog beter kan maken voor haar, maar daar is het toch al te laat voor. Al moet ik wel iets doen met de situatie zoals die nu is. 'Ik hoopte vooral dat jij het zo zou zien, denk ik,' zeg ik. 'Geschift, ik weet het.'

Ze zuigt haar longen vol lucht zonder een spier te vertrekken. Haar gezicht is zo kalm dat ik er niets aan kan aflezen. Net als ik iets wil zeggen en haar wil smeken me te vergeven, zegt ze: 'Dus je meent het? Je hebt mij onsterfelijk gemaakt? Ik bedoel... het is dus echt waar?'

Ik knik en voel mijn maag samentrekken van de zenuwen. Ik ga rechter op zitten en trek mijn schouders naar achteren om me voor te bereiden op de klap die gaat komen. Of ze me die letterlijk geeft of alleen verbaal, maakt niet uit. Ik verdien niet beter na wat ik gedaan heb. Haar leven zal nooit meer hetzelfde zijn dankzij mij.

'Ik...' Ze knippert een paar keer en hapt nog eens naar lucht. Haar aura is onzichtbaar en ik kan dus niet zien in welke stemming ze is, niet sinds ze net als ik onsterfelijk werd. 'Ja, nou ja, ik ben gewoon geschokt. Nee, serieus, ik weet echt niet wat ik moet zeggen.'

Ik pers mijn lippen op elkaar en laat mijn handen op mijn schoot vallen, waarna ik begin te frunniken aan het armbandje met de paardenbitjes dat ik altijd draag. Ik schraap nerveus mijn keel. 'Haven, luister. Het spijt me echt heel erg. Heel, heel erg. Je hebt echt geen idee hoe erg. Maar ik...' Ik schud mijn hoofd en weet dat ik nu iets zinnigers moet zeggen. Maar toch wil ik graag mijn kant van het verhaal vertellen – de onmogelijke keuze waarvoor ik geplaatst werd, hoe het voelde haar zo bleek en hulpeloos, op het randje van de dood te zien, elke oppervlakkige ademhaling mogelijk haar laatste...

Maar voor ik kan beginnen aan mijn verhaal, leunt ze naar voren over de tafel en ze kijkt me met grote ogen aan. 'Ben je niet goed wijs?' Ze schudt haar hoofd. 'Ga je gewoon je verontschuldigingen aanbieden, terwijl ik hier zit zonder dat ik de woorden kan vinden om te zeggen hoe gaaf, hoe vet, hoe geweldig dit is? Ik heb geen idee hoe ik je hier ooit voor moet bedanken!'

Watte?

'Ik bedoel, dit is gewoon zo ongelooflijk, zo *fugging* cool!' Ze grijnst breed en stuitert in haar stoel, haar gezicht straalt als een zonnetje. 'Dit is toch echt het coolste, het fugging gaafste dat me ooit is overkomen! En dat heb ik aan jou te danken!'

Ik slik en kijk zenuwachtig om me heen, onzeker wat ik moet doen. Het is niet de reactie die ik verwachtte. Niet waarop ik me heb voorbereid. Maar het is wel precies de reactie waarvoor Damen me waarschuwde.

Damen – mijn beste vriend, mijn zielsverwant, de grote liefde van mijn leven en al mijn voorgaande levens. Mijn onwaarschijnlijk sexy, knappe, aantrekkelijke, getalenteerde, geduldige en begripvolle vriend die wist dat dit zou gebeuren en die me smeekte hem mee te laten gaan voor het geval dat. Maar daar was ik te eigenwijs voor. Ik wilde het zelf doen, in mijn eentje. Ik heb haar onsterfelijk gemaakt – ik heb haar gedwongen het elixir, de onsterfelijkheidsdrank, te drinken – en dus moet ik haar uitleggen hoe dat kon gebeuren. Al verloopt het niet echt volgens plan. Helemaal niet, zelfs.

'Ik bedoel, het is net zoiets als een vampier worden, toch? Maar dan zonder bloed te hoeven drinken!' Haar glinsterende ogen kijken me opgewekt aan. 'O, en ik kan ook gewoon in de zon lopen en ik hoef niet in een doodskist te slapen!' Haar stem wordt hoger en harder nu ze er plezier in krijgt. 'Dit is zo ontzettend gaaf – het is net een droom die uitkomt! Alles wat ik ooit heb gewenst, komt nu eindelijk uit! Ik ben een vampier! Een schoonheid van een vampier en dat zonder al die akelige randvoorwaarden!'

'Je bent geen vampier,' zeg ik somber en met tegenzin. Hoe heeft het zover kunnen komen? 'Die bestaan niet.'

Nee, vampiers bestaan niet, net als weerwolven, elfjes en feeën. Wat wel bestaat zijn onsterfelijken, en dankzij mij en Roman worden dat er met de maand meer.

'Hoe weet je dat zo zeker?' vraagt Haven nieuwsgierig met een wenkbrauw opgetrokken.

'Omdat Damen al wat langer meegaat dan ik,' antwoord ik. 'En hij heeft er nooit eentje gezien – of iemand ontmoet die er ooit een gezien heeft. Volgens ons stammen de vampierlegendes wel af van onsterfelijken, maar met een paar afschrikwekkende toevoegingen. Het bloed zuigen, niet in de zon kunnen lopen en die knoflookallergie zijn er allemaal bij verzonnen.' Ik buig naar haar toe. 'Allemaal voor een extra dramatisch effect.'

'Interessant.' Ze knikt, maar haar gedachten zijn elders. 'Kan ik nog wel cakejes eten?' Ze gebaart naar het gedeukte aardbeientaartje, waarvan één kant is ingestort en geplet zit tegen het kartonnen doosje, terwijl de andere kant nog intact is en er smakelijk uitziet. 'Of moet ik vanaf nu soms iets anders...' Opeens worden haar ogen groot en voor ik kan ingrijpen, slaat ze met haar hand op tafel en piept: 'O mijn god – dat drankje! Dat is het, hè? Die rode zooi die jij en Damen altijd naar binnen klokken? Dat is het, hè? Nou, waar wacht je nog op? Geef me het spul maar, dan is het meteen officieel! O, ik kan niet wachten!'

'Ik heb niks bij me.' Haar gezicht verandert van blij naar teleurgesteld en ik haast me uit te leggen waarom. 'Luister, ik weet dat je het allemaal hartstikke gaaf vindt klinken, en dat is grotendeels ook terecht. Ik bedoel, je zult nooit ouder worden, nooit meer puisten krijgen, geen gespleten haarpunten. Je hoeft nooit de sportschool in en je wordt misschien zelfs nog een stuk langer... alles is mogelijk. Maar er is nog meer – bepaalde dingen die je moet weten – dingen die ik moet uitleggen, zodat je...' Ik stop met praten als ik haar van haar stoel overeind zie springen, soepel als een kat. Dat is ook een van de bijwerkingen van onsterfelijkheid.

Ze springt van de ene voet op de andere. 'Toe, zeg. Wat valt er nou nog uit te leggen? Als ik hoger kan springen, sneller kan rennen, nooit meer ouder word of zwakker... Wat blijft er dan over? Volgens mij kan ik er de rest van de eeuwigheid wel tegenaan zo.'

Ik kijk nerveus om ons heen, wetende dat ik haar enthousiasme moet zien te remmen voor ze echt gekke dingen gaat doen. Straks trekt ze te veel aandacht en dat risico kunnen we niet nemen. 'Haven, alsjeblieft, ga even zitten. Ik meen het. Er is nog meer. Een hele hoop meer,' fluister ik vrij kortaf en bevelend, maar zonder indruk te maken. Ze blijft staan, schudt haar hoofd en weigert mee te werken. Ze is nu al zo betoverd door haar nieuwe krachten dat ze van tegendraads meteen doorschiet naar strijdlustig.

'Je doet overal altijd zo ernstig en krampachtig over, Ever. Ik meen het. Al-les wat je zegt en doet is altijd zo ontzettend bloedserieus. Echt, hoor. Je geeft me de sleutels tot het paradijs en dan wil je dat ik braaf blijf zitten zodat je me kunt vertellen over alle negatieve dingen? Dat is toch geschift?' Ze rolt met haar ogen. 'Kom op, relax een beetje, ja? Laat me nou eerst even spelen en het uitproberen. Kijken wat ik allemaal kan. Zullen we een wedstrijdje rennen? Degene die vanaf de stoep als eerste bij de bieb is, wint!'

Ik schud mijn hoofd en zucht diep. Ik wil dit niet hoeven doen, maar ik kan niet anders dan telekinese gebruiken. Dat is het enige wat hier een eind aan maakt en haar laat merken wie de baas is. Ik knijp mijn ogen toe en concentreer me op haar stoel, die ik over de tegels laat schuiven tot hij tegen haar knieholtes botst en ze erin valt.

'Hé, dat deed zeer, hoor!' Ze wrijft over haar benen en kijkt me kwaad aan.

Ik haal mijn schouders op. Ze is onsterfelijk – blauwe plekken krijgt ze er niet van. Ik heb haar nog zoveel te vertellen, maar als ze zo doorgaat is er veel te weinig tijd voor. Dus buig ik over de tafel naar haar toe en wacht tot ik haar volle aandacht heb. 'Neem één ding van mij aan: je kunt het spel niet spelen zonder de regels te kennen. En als je de regels niet kent, is de kans groot dat je iemand – of jezelf – kwetst of erger.'